时光书迹

来自签名本的温暖

李建平 著

> 喜欢一本书，自然就会收藏它，
> 就会常常翻阅、冥想。
>
> 如果书中有作者的签名和题词，
> 那就更多了一份亲近和温暖。

微信扫码
- 配套音频
- 交流社群
- 读书笔记

广西人民出版社

图书在版编目（CIP）数据

时光书迹：来自签名本的温暖 / 李建平著 . — 南宁：广西人民出版社，2022.10
　ISBN 978-7-219-11428-5

　Ⅰ . ①时… Ⅱ . ①李… Ⅲ . ①散文集—中国—当代　Ⅳ . ① I267

中国版本图书馆 CIP 数据核字（2022）第 157824 号

SHIGUANG SHUJI——LAIZI QIANMINGBEN DE WENNUAN
时光书迹——来自签名本的温暖
李建平　著

策划编辑　严　颖
责任编辑　蓝雅琳　吴语诗
　　　　　廖　献　徐蓉晖
责任校对　周娜娜
美术编辑　陈晓蕾

出版发行　广西人民出版社
社　　址　广西南宁市桂春路 6 号
邮　　编　530021
印　　刷　广西民族印刷包装集团有限公司
开　　本　787mm×1092mm　1 / 16
印　　张　20.75
字　　数　319 千字
版　　次　2022 年 10 月　第 1 版
印　　次　2022 年 10 月　第 1 次印刷
书　　号　ISBN 978-7-219-11428-5
定　　价　68.00 元

版权所有　翻印必究

自序

人们常说，书籍是知识的海洋，是人类传播思想的工具，我则认为，书籍是人生最好的教师和伴侣。每一个人的成长，几乎都离不开书籍的滋养。回顾自己几十年的从师求教、自学研修、学术交流等学习过程，因读书、购书、求书和相互赠书等行为，获得了师长、同事、书友和亲人的一批赠书，并且内中留有他们的亲笔签名和题词。每一本签名本都包含着一段记忆，一个故事，一份友情，一种缘分，殊为珍贵。

喜欢一本书，自然就会收藏它，就会常常翻阅冥想。如果书中有作者的签名和题词，那就更多了一份亲近和温暖。我有收藏签名本的念头，大约是自1982年11月在四川成都携书向唐弢先生请赐签名开始的吧。有比较清晰的想法，则体现在我1994年5月写的一篇《收集签名本如何？》文章里，当时发表在广西的一家小报上。文章说："将天下书尽悉收藏，这对个人来说已不可能，但收藏一些作家的签名本或一些印数极少的绝版书，应是很有文化意义的。"我不是收藏家，收藏签名本讲究缘分，我收藏的只是在人生路上"遇见"的签名本，没有刻意跑旧书摊搜寻淘拣，也没有参加签名售书活动购买。因而我的签名本的来源，主要是这三类：师友题签赠送、遇见仰慕的名人请赐签名、从父辈处继承或亲友转赠。说起来有点遗憾的是，在1982—1994年这一段时间里，尚无强烈的收藏意识，在采访一些文学名人如夏衍、艾青、盛成、阳太阳等时，没有带上他们的大作请赐签名，失却了一些本应获得的宝贵的签名本。

2020年2月在抗击新冠肺炎疫情居家期间，我整理了家中的藏书，觅得签名本约800册，包括受书人为本人的500多册，受书人为亲属的约200册，另有受书人为旁人或仅有作者签名无受书人的若干册。2020年2月至今，我利用年度休假、双休日等各种节假日，选取了70位有相当成就和一定影响且有过交往、印象较深的人物，以他们的签名本为中心，写了这一部记录书籍与人事的书稿。内中记述自己向尊敬的师长、社科文化界名家求学请教的收获，也包括与学术同道、相知书友等以书为缘的交往经历，其间既展示了众多文化人凝聚于书的人生智慧，也记述了自己与他们相遇于书的人生缘分。期盼一展当代学人及其签名本风采。

书是人类的朋友，读书是快乐的，写书也是快乐的！生活中有好书相伴，就多了一份温暖，多了一种幸福！

是为序。

目录

北京

欧阳予倩题赠本:《忠王李秀成》 / 001

臧克家签名本:《学诗断想》 / 004

艾青题签本:《桂林抗战文艺概观》 / 008

钱钟书签名本:《旧文四篇》 / 011

端木蕻良签名本:《花·石·宝》《端木蕻良小说选》《端木蕻良》 / 014

唐弢签名本:《唐弢近作》 / 021

秦兆阳签名本:《一封拾到的信》《秦兆阳小说选》 / 024

洁泯(许觉民)签名本:《当代文学的社会历史批评》《当代中国作家百人传》 / 028

舒芜签名本:《舒芜杂文自选集》 / 032

田本相签名本:《中外学者论曹禺》《田汉评传》《苦闷的灵魂——曹禺访谈录》 / 035

李京文签名本:《李京文文集》《科技富国论》《文化力与文化产业》 / 037

吴福辉签名本:《插图本中国现代文学发展史》《都市漩流中的海派小说》《春润集》 / 042

杨义签名本:《东亚现代文学中的战争与历史记忆》 / 049

曹革成签名本：《跋涉生死场的女人萧红》《端木蕻良与肖红在香港》《池鹭湖》
　　／052

聂震宁签名本：《暗河》《去温泉之路》《我的出版思维》 ／057

冯俊签名本：《法国近代哲学史》《学习新思想》《西方哲学史》 ／064

黄宾堂签名本：《距离与空间》 ／068

石一宁签名本：《走向文学新天地》《湖神回来了》《民族文学：现场与思考》
　　／073

上海

陈伯吹签名本：《摘颗星星下来》《绿野仙踪》 ／077

茹志鹃签名本：《静静的产院》 ／081

叶辛签名本：《半世人生》 ／085

蒯大申签名本：《2006～2007年：上海文化发展报告》《上海文化发展
　　报告（2010）》《创意上海》 ／087

张中良签名本：《抗战文学与正面战场》《张中良讲现代小说》《走近鲁
　　迅——由崇拜到对话》 ／091

广州

秦牧签名本：《论散文创作》 ／096

杨克签名本：《太阳鸟》《图腾的困惑》《向日葵和夏时制》 ／100

李希跃签名本：《琴剑篇》《推石斋诗文选集》 ／106

南京

吴奔星签名本:《茅盾小说讲话》(附:《暮霭与春焰——吴奔星现代诗钞》《人生口哨》) / 113

华明签名本:《品特研究》 / 116

成都

文天行签名本:《大后方文学史》《中国抗战文学概览》《20世纪中国抗战文化编年》 / 119

龚明德签名本:《新文学散札》《旧时文事》 / 123

宁波·杭州

金涛签名本:《学海涛声集》 / 127

王杰签名本:《审美幻象研究:现代美学导论》《寻找乌托邦——现代美学的危机与重建》《艺术与审美的当代形态》 / 131

长沙

彭燕郊签名本:《当代湖南作家作品选·彭燕郊卷》《认识彭燕郊》 / 135

武汉

章绍嗣签名本:《中国抗日战争大辞典》《武汉抗战文艺史稿》《中国现代社团辞典》 / 138

青岛

鲁原签名本：《当代小说美学》《文学批评学》《人生三角地》 / 146

厦门

林兴宅签名本：《文艺象征论》《象征论文艺学导论》《大探索——文艺哲学的现代转型》 / 150

南宁

陈岸签名本：《我的革命生涯》（附：《征途漫漫》） / 153

秦似签名本：《秦似杂文集》 / 157

陆地签名本：《浪漫的诱惑》 / 162

徐君慧签名本：《中国小说史》《简明历代官制》《澎湃的赤水河》 / 165

莎红签名本：《山欢水笑》《边寨曲》 / 169

黄海澄签名本：《系统论 控制论 信息论 美学原理》《艺术价值论》 / 174

丘振声签名本：《壮族图腾考》《桂林山水诗美学漫话》《跋涉集》 / 178

包玉堂签名本：《清清的泉水》《红水河畔三月三》《山花寄语》 / 184

韦其麟签名本：《百鸟衣》《壮族民间文学概观》《纪念与回忆》 / 187

许敏歧签名本：《风雨集》《诗海探珠》《荒原的苦恋》 / 195

万一知签名本：《抗战时期桂林文艺期刊简介和目录汇编》 / 199

江建文签名本：《国难》《美的解读》《文艺美的拓展与超越》 / 202

雷猛发签名本：《残雨集》《作家之门》《龙飞凤舞》 / 206

韦一凡签名本：《蓝楼梦》/ 211

徐治平签名本：《旅人的凝望》《徐治平散文》《中国当代散文史》/ 215

杨炳忠签名本：《邓小平文艺思想研究》《绿塘里文集》《广西当代文艺理论家丛书（第一辑）·杨炳忠卷》/ 221

陈学璞签名本：《玫瑰园漫步：马克思主义文艺理论与实践》/ 225

潘琦签名本：《潘琦文集·风格就是人品》《潘琦文集·笔耕录（1）》《潘琦文化访谈录》/ 228

彭匈签名本：《向往和谐》《云卷云舒》《一事能狂》/ 235

梁扬签名本：《红楼梦语言艺术研究》《中国散曲史》《中国散曲综论》/ 239

黄健签名本：《走进科学家》《追寻科学家》《出版产业论》/ 244

吕余生签名本：《中越壮侬岱泰族群文化比较研究》《中原文化在广西的传播与影响》/ 250

梅帅元签名本：《流浪的情感》/ 254

容本镇签名本：《文学的感悟与自觉》《悄然崛起的相思湖作家群》《广西当代少数民族文学概观》/ 258

廖明君签名本：《壮族自然崇拜文化》/ 262

王建平签名本：《广西之旅》《光彩集》《艺谭纵横》/ 267

杨长勋签名本：《骆越诗潮》《余秋雨的背影》/ 274

桂林

林焕平签名本：《茅盾在香港和桂林的文学成就》《林焕平文集》/ 280

李耿签名本：《李耿诗文选集》《教育诗歌——教学科研创作相结合诗歌集》/ 287

魏华龄签名本：《桂林抗战文化史》《一个独特的历史现象：桂林文化城（上、下）》《九十回首》／293

张利群签名本：《文学批评原理》《词学渊粹——况周颐〈蕙风词话〉研究》《文艺制度论》／301

黄伟林签名本：《人：小说的聚焦》《孔子的魅力》《广西多民族文学的共同发展》／305

柳州·梧州

韦俊海签名本：《红酒半杯》《异性的土地》《血女浮生》／310

曾强签名本：《中国地域文化论》《岭南古郡——青史悠悠话苍梧》《桂商》／314

后　记／318

欧阳予倩题赠本：

《忠王李秀成》

欧阳予倩（1892—1962），湖南浏阳人。剧作家、戏剧教育家、戏剧表演艺术家、导演，中国话剧运动创始人之一。曾任中央戏剧学院院长，中国文联第一届常委和第二、第三届副主席，中国戏剧家协会第一、第二届副主席，中国舞蹈家协会第一、第二届主席和全国政协委员。著有《欧阳予倩剧作选》《自我演戏以来》《一得余抄》《唐代舞蹈》《话剧、新歌剧与中国戏剧艺术传统》等。

我收藏的欧阳予倩题签本《忠王李秀成》，是他1941年在桂林创作的历史剧剧本，由桂林文化供应社出版。

我在20世纪80年代写作《桂林抗战文艺概观》时，对《忠王李秀成》是这样评述的："《忠王李秀成》是欧阳予倩抗战时期所创作的最负盛名的剧作。该剧的成功之处，在于作者塑造了一个以国家、民族利益为重，奋力拯救国家危亡的民族英雄的形象。欧阳予倩选取天京被围，李秀成奋力解救天京，败于内部的挑拨与猜忌而最终被俘受害的一段史实构造剧情，从中突出了李秀成的忠贞、英勇和雄才大略，通过他被害于内部奸佞、叛贼之手的悲惨遭遇，深刻揭露了革命阵营里那些'两面三刀、可左可右、投机取巧的分子'破坏革命事业的罪行。全剧通过对李秀成性格的塑造和他的悲剧结局的设置，揭示了革命失败的原因——不是没有抵御外敌的优秀分子和民众基础，而是在于自己内部的混乱和分裂。《忠王李秀成》正是由于以成功的艺术形象体现了这一主题，因而具有强烈的现实意义。一方面影射了皖南事变后国内抗战阵营里国民党顽固派挑起反共高潮,破坏抗战事业,分裂统一战线的现实,'使观众因过去的事迹联想到目前的情况'(《忠王李秀成》序言);另一方面'用古人的斗争情绪鼓励现代人向上'(《忠王李秀成》序言),激励人们无论在何等险恶、艰难的环境里,也决不犹豫彷徨,而是奋发兴起,坚持斗争。这就使得该剧颇具思想力量。《忠王李秀成》全剧人物虽多,但笔墨集中,线索单纯,剧情始终围绕着李秀成的行动、命运展开,突出了这一英雄人物的形象,给观众强烈的艺术感染力。作家在选择素材、构造剧情、提炼主题、刻画人物等方面的艺术功力,在《忠王李秀成》中得到了充分的体现。"①

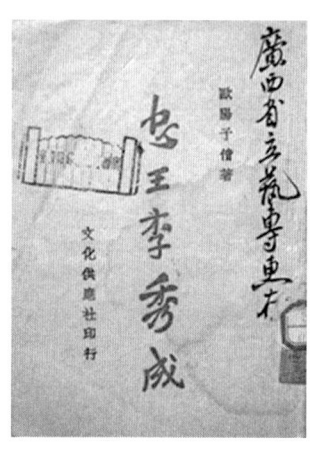

欧阳予倩题赠本《忠王李秀成》

1942年5月,《忠王李秀成》剧本在桂林《大公报》连载,引起了桂林戏剧界的重视,10月,广西省立艺术馆话剧实验剧团在欧阳予倩的执导下,在桂林上演了此剧。全剧演员共八十余人,国防艺术社部分演员协助演出,规模十分宏大,演出获得极大成功,连演十四天,场场满座,之后又多次重演,是当时演出场次最多的有数的几部历史剧之一(参见阳翰笙《国统区进步的戏剧电影运动》,载于《中华全国文学艺术工作者代表大会纪念文集》)。

这本签名本,是欧阳予倩先生送给广

---

① 李建平:《桂林抗战文艺概观》,漓江出版社,1991,第118页。

西省立艺专收藏的，封面题写"广西省立艺专惠存"，没有署名，从语义看，应该是欧阳予倩的亲笔无疑。为了进一步证实是否是欧阳大师的手笔，我发照片请欧阳予倩的外孙（田汉之孙）欧阳维确认，他回复"是"，并加了两个"赞"。该书封面盖有"广西省立艺专图书室"章。广西省立艺专全称为"广西省立艺术专科学校"。

此书是20世纪80年代一位吴姓友人赠予我的。吴友人当时在《广西文学》杂志发表了一篇小说，题材新颖，特色鲜明，我写了篇评论文章对这篇小说进行分析介绍。他为了感谢我对他的小说的关注和评论介绍，得知我在研究桂林抗战文化，就把他收藏的几本民国时期桂林版图书送给我，其中就有这本《忠王李秀成》。他是怎么得到这本书的，我不知道。分析原因，应该是1944年9月桂林大疏散时，这些图书资料流落民间，被一些有心人收藏了。幸得友人好心地赠送，我才得以收藏这本好书。

2022年2月23日

臧克家签名本：
《学诗断想》

臧克家（1905—2004），山东诸城人，曾用笔名臧瑗望、孙荃、何嘉。诗人、作家、编辑家，民盟成员。新中国成立后，历任华北大学三部研究员、新闻出版总署编审、人民出版社编审，中国作家协会书记处书记、理事、顾问，《诗刊》主编、编委、顾问，中国写作学会会长，中国文联第三、第四届委员，中国作家协会第一至第三届理事，系第二、第三届全国人大代表，第五、第八届全国政协委员，第六、第七届全国政协常委。主要作品有《烙印》《罪恶的黑手》《古树的花朵》《凯旋》等。

臧克家是中国现代著名诗人。20世纪30年代初他在国立青岛大学（后改为国立山东大学）学习期间便开始创作，一生出版诗集十余部，他所创作的《难民》《老马》《罪恶的黑手》《有的人》都是现代文学史上的经典作品。我收藏的臧克家签名本《学诗断想》是他送给诗人刘业锦的。这部签名本的背后有一段故事，那是我的老师、诗人许敏歧在与我谈话中说起的一段往事。

先说说受书人刘业锦。她是我岳母，笔名叶锦。诗人、儿童文学作家。《广西文学50年》这样介绍她："叶锦，女，本名刘业锦。副编审。1949年12月参加革命工作，先后在广西文工团、广西民族歌舞团任创作组长，1957年经组织选送到北京大学中文系进修学习，1958年底结业后调到广西文联，长期在《广西群众艺术》编辑部、《红水河》编辑部、《广西文艺》编辑部、广西作家协会、广西曲艺家协会担任编辑、秘书、常务副主席等文学艺术组织工作。1991年退休后,曾受聘为广西曲艺家协会名誉主席、《广西百科全书》文化分编编委。1964年加入广西作家协会,是广西最早加入广西作家协会的两名女作家之一。2002年加入中国作家协会。"①

再说说许敏歧。他是我的大学老师(本书"许敏歧签名本"对他有介绍)。许敏歧20世纪60年代初大学毕业后分配到《诗刊》编辑部任编辑。1965年他到广西组稿和采风,认识了在《广西文艺》编辑部工作的刘业锦。后来他到广西大学任教,因发表诗作,与当时在广西文艺创作办公室(行使原来广西文联的工作职能)工作的刘业锦的联系便多了起来。他们常常交流诗作,有时也互到家中叙谈。在刘业锦家中,许敏歧也见到了刘业锦的女儿后来成为我妻子的刘乔叶。刘乔叶那时高中毕业不久,她称呼他"许叔叔"。我是1978年2月进入广西大学中文系后才见到许老师的,比我妻子认识许老师晚了几年。

1989年臧克家(右)与许敏歧合影

许敏歧在《诗刊》工作时,臧克家是《诗刊》主编。老少两代诗人,相处十分融洽。1985年,臧克家在为许敏歧诗集《风雨集》写序时称:许敏歧"是老朋友了"。许敏歧到广西后,仍与臧克家常有书信联系。于是有了许敏歧为刘业锦联络臧克家索要《学诗断想》一书的一段故事。

我与妻子经常去看望许老师,他常常聊起与文坛友人交往的往事,有时也聊到我的岳母。有一次他说:

叶锦有一次来我家送校样稿,记得是新年刚过吧。她看到我桌上有一本臧克家的诗论集子《学诗断想》,拿起来翻看了一下,爱不释手,问

---

① 《广西文学50年》,漓江出版社,2005,第424页。

我是哪里得到的。我说是臧老送的。她又说，买得到吗？我说不太清楚，可以到书店看看。她二话不说，"咚咚咚"地跑下楼了，骑上自行车就往外面驶去。大约半个小时吧，我校样稿还没看完，就听到她在楼下叫："敏歧！敏歧！"接着楼梯又传来一阵"咚咚咚"的脚步声。我主动先开了门，她急匆匆地说："哎呀，真没办法，找不到。"我问："找什么？""臧克家大诗人的书呀！新华书店里都没有。"我说："我也是刚收到书没几天。南宁偏远些，可能进书慢。北京应该有书卖了。"她说："最近没有机会去北京出差啊！"我看她这么着急，安慰她说："我试试叫北京的朋友看能不能买到？"她千谢万谢地离开了。晚上，我提笔给臧老写了一封信，谈到读他的《学诗断想》的收获，顺便说：南宁有一位女诗人喜欢您的诗，喜欢《学诗断想》，可惜在南宁买不到。如果您方便的话，在北京买一本叫作协办公室收发的同志寄给她吧。我把叶锦的姓名和地址也告诉了他。信寄出去后，我忙着上课和写作，很快忘记了这件事。十多天后吧，又听到她在楼下喊"敏歧！敏歧！"，接着楼梯又传来一阵"咚咚咚"的脚步声。她像一阵风一样来到我面前，高兴地扬起一本书，说："臧克家寄书给我了！"呵，看她那高兴样，像是在《诗刊》上发表了诗作一样。那时的人们，对诗真的是酷爱啊！

　　这事当时我听后没太在意，只是对那"咚咚咚"上下楼的描绘印象较深。2022年6月4日，端午节的第二天，我和妻子又去看望许老师。我带着《时光书迹——来自签名本的温暖》校样稿去给他看看"许敏歧签名本"这一篇。这次，许老师说起了他年轻时与臧克家、郭小川等诗人的交往和听取其教诲获得关怀等往事，并又一次说起了我岳母"咚咚咚"跑到他家获得《学诗断想》的经过。这时我忽然想到，我写《时光书迹——来自签名本的温暖》时，见到了秦兆阳、陈伯吹、陆地、韦其麟、包玉堂等几位作家、诗人送给她的签名本，却没有见到《学诗断想》。我问许老师："那是哪年的事？"他说："是80年代初吧，那时我们住在南环路那里。"我说我最近整理藏书写《时光书迹——来自签名本的温暖》时，没有见到这一本。我妻子在旁边说："肯定还在。妈妈这么喜欢这本书，肯定保留着。你再找找看。"

于是，我回家又开始了一轮攀上爬下地翻检书柜找书的劳作。书多，在书柜里都是放成前后两排。前面一排慢慢搜寻，倒还容易，翻后面一排，得把前面的书移开，实在是一桩体力

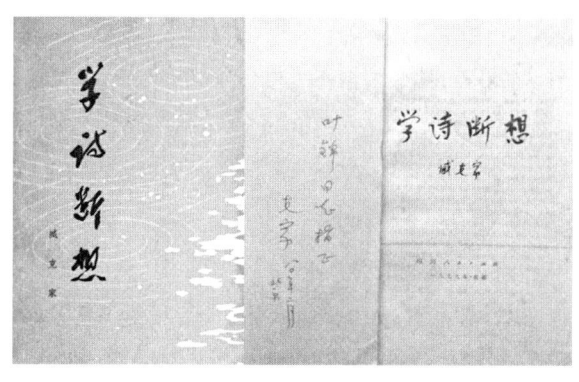

臧克家签名本《学诗断想》书影和题签

活。当我几乎将所有第二排的书都看过，在差一点就要放弃的最后时刻，终于见到了这本苦苦寻觅的《学诗断想》。打开来，扉页上有臧克家的题签"叶锦同志指正　克家　八〇年二月　北京"，我大喜过望。真是功夫不负有心人啊！我又增添了一本宝贵的签名本！

《学诗断想》是臧克家1978年10月编定，1979年8月由四川人民出版社出版，收入文章49篇。臧克家在书前的"几点说明"中说："这里边的文章，十之八九是谈诗的，其中有个人对新旧诗的欣赏与意见，有对诗人们作品的评介，也有个人写诗的一点甘苦之谈，另外还有少数与诗无关的文章。"所谓"与诗无关"的文章，是指他写的纪念鲁迅先生的一组文章和几篇读史杂感。书里的《"五四"以来新诗发展的一个轮廓》是两万字的长文，有文学史的概括力；《学诗纪程》约一万字，记叙写诗经历和真切的写作体验。书中的13篇短论，是精辟新颖的创作感悟和经验总结。这些应该是该书的精粹之处。上述三种只是略举几例，其他文章也各有精彩，如《在民歌、古典诗歌基础上发展新诗》《学习过程的点滴经验》等，对学习诗歌写作，都是颇有助益的好文章。我看到，藏书者刘业锦在内文的好几篇文章里都留下了阅读时画下的红线。

光阴流逝，好书永传。时隔40多年了，这书还有六七成新呢！刘业锦于2015年病逝，她的藏书，现在由我和妻子收藏，《学诗断想》是其中最宝贵的一本。

2022年6月8日

艾青题签本：
《桂林抗战文艺概观》

艾青（1910—1996），原名蒋正涵，字养源，号海澄，浙江金华人。著名诗人。新中国成立后任中国作家协会副主席、国际笔会中心副会长等职。代表作品有《大堰河——我的保姆》《北方》《向太阳》《旷野》等。

准确地说，艾青先生送给我的不是他本人著作的签名本，而是他为拙著《桂林抗战文艺研究》题写了书名。

抗日战争时期，艾青曾在桂林主编《广西日报》副刊《南方》，时间是1938年12月至1939年八九月。我在研究桂林抗战文艺活动时，读到《南方》的《发刊词》，感到其文激情澎湃，诗意浓郁，爱国情怀饱满，文字精美纯粹，像是艾青的手笔。但该文没有署名。我为了证实是否为艾青所作，给艾青先生写了一封信。不久便收到他的回信，全文如下：

建平同志：

　　你好。来信收读了。

　　《广西日报·南方》的发刊词。是我写的。我除了编《南方》，没有担任其他工作。《南方》在我离开广西即停刊。

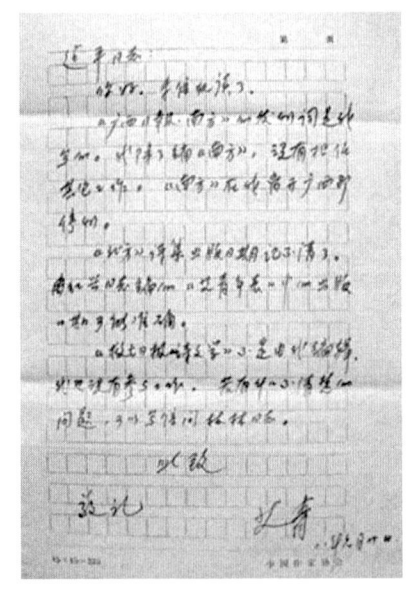

1988年1月20日艾青给作者的信

《北方》诗集出版日期记不清了。周红兴同志编的《艾青年谱》中的出版日期可能准确。

《救亡日报·诗文学》不是由我编辑。我也没有参与工作。若有什么不清楚的问题，可以写信问林林同志。

此致

敬礼。

艾青
（一九八）八年元月廿日

此信落实了艾青在桂林活动的一些史实，是艾青研究的重要史料。艾青对此信也十分重视，他存了底稿，后编入1999年内蒙古人民出版社出版的《艾青文集》第四卷第745页。

艾青为我的《桂林抗战文艺概观》题签是1988年我去北京拜访他的时候请他题写的。那年夏天，我到北京，计划采访几位抗战时期在桂林活动的重要文化人，包括夏衍、盛成、艾青、端木蕻良、骆宾基、许觉民等。采访艾青，是通过许觉民的帮助才得以实现的。去的那天，我约了我的大学同学张兴劲一道前往。当天艾青和他夫人高瑛都在家，还有一位六七岁的小姑娘在其旁。我们进去坐定开始采访时，艾青夫人就回到卧室了。我首先问了他主编《广西日报》副刊《南方》的一些情况，并特意拿出《南方·发刊词》请他看看，重温当年情景。艾青拿过来，仔细看了一下说："是我写的。"接着，我又问了他在桂林参加其他抗日文化活动的情况和与阳太阳等人离开广西到湖南的情况。他都做了一些答复。后来，我拿出我的《桂林抗战文艺概观》书稿向艾青汇报，其中有《艾青、彭燕郊等"七月派"诗人的诗作》一节，他翻看了一下。我请他题写书名，他没有推辞，很快写下"桂林抗战文艺概观 艾青一九八八年"。这个题签，在《桂林抗战文艺概观》出版时用作内封，成了一本特殊的"签名本"。

张兴劲当时是中国社科院文学研究所所长张炯的研究生，研究当代文学。当天，张兴劲不失时机地向艾青请教了当代诗坛的几个问题。后来，张兴劲将我们这次采访艾青的活动写成一则报道，刊发在中国当代文学

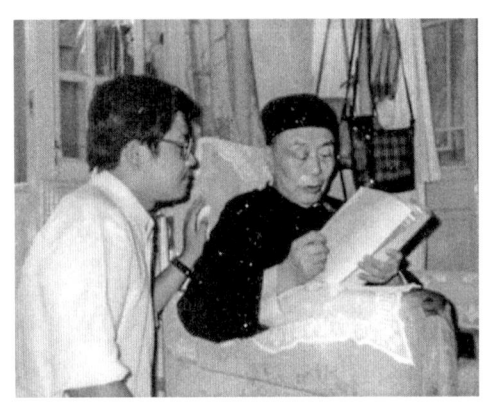
1988年作者拜访艾青时合影

《桂林抗战文艺概观》书影

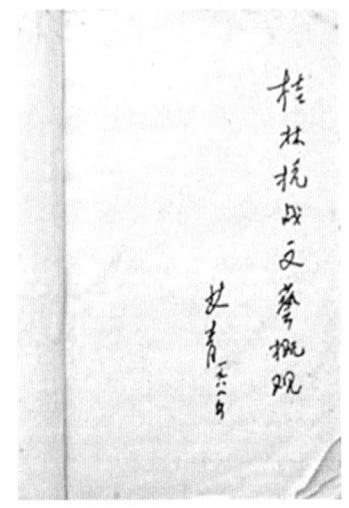
艾青为《桂林抗战文艺概观》题签

研究会编的《当代文学研究资料与信息》1988年第11期（总第47期）。

十年后，桂林市政协副主席魏华龄（本书有文介绍）约我一起策划编撰《抗战时期文化名人在桂林》，我们列出计划写作的200多位文化人名单，我提出把艾青列入其中，由我执笔写作。这篇写艾青的文章约4000字，分前记、编辑《南方》副刊、诗歌创作、《诗论》写作四个部分，对艾青在桂林的活动进行了较全面的记载。《抗战时期文化名人在桂林》于2000年由漓江出版社出版，从事有关研究的学者可以参考。

2021年3月4日

钱钟书签名本：
《旧文四篇》

钱钟书（1910—1998），江苏无锡人，作家、文学研究家。曾任清华大学教授、中国社会科学院副院长。主要著作有《写在人生边上》《人·兽·鬼》《围城》《谈艺录》《宋诗选注》《古典文学研究在现代中国》《旧文四篇》《管锥编》《管锥编增订》等。

我收藏的钱钟书签名本《旧文四篇》，于1979年由上海古籍出版社出版，32开，95页。《旧文四篇》收录了《中国诗与中国画》《读拉奥孔》《通感》《林纾的翻译》四篇文章，是钱钟书20世纪40年代至60年代期间发表的作品。对于钱钟书编《旧文四篇》的时间（1978年）来说，确实是"旧文"了。

《旧文四篇》虽说只是不足百页薄薄的一本小书，但其学术含量一点也不弱，书中除了《林纾的翻译》略有差异，其余三篇，所议均以艺术和美学概念为主。如《中国诗与中国画》论"风气""流派""神韵"等，还涉及"鉴赏"；《读拉奥孔》论"虚实""画格"（富于包孕的片刻）等；《通感》论艺

钱钟书签名本《旧文四篇》书影

的"通感",等等。相较于钱钟书早期完成的《谈艺录》,在同样大量引证古今中外典籍和文学艺术作品中钩稽的材料的基础上,《谈艺录》主要对中国古代诗词诗人的创作进行札记式评议,重点评论唐宋诗人,是比较具体的文艺鉴赏和评判,而《旧文四篇》专注论述的是艺术和美学概念,既有学术的综合性又有理论的系统性,更能反映作者的美学思想。

翻开这本《旧文四篇》,我是一阵惊奇,继而一阵惊喜。惊奇的是书中竟有大量的批注和文字校改字迹,细数一下,有56处之多(包括对标点的修改)。考证起来,这些字迹应该不是受书人阅书留下的,而是赠书人即作者自己批写的。我们略引几例体味一下:其一,第6页,引用古罗马诗人霍拉斯的名言"ut pictura poesis erit",原书译文是"诗会象画",用钢笔改为"诗将如画";其二,第11页,将"南宗禅不看'经'、省'事'",改为"南宗禅省'事'、不看'经'";其三,第35页,"白花雨下炫人眼",改为"白花如雨炫人眼";其四,第36页,"中国画"改为"中国诗";其五,第57页,在该页天头用铅笔批注"声音不仅有声,还可有味、有色、有形、有感"。这种现象,在赠送给他人的签名本里,是极少见的。哪有涂涂画画数十处后再赠书出去的?而这恰恰在这本《旧文四篇》里出现了!有研究者说,钱钟书对自己的著作,有在校样上修改,于出版后增订的习惯。这本《旧文四篇》,印证了此说。惊喜的是,我收藏的这本签名本,竟是一位学术巨匠的修订校勘本,其学术价值和版本价值有多高,可想而知。

《旧文四篇》中的批注

在《旧文四篇》内封上,钱钟书用毛笔题写:"德恒同志存正 钱钟书",并钤印。

德恒,即周德恒(1915—1993),女,浙江绍兴人。20世纪30年代毕业于燕京大学,40年代做中学教师,新中国成立后任教育部长马叙伦的学术秘书,后调到中国社会科学院文学研究所工作。《旧文四篇》应是钱钟书在中国社会科学院文学研究所工作时赠予这位同事的。

周德恒是我大嫂余平的姨妈,她一生未婚,去世后,一些书籍留存在我大哥家。我向他们讨要了这本《旧文四篇》。

2021年5月17日

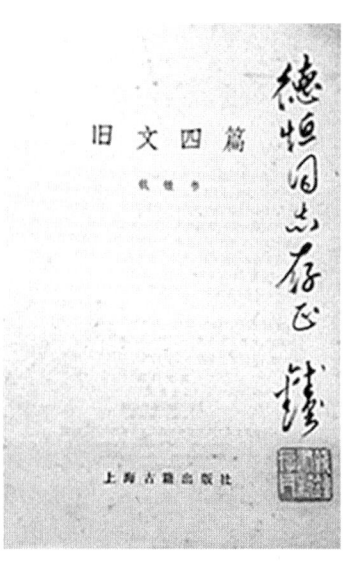

钱钟书签名本《旧文四篇》题签

端木蕻良签名本：

《花·石·宝》《端木蕻良小说选》《端木蕻良》

端木蕻良（1912—1996），本名曹京平（曹汉文），满族，辽宁省昌图县人。作家、红学家。新中国成立后曾任北京市作家协会副主席、中国作家协会理事、中国红学会顾问。主要作品有《科尔沁旗草原》《大地的海》《大江》《新都花絮》《曹雪芹》等。

1991年我去拜访端木蕻良先生，获得了他的签名本赠书《花·石·宝》。后来，他又先后寄赠我作品集《端木蕻良小说选》《端木蕻良》和札记《说不完的〈红楼梦〉》。端木蕻良与他夫人钟耀群是与我联系较多的文学大家。

端木蕻良是现代文学史上一个特殊的作家群体——东北作家群——的代表性作家之一。他年轻时与萧红的一段婚姻颇为引人瞩目，引起了现代文学研究界的许多关注和研究。但我关注他的起因是我研究桂林抗战文艺时读到他的一批抗战小说，而这些小说令我惊奇与惊讶。我曾在拙著《大地之子的眷念身影——论端木蕻良的小说艺术》的"后记"里这样写到："端木蕻良抗战时期在桂林生活了两年，写下了《科尔沁旗草原》第二部和《初吻》《早春》等短篇小说，以及一些戏剧、评论作品。我尤为喜爱他的短篇小说《初吻》《早春》。当时我读了大量的抗战文学作品，而我读到端木蕻良的这些小说的时候，为这些作品中那些撩人心魂的情、那些精美明丽的描写所惊讶。这确是不同于一般抗战小说艺术境界的作品。它真正能令人读出小说中的一种美，使你不能不感慨，小说的思想性和艺术性的融合，在这里是那么自然贴切和完美。"①我由此开始对端木蕻良有了较多的关注。

我是从20世纪80年代初大学毕业后进行《桂林抗战文艺概观》的写作时开始研究端木蕻良的小说的,几年后我调到广西社会科学院,又参加了该院文学所承担的国家社科基金项目《桂林抗战文学史》课题,在其间承担"小说创作"和"散文创作"两篇的写作。在做这个课题的过程中,我除了尽量找到和研读端木蕻良在桂林时期创作的作品,还扩展读了他其他时期的作品,如《科尔沁旗草原》《憎恨》《大地的海》等,以及他晚年写的《曹雪芹》。读后更为端木蕻良的艺术功力所折服。这时恰好遇到一个推动我进一步研究的契机。那是1991年新年刚过,一位朋友发起出版一套"中国现代少数民族作家研究丛书",计划编20本,每个作家写一本小册子,约我也写一本。我一下子想到了端木蕻良。然而,在研究端木蕻良的过程中,我发现,在过去的岁月里,端木蕻良在文坛受到了一定的冷落。我竟然找不到一本有关研究端木蕻良的专著来阅读和参考。闻说香港作家刘以鬯出版过一本,但我在南宁的几个大图书馆里都找不到。对于这样一位有特色有成就的作家,研究界竟是如此沉默,令我顿生无尽感慨。这更坚定了我写好端木蕻良研究著作、填补一个学术空白的心愿。

在拟订好著作框架目录并写了一篇自序之后,我给端木蕻良写了一封信,谈及自己的研究心愿与工作情况,寄上写作大纲目录和序文,并向他求教对作品的理解以及核实一些史实。不久,他给我回了信。全文如下:

建平同志:

您好!

来信和序、目录均收到,没什么意见。准备将《自序》寄给晏明同志,请他代为找报刊发表。因为由自家推荐不太合适也。

您要的1953—1990年著作目录,请您去函河南驻马店师专学报,

---

① 李建平:《大地之子的眷念身影——论端木蕻良的小说艺术》,广西民族出版社,1995,第102页。

1988年1—4期上刊有，比较全。1985—1990年也已寄给他们了，请和条目联系。

遵嘱寄上相片4张，有的不太清楚，但刊有说明时代。用后请归还。务必！谢谢！

手稿一张。

专此。即颂

编安！

端木蕻良
（1991年）4月2日

1991年8月，我到北京。4日上午，去拜访了端木蕻良先生。记不清是许觉民先生还是晏明先生帮我联系去端木蕻良家的事了。此次前往，主要是当面请教一些研究问题，顺便送还他寄给我的照片。去到端木蕻良先生家，钟耀群女士给我沏上一杯茶，大约见我年纪轻，就问了一句："你是研究生吧？"她以为我是在准备学位论文呢。我其实并不是研究生，受家父影响，大学毕业后我的兴趣主要放在写书写文章上了。当时，端木蕻良先生坐在皮椅上微笑着，那慈祥的模样，已留在了当天我摄下的照片上，留在了我的著作《大地之子的眷恋身影——论端木蕻良的小说艺术》的封面。1996年11月15日《文艺报》第8版发表方成写的《我和端木》文章中所配的照片，就是那天我所摄下的其中一张（是我拍摄后送给钟耀群，由钟耀群提供的）。我与端木老的合影，也印在该书的封底。那天，他的话不多，慢慢地回答了我提出的几个问题。钟耀群女士还给我拿出了一

1991年8月4日作者采访端木蕻良（前）时合影（钟耀群　摄）

些文字资料,我摘录了一些。端木蕻良赠送了他的新著《花·石·宝》给我,并在扉页题写"建平同志存正 端木蕻良 一九九一、八月北京"。采访将结束时,一位老人来拜访端木蕻良了。他是香港有名的散文家、报人史林安(罗孚、罗承勋)先生。我们与端木蕻良一道合了影。这是我唯一一次见到端木先生,留给我的印象,与所读的他的作品是一致的。那就是:善良、睿智、坚韧。以后几年,我与他又多次通信联系。为帮助我的研究和写作,他还给我寄赠了他的作品集《端木蕻良小说选》《端木蕻良》。如今,他给我的信件、我们的合影、他签名赠我的作品集《花·石·宝》《端木蕻良小说选》《端木蕻良》成了他留给我的最好的纪念品。

端木蕻良签名本《花·石·宝》书影

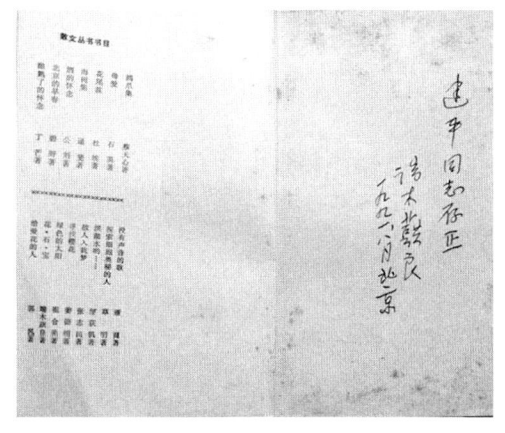

端木蕻良签名本《花·石·宝》题签

约一年后,我完成了《大地之子的眷恋身影——端木蕻良论》这本书的写作。然而,读书难,写书难,想要出版是难上加难。我交了书稿后,渐渐得知,当初的"丛书"召集人所联系的出版经费,已不能再出版这套丛书了。我拿回了自己的书稿,开始了更艰难的联系出版奔走。最终的结果是意料到了的,那就是自费出版。

在1992年,以我当时的情况,是无力自费出版一本书的。1993年过去了,1994年过去了,其间我向端木蕻良先生和钟耀群女士谈到这一情况。他们来信说：河南大学周启祥教授也编了一本有关端木蕻良研究评论集，目前也遇到这一困难，也想自费出版算了，我们已去信阻止了他，不能因为研究端木蕻良为难了大家。读到这段话时，我顿时感到：这是多好的老人呵！时间一下又到了1995年，我渐渐意识到，不能再拖下去了，不能令前辈失望，也不应如此白费自己的研究心血，否则，将会后悔一辈子。

于是，我下定决心，一定要办成出版之事，以对得起端木蕻良先生，也对得起自己的一片心血。我的想法得到了妻子的理解，她支持我自费出版此书。这时，在北京工作的曹革成先生与我联系上了，他是端木蕻良的侄子。他在给我的信中说："您的书还是要争取早出。"于是，我倾尽心力奔跑此事，最终是广西民族出版社给予了一定的支持。我衷心感谢该社年轻有为的社长、散文写得极好的冯艺先生，他将拙著纳入他主持的"新世纪文艺批评丛书"中（我的书名也依其体例相应做了一点更动，改为《大地之子的眷恋身影——论端木蕻良的小说艺术》），并亲自担任责任编辑。这本端木蕻良研究专著终于得以出版了。

端木蕻良签名本《端木蕻良小说选》《端木蕻良》书影

很庆幸，我终于能将《大地之子的眷恋身影——论端木蕻良的小说艺术》寄送到端木蕻良先生的手中。据曹革成来信说，端木先生翻看此书时，首先对其装帧表示满意，内文还在翻阅中，并说：端木先生终于看到了大陆学者的第一本关于他的研究专著，心生喜悦。此时，我的心中感到一阵宽慰。

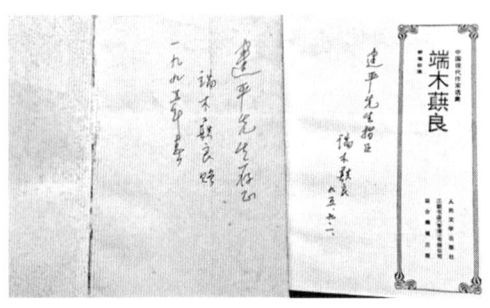

端木蕻良《端木蕻良小说选》《端木蕻良》题签

1996年10月的一天,一位友人告诉我,他在报纸上见到端木蕻良去世的消息。我赶紧去翻报纸,在《文艺报》的第一版上,果然见到了这则不愿见到的消息。傍晚下班,我到邮局发了个加急唁电。一夜,怅然若失。几天后,我写了一篇悼念文章《永存我心中的端木蕻良》,寄给了曹革成先生。这篇文章后来收入端木先生的家乡辽宁省昌图县委主编的《端木蕻良纪念集》中。

1998年,北京市文联举办"端木蕻良文学生涯七十周年学术研讨会",中国作家协会陈建功副主席来了,钱理群、吴福辉、王富仁、张中良等现代文学研究大家都来了,香港作家曾敏之、诗人王一桃和台湾学者赵淑敏等也来了。我带着论文《论端木蕻良40年代的创作转变》也参加了会议。几位大家分别主持了两天研讨会的议程。会议还组织我们在端木夫人钟耀群和侄子曹革成陪同下,到辽宁省昌图县端木蕻良故乡参观。在那里,我看到了黑土地,看到了茂密的红高粱,看到了端木先生称之为一马平川的"大地的海"。之后我与端木夫人钟耀群和曹革成保持多年联系。2012年,我在主编的《抗战文化研究》第6辑发表了曹革成编写的《抗日战争时期端木蕻良活动年谱(1937—1945)》,在第7辑又接续发表了《端木蕻良年谱·续(1941—1945)》。

我先后写作发表了多个研究端木蕻良的成果,有专著《桂林抗战文艺概观》(1991)中的一节"骆宾基、端木蕻良等人的乡土小说",专著

作者在"端木蕻良文学生涯七十周年学术研讨会"上发言。右一为端木蕻良侄子曹革成

《桂林抗战文学史》（1994）中的一章"骆宾基、端木蕻良的小说"，论文《面对传统文化的情感历程》（1994），论文《论端木蕻良40年代的创作转变》（1999），传记《抗战时期文化名人在桂林》中的一篇"端木蕻良"（2000），论文《端木蕻良抗战时期在桂林的创作》（2008），等等。

最后，我想重述一下我在《大地之子的眷恋身影——论端木蕻良的小说艺术》中评述端木蕻良作品的一段话，它代表了我对端木蕻良及其作品的总体认识："他的小说，的确属于最能反映中国知识分子对传统文化的情感态度的一类，在中国现代小说史上有着极为深厚的文化内涵。端木蕻良主要以土地为自己作品的描写对象，可以说，在现代小说领域里，还找不出如端木蕻良那样直接地、完整地、深刻地描写'土地'的小说系列。""端木蕻良所写的土地，并非仅指自然性的土地，更指社会性的土地，即一种有丰厚历史沉积与文明传统的'文化的土地'。'溥天之下，莫非王土'。数千年的农业文明，使旧中国的每一寸土地都有着封建思想文化的沉积。端木蕻良的小说，写了土地的灾难，土地的罪恶，土地的沉沦，也写了土地的富饶，土地的潜力，土地的希望；同时，写了直立在土地之上的大地之子面对土地的情感与态度：忧郁与憎恨、反叛与抗争、爱恋与创造。中国作为一个农业文明的国家，社会结构的各个成分，从政治经济到思想文化，无不与土地有着密切的联系。端木蕻良这些土地与土地之子的小说系列，形成了对中国社会最真实的内容最本质的特征的表现，形成了中国知识分子的一种有代表性的情感与奋斗的图影。……端木蕻良的创作由此显示了极为宝贵的价值。"①

到目前，端木先生的许多作品依然在编辑整理出版，关于他的研究集也出版了多部。我相信，端木蕻良作品的价值，会被越来越多的人认识。端木蕻良先生，永远活在广大读者心中。

2021年2月16日

---

① 李建平：《大地之子的眷念身影——论端木蕻良的小说艺术》，广西民族出版社，1995，第7页。

唐弢签名本：
《唐弢近作》

唐弢（1913—1992），原名唐端毅，曾用风子、晦庵、韦长、仇如山、桑天等笔名，浙江省镇海县（现宁波市江北区甬江街道畈里塘村）人，作家、文学史家和鲁迅研究家。新中国成立后，历任复旦大学、上海戏剧专科学校教授，上海市文化局副局长，中国作家协会上海分会书记处书记，《文艺新地》《文艺月报》副主编，中国社会科学院文学研究所研究员等职。代表作品有《推背集》《海天集》《向鲁迅学习》《鲁迅的美学思想》《中国现代文学史》等。

1977年高考后进入大学中文系读书的文学青年，没有人不识唐弢之名的。因为唐弢主编的《中国现代文学史》是80年代大学中文系的主要教材之一。我的大学毕业论文是关于现代文学研究的，对唐弢的大名自然早已知晓。对现代文学史较熟悉了，就会更多地知道唐弢的鲁迅研究家和藏书家的身份。

获得《唐弢近作》签名本是在我大学毕业后第一次参加的全国性学术会议上。那是1982年10月四川大学召开的纪念郭沫若90周年诞辰学术研讨会。那年初我大学毕业分配到广西文联《广西文学》编辑部理论组工作。我的工作本来与四川大学、与学术研究都没有联系，记不得是怎么收到这个会议的通知并联系参会的了，现在想来，可能是在大学任教的父亲收到这个会议通知转告我的，因为他知道我关注现代文学和现代作家。后来是父亲、母亲和刚刚大学毕业的弟弟（七八级中文系）从

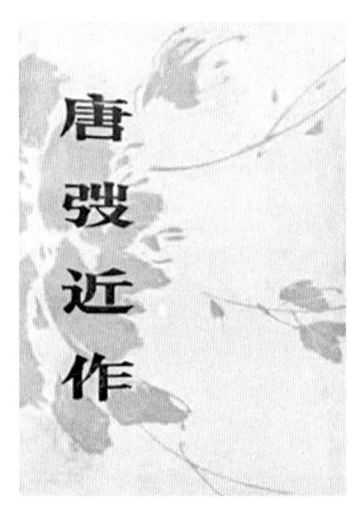

唐弢签名本《唐弢近作》书影

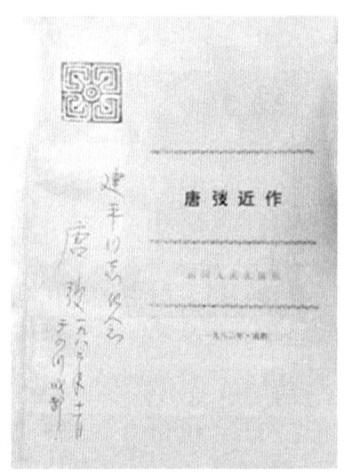

唐弢签名本《唐弢近作》题签

桂林去成都，我从南宁去，全家四人提交三篇论文出席了这个会议。这还成为会间的一个趣谈。北京广播学院的一位李教师在得知我一家四人出席会议，并听说我的几个哥哥姐姐分别是留学生、研究生、大学生的学历时，打趣地跟我父亲说："李教授，我看你不必讲现代文学课程了，你应该讲授家庭教育课了。"父亲听了，满脸堆笑，想必心里是美滋滋的。

我和弟弟都是第一次参加这么正规的学术会议，不认识什么人，以听会为主。第一天开幕式时，我知道唐弢先生来了，自然很欣喜。我立刻想到可以请他签字留念。开会前自然想不到会在成都见到这位大学者而带上他的书来参会，但我想到可以到书店找找，买一本。当晚我即刻跑去新华书店，好在成都新华书店书多，我果然买到了唐弢先生的《唐弢近作》一书。我的父亲母亲和弟弟是第二天才到会的，他们没有赶上会议开幕式的合影，但赶上了会议组织的去郭沫若故居乐山沙湾参观的活动，加入了在郭沫若故居的一次合影。父亲在路途中与唐弢、吴奔星等老先生相谈甚欢。中午在沙湾镇吃了午饭后，参观郭沫若故居时，我看到唐弢先生为故居题词"高山仰止　景行行止"。当晚是到乐山大佛附近住的。晚饭后，我跟随父亲去拜访了唐弢先生。父亲与唐先生谈了什么，我都不记得了，但我请唐弢先生在《唐弢近作》上签字之事是办成了。他在书中为我题写了"建平同志纪念　唐弢　一九八二年十一月于四川成都"。这是我最珍贵的签名本之一。如今，已40年了。

《唐弢近作》，1982年由四川人民出版社出版，共188页，收录作者1976年9月至1980年12月间所写的散文、杂文、论文、序跋等36篇，分为6辑，另有《后记》1篇。其中有借助评析老一辈无产阶级革命家诗文而寄寓作者崇敬、缅怀之情的，如《在生命的浩瀚的海洋里——读周恩来同志的几首早期诗歌》《谈"诗美"——读毛泽东同志谈诗的信》等；有追思文艺战线上良师益友的，如《怀景宋》《追怀雪峰》等；有作者研究鲁迅的新成果，如《〈故事新编〉的革命现实主义》《鲁迅佚文的新发现》等；有作者对30年代文艺刊物的回顾和办好新时期文艺刊物的设想，如《办好副刊》《要办一个有个性的刊物》等；有对新时期作品的评论，如《短篇小说的结构》等；还有作者出访日本的见闻实录，如《书城掠影》《仙台之旅》等。

唐弢的《中国现代文学史》在20世纪80年代中文系大学生中影响巨大。唐弢是著名的藏书家，被称为近现代四大藏书家（郑振铎、钱杏邨、吴晓玲、唐弢）之一。他藏书数万卷，以收藏期刊及现代作家著作珍本闻名，后来捐献给了中国现代文学馆。2013年11月我参加中国现代文学馆召开的一个学术会议时，会议主办方曾让我们会议代表参观了馆中的"唐弢书库"。他的学术思想和业绩还在继续影响着后来学子。

2021年4月19日

秦兆阳签名本：

《一封拾到的信》《秦兆阳小说选》

秦兆阳（1916—1994），湖北黄冈人。作家、编辑。先后任《人民文学》小说组组长、《文艺报》执行编委、《人民文学》副主编、《当代》杂志主编。主要代表作有《平原上》《农村散记》《女儿的信》《小燕子万里飞行记》《大地》等。

20世纪50年代末到70年代末，秦兆阳到广西生活了将近20年。他在广西期间，深入农村厂矿，深入生活，继续进行文学创作。他创作的短篇小说《一封拾到的信》，发表于《广西文艺》1962年5月号。1963年，他创作的以抗日战争为背景的长篇小说《两辈人》的部分

20世纪70年代初期秦兆阳在广西写作时留影
（秦晓晴　提供）

章节在《广西文艺》发表。1972年至1975年期间，他接受了上级安排的创作一部反映农业学大寨的长篇小说的任务。经过近五年时间的下乡体验生活、收集素材和讨论研究，终于写出了一部书名为《穿云山》的长篇小说，署名"韦任敏"（"为人民"的谐音），1976年由广西人民出版社出版。"《穿云山》以都安瑶族自治县大石山区为背景，围绕穿云山大队为根治旱涝灾害修建水利工程而展开的矛盾冲突，描写了以大队党支部副书记韦艾梅为代表的广大贫下中农在农业学大寨运动中，与恶劣的

秦兆阳签名本《一封拾到的信》书影

秦兆阳签名本《一封拾到的信》题签

秦兆阳签名本《秦兆阳小说选》书影

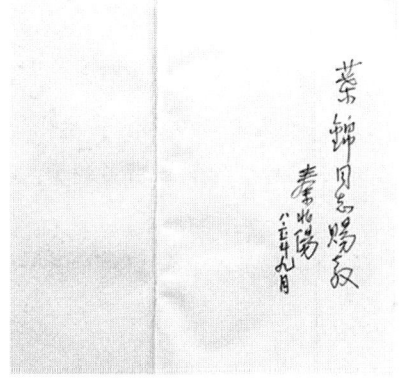
秦兆阳签名本《秦兆阳小说选》题签

自然环境斗争和农村阶级敌人展开斗争的故事。"[1]长期的辛劳，使秦兆阳患上了严重的胃病，身体受到损伤。写作任务完成后，秦兆阳于1977年春返回北京治病，离开了广西。

我收藏了两本秦兆阳签名本。一本是他的小说集《一封拾到的信》。该书于1979年由人民文学出版社出版。秦兆阳赠送此书给广西作家刘业锦，在内封上，他题写"业锦同志留念　秦兆阳　1980.春节"。该书收入23篇短篇小说，大多是作者在20世纪四五十年代写作发表的作品，只

---

[1] 李建平：《广西文学50年》，漓江出版社，2005，第140页。

有被用作书名的《一封拾到的信》是他在广西写作发表的。

秦兆阳在广西20余年，虽历经波折和苦难，但在工作和生活中，也结识了许多朋友。刘业锦是其中一位。据秦兆阳女儿秦晓晴2007年8月给刘业锦的信说："很早就从父亲那里听说过您，您是父亲为数不多的愿意吐露心声的朋友。"[1]1977年秦兆阳回到北京后，准备出版小说集，写信叫刘业锦帮忙抄写《一封拾到的信》。我见到了当时他写给刘业锦的一封信。

业锦同志：

前天刚刚给你回一信，昨天就接到寄来的抄写的《一封拾到的信》。抄稿子是一种很无味很要耐心的事情，你竟然花了宝贵时间为我抄了一万几千字，而且抄得这么快，这么工整！叫我说什么好呢？"谢谢"之类的话是不能表达我的感激之情的，而且对你也是不大适用的。我只好说，认识了一位热心为人的同志，应当好好向你学习，并且用以鞭策自己，今后还应尽可能做点有益的事情。

……

问一切关心我的同志们好！

握手！

秦兆阳

（1977）5.19

我收藏的另一本是《秦兆阳小说选》，也是秦兆阳送给刘业锦的。秦兆阳在扉页上题写"业锦同志赐教　秦兆阳　八六年九月"。

受书人刘业锦，笔名叶锦。诗人、儿童文学作家。《广西文学50年》这样介绍她："叶锦，女，本名刘业锦。副编审。1949年12月参加革命工作，先后在广西文工团、广西民族歌舞团任创作组长，1957年经组织选送到北京大学中文系进修学习，1958年底结业后调到广西文联，长期在《广西群众艺术》编辑部、《红水河》编辑部、《广西文艺》编辑部、

---

[1] 秦晓晴给刘业锦的信（2007年8月，未署日期）。刘业锦收藏。现由刘乔叶继承。

广西作家协会、广西曲艺家协会担任编辑、秘书、常务副主席等,从事文学艺术组织工作。1991年退休后,曾受聘为广西曲艺家协会名誉主席、《广西百科全书》文化分编编委。1964年加入广西作家协会,是广西最早加入广西作家协会的2名女作家之一。2002年加入中国作家协会。"①

1980年6月6日刘业锦在北京拜访秦兆阳时合影。前排左起:刘真、秦兆阳、刘业锦

  秦兆阳认识刘业锦应是20世纪六七十年代。那时秦兆阳在广西,已逐渐恢复一些文学创作活动,刘业锦在《广西文艺》编辑部任编辑,后在广西作家协会任秘书兼儿童文学创作委员会副主任,两人在稿件往来和一些文学会议上有联系。

  刘业锦是我岳母。2015年84岁时病逝。这两本签名本和有关信函,现在由我和妻子继承收藏。

2021年1月21日

---

① 《广西文学50年》,漓江出版社,2005,第424页。

洁泯（许觉民）签名本：
《当代文学的社会历史批评》《当代中国作家百人传》

洁泯（1921—2006），本名许觉民，江苏苏州人。作家、文学评论家。新中国成立后曾任人民文学出版社副社长兼副总编辑，中国社会科学院文学研究所副所长、所长，研究员等职。著有《人生的道路》《风雨故旧录》《当代文学的社会历史批评》等。

20世纪80年代初，我在查阅抗战时期桂林报刊资料时，在《救亡日报》（桂林版）、《中国诗坛》、《诗》等报刊上读到好些署名"洁泯"的诗。其诗情感炽热，诗句刚健，给人深刻印象。后来知道"洁泯"本名叫许觉民，是中国社会科学院文学所研究员、所长。我与他是通过写信建立起的联系。

第一次给洁泯写信应该是1988年。我当时在编撰《桂林抗战文艺辞典》，将他列入词条，因而写信向他求教。他回信介绍了他当时在桂林的工作和创作情况，并请我在报刊上寻找他的其他诗作，复印一些给他。信件往返几次后，我们便逐渐熟悉起来。在20世纪80年代初，他曾担任中国社会科学院文学研究所所长。我告诉他，我大哥也是中国社会科学院一个经济类研究所的所长，他说认识，一起开过会。这样，两人在接触中就更亲近了一些。

1991年8月我到北京采访抗战时期莅桂的文化人时，最先联系的就是许觉民。我按照他给的地址来到他家，那是我们的第一次见面。他个子不算高，略瘦，但身板骨挺硬朗，精神饱满，脸上浮现出和善热情的神情，令人感到亲近温暖。我向他介绍了我们研究所正在开展的"桂林抗战文艺"研究的情况，近期正在写《桂林抗战文学史》的内容。我主要向他了解他在桂林工作和创作的一些细节，并请他对自己作品的一些背景和内涵做些介绍。他听了十分高兴，连声说，"应该做应该做，这很重要"。

谈话中，我说到这次到北京，还计划采访艾青等文化名人。许先生十分热情，连忙说："我帮你联系一下。"随即拨了电话。电话联络很顺利，他帮我约好第二天下午到艾青家。我心里好一阵高兴。

许先生对我们的抗战文学研究给予了大力支持。1993年，我与同事蔡定国、杨益群合著的《桂林抗战文学史》完稿后，我们商量请一位当年参加过桂林抗战文艺活动的名人作序。当时我就想到请许先生。与蔡、杨二位一说，都说好。于是我又去信请他写序。许先生爽快地答应了。不久，他寄来了序言。我们将其收入《桂林抗战文学史》中。该书于1994年由广西教育出版社出版，是较早出版的区域性抗战文学史，获得大量反馈和许多好评。著名文艺评论家、中国社会科学院文学研究所所长张炯写了《祝贺〈桂林抗战文学史〉的出版》在《南方文坛》1995年第三期发表。他说："今年是世界反法西斯战争胜利和我国抗日战争胜利50周年，蔡定国、杨益群、李建平撰著的《桂林抗战文学史》经过8年的辛勤努力，终于完稿并正式出版了。……可以说，这部著作填补了我国现代文学史研究方面的一个重要的空白，更为我国抗战文学史研究做出了十分可贵的贡献。"我们非常感激许先生为这本书精心作序，以及张炯所长为这本书做推荐评价。

许觉民赠送我两本书。一本是《当代文学的社会历史批评》。该书由人民文学出版社出版，是他八十年代评论文章的合集。他在扉页题写"建平同志　正　许洁泯　93.7.31"。另一本是他主编的《当代中国作家百人传》，1991年由求实出版社出版。他在内封题签"建平同志惠存　许觉民　九一年八月"。

许先生不仅是诗人，还是文艺评论家，在80年代文坛享有盛誉，当时我也在写些文学评论，就顺便请教了他对当下文坛的一些看法和评论。几年后，我出版文学评论集，请他给我写序，不久便收到他写的序，序中说：

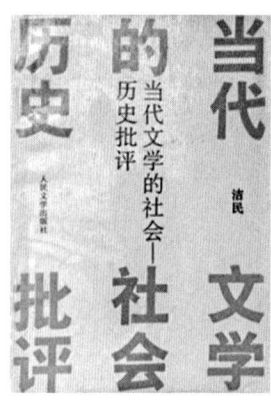
许觉民签名本《当代文学的社会历史批评》书影

许觉民签名本《当代中国作家百人传》题签

当代文学的研究如今是处于一个萧索的时期。这时节坚守这个岗位默默而劳作的人就显得很可贵。打个比方,就是要有甘愿坐冷板凳的精神。而且一直坐下去,坚信这是一种事业,不管如何受挫仍是要坚持下去。

我以为以上所说的正是当代文学内在的和外在的困顿。然而在这一阵线上,仍是不乏有心人的。他们苦撑着这个局面,并且还做出不少力所能及的实绩来。这中间,建平同志便是一个。

现在他又有一个新集子要出版。我在阅读之余,感触良多。

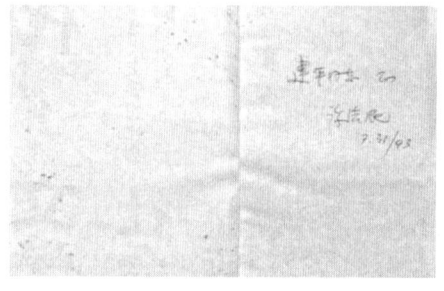
许觉民签名本《当代中国作家百人传》题签

1991年作者与许觉民(左)合影

首先感到的是年轻人的执着和毅力,孜孜不倦地为着当代文学的研究事业付出自己的心血。他那一步一个脚印的努力,使我十分感动。其次,他的笔触不仅注视着本地区青年作家的成长,对他们的作品作了详尽的研究和评论。他还面对着当代文学全局性的理论问题,作了宏观性的评述和研究。这些文章，我尤喜他关于通俗文学的见解。他从史的发展博采众家之说，但有自己的见解，从理论上廓清了某些片面性的谈论，使自己的见地臻于合理之境。

我和建平同志可谓忘年交。尽管年龄相差悬殊，但是彼此谈问题颇能一致。我很欣赏他的年轻有为，尤喜他做当代文学研究的那种坐冷板凳的精神。此次他编集子又要我为这本论文集写点儿什么，这自是义不容辞之事。

这些话给了我很大的激励。他的序言，收在我的评论集《理性的艺术》里，该书于1995年由接力出版社出版。

与许先生交往前后约十年，相互有不少书信往来，其中2003年他写来的一封，对我的研究给予了指导：

建平同志：

收到您的贺年卡，十分高兴。您的近况，想来仍在做些研究。对桂林文化城的研究，您做了不少事，魏华龄同志也做了不少事，我很钦佩。我想，您似可进一步做些广西作家的研究。如秦似、阳太阳、韦其麟等，写出一批研究广西作家的文章来。

我的年龄已逾八十，多年来患晚期青光眼，视力日渐衰退，读书写文均感困难。恐不能做什么事了。

匆复，即颂

羊年大吉！

许觉民
（20）03.2.3

在我的文学研究路途上，得到了许许多多的学术前辈的引导和同道好友的帮助，许先生就是其中最热心最尽力的一位。我常常怀念他，感念永存心中。

2021年2月17日

舒芜签名本：
《舒芜杂文自选集》

> 舒芜（1922—2009），本名方管，学名方硅德，字重禹，安徽桐城人。作家、文学评论家。新中国成立后，曾任南宁中学校长，广西文学艺术界联合会研究部长，南宁市文联副主席，人民文学出版社编辑、编辑室副主任、编审，《中国社会科学》杂志社编审等职。主要作品有《书与现实》《舒芜集》《中国近代文论选》等。

舒芜是中国社会科学院编审，现代文学史上的一位知名文学评论家。我与他仅见过一面，他的签名本就是在这一次见面中获得的。

舒芜与家父李耿在人生轨迹上有一小段交集，他们曾共事将近一年。那是新中国成立初期南宁刚刚解放时的事。

父亲在回忆录中有这样一段记载：

1950年1月16日，南宁军管会出布告公开委任我当南宁高中代理校长。当时布告落款是军管会主任方曙。3月份私立中学合并进南宁高中，又正式任命方管（舒芜）为南宁高中校长，任命我任副校长。之后，南宁高中改名为南宁中学。①

1950年冬，我父亲去华北人民革命政治研究院学习。一年后回到广西，被广西大学中文系聘为副教授，没有再回南宁中学。父亲与舒芜共

---

① 李绍清、李京文、李建平主编《我们这一家》，知识产权出版社，2014，第34页。

事大约10个月。

40多年后,1997年10月,舒芜来南宁,我父亲恰好那段时间也从桂林来南宁。一天,一位当年在南宁中学读书、90年代担任了省级领导干部的学生听说当年的校长来了,感念老师恩德,邀请校长吃饭。不知他们怎么得知我父亲也在南宁,而且竟联络上了(那时还没用上手机),于是,我父亲也就一道出席了宴请活动。那时我担任广西社会科学院文学研究所副所长,父亲去见舒芜时,对我说:"中国社会科学院一位学者来了,叫舒芜,你去见见吗?"我说:"我知道舒芜,我要去。"于是我随父亲一起去了舒芜下榻的宾馆。恰好我手头存有舒芜的随笔集《舒芜杂文自选集》,就带上了。

《舒芜杂文自选集》于1996年由百花文艺出版社出版,收入作者20世纪40年代到90年代创作的杂文43篇、"自序"1篇。文章大多结合历史人事和读书杂感而写,所议话题也多与社会现实有关。其行文风格是旁征博引,以史鉴今,内蓄意蕴。

在宾馆里,父亲与舒芜交谈。其间我请舒芜给我签名,他在扉页写了"建平先生指正 舒芜 一九九七年十月"。约半小时后,父亲和舒芜便离开宾馆房间,去酒店会当年的学生如今的领导干部了。我送父亲和舒芜到酒店门口就离开了。

本来我还有一次机会可以与舒芜见面交流的,可是我那天时间仓促,就放弃了。

舒芜签名本《舒芜杂文自选集》书影

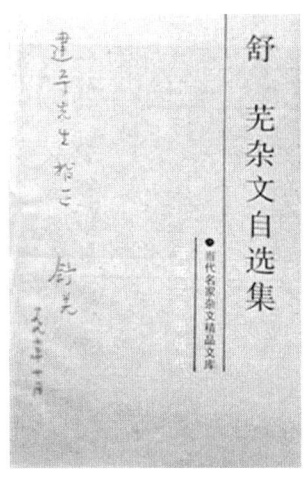

舒芜签名本《舒芜杂文自选集》题签

那是1991年我访问许觉民那天,从他家出来在楼梯口刚要下楼时,许觉民忽然说:"楼上还有一位可访问的人物,你要不要去会会?"我问是谁。他说:"舒芜。"我看时间已晚,又没有准备,就没有去。但后来也没有机会再去见他,想想还是很遗憾。

2021年1月31日

田本相签名本：

《中外学者论曹禺》《田汉评传》《苦闷的灵魂——曹禺访谈录》

田本相（1932—2019），天津人。中国戏剧研究专家、文化学者、教授。曾任中国话剧文学研究会总干事，中国话剧理论与历史研究会名誉会长，中国艺术研究院话剧研究所所长、研究员、博士生导师。代表作品有《曹禺剧作论》《曹禺传》《中国话剧艺术通史》等。

　　田本相是中国现代戏剧研究大家，对曹禺、田汉等艺术大师有深入研究，曾担任中国艺术研究院话剧研究所所长。我认识田老师是通过我的妻子刘乔叶。她是田老师的学生，1977年底考入北京广播学院（今中国传媒大学），当时田老师给他们上现代文学课。

　　大学毕业后，刘乔叶还与田老师保持书信联系，过年过节常致问候。我是研究现代文学的，也搭车写信向田老师请教，渐渐便熟悉起来。1992年7月暑假期间，我和妻子带着小学二年级的孩子去北京旅游。我通过当时正在北京广播学院读研究生的大学同学林平联系了田老师，提出到学校看望他的想法。得到了田老师的同意后，我们一家三口去到了北京广播学院。那天上午，我们在田老师家坐了较久，他与刘乔叶聊起学校一些老师的情况，与我聊了一些学术话题，并询问我的研究近况。当天中午，他留我们在他家吃饭，他做了油焖大虾，我的孩子吃得津津有味，给我留下了很深的印象。我们邀请田老师和师母到广西做客，他答应了。可是后来一直没有等到他来。

　　2003年4月上旬，我到北京参加中国田汉研究会举办的纪念田汉诞生110周年学术研讨会，会议地点设在恭王府内的中国艺术研究院。田老师那时是中国艺术研究院话剧研究所所长，我想，又可以见到田老师了。可是会议期间,没有见到他出席。我向会议组打听,他们告诉我,田老师原定参会的,但临时有其他原因没有来。这个会议召开时,"萨斯"病毒已在北京传播,外地学者多人临时取消了来京参会计划,到会的外地参会者只有我和上海《上海戏剧》杂志许主编两人。会议开完后大家赶忙离开。疫情期间已不宜去别人家串门,我没有在京停留便返回南宁了。因而没有去看望田老师。

那天在田老师家,他送给我和我妻子《中外学者论曹禺》。扉页写着"建平乔叶存阅　田本相　1992.7.25"。2002年,他又给我们寄来了他与学生合著的《田汉评传》(重庆出版社1998年出版)和他与师母合作整理的《苦闷的灵魂——曹禺访谈录》(江苏教育出版社2001年出版)。他在《田汉评传》的扉页题写"建平乔叶存　田本相　二〇〇二年三月二十九日",在《苦闷的灵魂——曹禺访谈录》的扉页题写"乔叶建平惠存　田本相　刘一军　二〇〇二年三月二十九日"。

这三本书,寄托着田老师对学生的关爱和期望,珍藏着一段美好的记忆,我很喜爱它们。

2021年1月29日

田本相签名本《中外学者论曹禺》题签

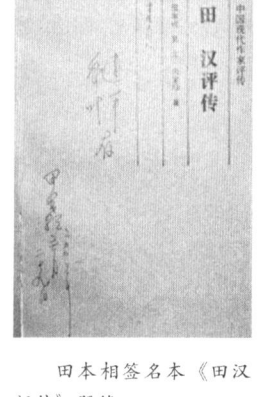

田本相签名本《田汉评传》题签

田本相签名本《苦闷的灵魂——曹禺访谈录》书影

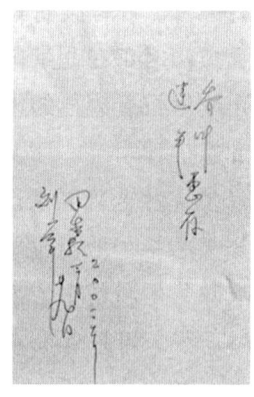

田本相签名本《苦闷的灵魂——曹禺访谈录》题签

李京文签名本：
《李京文文集》《科技富国论》《文化力与文化产业》

李京文（1932—2021），广西陆川人。经济学家、工程管理专家，教授、博士生导师。系中国社会科学院学部委员、中国工程院院士。曾任中国社会科学院数量经济与技术经济研究所所长、北京工业大学经济学院院长。1991年获国务院政府特殊津贴，获有突出贡献的专家称号，1994年当选为俄罗斯科学院外籍院士，1998年当选为国际欧亚科学院院士，1999年当选为世界生产率科学院院士。代表作品有《技术经济理论方法》《科技富国论》《跨世纪重大工程技术经济论证》等。

李京文是我大哥，兄弟姐妹中他排行老二，我老七，他大我20岁。他学术成就高，是中国社会科学院学部委员、中国工程院院士，著名经济学家，还是俄罗斯科学院院士。

京文哥1951年19岁时考入武汉大学经济系就离开了家，我那时还没出生。1953年他到苏联留学，直到1957年才回国探亲。因而我是5岁时才见到他。当时他带回一部照相机，给父母亲和弟妹们照了许多照

20世纪50年代李京文在苏联留学时摄

片，我童年时一张模样可爱的照片就是他给我照的。

李京文由苏联回国后，1958年起先后在河北省计委、国家计委、北京经济学院、国家建委、建材部等单位工作，并在北方交通大学、武汉工业大学等校担任兼职教授。1985年调到中国社会科学院担任数量经济与技术经济研究所首任所长。由政府机关的局级干部，到研究院所的研究人员，由"当官"到"搞学问"，这个转变，当时不被大多数人所理解。而这次选择，使李京文的事业走向辉煌，并为祖国的经济建设和社会发展做出了重要的贡献。

2001年，我为《沿海企业与科技》"院士访谈"栏目采写文章而采访了大哥，介绍了他的成就和贡献。文章写道："几十年来，李京文在经济学领域里，对技术经济学、数量经济学、物流学以及建筑、建材企业管理等学科进行了大量系统的研究，发表了一批有很高学术价值和应用价值的文章和专著。李京文在经济学方面的贡献在于：一方面将数量经济学应用于经济研究，丰富了我国经济研究的分析方法；另一方面使我国经济研究规范化，对我国经济研究与国际接轨，向世界水平迈进起到了极大的推动作用。80年代末李教授主持开展的以数量经济方法为基础的经济预测与分析，既为中央有关部门从数量上掌握中国的经济运行状态，正确制定我国经济政策、指导经济发展做出了贡献，又引起了发达国家对中国经济问题研究的重视。李教授带领中国数量经济学者与美国著名经济学家、诺贝尔经济学奖获得者克莱因教授等合作研制了中国宏观经济模型，并与美、日、韩的模型进行了连接。可以这样说，没有李教授带领的中国数量经济所众多专家的努力，中国的经济学研究很难迅速与世界接轨。李京文在数量经济学研究方面的开拓创新，使他当之无愧地成为中国经济学研究走向世界的带头人之一。"[①]

正因为李京文在众多领域里做出了如此重大的贡献，他在1988年就被中组部评定为国家有突出贡献的专家，同年又被中组部、人事部、国

---

① 李建平、刘乔叶：《由经济学家到工程院院士——记著名经济学家、中国工程院院士李京文》，《沿海企业与科技》2002年第1期。

家科委联合选拔为有突出贡献的中青年科技管理专家,1991年获国务院政府特殊津贴,获有突出贡献的专家称号。1994年他被俄罗斯科学院选举为该院外籍院士,并获名誉博士称号,1998年被选为国际欧亚科

李京文(后中)1964年回桂林与父亲李耿(前右二)、母亲曾仁杰(前左二)和部分弟妹合影。前左一为作者

学院院士,1999年被选为世界生产率科学院院士。2001年11月,他被中国工程院选举为该院工程管理学部院士,成为中国第一位经济学家出身而担任工程院院士的学者。2020年12月,复旦大学授予他"管理学终身成就奖"。

大哥著作等身,至少出版有二三十本了吧。他先后送给我的大约有七八本,有《李京文文集》《科技富国论》《中国社会前景(2001)》《中国经济前景(2001)》等。在《李京文文集》的扉页,他客气地写道:"建平弟参阅并提意见!愚兄李京文 2017年九月二十七日于北京。"《李京文文集》被列入中国社会科学院学术委员文库,2005年由上海辞书出版社出版,597页,46万字,精装本,收入文章57篇和自序1篇,

李京文签名本《李京文文集》书影

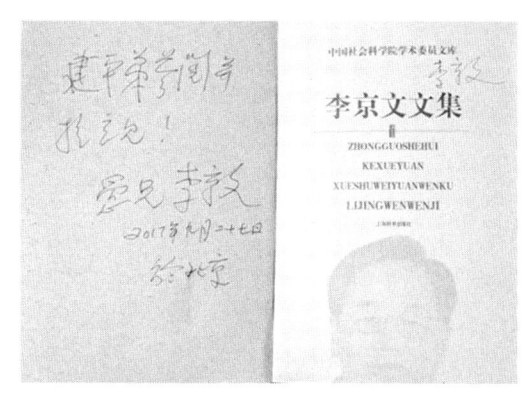

李京文签名本《李京文文集》题签

李京文签名本《科技富国论》书影　　李京文签名本《科技富国论》题签

这些文章大多为李京文2000年至2004年所写。在《科技富国论》上他题写"建平弟惠存　京文哥　2012.11.3"。《科技富国论》于1995年由社会科学文献出版社出版，收入李京文论科学技术总论和论科学技术与经济增长、科技进步与区域发展、中国科技进步的趋势展望等专题的论文45篇。其中第一篇《科技进步是富国之源——我的经济观》于1992年夏完成，1993年发表，长达4万多字，文中首次提出"要把科技兴国作为国策确定下来"的观点，对当时国家发展战略产生了积极影响。

1997年，我所在单位创办一本《沿海企业与科技》杂志，我邀请大哥担任顾问，他答应了，还给杂志题词支持，并寄来多篇论文发表，对我们的工作给予了极大的支持。

2000年作者与李京文（左）在研究稿件问题

我与大哥还有一次亲密合作。2006年，广西举办首次"中国—东盟文化产业论坛"。大会筹备组同时邀请大哥和我出席会议，担任演讲嘉宾，而且安排在同一个下午演讲。这次学术活动，还促成了我和大哥的学术合作。我将我们两人的论文合编成一本《文化力与文化产业》文集,并请中国人民大学副校长、哲学学院院长冯俊教授写序,于2007年在方志出版社出版。后来,我们三人在书上签名,作为合作的留念。这是一本特殊的签名本。

大哥在中国当代技术经济学和工程管理学领域做出了重大贡献,给我们弟妹和下一代年轻人做出了表率,激励着我们在事业上奋发成长。他送给我的多本签名本,是我们家的传家宝、珍藏品,我们将代代相传。

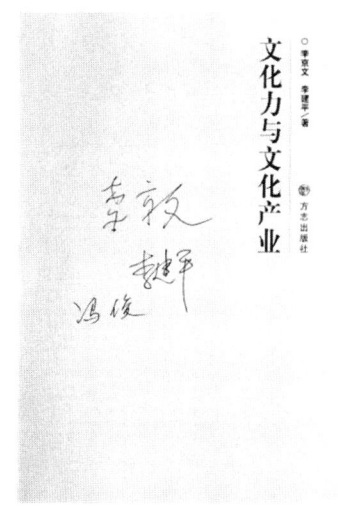

李京文、冯俊和李建平题签的《文化力与文化产业》

2021年2月1日

补记:2021年3月31日,我们在广西的4位兄弟姐妹聚集桂林给父母亲扫墓,中午午餐时,大家正说到待疫情缓和时一起去北京聚聚,看望大哥大嫂时,我忽然收到大哥的女婿韩林飞的微信:"我岳父今天早上9点驾鹤西去。"我心头一惊,恍惚好一阵才接受了大哥离去的事实。大家正在吃饭,我没有立即发声,待午饭将近结束时,我才将这条微信的信息告诉大家。一阵悲戚沉寂之后,大家相约了上京吊唁之事。我第二天中午就坐高铁去北京了。4月3日,我到协和医院与韩林飞一道为大哥扶灵,送到八宝山陵园。4日上午10时30分举行遗体告别仪式。数百位大哥的领导、同事、亲友、学生参加了吊唁。当日,我写了付挽联:"创经济预测论证超大工程堪称国之栋梁造福百姓 探科学规律撰述全新理论实为学界楷模恩惠弟子"。大哥安息!

2021年5月7日补记

吴福辉签名本：

《插图本中国现代文学发展史》《都市漩流中的海派小说》《春润集》

> 吴福辉（1939—2021），浙江镇海人（今宁波镇海区）。文学研究家。曾任中国现代文学馆副馆长，中国现代文学研究会副会长，中国茅盾研究会副会长，《中国现代文学研究丛刊》主编，博士生导师。代表作有《插图本中国现代文学发展史》《沙汀画传》《春润集》等。

正当我着笔开写这篇与吴先生交往情缘的文章时，突然在微信朋友圈里看到一则"悼念吴福辉老师"的信息。那是2021年1月15日上午约九点时。我不敢相信这个信息。这么高大爽朗亲切的学人，我还想着春节期间去拜访他呢（我当时正在北京），怎么会发生这种情况呢？疑虑中又过了约莫一个小时，在朋友圈看到了第二则消息，并准确说了吴先生是在加拿大犯心脏病离世，我才不得不相信，这是真的！真的！顿时悲伤惋惜涌上心头，对他的思念久久萦怀。

结识吴先生是1983年，我们因当年中国作家协会举办的全国首届茅盾研究学术研讨会而相识。1981年我在茅盾先生去世不久写了一篇《茅盾在桂林的文学活动》在秦似主编的《语文园地》发表，1983年在得知要召开全国首届茅盾研究学术研讨会后，我在上文的基础上扩展写成《简论一九四二年茅盾在桂林的活动》投寄给了大会筹备组。不久便收到了吴先生的来信。他当时在大会筹备组工作，是代表茅盾全集编辑室写的回信。他在信上说："李建平同志：您好。大作《简论一九四二年茅盾在桂林的活动》，经研究，考虑收入正在编的论文集（湖南出书）。此文所谈资料，是很珍贵的。为稳妥计，建议您再交林焕平先生审阅一次。……全文约束在八千字，即稍稍删去些。回稿的日子订在五月十日左右。您看可以吗？"信末署名"茅盾全集编辑室（吴福辉执笔）"，日期是"83.4.24"。（全文详见左图）这是他给我的第一封信。

我的论文后来被收入湖南人民出版社1983年出版的会议论文集《茅盾研究论文选集》里。但由于这次茅盾研究学术研讨会议是首届，参会者很多，主要是与茅盾同期活动的文学界老作家和学术界前辈，我这刚刚大学毕业的年轻人没能参会。虽然当时没能与吴先生见面，但我们因茅盾研究相识，建立了联系，之后常有书信往来。后来我又向他编辑的《中国现代文学研究丛刊》投稿，经他推荐，我先后被吸收加入中国茅盾研究会、中国现代文学研究会。1985年，我参加了中国茅盾研究会在扬州召开的"青年茅盾研究笔会"，会议召集人是雪燕。记得同会的青年学者还有邢少涛、王中忱、沈卫威、钟桂松等。我写了《论〈霜叶红似二月花〉矛盾冲突主线》提交会议，后发表于1985年的《广西大学学报》。

我与吴先生是什么时候第一次见面的，记忆模糊了。是1985年扬州会议？是90年代他到南宁时？竟记不准了。很可能还是1994年他与夫人朱老师到桂林公干后临时转到南宁来找我那次。我因为常与他有书信往来，也给他先后寄去拙著《桂林抗战文艺概观》《桂林抗战文学史》《新潮：中国文坛奇异景观》请教，因而原来虽未谋面，但十几年下来，也似熟悉的朋友一样，毫无陌生感。那次他来南宁纯属偶然，是一张火车

吴福辉给作者的第一封信

票难倒了他。那个时代黄牛倒票厉害,广西开往北京的特快火车每日只有一趟,购买上京的火车卧铺票十分困难。接待他们的漓江出版社在桂林买不到票,且在桂林上车时间是半夜,十分不便。出版社的同志说,南宁是始发站,比较容易买到票。他们问吴先生南宁是否有熟人,如果有,可以去南宁转转,请熟人帮买票由南宁回京。吴先生说,认识李建平。漓江社的同志认识我,说那可以去。如此吴先生与朱老师就来到了南宁。

如果这是第一次见面,当时是怎么接车,怎么联络见面的,这些具体场景都记不得了。但与他们一起活动两天的不少事情还记得。我当时安排他们住在靠近火车站的自治区政府接待宾馆——凤凰宾馆,联系了朋友帮助他们订火车卧铺票。安歇下来后,我问他们来到南宁有什么活动和想法。吴先生和朱老师对南宁比较生疏,提不出什么要求,也不认识其他人。后来朱老师问我能不能联系广西作家协会的韦其麟、包玉堂这些作家见面交流一下,说她读大学时关于当代文学史中介绍的广西作家就记得他们几个。朱老师是人民文学出版社编辑,与广西民族作家交流太合适了,我与这些作家也相识,这事好办。我联系了广西作家协会常务副主席韦一凡,安排他们第二天上午到广西博物馆民族文物苑见面,

1994年11月26日作者与吴福辉(左)合影于南宁市广西博物馆文物苑风雨桥前

一道吃早茶。第二天，韦一凡和包玉堂来了，韦其麟没能联系上。我当时是文学研究所副所长，我们所的蔡定国所长和顾绍柏老师，还有所里一位年轻学者黄蔚也参加了。那天聊得较久，谈得融洽，我还陪吴老师在民族文物苑里游览了一圈，在风雨桥前照了相。

记得第三天上午，朱老师先离开南宁，去重庆、成都继续她的公干。吴老师是下午返京的火车。临行前，还没到饭点，但我看时间尚早，我想到他在车上吃饭不方便，就邀他在凤凰宾馆里吃了一顿便餐，然后送他上了火车。吴先生重情义，离开宾馆时，拿出一大盒桶装的高级饼干送给我。我说你留在火车上吃吧，要坐车近30个小时呢。他说我还有，这是专门买给你感谢你的。我感受到了他的这份情义。

我到北京时，也去找过他。大约是1996年吧，我到万寿寺的中国现代文学馆去见他，聊了一些现代文学研究会会议活动之类的事之后，他带我到书库看看。我正是在书库里翻看《艾青文集》时第一次见到艾青将回复我的信收入其中的，我赶忙告诉吴先生，这封给"建平同志"的复信是写给我的。他探头看了一下，说："信中谈抗战时期桂林的活动，考证起来是写给你这位'建平'的，应该对得上。"那天中午，他请我和中国现代文学馆馆长舒乙吃了饭。我因正在研究端木蕻良小说，向舒乙请教了一些满族文学问题。我还说起了我的奶奶是清末的北京人，我爷爷在北京生活了三年，将她娶回了广西。但我不知道她是汉族还是满族人。舒乙给我说了一些满族的民俗风情逸事。与两位文学馆馆长的交流，实是一次精神大餐。

我与吴先生见面的次数不是太多，大多是通过书信联系。多年下来，他给我的书信有十几封，其中最感人的是为我加入中国作家协会联系雷达等学会领导和给我的著作《大地之子的眷念身影——论端木蕻良的小说艺术》写推荐信。信中写道："广西社科院文学所李建平同志所著端木蕻良小说艺术的学术研究书籍，为国内东北作家群研究中重要的成果之一……填补了中国现代文学研究中的一个空白。"（详见下图）。此信充满了他对我学术研究的深切关怀。吴先生给我的教益和帮助，还体现在他对我的论文的指导和关怀中，我曾给他寄去过研究茅盾、王鲁彦的论文，他都十分重视，认真处理。参加首届茅盾研究学术研讨会那篇，他编入

1996年，吴福辉为拙著写的推荐信

《茅盾研究论文选集》，1983年由湖南人民出版社出版。研究王鲁彦的一篇，他已复信告诉我排入《中国现代文学研究丛刊》，但我后来得知，这篇论文我提交四川抗战文艺研讨会后，被会议组放到《抗战文艺研究》杂志发表了。我赶紧告诉吴先生，他说，只好撤下了。此事让我后悔好久。我90年代初赠给他的拙著《桂林抗战文艺概观》，他也很重视。他曾对他的来自广西的博士生说：抗战时期桂林的文学活动内容很丰富，值得研究，这方面回广西后可以联系广西社科院的李建平。后来我在吴先生的《插图本中国现代文学发展史》里看到他引用了多则我书中的资料。我十分高兴，我们的研究，给现代文学体系增添了新鲜史料。

我曾获得吴先生的三部签名本。《都市旋流中的海派小说》是2009年11月初我参加中国现代文学馆举办的会议时吴先生赠给我的。《插图本中国现代文学发展史》和《春润集》是他2013年11月受广西大学文学院邀请来讲学时见面送给我的。那天上午他在广西大学讲学，下午由文学院教师陪同游了青秀山。他托文学院教师联系我说要见见面。我随即安排在他下榻的宾馆附近的酒店用晚餐。我请好友、时任广西大学文学院教授王建平一道陪同（王建平后来调入广西社会科学院文化所，现任所长）。王建平是钱理群的弟子，与吴先生有话题。那天饭后我送他回宾馆，在他房间继续聊天，他拿出《插图本中国现代文学发展史》送给我。接过这本可以说是吴先生一生最重要最有代表性和权威性的著作，令我十分欣喜。我原已收藏并阅读了这本著作，对它自然感觉亲近和喜爱。

见到他在内封上题写的"李建平先生存正",我不由得说出了自己心中藏了很久的一个写作"秘密"。我告诉他,我会在退休后空闲一点时写一本围绕签名本与文化名人交往的札记性的小书。我说:"我会记录您的大著和我们相识的一些故事。"为说明写此书的基础,我向他数点了我收藏有端木蕻良、艾青、唐弢、秦牧、秦似、茹志鹃、许觉民、舒芜、林焕平、彭燕郊、杨义、黄海澄、林兴宅、田本相、叶辛、潘琦、韦其麟、聂震宁、李京文、魏华龄、章绍嗣、丘振声、冯俊、莎红等赠我的签名本,还有欧阳予倩、钱钟书、秦兆阳、陈伯吹、吴奔星、陆地等赠送他人的

吴福辉签名本《插图本中国现代文学发展史》书影

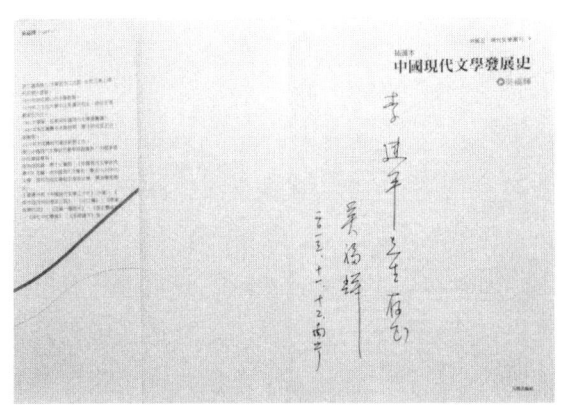

吴福辉签名本《插图本中国现代文学发展史》题签

吴福辉签名本《都市漩流中的海派小说》书影

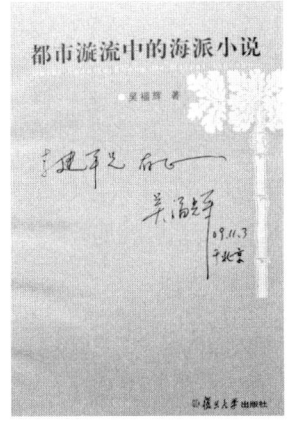

吴福辉签名本《都市漩流中的海派小说》题签

 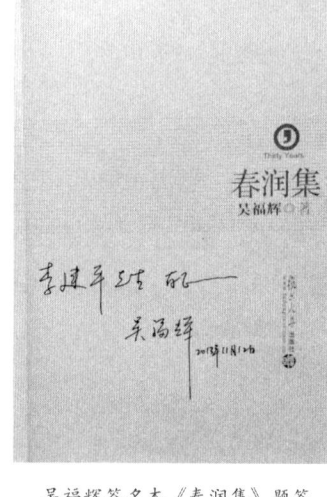

吴福辉签名本《春润集》书影　　吴福辉签名本《春润集》题签

签名本。我还是第一次向他人透露我的这一写作计划。他边听边连连点头，现出赞许的笑容，这增添了我写作的信心。

那次在南宁见面交谈后，我常常想着再到北京时去看看他。看他的藏书，看他其他的收藏品。因为他在聊天时曾说他假日常去潘家园，收藏了一些物件。他还说，下次你来，我带你去潘家园逛逛。我由此有所期待。不曾想在微信朋友圈里竟见到了吴先生去世的噩耗。

吴福辉大我13岁。他1981年北京大学研究生毕业，我是1982年1月大学毕业。从年龄和学历上说，他高我一格，于学问而言，那就高我不止三五格了。对我而言，他像兄长又像老师。我既受到他学识上的教诲，也得到他许多的关爱！如今他去了远方，我失去了可敬的师长，中国现代文学界失去了重要学者，惜哉痛哉！好在有他的著作在，有他的签名本在，捧着大著，端详签名字迹，如会老友，如见音容！我珍惜吴先生的签名本！

2021年1月18日初稿，5月10日改定

杨义签名本：

《东亚现代文学中的战争与历史记忆》

  杨义（1946— ），广东电白人。文学评论家、文学史研究家。现任中国社会科学院学部委员，中国社会科学院文学研究所研究员、博士生导师。曾任中国社会科学院文学研究所所长兼学术委员会主任、少数民族文学研究所所长兼学术委员会主任、《文学评论》主编、《文学年鉴》主编、《中国社会科学院文学研究所学刊》主编等。1991年获国务院颁发的政府特殊津贴，1994年获国家人事部有突出贡献的中青年专家称号。主要著作有《中国现代小说史》《中国叙事学》《重绘中国文学地图》《20世纪中国文学图志》《重绘中国文学地图通释》《杨义文存》等。

  杨义先生是我与中国社会科学院文学研究所几任所长联系最多最久的一位。我1985年到广西社会科学院文学研究所（后改名文史研究所）工作，1998年任所长，2013年不再担任职务。此期间，正是杨先生担任中国社会科学院文学研究所所长的时期。我多次参加由他主持召开的学术会议，又有策划《抗战文化研究》辑刊和请他为拙著《文学桂军论》写序的两桩学术事宜，因而与杨义所长的联系就多了一些。

  我是2002年在杨先生担任主编的《文学评论》编辑部与新疆大学联合召开的文艺评论研讨会上认识他的。那次活动印象最深的是到天池游览。在湖边，我与他合影留念，并向他介绍了广西社科院文学所的情况，也算是向上级学术单位汇报吧。我知道杨先生是广东人，我想他对广西的事情应该是感兴趣的。所以初次见面，也冒昧地谈起了这些公事。

2007年5月作者访问杨义（右）时合影

较密切的一次接触是2007年5月。那次我是到北京参加期刊主编培训班，在京的十余天，我两次去中国社科院文学所办公室见杨所长。在此之前，我已与张中良商议办《抗战文化研究》辑刊。张中良当时任中国社会科学院文学研究所现代文学研究室主任，我通过他联系杨义，请他担任编委会主任。我先去见张中良，然后由他先到杨所长的办公室请示。不一会儿他回来说："所长同意了。"我跟着张中良进到杨义的办公室，详细汇报了办刊的宗旨、内容、刊期和编委会成员等情况。杨先生表示赞同，对稿件来源和刊物开本提出了他的看法。此事得到他的参与，令我十分欣喜。午餐时，气氛融洽，我进一步提出请他为我的国家社科基金项目《经济欠发达地区一个重要作家群的崛起及意义——文学桂军论》写序的想法。他仔细地听了我对项目内容的介绍后，也答应了下来，吩咐我两天后将《抗战文化研究》的办刊方案送给他看。那天是我分外快乐的一天，我请杨先生帮助的两件事都顺利地办成了。

当晚我就把《抗战文化研究》的材料准备好了，第二个晚上，我起草了一个《经济欠发达地区一个重要作家群的崛起及意义——文学桂军论》序言草稿。我想，写些这个项目的背景材料可以给杨先生写序做参考。两天后，我再次去到杨先生办公室，把这两份材料交给了他。大约一周后，我收到了他寄回的序言。他是在我送去的序言初稿的打印纸上重新改写的。开头部分完全改写，新加了七八百字，中间部分留用了我写的一部分材料，结尾部分又是他完全新写

杨义为《经济欠发达地区一个重要作家群的崛起及意义——文学桂军论》作序的手稿

的内容。他还在文稿中增加了关于边疆文学的新论述。结句他写道:"为此期待,作序如上。窗外杨柳,枝叶繁茂。"看得出他写作时心境很好。

这篇序言,杨先生提纲挈领地导出相关理论观点,精炼地评说相关内容,使我的小书大为增色。该项目结项后,改书名为《文学桂军论——经济欠发达地区一个重要作家群的崛起及意义》在中国社会科学出版社出版,杨先生的序文也以《布洛陀家乡的现代吟唱》为题在《南方文坛》2018年第2期发表。该书后来在广西第十次社会科学优秀成果评奖中获得一等奖。

杨义签名本《东亚现代文学中的战争与历史记忆》题签

2005年8月作者与杨义(左)合影

我做现代文学研究,较多关注整体研究的现代文学史著作,杨先生的《中国现代小说史》是我常翻阅的必备参考书。他后来出版的《杨义文存》十册,我也购买了一套存阅。他的文学地图理论,开拓了学人的文学史思维,形成现代文学史新一派。我很遗憾没有随身带一本在见到他时请他签名留念。手边留存的签名本,是2005年我到中国社会科学院文学所参加由他主持的"东亚现代文学中的战争与历史记忆国际研讨会"时,请他在会议文集上签字而成的签名本。他在这个小册子封面签了"欢迎到文学所——杨义 二〇〇五年八月于香山"。这同样十分有意义。

最近几年,杨义先生到澳门大学教学兼做研究,我好久没有见到他了,真希望有机会到澳门去见见他。

祝杨先生在澳门生活幸福!

2021年1月19日

曹革成签名本：
《跋涉生死场的女人萧红》《端木蕻良与肖红在香港》《池鹭湖》

曹革成（1947— ），笔名成歌、葛成，上海人，原籍辽宁省昌图县。作家、编辑家。历任北京出版社编辑、编辑部主任、副编审，文津出版社副总编辑。系北京作家协会少数民族创作委员会委员，辽宁省铁岭市端木蕻良研究会顾问、黑龙江省呼兰河萧红研究会顾问。2003年加入中国作家协会。主要作品有《四季蛮荒》《闯关东》《池鹭湖》《月光曲》《跋涉生死场的女人萧红》《我的婶婶萧红》《百年端木蕻良》《端木蕻良年谱》《史学与曹学》等。

曹革成是端木蕻良的侄子。我与他相识源于端木蕻良研究。

20世纪90年代初，我从事端木蕻良研究，在大量阅读端木蕻良作品并通过信函向他请教之后，写出了著作初稿。我把初稿寄给端木蕻良，顺便询问他的一些文学史事，以完善书稿附录的"端木蕻良著作年表"。不久，我收到曹革成的来信，他说从叔叔婶婶处知道我的情况，并受他们委托与我联系。我们年龄相仿，经历相似，交流起来十分融洽，相互之间书信往来十分频繁。在1995年、1996年那两年，我们的书信往来就有十几封。

曹革成在出版社任职，是专业编辑，也是作家。1981年大学期间就发表作品。2002年时，他给我寄来两本书：他主编的《端木蕻良与肖红在香港》及长篇传记《跋涉生死场的女人萧红》。他在《端木蕻良与肖红在香港》的扉页题签"建平兄惠正 革成赠 2001年3月22日北京"，在《跋涉生死场的女人萧红》的扉页题写"建兄惠正 革成赠 2002年

4月20日　北京"。

曹革成的文学创作受端木蕻良的影响很大。他在接受李明新的采访中说到了这一点："我走上文学的道路是受到他的影响……去年我出版的长篇小说《池鹭湖》，就是取材于叔父回忆我们家世的《科尔沁前史》等作品的。"①

曹革成签名本《端木蕻良和肖红在香港》《跋涉生死场的女人萧红》书影

他的长篇小说《池鹭湖》于2011年由华艺出版社出版。小说依据端木蕻良的家族小说《科尔沁旗草原》和回忆录《科尔沁前史》提供的线索，写的是民国时期科尔沁草原上的人事风情和宁姑、小精两位女人的凄美故事，情节生动曲折，对人性的社会性、多样性、复杂

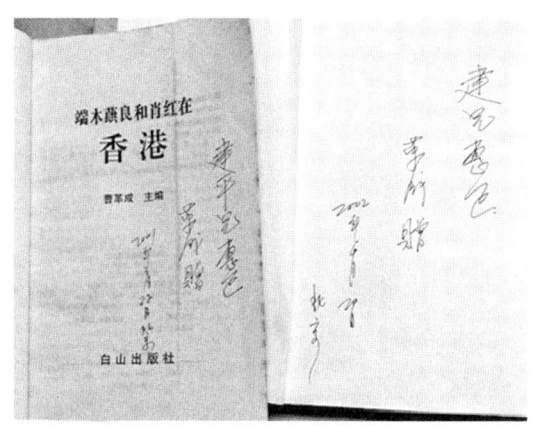

曹革成签名本《端木蕻良和肖红在香港》《跋涉生死场的女人萧红》题签

性、矛盾性做了深刻的揭示。曹革成擅写女性，颇多柔情，他的小说，描写细腻，语言讲究，与端木蕻良写科尔沁草原的一批小说有相似的韵味，被称为是"叔侄两代作家隔世的空灵接力"（见《池鹭湖》封底文字）。

曹革成走上文学道路是受到他叔父端木蕻良影响。有意思的是，端

---

① 李明新：《永远的曹雪芹　永远的端木蕻良——访曹革成先生》，《曹雪芹研究》2012年第2辑。

曹革成签名本《池鹭湖》书影

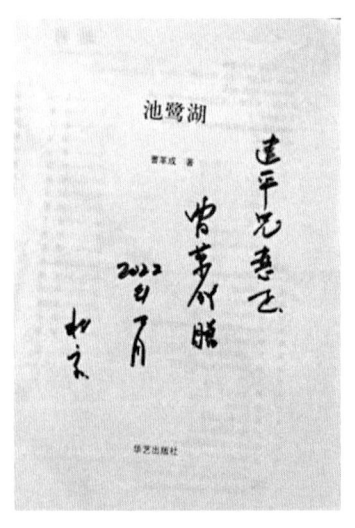

曹革成签名本《池鹭湖》题签

木蕻良走上文学道路是受到二哥，也就是曹革成的父亲曹汉奇的鼓励和影响。曹汉奇先生在新中国成立后任上海华东师大和哈尔滨师大的历史学教授，是他当年带端木蕻良走出了东北家乡，进入天津南开，开始了他们初期的文学活动。端木先生到晚年依然常常提及他的二哥对他走上文学之路的影响。而曹革成既受到父亲曹汉奇的影响进行历史研究，又受到叔父端木蕻良的影响进行文学创作，使他得到了多方面的发展。

我与曹革成见过三次面。第一次是1998年端木蕻良逝世两周年在北京举行的"端木蕻良文学生涯七十年研讨会"上。那次会议，有许多现代文学研究大家到场，如钱理群、吴福辉、王富仁、张中良和香港的曾敏之、王一桃等。端木蕻良夫人钟耀群和曹革成作为端木蕻良的亲属始终在场。我和曹革成交流了很久。会议的后半阶段，我们又前往辽宁昌图县到端木蕻良故居访问。在那里，我才感受到黑土地的辽阔与红高粱的气势。第二次是2012年我到他家拜访，主要是为《抗战文化研究》组稿，顺便看看他收藏的端木蕻良资料和照片有没有可以编辑成文在《抗战文化研究》上发表的。交谈中，得知他在编写《端木蕻良年谱》，我就提出将1937—1945年的年谱放在《抗战文化研究》上发表的建议。他同意了。那天，他和夫人在家中招待我吃了饭。不久，他寄来了稿子。稿子较长，我分作上下两篇，以《端木蕻良年谱（1937—1940）》《端木蕻良年谱·续（1941—1945）》为题分两次在《抗战文化研究》第六辑和第七辑刊发了。

第三次见面是2022年2月23日。我们相隔十年没有联系,这次他带来了好几本著作送我。一本是《端木蕻良年谱》,于2020年由春风文艺出版社出版。这是他十年前就完成了的研究资料集,25万字,展示了端木蕻良84年的文学履历和成就,资料十分宝贵。他在内封题签"建平兄指正　曹革成赠　2022年2月北京"。还有一本是他的专业文集《史学与曹学论辑》,于2021年由香港香江出版社出版,收入史学研究论文8篇,曹学论文12篇。他在内封题签"建平兄指正　曹革成赠　2022年2月

曹革成签名本《端木蕻良年谱》《史学与曹学论辑》书影

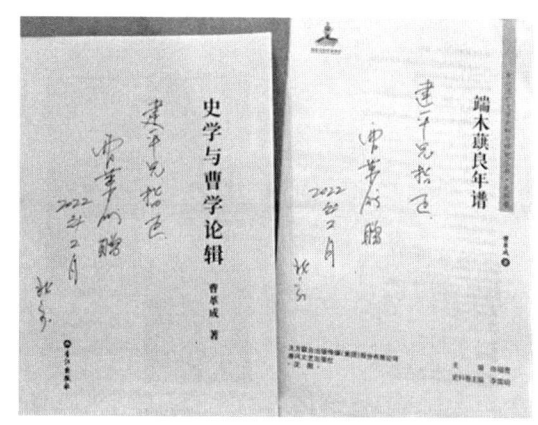

曹革成签名本《端木蕻良年谱》《史学与曹学论辑》题签

北京"。他还送给我他任执行主编、铁岭市政协文史与学习委员会编的纪念端木蕻良百年诞辰画册《百年端木蕻良》(黑龙江大学出版社2012年出版),内收端木蕻良生平活动、文学创作成就和书画作品的照片400多幅,并附有文字说明,还介绍了有关研究成果,许多照片是第一次公开刊印,珍稀宝贵。曹革成在扉页题签"建平兄存念　曹革成赠　2022年2月北京"。那天会面,我也赠送了我的著作《知青文化和广西实践》和主编的《抗战文化研究》给他。我们交谈话题宽泛,谈学术,谈创作,谈家世,谈生活,谈见闻,谈保健,交谈十分融洽。可谓相见甚欢。

2022年2月23日作者与曹革成（左）合影

曹革成一直勤于笔耕，退休后仍然大量写作，陆续发表有关端木蕻良与萧红的研究与介绍文章50余篇，还发表了多篇史学与红学文章。近两三年，除编撰出版上述《端木蕻良年谱》和学术论集《史学与曹学论辑》外，他还整理撰写他父母亲的传记、回忆录《历史的菩提树下·曹汉奇传》《湖州·上海·哈尔滨——倪美生回忆录》，2021年已在香港香江出版社出版。在文学创作方面，他写了两部长篇小说书稿，一部是儿童文学《上海男孩》，另一部是知青题材小说《白山黑水间》。预祝他有更多好作品完成与出版！

2021年12月8日初稿　2022年2月25日改定

聂震宁签名本：
《暗河》《去温泉之路》《我的出版思维》

聂震宁（1951— ），江苏南京人。作家、出版家、编审。历任漓江出版社社长、总编辑、副编审，广西新闻出版局副局长，人民文学出版社社长、编审，中国出版集团公司总裁。现任中国韬奋基金会理事长、中国出版协会副理事长、中国期刊协会副会长、北京印刷学院新闻出版学院院长，全国政协第十、十一、十二届委员。享受国务院颁发的政府特殊津贴。主要作品有《我的出版思维》《去温泉之路》《暗河》《舍不得读完的书》。

我与聂震宁很早就认识。1982年1月，我大学毕业后分配到《广西文学》编辑部工作。头一年，编辑部领导分配我编办一份辅导文学青年的小报，定名为《广西文学之友》，内部出版，每月一期。读者对象是向《广西文学》投稿的文学青年。那时热爱文学、常常写作投稿的青年真不少！为此这个小报开辟了一个《文学新人》栏目，而我选定的第一个要介绍的青年作家就是聂震宁。当时他来《广西文学》改稿，住在广西文联招待所，我去采访他，写了一篇介绍文章。我们就这样认识了。

《广西文学之友》这份小报，刊载的都是短文。我的这篇《不负壮乡培育情——记业

《广西文学之友》上关于聂震宁的介绍文章

余作家聂震宁》大约600字，登在1983年的这份小报上。文章附有照片，照片里聂震宁模样周正俊朗，英气勃勃。不记得是谁摄影的了，应该是聂震宁提供给我们的。

聂震宁是知青，在农村插队时就开始文学创作，1975年在《广西文学》发表诗作《我们的台糖》。后来写小说，一篇《绣球里的槟榔》把壮族生活、青年爱情写得缤纷烂漫，大为出彩，被《中国文学》看中，翻译成英文介绍到海外。他的文学才华和写作成就在广西文坛形成"语惊四座"的影响。1983年1月，广西作家协会联合《广西日报》召开"聂震宁作品研讨会"，《广西日报》以一个4K版面的篇幅刊登了会议纪要，这在《广西日报》的创办历史上是从来没有的。聂震宁成了20世纪80年代广西青年作家的佼佼者、领军人。《广西文学之友》将聂震宁作为首期介绍的青年作家，是最好的选择。

聂震宁1985年出版了第一个小说集《去温泉之路》，他在送给我的这本书的扉页题签"李建平同志指正　聂震宁"。没有署日期。这本小说集收入他1984年以前的作品，多是描写少数民族生活的小说，反映了他创作初期的特征。1985年后，他的写作风格有所变化。以他1986年在《人民文学》发表的《长乐》系列小说为代表。在八九十年代，他共写作出版了《去温泉之路》《暗河》《长乐》三本小说集，1988年获首届庄重文文学奖。1991年，聂震宁送给我《暗河》，扉页题写"建平兄雅正　聂震宁　一九九一、九、五"。在这本大致反映了他80年代后五年创作

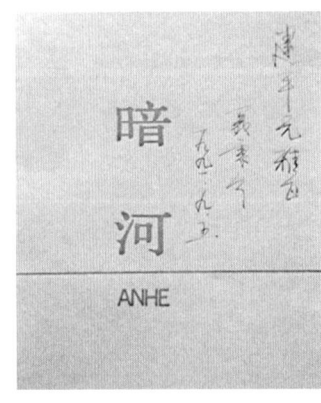

聂震宁签名本《暗河》题签　　　聂震宁签名本《去温泉之路》《暗河》书影

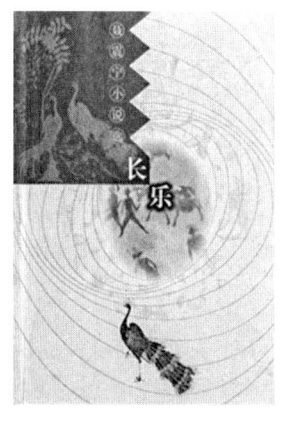  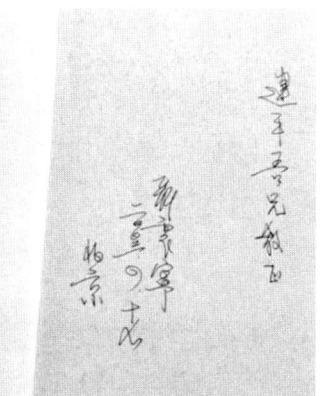

聂震宁签名本《长乐》书影　　　　　聂震宁签名本《长乐》题签

成果的小说集《暗河》中，最为人们称道的是他的五篇《长乐》系列小说：《长乐》《从善》《有朋》《男婚》《女嫁》。这五篇小说有一个共同的主题，那就是聂震宁自觉地学习鲁迅，揭示国民性中的一些弊病。有论者指出："作者不像鲁迅那样冷峻，而是温和地批评了他们的痼疾之后，又善意地指出他们在'长乐中还带有点儿苦涩和气虚'，似乎对自己的同胞寄予着希望。"（《广西文学50年》第209页）。

聂震宁从80年代中期到漓江出版社任编辑起，就开始了文学创作与编辑出版这两个方面的工作。1990年，他担任漓江出版社副总编辑，1993年后，又先后任总编辑、社长。自90年代起，他在出版岗位上成功地转变为出版策划人、企业家。他最成功的策划案有两个。一是在漓江出版社策划并出版了《文科知识：百万个为什么》。这套包含22个学科26分册数百万字的大型丛书，1990年当年策划、当年组稿、当年出版，获得第五届中国图书奖一等奖，第一次印刷2万套不到8个月售罄，获得较好的社会效益和经济效益。1999年，他因卓著的出版业绩，被国家新闻出版署调到北京，任人民文学出版社社长。二是在人民文学出版社社长任上，成功地策划了《哈利·波特》系列书籍，共销售500万册，码洋达1亿5千万元，获得第五届全国优秀少儿图书奖，[①]取得极大的社会效益和经济效益。在他担任人民文学出版社社长三年半的时间里，将出

---

① 聂振宁：《我的出版思维》，河北教育出版社，2004，第246页、248页。

聂震宁签名本《我的出版
思维》书影

聂震宁签名本《我的出版思维》题签

版社的销售码洋由1998年的6千多万元增长到2002年的2亿3千万元。① 写小说很棒的聂震宁，此时显示出他做出版策划和经营企业也很棒的本领。2002年4月，中国出版集团成立，他又调到集团党委和管委会担任领导职务。

他在出版岗位创造出版新业绩的同时，也写下了一批出版学和管理学文章，辑成《我的出版思维》出版。他寄给我一本，在扉页题签"建平兄指正　聂震宁　二〇〇四年　元旦节"。那些年我正在主编月刊《沿海企业与科技》和学术年刊《抗战文化研究》，读了他的《我的出版思维》，给我的编辑出版管理工作带来很大的启发。

我最为感激的是他为我的《文学桂军论——经济欠发达地区一个重要作家群的崛起及意义》写序。《文学桂军论——经济欠发达地区一个重要作家群的崛起及意义》是国家社科基金项目，2006年结项，2007年我联系中国社会科学出版社出版。为与国家出版社出版相称，我约了两位权威学者和出版家写序，一位是中国社会科学院学部委员杨义，另一位就是聂震宁。不久就收到了两位高人的序文。聂震宁的序文写道：

---

① 聂振宁：《我的出版思维》，河北教育出版社，2004，第128页、148页。

建平兄从广西来到北京，要我为他们的专著《文学桂军论——经济欠发达地区一个重要作家群的崛起及意义》写序。我暗自觉着为难。我还没有读过书稿，但似乎当时就得应承下来，因为我们是老朋友；我还预感到这是一篇很难写的序，但似乎只能担当起来，还是因为我们是老朋友。故友之请于我总有神圣感，甚至还有一点人品拷问的意味，我不能拿糖。至于预感到此序难写的原因，理由就比较复杂了。其中有两点可以说出来：一者书中所论作家，大都是我的故乡文友，此书既为作家群研究，不免要梁山好汉，论功排座，砖厚瓦薄，此高彼低，而古人有"文无高下"之说，今人有"文章是自己的好"的戏语，作家群里，自负而叨陪末座者肯定见怪，思想高蹈者价值遭遇低估势必烦有喷言，我半路掺合进去，多半不是什么好事；二者书中定然要论及我早年间的创作，猜想所论必定以褒扬为主，尽管我不悔少作，可一旦作序，就有默认之意，甚至有自炫之嫌，而且加重了同谋的嫌疑。仅此两点，就足以令我视为畏途，何况还有其他。然而，尽管为难，却架不住建平兄的恳切情辞，还搬出伟林兄之邀来加重砝码，两位都是诚恳厚道的老朋友，我只好接受下来——就像接过了一副很重的担子。

但我得承认，我对书稿所论的故乡人和故乡事有兴趣。"君自故乡来，应知故乡事"，我愿意借此机会再次神交故乡的旧雨新知。我对论著的选题也有兴趣。"经济欠发达地区一个重要作家群的崛起及意义"，这是一个具有文化学研究意义的论题，在文学研究中有所通变。我感觉到当中新的气象，新的语境，新的境界。

……

书稿从广西快递过来。通读了书稿，果然，《文学桂军论——经济欠发达地区一个重要作家群的崛起及意义》，正是以文化学为主导的一个理论批评文本。

我对这部论著所凭借的理论支点很感兴趣。这部论著的论者，除了无法脱离的一般文艺理论之外，主要是凭借了当代文化理论，特别是凭借了当代文化理论中的第三世界文化研究的理论、新历史主义理论和文学人类学理论。此外，还使用了马克思主义的艺术生产与物质生产不平衡理论，以及近年来耳熟能详的后发优势理论。有了当代文化理论当家，加上诸般理论武器，能内能外，能大能小，此番研究也就左右逢源了。

我对论著中对文化学研究的展开尤其喜欢。我要特别强调，我说的是喜欢。一个时期以来，我在出版专业研究中，也相当喜欢使用文化学研究这个工具。文化是说不尽的，自然，文化学研究的覆盖面也几乎是无疆界的。已故台湾学者殷海光搜集了西方学者对文化的47种定义，一一做了分析，仍然觉得意犹未尽。即便把文化分为广义与狭义两种，物质、精神、制度、生活方式等因素为广义，人类活动的精神产物为狭义，那么，即便狭义的文化，也是覆盖极广的一种理论。顾晓明教授对狭义的文化做过概括，大体意思是：文化是一种在生产活动中直接发生作用的生产力，是信息和知识，是弥散于特定人群的文化心态和氛围，是社会交往和人际沟通的象征符号系统，是一种世代之间的"遗传"机制。这个概括比较以人为本，以人类为文化，比较贴切周到。用覆盖面极广的文化学来研究文学现象，研究一个地域性作家群的崛起和意义，无疑可成文学的通变之学。我的几位朋友能够这样去研究广西的作家群，实在是找到了高起点和大视野，显示出不同凡响的智慧。

……

序言至此，当可打住了。不经意间二千余言既出，最初的作序之难一时已被淡忘。说到底，作此序，不仅是架不住友情，还是架不住诱惑——前面说过，一是故乡事的诱惑，二是文化学的诱惑。有此二者，一些复杂的因素也就变得肤浅和无关紧要了。

2007-7-14 于北京

2007年5月作者与聂震宁（右）合影

《文学桂军论——经济欠发达地区一个重要作家群的崛起及意义》后来获得广西第十次社会科学优秀成果评奖一等奖。这个荣誉,与聂震宁在序文中给予的肯定意见和中肯评价是密切相关的。

2007年,我到北京时,曾到他办公室看望他。当晚,他恰好有一个饭局,邀我一起前往。那个和谐欢乐的晚宴,我终生难忘。

2011年,聂振宁担任中国韬奋基金会理事长。近几年,他发起"全民阅读"活动,旨在提升中华民族文化素质,获得广泛响应和良好效果。2019年3月,他曾受邀到南宁做一次"全民阅读"的讲座。我在微信里看到这个消息,十分想去会场听课,会会他。可惜那几天我正在医院住院治疗,没法前往。最后我发了祝贺信息给会议主持人,遥祝讲座成功。

我常常想,人民文学出版社,在我心目中是冯雪峰、聂绀弩、曹靖华这些文学大师所处的文学殿堂,震宁兄由广西到北京,由作家到出版名家,这般跳跃,令人称奇!震宁兄为广西人争得了荣誉,书写了一部人生传奇。祝愿震宁兄在京健康平安!再创佳绩!

2021年1月25日

冯俊签名本：

《法国近代哲学史》《学习新思想》《西方哲学史》

冯俊（1958— ），湖北英山人。哲学家、党史党建专家。曾任中国人民大学副校长兼哲学院院长、中国浦东干部学院常务副院长、中共中央党史研究室副主任（副部长级）、中共中央党史和文献研究院院务委员会委员（副部长级），兼任中国人民大学哲学院、清华大学马克思主义学院、同济大学人文学院等院校的教授、博士生导师。享受国务院颁发的政府特殊津贴。主要作品有《法国近代哲学史》《开启理性之门——笛卡儿哲学研究》等。

冯俊的学术成就主要在西方哲学史方面。他的硕士和博士就读专业都是哲学系外国（欧洲）哲学史，先后受教于武汉大学哲学系陈修斋教授、杨祖陶教授、中国人民大学庞景仁教授、苗力田教授和中国社会科学院哲学所王玖兴教授。1994—1995年曾到英国牛津大学哲学院做高级访问学者，1998年到法国马赛第三大学法语进修班学习，2010年在美国哈佛大学肯尼迪政府学院政府高级管理者班学习。出版的个人专著有《笛卡尔第一哲学研究》《法国近代哲学》《当代法国伦理思想概论》《后现代主义哲学讲演录》《开启理性之门——笛卡尔哲学研究》《从现代走向后现代：以法国哲学为重点的西方哲学研究（当代中国哲学家文库·冯俊卷）》《行走于教育和哲学之间——冯俊教育讲演录》《东风化雨——冯俊谈马克思主义中国化》《浦园夜话——冯俊谈干部教育》《学习新思想》《西方哲学史》《百年大党与中国之治》等，翻译或主持翻译有《笛卡尔》《马勒伯朗士的"神"的观念和朱熹的"理"的观念》《劳特利奇哲学史》和《布莱克威尔哲学指导丛书》等,曾任教育部哲学学科教学指导委员会副主任委员、中华全国外国哲学史学会理事长、中国自然辩证法研究会副会长、中国欧盟学会副会长、上海市社会科学联合会副主席、中国中共党史学会常务副会长等职,系第十二届全国政协委员。

我在学术事业上曾两次得到冯俊的关心和帮助。第一次是2006年,广西举办首次"中国—东盟文化产业论坛",大会筹备组同时邀请我和我大哥李京文出席会议,担任演讲嘉宾,而且安排在同一个下午相继发表演讲。这次学术活动,促成了我和大哥的学术合作。我将我们两人的论文合编了一本《文化力与文化产业》文集,并请时任中国人民大学副校长的冯俊写序,他欣然应允了。该书于2007年由方志出版社出版。我和大哥李京文在书上签名后,我又请冯俊在书上留下签名,形成了一本特殊的签名本。第二次是2017年,当时冯俊已调到中共中央党史研究室任副主任,我的国家社科基金项目《中国西部抗战遗址调查与保护利用》结项后正准备出版,想到这个项目与党史研究密切相关,于是我又一次请冯俊作序。他认真地阅读书稿后写出序文,还十分慎重地请其他党史研究专家再次帮助审看了一遍才交给我。这本书于2017年由广西师范大学出版社出版。冯俊为这本书写的序文后又以《承继抗战精神 砥砺奋勇前行》为题在《抗战文化研究》第十二辑(2019年)发表。

2016年初,冯俊由中国浦东干部学院调任中共中央党史研究室副主任后,来广西百色调研。他先飞到南宁,中共广西区委党史研究室接待

2016年作者和妻子刘乔叶在南宁看望冯俊(右)时合影

冯俊签名本《学习新思想》《法国近代哲学史》书影

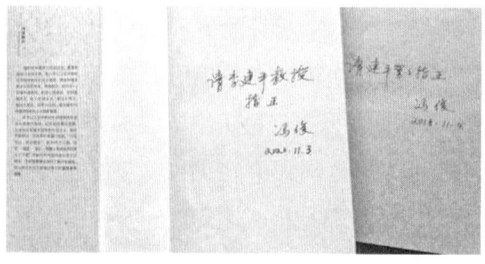

冯俊签名本《学习新思想》《法国近代哲学史》题签

了他。我和妻子刘乔叶在中共广西区委党史研究室副主任黄志勇的带领下，去他下榻的宾馆看望他，和他聊起了百色起义、红七军、韦拔群和壮族风情，十分惬意。

冯俊曾送给我三本他的著作。一本是商务出版社2018年出版的《法国近代哲学史》，他2018年11月4日签名送给我。这本书是我们了解西方近代哲学的重要著作，共19章586页，55万字，冯俊独立撰写，颇见功力。另一本是《学习新思想》。他在扉页题写"请李建平教授指正　冯俊　2020.11.3"。《学习新思想》我常翻阅，它对我近两年的理论学习帮助很大。第三本是《西方哲学史》。

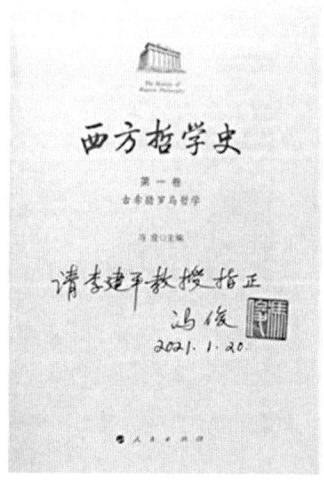

冯俊签名本《西方哲学史》书影和题签

2020年12月，冯俊主编的新著《西方哲学史》出版，这无疑是他最厚重与最主要的学术著作。这部五卷本的哲学史大著，集中体现了国内西方哲学研究界20多位学者如姚介厚、余纪元、王晓朝、段德智、李秋零等的重要研究成果，基本体现了国内当前西方哲学史研究的学术进展和最新风貌。《人民日报·海外版》发表洪琼的评论说："该套书分为'古希腊罗马哲学''中世纪哲学''文艺复兴时期哲学''经验主义和理性主义哲学''启蒙哲学''德国古典哲学'六编，共200余万字，力图用中国人自己的语言风格，以中国人的思维方式和表达习惯来讲述西方哲学史"，并称其为"以中国特色重构西方哲学史"[①]2020年12月，该书获评为人民出版社年度十大好书。有幸的是，在我听到《西方哲学史》获奖的好消息的同时，我收到了冯俊寄来的这套好书。他在该书第一卷的内封题写"请李建平教授指正　冯俊　2021年1月20日"，并钤印。这令我十分欣喜。

如今，冯俊还在担任中国人民大学哲学院、清华大学马克思主义学院、同济大学人文学院等院校的教授、博士生导师，继续他的哲学史研究、党史党建研究和研究生培养工作。祝愿他在教育和科研两方面取得新的成绩。

2021年2月2日

---

① 洪琼：《〈西方哲学史〉：以中国特色重构西方哲学史》，《人民日报·海外版》，2021年1月21日。

黄宾堂签名本：
《距离与空间》

黄宾堂（1958— ），广西武鸣人。编辑家、文学评论家。历任青年文学杂志社编辑、副主编、主编，中国青年出版社策划部主任、副编审、编审，作家出版社总编辑。1980年开始发表作品。1992年加入中国作家协会。著有《距离与空间》《生命潮汐涌动的世界》等。

黄宾堂是我大学同学。1982年1月毕业分配时他以优异成绩被中国青年出版社选中，到了北京工作。以后他长期在编辑岗位上工作，一直做到总编辑职务，进入中国当代名编辑之列。

黄宾堂人文静，性和善，模样又英俊，人缘很好，同学们都喜欢与他交往。大学时，我与黄宾堂虽然不同组也不住一个寝室，但他是我班的团支部书记，我是中文系团总支宣传委员，因而两人来往不少。我们常常在晚饭后与三五好友一道在校园一边散步一边背唐诗背英语单词，手中握着《唐诗三百首》《宋词100首》《英语900句》等小书，总感到时时沐浴春风，心境十分惬意。那真是一段充满朝气和激情又幸福的时光。我与他在校园里的一张合影，记录了这番情景。

1978年作者与大学同学黄宾堂（中）、蒋全龙（右）在校园里合影

他到北京工作后,我曾到过他家里。大约是80年代中后期,他居住在中国青年出版社的房子期间吧。那次他和他的夫人留我吃了晚饭。他说:"有同学来京总是要聚会的,同学之情是一种缘分,没有功利,甚至,没有代价。"①晚饭后他和我下了一盘围棋。记得在大学时他的棋力比较弱,但那天晚上我却下不过他,可见他到北京后是获得了不少神力。

黄宾堂在编辑工作之余,写了大量的文艺评论和散文。他说:

1999年开始,我和我的朋友给一家刊物主持一个栏目,叫"行动散文";同年,我们又策划组织实施了"走进西藏"文化考察活动;2000年,我们再一次策划组织实施了"走马黄河"文化考察活动,热闹一时。

我曾在一篇文章中说:"让散文行动起来,走出书斋,走出思维的栅栏,走向自然和生活。这行动,绝不是一般的旅游玩乐,它是身心的投入,是对内在激情的唤起……让精神活动起来,让身心飞翔起来,让行动植入我们的生命中,成为一种需要,世界将会流光溢彩。"②

2001年9月,云南人民出版社出版了黄宾堂的文集《距离与空间》。这本书是"名编辑文丛"中的一种,分为"行走手记""文学手记""编辑手记"三辑,共24篇,除第一篇《西藏日记》为散文外,其余23篇为文学评论文章和编辑杂记,另有附录的论文一篇。正如该书序言作者胡廷武所说:这套丛书推出的4位"名编辑",他们都是文学潮流的倡导者或推动者,而黄宾堂,"是风靡一时的'行走文学'的策划者之一"。"西藏行走"和"走马黄河"是"行走文学"的两项最重要的实践。在《距离与空间》里,黄宾堂都做了记载。其余文章,也都反映了他的文学观念、编辑思想和工作业绩。2001年10月,黄宾堂送给我这本《距离与空间》,在扉页题签"建平指正 黄宾堂 二〇〇一、十"。

---

① 黄宾堂:《20年的碎片》,《同学·同好·同行——广西大学文学七七"档案"》,2006年印刷,第48页。
② 黄宾堂:《20年的碎片》,《同学·同好·同行——广西大学文学七七"档案"》,2006年印刷,第48页。

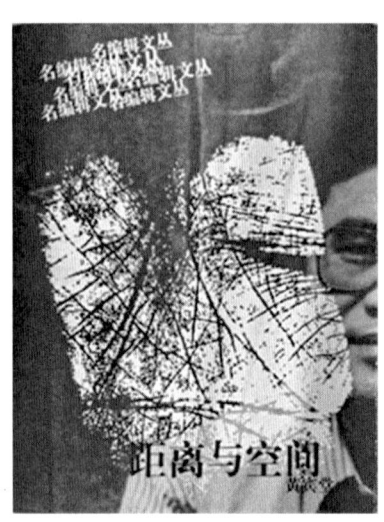

黄宾堂签名本《距离与空间》书影

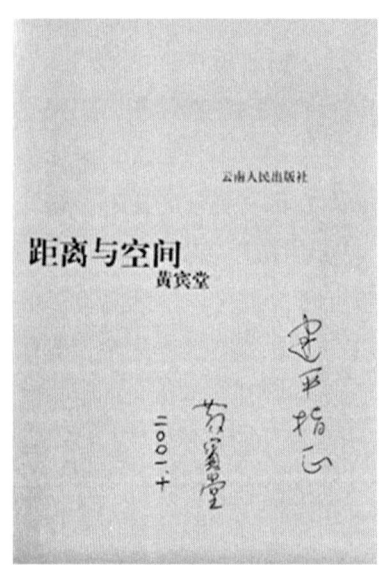

黄宾堂签名本《距离与空间》题签

一个好的编辑家,要有独特的编辑思想。黄宾堂在《青年文学》杂志工作近20年,直至担任社长。他为这份国内重要的大型文学期刊贡献了许多智慧和辛劳。他编辑思想的核心是:办刊物要有个性,"个性是期刊的生命"①。他在《文学与精神同在》和《个性是期刊的生命》两文里做了具体阐述,认为:个性主要包括独特性和辐射性;刊物的个性又取决于编辑整体素质的高低。在这种编辑思想的指导下,他提出了"行走散文"(后称"行走文学")、"60年代出生作家群"、"文学与精神同在"等文学概念,并策划了"西藏行走""走马黄河"等行走与写作相结合的文学行动方案,对当代文坛形成较大的冲击力,并给当代作家群以至写作界带来一定的影响。

2011年,黄宾堂调到作家出版社工作,先后任副总编辑、总编辑。他参与了由中国作家协会主持的重大国家出版工程——大型文化丛书《中国历代文化名人传》的策划和出版工作,任编委会委员和文学组专家成员,并担任出版主要执行人。这项重大工程于2012年初启动,设计为中国历代文化名人作传,共124人,撰写出版传记124部。传主系由专家委员会论证审核确定,传记写作者系

---

① 黄宾堂:《距离与空间》,云南人民出版社,2001,第199页。

从全国作家和专业研究权威人士中选出。传记编写要求为："文须出彩，史求真实"，形象化地诠释和反映中华民族文化的基本精神，在继承发扬传统文化的精髓方面有重要意义。2013年底，第一辑10部作品出版，分别为《逍遥游——庄子传》《书圣之道——王羲之传》《千秋词主——李煜传》《草泽英雄梦——施耐庵传》《戏看人间——李渔传》《心同山河——顾炎武传》《孤独的绝唱——八大山人传》《泣血红楼——曹雪芹传》《旷代大儒——纪晓岚传》《烂漫饮冰子——梁启超传》。以后，以每年出版一辑（10本）的

2012年2月作者与大学同学黄宾堂（中）、梁克虎（左）合影于广西大学校园

速度推进。2021年12月在访问黄宾堂时他告诉我，目前已出版到第九辑，共有90部了，整套丛书基本成型。

面对如此浩大的工程，黄宾堂为其审稿和编辑出版，其间有多少甘苦辛劳，实难记叙，只能以"殚精竭虑，耗费心血"概而言之！这是他对中国出版业和文化建设事业做出的又一重要贡献。

黄宾堂离开广西到北京工作几十年，对大学同学的情谊始终不变。2011年我们在纪念大学毕业30周年时合议每人写一篇文章记叙人生经历和情谊。他不写自己的编辑工作经历和业绩，写了一篇记全班30位男同学的散记，记下每位同学的特点和给他的印象，既有趣又有意义。他为人厚道，善意盈盈，对同学多写赞语，如写我的一段文字是："建平有涵养，与人辩论，从不高声大气，但却坚定不移。那个时候，对当官的还真没什么感觉，但听到班里坊间传，说李建平的父亲是教授，真心肃然起敬。建平子承父业，在我们没头苍蝇漫无目的一腔热血空怀报国之志时，他已目标明确咬定青山扎扎实实做着桂林文化城的研究。以后一路走来，著作皇皇，学术带头，光可耀祖，是一条知识分子成长得道之正

宗标准的路线。"①明眼可见所写多为溢美之词，令人汗颜，但也看到他的谦逊与宽厚，很感谢他的有心和关切。2018年，为纪念我们入学相识40周年，我班同学又发起编选一本作品集。黄宾堂鼎力支持，将作品集纳入他所在的作家出版社出版，经过编辑对文字内容的精心编校和美编对版式和封面的精心设计，使这本书成为一部文学精品。这本书的书名由我班同学反复提名、推敲、投票，最后是黄宾堂所提的书名"文心诗韵"被选中。《文心诗韵》是黄宾堂为我班同学40年情谊制作的一个极有品位的纪念品。

  黄宾堂为人谦逊，行事低调，扎扎实实地做着自己的编辑工作，为作家和朋友服务多，为自己考虑少，几乎不在我们同学聚会时和今天的朋友圈里讲自己的编辑业绩和写作成果，从不做宣传，也很少见他在同学间赠送他的著作。因而我们对他的成就知之甚少。这次为了写作此文，我上网搜索才看到他的这些成果。能在编辑岗位上做到国家级出版社总编辑的位置，应该是不亚于由士兵到将军的难度和荣誉了。我为我的同学取得如此成就而骄傲！

2021年12月19日初稿，12月30日改定

---

① 陈耀松、梁扬主编《文心诗韵》，作家出版社，2018，第153页。

石一宁签名本：
《走向文学新天地》《湖神回来了》《民族文学：现场与思考》

石一宁（1964—　），广西上林人。文学评论家、编审。长期在《文艺报》社工作，历任编辑、记者、部门主任、副总编辑，曾任中国大众文学学会副会长，现任《民族文学》主编，中国少数民族作家学会副会长。代表作品有《走向文学新天地》《薄暮时分》《湖神回来了》等。

大约在20世纪80年代末90年代初，我从杨长勋处得知石一宁的大名。后来是在一次文学会议上认识他，渐渐熟悉起来。

我虽年长过他，但我常常受惠于他，心存感念。读他的文章，也心生佩服，敬重他，故称他为"一宁兄"。我在20世纪八九十年代时常写些文艺评论，当时一宁兄在《文艺报》工作，我写好文章，常常投给他，求他帮助发表。一宁兄是个善良人，又很爱家乡，关心家乡人。他很关照我，也很关照我的文章里评论的广西作家及其作品，因而我寄给他的文章，几乎篇篇都发表了。十几年来，前前后后应该有近十篇吧，这太不容易了，十分感谢他。

广西是石一宁的故乡，广西的文学会议常常邀请他来指导。我们的会面，多是在各种会议上。他在会议的发言，多是娓娓而谈，深入浅出，语多亲切，又寓深意，闻之多获教益。2016年，想想多年来一宁兄给我的关怀，我都还没有去他在北京的办公室看看他，就打个电话问问。那时他已调到《民族文学》编辑部工作，一问，他刚好在办公室，也有空，我就去了。去了也没有专门的事，就是久不见面了，想去看看他。看看他的办公环境，看看他编的书刊，听听他到新环境的见闻，如同年轻时

1997年4月1日石一宁（右一）陪同吴泰昌来南宁参加广西百名青年文学创作发展研讨会时与广西作家合影。左起为黄伟林、吴泰昌、李建平、李华荣、石一宁

的相互串门。同他在一栋楼办公的还有我的大学同学，时任作家出版社总编辑黄宾堂。我也一同去见了，聊了。中午我们还一起吃了饭。

石一宁专职工作是编辑，但他理论功底扎实，思维敏锐，有较高的学术见地。他写作出版了文学研究专著《吴浊流：面对新语境》（台湾繁体字版名为《真实的追问——吴浊流的文学·思想·人格》，2008年版）、专集《石一宁自选集》两部（评论卷《走向文学新天地》和散文随笔卷《湖神回来了》，文化艺术出版社2012年出版），还出版有传记文学《丰子恺与读书》和散文集《薄暮时分》，成果颇为丰硕。《丰子恺与读书》获得第十二届中国图书奖。

2012年，一宁兄给我寄来《走向文学新天地》和《湖神回来了》。他十分客气，在扉页上分别题写"李建平方家批评　石一宁　2012.4.8"。两本书共711页，其中《走向文学新天地》收入评论文章117篇，数量极多。一宁兄本职工作是编辑，在做"为他人作嫁衣裳"的奉献工作的同时，还写出大量文章，可见其写作之勤，思考之深。同年5月，他又寄来《真实的追问——吴浊流的文学·思想·人格》（台湾繁体字版），在扉页题写"建平兄批评　石一宁　2012.5.11"。这使我更为惊讶。这是分量很重的研究专著，448页，约40万字，每章后面附有数十或上百条注释，共计474条。这些整理起来多么不容易啊！一本有价值的研究专著，既要有扎实的资料积累，又要有深邃的思想功力和独到的见解分析，一宁兄做到了。我看到了一宁兄学者兼作家的双重功力。

一宁兄对家乡多有贡献，主要体现在对广西文学发展的关心和关爱。具体表现在这几点：一是热心选编和发表广西作家作品的评论文章；

二是热心而几无推脱地多次来家乡参加各种会议，发表建设性、指导性意见；三是在家乡建立少数民族文学创作基地，帮助培养文学新人和培育新作，如2020年11月，他来到柳州市鹿寨县，为《民族文学》创建的鹿寨县创阅中心举行揭牌仪式暨"鹿寨故事"文学创作工程新书发布研讨会；四是在90年代初期就敏锐而准确地捕捉了广西文学发展新趋向，首次提出文学"新桂军"概念，助推广西文学跃上新台阶。评论集《走向文学新天地》的书名就是取自提出文学"新桂军"概念的文章

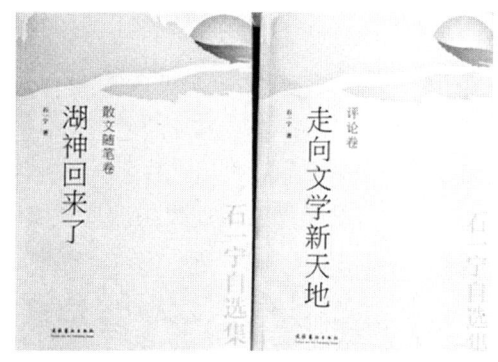

石一宁签名本《湖神回来了》《走向文学新天地》书影

石一宁签名本《湖神回来了》《走向文学新天地》题签

《走向文学新天地——兼论"新桂军"》。这篇写于1994年的文章中说："在与我国当代文学的发展保持同步的同时，'新桂军'的创作表现了自己的独特风格。作家们告别了多年来局限着广西文坛的民间文学的单一创作模式，带着新的理论思维和创作实践走向了一个宽广的新天地。他们给广西文坛带来了生气，也在全国文学的格局中自成景观，为繁荣我国的社会主义文学事业做出了贡献。"[①]在这篇文章中，他评点了一批文学"新桂军"的代表性作家和评论家，承蒙他的赏识，我的评论成果，也得到了他的关注，以约140字做了评论，其中一句说："评论家李建平近年来也卓有建树。他的《论文艺的民族化与现代化》等论文写得很出色。"经他提出"新桂军"这一概念后，广西文学新生代作家聚集在"文

---

① 文载于1994年4月21日《广西广播电视报》。

学桂军"旗帜下,发起向中国文坛高地的冲击。至20世纪末,东西和鬼子分别获得第一届和第二届鲁迅文学奖的佳绩,展现了新貌,"文学桂军"成了中国文坛一支重要的文学创作团队。以至于有评论家这样评说:"20世纪90年代开始,广西年轻一代的作家如东西、鬼子、李冯等冒了出来,他们以现代和后现代的叙述方式呼啸而来,让文坛大吃一惊。"①中国社会科学院学部委员、时任中国社会科学院文学所所长杨义由此评论说:"这标志着,广西文学和作家是进入了全国文坛视野的,是有自己的特点的。可以认为,文学桂军的崛起,既是改革开放催育的文化硕果,又是文化多样性视野下的区域文化崛起的一个印证。"②"文学新桂军"概念的提出,可以认为是石一宁的一个重要的理论贡献。

2021年初,石一宁又出版新著《民族文学:现场与思考》,由作家出版社出版。该书收入了他近年来发表的57篇关于中国少数民族文学研究的理论文章和评论文章,既有对中国少数民族文学现状的宏观扫描和如何发展的理性思考,也有对具体创作现象的微观解析;既有对名家大家的论评,也有对文坛新人的关注。其中对广西作家的创作,也予以极大关注,有7篇文章是评论广西创作和作家作品的。《民族文学:现场与思考》对我们了解当下中国少数民族创作新貌和文学与文化的多样性有着十分有益的参考和启迪作用,值得一读。该书一出版,即在海外引起关注,被哈佛大学图书馆收藏。我得到他的赠书,十分欣喜。

一宁兄还年轻,祝愿他在北京生活安康,事业上取得更大成就。

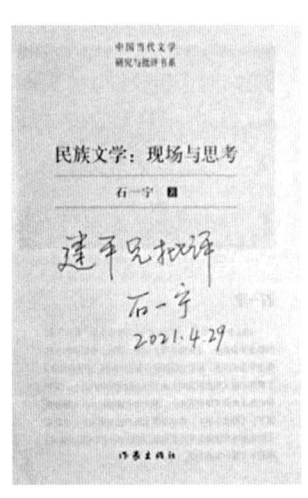

石一宁签名本《民族文学:现场与思考》题签

2021年5月3日

---

① 贺绍俊:《广西群体的意义》,载白烨主编《中国文情报告(2004~2005)》,社会科学文献出版社,2005,第28页。

② 杨义:《序一——布洛陀家乡的现代吟唱》,载李建平等《文学桂军论》,中国社会科学出版社,2007,第2页。

陈伯吹签名本：

《摘颗星星下来》《绿野仙踪》

陈伯吹（1906—1997），江苏宝山（今属上海市）人。儿童文学作家、翻译家、出版家。新中国成立后，曾担任少年儿童出版社副社长，人民教育出版社编审，上海市作家协会副主席、顾问，中国作家协会理事、顾问等职。曾当选第六届全国政协委员。主要作品有《一只想飞的猫》《一个秘密》《幻想张着彩色的翅膀》等。

陈伯吹是著名儿童文学作家，一生著（译）儿童文学作品及理论近300万字，出版了近百本书籍。1989年、1992年、1997年少年儿童出版社出版了《陈伯吹文集》1～3卷（童话、小说、诗歌散文）。他对中国儿童文学事业做了杰出的贡献。因儿童文学创作的成就，于1980年接受团中央、文化部等八部委联合主办的"全国第二次少年儿童文艺创作奖"的荣誉奖，1988年接受全国妇联、文化部等颁发的儿童文学创作荣誉奖。1991年，获国务院颁发的有突出贡献的专家学者特殊津贴证书。1981年，陈伯吹捐款5.5万元设立"上海儿童文学园丁奖"（后改名"陈伯吹儿童文学奖"），每年评选一次。

我收藏的陈伯吹签名本是他送给广西作家刘业锦（笔名叶锦）的《摘颗星星下来》和《绿野仙踪》。《摘颗星星下来》于1982年由人民文学出版社出版，冰心作序，收入陈伯吹20世纪50年代到80年代初写作发表的小故事小散文45篇，分为幼儿篇、儿童篇、少年篇三部分。陈伯吹在内封题写"叶锦同志惠正　作者谨赠　1983年妇女节"。《绿野仙

陈伯吹签名本《摘颗星星下来》《绿野仙踪》书影　　陈伯吹签名本《摘颗星星下来》《绿野仙踪》题签

踪》是陈伯吹的译著,译自美国作家莱·弗·鲍姆的《绿野仙踪》。陈伯吹在内封上题写"叶锦同志惠正　陈伯吹　1981.6.9"。

1981年,陈伯吹应广西作家协会邀请来桂林做儿童文学创作讲座。刘业锦时任广西作家协会儿童文学创作委员会副主任,负责讲座的筹办和接待工作,与陈伯吹联络较多,进而熟悉。陈伯吹讲座结束离桂后,给她寄来译著《绿野仙踪》,并附信一札,全文如下:

叶锦同志:

　　您好!

　　此信到达,你也安抵南宁矣!

　　兹寄上"飞机票"一张,请查收。

　　此次去桂,使我学到不少东西,也开阔了眼界,并蒙您和同志们热情接待,照顾周到,深以为感!谨致谢意!

　　我附拙译四册,请代分赠。

　　请向在南宁的各位领导同志和见过面的同志们代为问好。

　　匆匆,再谈。

　　耑此顺致

敬礼!

陈伯吹

1981.6.9夜

受书人刘业锦，女，笔名叶锦，诗人、儿童文学作家。长期在《广西群众艺术》编辑部、《红水河》编辑部、《广西文艺》编辑部、广西作家协会、广西曲艺家协会从事编辑、秘书、常务副主席等文学艺术组织工作。写作出版诗集《星光集》（详见"秦兆阳签名本"）。

1985年刘业锦在上海拜访陈伯吹（右）时合影

刘业锦是我岳母，她2015年84岁时病逝。我在整理她的遗物时，见到陈伯吹的这两册签名本和信函，其中一封是陈伯吹写给我11岁的女儿刘畅的信，应该是女儿阅读陈伯吹的作品后给他写信，陈伯吹写来的回信。全文如下：

刘畅小妹：

您安好康乐！谢谢您给我制作的工艺品。

读您寄来的信（四张信纸！），写得真好，不容易啊！我读着，读着，不舍得放开它了。

您爱小动物，不忍看到它们受伤害，你的心，你的思想都好啊！不只同学们说您善良，我也这样说。

您肯定爱音乐，那些雄伟的、优美的歌曲，这我也同你一样。不喜欢流行歌曲，除非其中有好思想，有新意义，从

陈伯吹致刘畅的信

高雅动听的声调里传达出来，才值得倾耳细听，一遍也不止。

当然，文章也一样，要求艺术性高且强。

您虽然还是个小学生，可很有见解，我该称赞您，佩服您，将来会学习得更好呢！

您爱好文学艺术，固然是好，但是也应该重视科学，了解自然现象与社会情况。您是二十一世纪的人，世界的发展与文明进步，责任由您（您们）担当。

恕我事多、年老（89岁），不能多写，全心祝您好！

伯吹　1994.9.1

陈伯吹的信充满童心，溢满关怀，表达了他对少年儿童的一片关爱，实在是一封富有教育意义和关爱情怀的好书信。我岳母的藏书和信函，现在由我和妻子继承收藏。陈伯吹的签名本和信函，我们会一直精心收藏。

2021年1月5日

茹志鹃签名本：
《静静的产院》

茹志鹃（1925—1998），女，出生于上海，浙江杭州人。作家，曾用笔名阿如、初旭。曾参加新四军，在部队文工团工作。后从南京军区转业到上海，在《文艺月报》任编辑。曾任上海作家协会党组书记、副主席。主要作品有《百合花》《静静的产院》《如愿》等。作品被译成日、法、俄、英、越等多国文字在国外出版。

茹志鹃是当代著名作家。1958年，她在《延河》月刊发表短篇小说《百合花》，引起大作家茅盾的关注。茅盾称它是一篇具有清新、俊逸风格的好作品，指出它在艺术探索上带有突破性意义。《百合花》由此饮誉文坛。

1991年中秋节，茹志鹃来广西，在南宁度过了一个中秋之夜。那天晚上，我参加了广西作家协会举办的中秋赏月晚会，席间，我采访了她，归来后写了一篇散文《中秋月·百合花——中秋之夜访著名作家茹志鹃》。这篇文章，发表在1991年10月6日《广西日报》上，较详细地记载了当晚的情景和我与她的对话。文章是这样写的：

中秋节那天，欣悉上海作家协会副主席、著名女作家茹志鹃与女儿来到南宁，当晚在白龙公园赏月。吃过晚饭，我急急地来到了公园里。

月儿更殷勤。此时天尚未黑尽，她却早早地就升起在天边，仿佛更急切地要与人间美好的一切晤面欢聚。白龙餐厅的彩灯亮了，倒映在涟漪的湖面上像壮家人迎客的七彩锦缎般艳丽。在白龙餐厅二楼赏月席间，广西作家协会副主席韦一凡给我引见了茹志鹃。

今年66岁的茹志鹃,18岁时参加新四军,在部队文工团工作。新中国成立初期开始写作,1958年,她以短篇小说《百合花》而饮誉文坛。这篇小说描写了一个农村新媳妇对解放军如对待骨肉般的热爱:默默地为牺牲了的小战士缝补衣服上的破洞,将自己那百合花被面的新婚被子盖在死者的身上入柩,整个作品以一种美好、纯洁之情和诗的韵味打动读者。大作家茅盾当时写文赞道:"这是我最近读过的几十个短篇中间最使我满意,也最使我感动的一篇。"20世纪80年代初,《百合花》被改编成电影,由演员沈丹萍主演,使它更深深留在人们的印象中。十分巧,《百合花》写的正是中秋节。我自然地由此引出话题:

"茹大姐,您的代表作《百合花》写的是战争年代的中秋之夜,今天你在南宁又将度过一个中秋节,这挺有意思的。"

"是很有意思。"茹志鹃答道。"那是45年前的中秋了。中秋之夜,是火光、枪声、鲜血、伤员,给我留下永久印象。"她看着白龙湖上的游船和远处望仙坡上一簇簇赏月人的烛火,动情地说:"如今又逢中秋,在南宁又有许多新鲜感受。你们南宁人很会生活。你看,一家子人,提着

1991年10月6日《广西日报》刊发作者采访茹志鹃的文章《中秋月·百合花——中秋之夜访著名作家茹志鹃》

一盒月饼,两支蜡烛,还有水果饮料之类;小孩子提着小灯笼,坐在公园草地上享受,在大自然里赏月过节,很有生活情趣。"

"您在《百合花》中用的中秋节这一日子,是否有意设计而以此赋予作品一种美好的情调呢?"

"也不是。那是有名的战役——苏中七战七捷中攻打莱阳的一仗,发起总攻那晚正好是中秋夜。我也确是下到包扎队工作。小说中时间地点都是真实的。由于那晚给我印象很深,我如实写来,而人物、情节是虚构的。"

她停了停,接着又说:"不过,是如你所说的那样,《百合花》是因为中秋夜这一特定氛围而附上了愿人间幸福美满的内涵的。新媳妇补衣与盖被,是生者对死者生前未能享受到的幸福的补偿,是献给死者的一种美好的情感,是愿人间永远幸福美满的心愿的表达。这与中秋节这传统节日的内涵是相连的。"

月儿渐渐升高了,山坡、树丛、湖面、亭阁无不沐浴着明月的清辉。"但愿人长久,千里共婵娟。"是的,中秋夜,中秋月,你已成了人间美满幸福的象征。

我顺便问起了她的近况。她说她去年办了离休,已不再担任上海作家协会党组书记一职,但仍兼《上海文学》副主编。目前没有写长篇的计划,只是有时写写千字文,如序跋、评点等。当我们就要结束这次谈话时,她告诉我:"我是第一次来广西,看到你们广西人很幸福。绿化搞得很好,城市很美丽。在饮食上也很讲究。广西少数民族多,少数民族纯真、朴实、热情的性格感染了整个广西,大家都很好客,待人真诚、热情。我很感谢大家的接待。"

"希望您今后再来广西做客。愿南宁的中秋之夜给您留下美好的印象,在您的笔底再绽开一朵洁白的百合花。"我真诚地说。

那天,我带去一本我收藏了十余年的茹志鹃小说集《静静的产院》,请她签名。她在内封签了名和时间"茹志鹃 91秋",没有题上款。

《静静的产院》于1962年由中国青年出版社出版,收录小说10篇,是作者写作《百合花》之后于1959年至1962年间创作的作品。以叙写现

 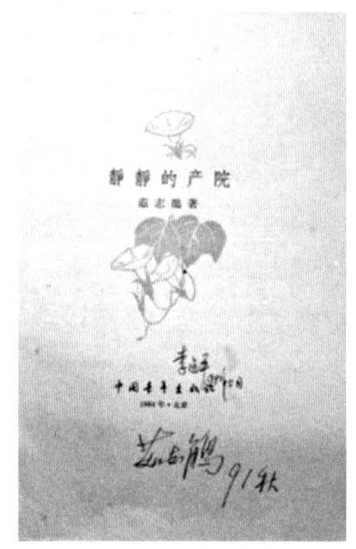

茹志鹃签名本《静静的产院》书影　　茹志鹃签名本《静静的产院》题签

实题材尤其是农村题材为主，有三篇是如《百合花》那样写战争年代生活的历史题材作品。

这是一本伴有美好记忆的藏书。

2021 年 1 月 30 日

叶辛签名本：
《半世人生》

叶辛（1949— ），原名叶承熹，出生于上海。作家、编剧。1969年去贵州插队，长达十年。回到上海后，历任《山花》杂志主编，贵州省作家协会副主席，上海作家协会副主席，《上海文坛》杂志主编，上海社会科学院文学研究所所长，中国作家协会第五至第九届（1996—2021）副主席。根据其创作的长篇小说改编的电视剧剧本《蹉跎岁月》（1983）、《家教》（1989）、《孽债》（1995）分别获全国优秀电视剧奖。

叶辛是改革开放后兴起的知青文学的代表性作家，在全国读者中有较高的知名度，是中国作家协会第五至第九届副主席。他描写知青生活的长篇小说及其电视剧《蹉跎岁月》《孽债》广为流传，深受读者和观众的欢迎。2019年9月23日，叶辛的长篇小说《蹉跎岁月》入选"新中国70年70部长篇小说典藏"。

我也是知青，很喜欢叶辛的小说，读他的作品很有感触，产生很多共鸣。我佩服他艺术化把握生活和刻画人物的本领。但我和叶辛没有太多联系（如果他能经常参加全国社会科学院文学所所长联席会的话，联系就会多些了）。我收藏的叶辛签名本《半世人生》是2010年我到上海参加第十三届全国社会科学院文学所所长联席会时获得的。那几年，叶辛担任上海市社会科学院文学研究所所长。

自1998年天津社会科学院文学研究所发起召开"全国社会科学院文学所所长联席会"以来，会议每年一次在各省轮流召开。我自2002年

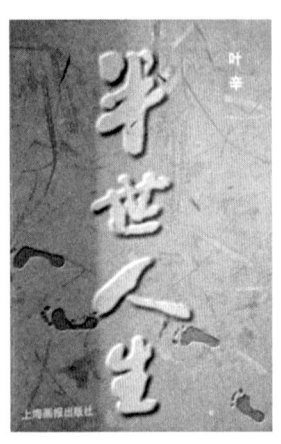

叶辛签名本《半世人生》书影

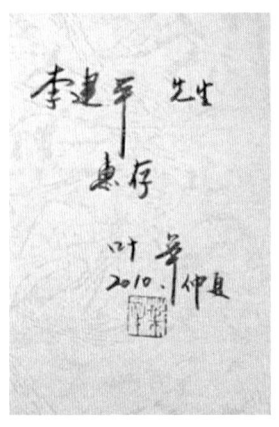

叶辛签名本《半世人生》题签

起,几乎每年都参加。连续几年,见到上海市社会科学院文学所出席会议的都是所长助理、后任常务副所长的蒯大申。我们也知道所长是叶辛,但都没见他出席会议。我想,他的精力主要放在文学创作上,更偏重于参加作家创作会、文学笔会之类的会议。我们这些所长则以学术研究为主,会议话题往往与他所关注的不太契合。直到2010年,这一年的文学所所长联席会在上海召开。开幕式那天,叶辛出席了会议,并给我们各位所长赠送了他的大作《半世人生》。在内封衬页上他题写了"李建平先生惠存 叶辛 2010仲夏",并钤印。这是一本传记性画册,由上海画报社出版,彩色铜版纸印刷,95页,通过一张张照片,反映了叶辛从童年、青年到中年的成长经历,记载了他的工作和创作业绩,很有生活气息,给人亲切之感。这是叶辛著作中很特殊的一部,我很珍爱。

叶辛近年来又创作了长篇小说《五姐妹》《魂殇》《九大寨》,还出版了散文集《我和祖国70年》,作品可谓多矣!2021年,他创作的长篇小说三部曲《巨澜》由言实出版社出版,被列入"建党100年100部红色经典"系列丛书。

祝愿叶辛创作出更多更好的作品!

2022年7月21日

蒯大申签名本：

《2006～2007年：上海文化发展报告》《上海文化发展报告（2010）》《创意上海》

蒯大申（1953— ），上海人。文化学者。曾任上海社会科学院文学研究所所长助理、副所长，研究员，博士生导师，《上海文化发展蓝皮书》主编，国家公共文化服务体系建设专家委员会副主任、顾问。著有《朱光潜后期美学思想述论》《青年审美导向》等。

我与蒯大申相识于全国社会科学院文学所所长联席会。那是2004年，他到南宁来参加我主持的第七届全国省级社科院文学所所长联席会暨文化事业文化产业发展研讨会。我们一见如故，相见十分亲切。从那时起，我都直呼其大名：大申。

大申当时担任上海社会科学院文学研究所所长助理。上海社会科学院是副省级单位，文学所是厅级单位，比我们大多数省级社科院的文学所都要高一级。他们研究所的所长职务高，事务忙，因而这类会议，大多由大申这位所长助理出席了。

那年在南宁开会一天半后，我组织会议代表到宁明县考察骆越文化遗产——花山岩画（2016年成为世界文化遗产）。来到伟岸高耸的花山崖壁下，一片浩大的红色岩画图形展现在我们面前，众人发出惊讶的赞叹。大申说：文化考察就要看这种真实的遗迹啊！现在许多地方修建了假古董，只是为赚游客的钱，毫无文化价值。下午转到北海市，我们到银滩戏水，合影留念，十分快活。惬意的晚餐后大家意兴盎然，自然而然地发起了一场演唱会。在活跃的香港诗人王一桃的带动下，每个省（自治区、直辖市）的所长都登台表演，或高歌，或吟诵，或起舞，场面十分活跃,众人欢乐久久,成为此次考察活动的一个高潮,令人难忘。

大申20世纪80年代主要研究方向是美学和文艺学,90年代末开始从事文化研究,2000年起每年主编《上海文化发展蓝皮书》。自2004年后,他每年都寄给我。我当时也正在主编《广西蓝皮书:广西文化发展报告》,从大申给我的书中,我既学到了上海文化发展的经验,也学到了大申的编辑思想和编排设计构思,对我的文化研究帮助很大。

蒯大申签名本《2006~2007年:上海文化发展报告》《创意上海》《上海文化发展报告(2010)》书影

蒯大申签名本《2006~2007年:上海文化发展报告》《上海文化发展报告(2010)》题签

大申身处改革开放前沿的上海,面对大量崭新的文化实践和文化新问题,承担着以智慧和才学辅助上海这个国际大都市文化建设和文化产业发展的文化决策重任。他站位高,视野阔,权重大,格局新,文化研究做得风生水起,影响广泛,作用显著,是国内重要的文化学者,是上海市文化发展"十一五""十二五""十三五"规划起草组成员,贡献了许多文化新理念和发展新构想。

2010年7月23日,蒯大申载着他的学术思想和睿智识见走进了中南海,来到中央政治局会议室,向党中央领导汇报自己的研究心得,并就文化体制改革问题做了讲解,发表建议和意见。新华社发表消息如下:

新华社北京7月23日电 中共中央政治局7月23日上午就深化我国文化体制改革研究问题进行第二十二次集体学习。中共中央总书记胡锦涛在主持学习时强调,深入推进文化体制改革,促进文化事业全面繁荣和文化产业快速发展,关系全面建设小康社会奋斗目标的实现,关系中国特色社会主义事业总体布局，关系中华民族伟大复兴。我们一定要从战略高度深刻认识文化的重要地位和作用，以高度的责任感和紧迫感，顺应时代发展要求，深入推进文化体制改革，推动社会主义文化大发展大繁荣。上海社会科学院文学研究所蒯大申研究员、中央宣传部全国宣传干部学院李伟教授就这个问题进行讲解，并谈了他们的意见和建议。

中共中央政治局各位同志认真听取了他们的讲解，并就有关问题进行了讨论。①

这次重要活动，成为他学术生涯的巅峰。一个月后，我们各省（自治区、直辖市）的所长聚集到了上海，参加由上海社会科学院文学所主办的第十三届全国社会科学院文学所所长联席会。蒯大申作为东道主，向我们介绍了他在中央政治局学习会上讲解文化问题的一些具体情况，这是这次会议的一大亮点。

蒯大申著作甚丰，出版的著作有《青年审美向导》（主编，中国青年出版社1987年版）、《朱光潜与当代中国美学》（香港中华书局1998年版）、《中国民俗文化》（韩国白山资料院1998年版）、《朱光潜后期美学思想述论》（上海社会科学院2001年出版）、2000—2014年《上海文化发展报告》（主编，执行编委，2000—2005年由上海社会科学院出版社于每年1月或2月出版；2006—2016年改出社会科学文献出版社于每年1月或2月出版）、《城市文化研究新视点——文化大都市的内涵及其发展战略》（主编，上海社会科学院出版社2008年版）、《南汇海洋文化研究》（主编，上海人民出版社2008年版）、《The World of China's Folk Customs（中国人的民俗世界）》（安徽文艺出版社2009年版）、《新中国文化管理制度研究》（上海人民出版社2010年版）等。他的成果多次获奖，《跨世纪的丰碑——中国希望工程纪实》（合作）、《心灵长城——中华爱国主义传统》（合作）分别获1993年、1996年中宣部"五个一工程"奖，论文《从文艺与人民关系问题看邓小平文艺思想的历史贡献》获上海市哲学社

---

① 《中共中央政治局就深化文化体制改革进行集体学习》，中国政府网，www.gov.cn，2010年7月23日。

2004年5月作者与蒯大申（右）合影于北海银滩

会科学优秀成果二等奖，《上海文化发展蓝皮书》2002年获上海市哲学社会科学优秀成果奖著作类三等奖，著作《新中国文化管理制度研究》2012年获上海市哲学社会科学优秀成果著作类二等奖。文章《从宋代画院的考试谈起》1998年入选全国全日制普通高级中学《语文读本》第五册，2003年入选国家对外汉语本科系列教材《现代汉语高级教程·三年级教材》，2010年入选香港教育局"中华文化教材"。众多的成果，显示了他深厚的学术功力与卓越的才华。

大申为人真诚热情，作风平和自然，谈吐坦然睿智，模样俊朗挺拔，与他相处，感觉十分亲近放松。2010年8月我到上海参加他和叶辛所长主持的会议期间，得到他的格外关心和热情接待。那次是我参加全国社会科学院文学所所长联席会十多次中最愉快的一次，十分感谢他。我很怀念与他的友谊。

2021年12月5日

张中良签名本：

《抗战文学与正面战场》《张中良讲现代小说》《走近鲁迅——由崇拜到对话》

张中良（1955— ），吉林人。鲁迅研究家、现代文学研究家。现任上海交通大学文学院教授、博士生导师，中国现代文学研究会副会长，《抗战文化研究》辑刊第二主编。著有《抗战文学与正面战场》《五四时期的翻译文学》《民族国家概念与民国文学》等。

我认识张中良时，他在中国社会科学院文学研究所工作，任现代文学研究室主任，重点研究20世纪30年代左翼文学、鲁迅文学，并以"秦弓"为笔名写杂文。记不准是20世纪末还是21世纪初，我接到他打来的长途电话，询问我抗战文学的某个史实。这是我们的第一次联系。几年后，在北京香山召开的一个文学研究会议上，我第一次见到他。他是东北人，但不是我印象中的东北人模样。他个子不高，言语轻柔，目光和善，给我江浙人的感觉。不料想他真是北人南相，在我认识他十几年后约2012年左右吧，他去了上海，在上海交通大学任教授、博士生导师，至今已近十年。

我近十几年的学术活动与中良兄有较密切的交集。那是2007年春，我在筹划办一个抗战文化研究刊物时，读到张中良关于抗战文学与正面战场的几篇论文。我就想到与张中良合作办刊。当年5月，我正好到北京参加期刊主编培训班，那时我在担任广西社会科学院文史研究所所长的同时，还兼任《沿海企业与科技》杂志社社长、总编辑，按出版管理规定，我得参加这个培训班。在学习期间，我到中国社会科学院去见了张中良，与他谈起我的设想。他很赞同。我们还商讨了一些细节，包括稿源、经费、编委会专家构成、刊期、开本，等等。对于他最关心的办刊经费问题，我告诉他，我管理的《沿海企业与科技》有经费结余，用来办《抗战文化研究》，每年一辑，还是可以支撑几年的。谈得差不多时，他说："今天杨义所长正好在，我们与他谈谈？"万事顺遂，那天，谈成了请杨义所长担任编委会主任和请他为我的《文学桂军论》写序两件事。为此，我高兴了好几天。

几天后，我在从北京返回南宁的特快卧铺上构思写成了《抗战文化研究》的"发刊词"（后改称"卷首语"）——《国魂所系　心向力行》，这八字也作为刊物的灵魂和标识，连同刊物宗旨"研究抗战文化　传承抗战精神"印在每期的封面上。美编设计的封面我很满意，十几年了，都没有做大的改变。2007年底，第一辑刊物在广西师范大学出版社顺利出版。

值得记载的是，2015年，在纪念抗战胜利70周年的日子里，我们召开了《抗战文化研究》编委会工作会议。编委会工作会议总结了前九年的工作，讨论了存在问题，提出改进设想。会议期间，还组织与会人员在南宁和桂林考察了部分抗战遗址。会议纪要在《抗战文化研究》第10

2015年8月29日召开《抗战文化研究》编委工作会议时与会编委和有关专家合影。前排左五为张中良

辑（2016年出版）刊发了。

　　张中良对《抗战文化研究》十分尽力。一是我与他曾约定，我俩每年都要在这个辑刊上发一篇文章，露露脸。他果然每年都发出高质量的论文。他的论文，主要是"抗战文学与正面战场"，构成了一个系列，给刊物增色不少。二是组稿，他每年都组织多位知名学者撰写论文，使刊物保持了高水准和多样化。三是认真审稿。他站位高，思考深，信息广，许多疑难稿件，在他的审阅下得到正确的评价和妥善的处理，保证了刊物的学术质量。在张中良的鼎力支持下，《抗战文化研究》每年按期编辑出版，质量逐步提高，在学界的影响力也越来越大，如今已出版14辑了。除在国内的书店销售外，电子版在海外的销售也达到4000余份。不容易！

　　《抗战文化研究》开办的头几年，我每次到北京，都去中国社会科学院找他，交流《抗战文化研究》稿件情况和出版问题，会晤商讨甚多。平时联系以邮件为主。张中良到上海交通大学人文学院任博导后，主研20世纪30年代左翼文学。2016年，他主持召开"历史背景与左翼文学"会议，邀请我参加，我写了一篇《抗日大背景下左翼文艺家的活动和左翼文学的变迁》参会，到上海当面感受他的教学和研究氛围。他筹办会议很忙，那次我们没有谈很多。

　　张中良有著作多种。他先后送给我的专著有《抗战文学与正面战场》《张中良讲现代小说》《走近鲁迅——由崇拜到对话》《民族国家概念与民国文学》，译著《"人"与"鬼"的纠葛——鲁迅小说论析》。2011年由湖南教育出版社出版的《张中良讲现代小说》是一部作家论著作，论述了鲁迅、茅盾、老舍、巴金、李劼人、张恨水、沈从文、张天翼、萧红、端木蕻良、路翎、张爱玲、赵树理共十三位现代文学大师级小说家。该著对作家的创作成就、时代意义、艺术风格等分析评点十分准确到位。张中良在扉页上谦虚地写道"建平兄哂正　中良敬上　2012.5.8"。2017年由社会科学文献出版社出版的《走近鲁迅——由崇拜到对话》也是张中良的重要著作。该著作分"文本解读""民国史视角"和"比较文学"三部分，是张中良"半个世纪阅读鲁迅的总结"。在"引言"里，他记述了自己由崇拜到对话、由阅读到研究的几十年的认识鲁迅的过程。该书的各篇论文，就是他几十年来在鲁迅研究方面的成果结集，其间对鲁迅思想的阐发和对鲁迅作品的分析，十分独特与新鲜，展示了张中良作为著名学者的学术底蕴和强劲功力。张中良在鲁迅研究方面的成果还有译著《"人"与"鬼"的纠葛——鲁迅小说论析》（人民文学出版社出版）。而《抗战文学与正面战场》（2014年社会科学文献出版社出版）和《民族国家概念与民国文学》（2014年南方出版传媒和花城出版社出版）代表了张中良在21世纪里开拓学术研究新领域的研究成果。张中良在两书分别题写"建平兄雅正　张中良　敬呈"，时间分别是2014年4月8日和2015年8月27日。读了张中良赠送的几本著作，我感受到他在现代文学研究上的功力之深与治学之严谨。

2007年左右，我就有个想法寄托于中良兄。他是中国现代文学研究会副会长、《中国现代文学研究丛刊》编委，是现代文学研究界相当活跃、威望很高的中年学者。我希望他能撑起重写《中国抗战文艺史》的

张中良签名本《张中良讲现代小说》《抗战文学与正面战场》《走近鲁迅——由崇拜到对话》书影

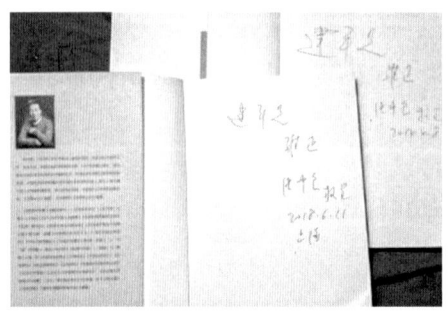

张中良签名本《抗战文学与正面战场》
《民族国家概念与民国文学》题签

张中良签名本《张中良讲现代小说》题签

大旗。我2008年写了一篇《关于编撰〈中国抗战文艺史〉的思考》，向学界提出这一建议，并提出应由中国社会科学院专家牵头，联合海峡两岸及香港学者共同开展。这篇论文在2008年中国社会科学院文学研究所召开的中国文学

2010年作者与张中良（左）合影于重庆市合川区钓鱼台

史写作研讨会上做了宣读，后发表在《抗战文化研究》第2辑（2008年出版）。可惜中良兄正忙于学校的学科建设，后又承担国家社科基金重大项目《鲁迅手稿文献整理与研究》的一个子课题的研究工作，久久没能将重写《中国抗战文艺史》排上日程。

我和中良兄的交往还有许多事可以记载，如2009年请他来南宁参加纪念昆仑关战役70周年活动，陪他到桂林考察七星公园里的抗战遗址并瞻仰张曙墓，2015年与他共同组织《抗战文化研究》编委会工作会议，还有一起在北京香山、武汉江汉大学、浙江宁波、辽宁昌图县端木蕻良故乡、重庆钓鱼台等地参加现代文学研究会议和考察活动，平时短信、微信的频繁交流，等等。近20年的交往，汇流着学术性友谊，积淀着人生的种种感悟。我期望将《抗战文化研究》长久办下去，与中良兄在合作和交流中形成更多的人生历练、精神契合和学术享受！祝中良兄健康平安！生活幸福！

2021年1月26日

广州

秦牧签名本：
《论散文创作》

秦牧（1919—1992），原名派光，原籍广东海县樟林乡，生于香港。当代著名作家、散文家。1939年开始用笔名"秦牧"写作。曾任中国作家协会理事、全国文联委员、广东省文联副主席和执行主席、中国作家协会广东分会副主席、《作品》杂志主编，兼任暨南大学中文系主任，并被选为中国当代文学研究会副会长、中国当代文学学会顾问。主要作品有《长河浪花集》《艺海拾贝》《语林采英》等。

获得秦牧先生的签名本，前后缘由可以写许多。因为我在1980年准备大学毕业论文时就读了他20世纪40年代时的一些作品，查阅资料时还找到几篇他的轶文，在论文里评论了他的创作，对他的情况有一定的了解。后来与他通过书信和电话。他给我复了信，还惠赠我一本他的著作，这就是我收藏的签名本《论散文创作》。

秦牧的文学生涯与我的家乡桂林有重要关联。他在回忆录里说："我真正比较严肃地跨上文学道路，是四十年代初的事，即在1941年太平洋战争爆发之后。那时我在桂林当中学教师。""由于文学活动增加了的缘故，我也逐渐成为那个'文化圈'里的成员了。"（载《文学生涯回忆录》（三），《新文学史料》1988年第3期）。新中国成立后，秦牧专注于散文写作，其代表作《花城》《艺海拾贝》等受到广大读者喜爱，其散文成就逐渐蜚声文坛，成为与刘白羽、杨朔齐名的散文三大家。

秦牧是我喜爱和关注的作家。我在从事桂林抗战文艺研究的过程中较仔细研究过秦牧20世纪40年代的一系列作品，曾几次撰文论其

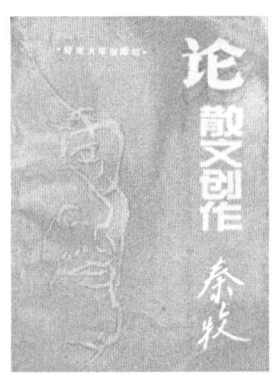 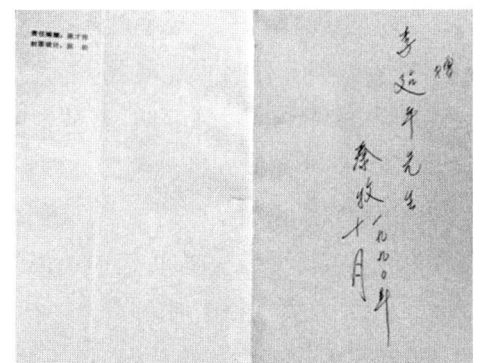

秦牧签名本《论散文创　　秦牧签名本《论散文创作》题签
作》书影

创作活动及作品。一是1981年写的毕业论文《论桂林文化城在国统区抗日文艺运动中的地位和作用》里有一段论到秦牧：

> 当代著名的散文家秦牧，他步入文坛正式开始从事写作生活，是自桂林"文化城"开始的。他在《我是怎样走上文学道路的》[①]一文里写道："我真正比较严肃地跨上文学道路，是四十年代初的事，即在1941年太平洋战争爆发之后。当时我在桂林当中学教师。"正是在那几年，秦牧在桂林积极参加抗日文艺活动，写了大量的散文、杂文，逐渐成熟起来。1947年上海出版了他的第一本集子《秦牧杂文》，他说："里面收的文章大抵是桂林时期写的。"可以说，秦牧是一位在桂林"文化城"里成长起来的作家。

该文1982年发表在《广西大学学报》第1期，1983年再发于《抗战文艺研究》第5期（因《广西大学学报》在1982年时还不是正式出版物，因而在《抗战文艺研究》发表不属于一稿两投）。

二是我先后在民国报刊上发现了秦牧的几篇轶文，据此写了一篇《抗战时期秦牧在桂三篇集外佚文评介》，在1990年11月《桂林地区教育学院学报》第8卷第2期发表。

---

① 载《文艺报》1981年第10期。

三是20世纪90年代末，魏华龄先生策划、邀请我与他一道主编《抗战时期文化名人在桂林》，我写了《秦牧》以及《茅盾》《艾青》《柳亚子》《盛成》《端木蕻良》《马宁》《朱雯》《马国亮》等十几篇在桂林生活和创作过的作家的传记。这些，构成了我联系请教秦牧的学术基础。

在研究过程中，我曾两次去信向他请教。第一次是1988年末，我们在编一本《桂林抗战文艺辞典》，我去信请教他抗战时期在桂林活动的一些史实。他很快回了信，全文如下：

建平同志：

来信收到。

你们工作认真的精神令我钦佩。

《阴阳关纪事》《柔佛海峡的两岸》确为我在桂林时的作品，但后已散失，并未编入任何集子。况年代久远，印象早已糊模。那是初练笔时期的作品，并不成熟，我认为没有列入条目的必要。

特复，并候

编安

秦牧

（1989）1.5

退回邮票

第二次是1990年夏，我写了一篇《抗战时期秦牧在桂三篇集外佚文评价》，就新发现的抗战时期秦牧的三篇轶文《论小说创作》《论丁西林的〈妙峰山〉》《易卜生研究》进行评述和介绍。我寄去请秦牧请教。他回信道：

建平先生：

你好！收到来信及稿件。

稿件我已读了一遍，你能够找到那些材料，真不简单，批阅之余，真有隔世之感。文章写得很认真，但事实上，我的《论小说创作》，2000字篇幅，是说不出什么名堂的。《易卜生研究》大概好一些。

我的作品研讨会开过后有关方面拟出版一个纪念文集，你的文章，我已转交省社科院文学所张振金（通讯处：广州越秀北路），请他处理，有可能编入。你也可和他联系。你们都是同行。

寄一张载有关于我的特辑的报纸给你。该报半内部性质，其中《一个老作家的自白》一文，桂省报刊如有兴趣，可以转载。

特复并候

时绥

秦牧

（1990）10.7

他在回信的同时，给我寄来一本《论散文创作》。秦牧在扉页题写"赠李建平先生　秦牧　一九九〇年十月"。

秦牧的回信，还有两点有趣的地方。一是他的回信（第一封）不是写在稿纸或信签纸上，而是写在一张像是拃历纸的背面白页上，约莫16开大小，像是很随意地取来用上的。二是我去信时附上的给他复函时用的邮票，他贴在信上寄回给我了。我给尊重的长者寄信求教时一般都附一张邮票，为的是方便他们回信。极少有人再寄回，好像也就是秦牧这么做了。

可惜我无缘与秦牧见上一面。广西广东虽然很近，但20世纪80年代时交通并不便利，出差机会和经费也很少，80年代我都没有去过广州。因而没有当面向他学习请教和合影留念的机会。这使我感到十分遗憾。

2021年3月9日

杨克签名本：

《太阳鸟》《图腾的困惑》《向日葵和夏时制》

> 杨克（1957— ），广西人。诗人，编审，国家一级作家。现任广东省作家协会副主席，《作品》文学杂志社社长，《网络文学评论》总编辑，第四届中国诗歌学会会长，中国作家协会第十届全国委员会委员，中国作家协会诗歌委员会副主任。系中国"第三代实力派诗人"、"民间写作"代表性诗人之一。主要作品有《杨克诗歌集》《太阳鸟》《陌生的十字路口》等。

1982年1月，我和杨克分别由广西大学和广西民族学院（今广西民族大学）毕业分配到广西文联工作。他被分配到广西作家协会，我被分配到《广西文学》编辑部，办公室相比邻，同在二层。当时办公条件差，通讯不发达，办公楼每层只有一部电话机，放在走廊上。几年里我们共用一部电话机办公。

我在广西文联工作了三年半，那几年，与杨克几乎是朝夕相见。大家都是刚从大学毕业进入专业文学机构，他与我的大学同学张兴劲又是多年诗友，因而多几分亲切，时常在办公室聊聊当下的文学与创作话题。1984年他承担了广西作家协会一本文学评论集的编辑工作，在四下组稿时找到了我。当时我在《广西文学》编辑部理论组工作，不时也写些文艺评论。他约我也写一篇，问我想评论哪个作家或作品。我说我熟悉秦似的杂文。他说：好！正好还没找到人写秦似。我后来如约写成万余字的《秦似杂文的思想艺术特色》，杨克将其收入这本广西作家协会的第一本文学评论集中，取书名为《新花漫赏》，意为是对改革开放以来广西文学新作的推崇与评鉴。该书1985年11月由广西民族出版社出版。承蒙他的器重，这篇评论排列于书中的第二篇，挺显眼的。这可以说是我和杨克的第一次交集。

杨克在广西文联工作将近十年，最耀眼的事是提出"百越境界"创作主张并引发广西文坛的思想激荡。那是1985年初的事。围绕着"百越境界"，我和杨克产生了第二次交集。

那年1月，《广西文学》编辑部收到梅帅元和杨克合写的《百越境界》一文。其文锋芒指向陈旧的文学观，主张用民族文化之元气激活当下文学创作。其文观念之新、思维之活、文辞之犀利，为广西文坛所罕见。这篇文章受到时任《广西文学》编辑部副主编张辛的高度重视，当时张辛主持编辑部工作，决定立即编发，把责任编辑的工作交给了我。我仔细地阅读该文，用心学习和揣摩作者的写作用意和文章的逻辑思路，修补了一些理论不够严谨的用语，还加了一个"花山文化与我们的创作"的副标题，用了两三天时间完成了编发工作。该文在当年《广西文学》3月号发表了，汇入了当年全国兴起的"寻根文学"大潮中，在广西文学界引发了强劲的思想震荡。几年后，我在写作《新潮：中国文坛奇异景观》（1989年6月广西人民出版社出版）一书时，提出该文是韩少功的《文学的根》发表之前已出现的"一篇具有宣言性质的'寻根'文章"[1]，肯定了其积极意义。

该文发表后，《广西文学》编辑部不失时机地组织了一次"花山文化与我们的创作"研讨会。会议于1985年4月22日至25日召开，20多名青年作者和《广西文学》部分编辑参加了座谈。会议的最后两天，举行了一次宁明花山岩画考察活动。这次考察，由我和杨克带队，约二十位青年作家一道坐车到宁明住了一晚，第二天一早乘上小木船驶向花山。头晚下过一场大雨，空气清新，两岸山峦云烟缭绕，一带江流波平浪静，夹岸土坡草木青葱，小船载着我们慢慢驶向大山，仿佛驶入远古的幻境。到了花山，我们为壮族先民的艺术创造所震撼。我们在崖壁下学岩画人物造型起舞、高歌、欢娱，似乎要唤醒崖壁上的红色小人们同乐。那天我们真切地感受到了百越文化的氛围，受到一次崭新的文化洗礼。同行

---

[1] 李建平：《新潮：中国文坛奇异景观》，广西人民出版社，1989，第97页。

1985年4月25日考察花山岩画的部分青年作家合影于崖壁下。左起：黄堃、李建平、杨克、蒙海宽、方芸、田丁

者除了我和杨克，还有张仁胜、黄堃、李逊、潘大林、周伟励、蒙海宽、唐海涛、石山浩、田丁、方芸等，大多数是20多岁的年轻人，只有一两人30岁出头，是一支青春飞扬的文学队伍。

围绕着"百越境界"，杨克写了《红河的图腾》《大地的边缘》《红河之死》《就是这河》等系列组诗，其作品如红河之水排浪而来，构成了杨克"百越境界"诗作的宏大规模。"这些诗歌相对于前辈写的诗歌大为不同，表现出在激情奔越的同时，追求更为深广的思想内容，具有民族历史文化的穿透力。诗歌中运用象征和隐喻的手法较多。"①

杨克有思想，有激情，有灵气，文笔也好，诗自然写得很好，也很多。在广西文联工作的近十年时间里，已写出大量的诗歌作品。1985年，他的第一本诗集《太阳鸟》由广西民族出版社出版，1990年又出版了《图腾的困惑》《向日葵和夏时制》两本诗集。这三本书，他都送给了我。在《图腾的困惑》和《向日葵和夏时制》两书扉页他题签"李建平兄正之 杨克"，均未署题签日期，其中一本钤印。在《太阳鸟》扉页他题签"请李建平君教正 杨克 一九八六年元月"。

我喜欢他的诗，尤其是读到他的《写写大师》组诗，心灵产生巨大

---

① 李建平等：《广西文学50年》，漓江出版社，2005，第258页。

共鸣，因而写出了一篇评论文章《一种人生指向和哲理启示》（刊发于香港《当代诗坛》1991年第11—12期合刊）。这是我与他的第三次交集。那是1991年，他写的《写写大师》获得中国台湾第二届石韵新诗奖头奖。这组诗，在对民族文化的透视方面，更为成熟和富于艺术意韵，其中蕴藉着诗人走向成熟的人生指向和深沉哲思，是他在20世纪80年代里完成的最重要的一组诗。我在评论文章里写道：

杨克签名本《向日葵和夏时制》《太阳鸟》《图腾的困惑》书影

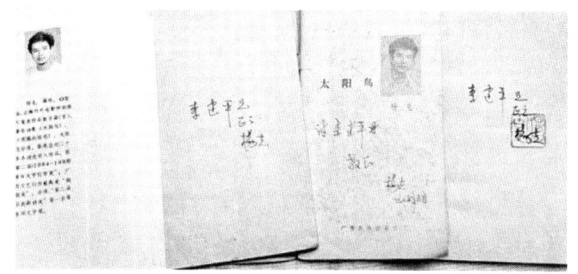

杨克签名本《向日葵和夏时制》《太阳鸟》《图腾的困惑》题签

　　这组诗共三首，写作对象是沈从文、钱钟书、莫扎特。它所追求和表现的，不是那种对一事一物的褒贬感慨，也不是紧扣生活步伐的礼赞与怒吼，而是一种对深广韧长的文化精神和人生哲理的倾慕与投入。杨克根据自己对历史对现实的观察与体验，找到了能够将"文化精神"和"人生哲理"这些理性转换为形象的可感具象的对应物，这就是沈、钱及莫扎特。杨克写他们，是要写出他们身上的高洁的品格、精神和丰富的文化内涵。我们看他写沈从文的《大水》："先生你淡如水/野天野地间一汪温泉/仿佛细无声的雨丝　随风润物/凝一滴露/在陶潜灿烂的菊花瓣上/空山新雨后　新新雨后/依然新鲜//淡到无味　方得味中之味/一生清清亮亮/青瓷龙井　泡出苍茫大海/碎裂为瓷片　釉的光泽/浮动一派清波/水酿的茅台酒　越久越醇/在地下　在我们体内/慢慢燃烧。"这里，诗人写出了沈从文"淡如水"而又"清清亮亮"的一生精神。在《又读〈围城〉》里写了钱钟书"难得糊涂""大智若愚"以及故作"潇洒"的品貌。这是艺术化了的沈、钱,又是诗人意中的理想人格。这里浸润着杨克对自身、对中国知识分子的人生道路和人格模式方面的深刻理解与诚挚追求。

作为艺术世界里的沈、钱和莫扎特三人,是诗人"借物抒情"的象征。三个具象在现实生活中的本来面目,意义已退居于次。他们更多的是作为诗人意中之象而存于诗中。杨克诗的价值,不仅仅是写出了这种理想人格,而且在于他将他的人生感悟和生命体验,投入这种理想人格的歌赞与建构之中了。因而,这里不是描述、阐释、评价这种人格,而是诗人在倾诉心志,展现自我人格。写莫扎特的《听莫扎特小夜曲》尤为体现了这种生命的投入:"像昙花一瓣瓣在暗夜中醒来//莫扎特 你就是音乐/是一株摇曳着旋律的龙舌兰/透明的舌头/尝遍了死亡的阴郁滋味/温软地舔着我生命的伤口//我无法进入你的灵魂/就像我无法穿过雨季/到达阳光/但我能真实地触摸你的声音/纯净的音符/一粒粒光明的种子/使装饰黑夜的灯火显得虚伪。"这里写莫扎特的只有第2句至第5句,其余的均写诗人自己。然而,哪一处不能"触摸到"莫扎特的声音?哪一处不能感受到大师的光照?"透明的舌头/尝遍了死亡的阴郁滋味/温软地舔着我生命的伤口",没有深刻的人生体验,没有真切的感情投入,怎能写出这等警语佳句?有此一句,此诗可在诗坛不朽矣!①

可以说,以这组诗为代表,杨克的诗创作达到了一种新的高度。

也就是在写作《写写大师》不久,杨克离开了南宁,到广州广东作家协会《作品》杂志社工作。在那里,他开始了新的生活和写作。他后来又出版了诗集《陌生的十字路口》(人民出版社1994年版)、《笨拙的手指》(北岳出版社2000年版)、《杨克短诗选》(银河出版社2002年版)、《杨克诗歌集》(重庆出版社2006年版)、《杨克的诗》(人民文学出版社

---

① 李建平:《一种人生指向和哲理启示》,香港《当代诗坛》1991年第11—12期合刊。又载于李建平:《理性的艺术》,接力出版社1995年版,第209—211页,有修改。

2015年版)、《我在一颗石榴里看见了我的祖国》(江苏凤凰文艺出版社2021年版)等12本诗集及散文集《天羊28克》(作家出版社2009年版)、《我说出了风的形状》(人民文学出版社2018年版)等4本,诗文合集《杨克卷》(漓江出版社2004年版)等,日本思潮社、美国俄克拉赫马大学出版社、西班牙萨拉戈萨大学出版社等出版8种外语诗集,主编《中国新诗年鉴》(1998—2019每个年度)、《〈他们〉10年诗歌选》、《给孩子的100首新诗》、《朦胧诗选》("中国文库"第4集)、《60年中国青春诗歌经典》、《九十年代实力诗人诗选》等。他还在《人民文学》《诗刊》《中国作家》《世界文学》《新华文摘》《十月》《上海文学》《花城》《当代》《大家》《青年文学》《解放军文艺》《天涯》《作家》《山花》等有影响的报刊发表了大量诗歌、评论、散文及小说作品,还在《他们》《非非》《一行》等民刊以及海外报刊和网络发表作品,有诗歌、评论、随笔、小说被收入《中国新文学大系》《中国新诗百年大典》《中华诗歌百年精华》《中华人民共和国五十年文学名作文库》《新诗三百首》《中国当代诗歌经典》《〈人民文学〉五十年精品文丛》《百年百首经典诗歌》《现代诗经》等400种以上文选,曾获首届广西壮族自治区政府文艺奖"铜鼓奖",广西首届青年作家奖,第二届《青年文学》(1984—1988)创作奖,《人民文学》征文奖,《山花》年度奖,第三代诗人杰出贡献奖,首届汉语诗歌双年(2006—2007)十佳奖,广东第八届鲁迅文艺奖,广东第七届"五个一工程"奖,中国当代诗歌(2000—2010)贡献奖,英国"剑桥徐志摩诗歌奖",罗马尼亚出版版权总公司"杰出诗人奖",第十二届《上海文学》奖和第九届冰心散文奖散文集奖等中国和外国文学奖十多种,以及中国台湾第二届石韵新诗奖第一名,《创世纪》"40年优选奖"等。杨克成为中国诗歌界一颗耀眼的新星。

杨克到广州后,起初我们还有些书信往来,20世纪90年代时我和广西民族大学林建华教授曾到广州他家里见过他。21世纪以来,联系就渐渐少了。但时常见到他在诗坛活跃的信息,我为他的成就感到高兴。祝愿他在诗坛上再创佳作!

2021年12月18日

李希跃签名本：
《琴剑篇》《推石斋诗文选集》

> 李希跃（1958— ），笔名郁钺，广西贺州人。作家、诗人、古典诗词研究家。编审职称，三级警监警衔。历任广西《红豆》文艺期刊编辑，广西大学中文系中国古代文学教研室教师，广东法制报刊社记者、编辑、编审、执行副总编、副社长，广东省作家协会会员，广东省摄影家协会会员，广东省司法警官文学艺术联合会副主席，广东省文学艺术联合会第六届委员会委员。著有《琴剑篇》《庄严的法律》《推石斋诗文选集》等。

1978年2月我到广西大学中文系报到后，认识了一位小朋友模样的可爱的同学——李希跃。他当时刚满19岁，青葱单纯，看起来只十六七岁的模样，大家都喜欢他。不知道谁给他起了个外号"小铃铛"，那是20世纪五六十年代一个儿童电影里的小男孩的名称，感觉挺贴切的。这外号几十年后同学聚会时还不时有人提起。谁能想到，几十年后成长起来的"小铃铛"，竟走的是与他当初样貌反差极大的一条路：论职业，做了警官，做到了三级警监警衔；论学问，做起了吟古诗钻旧书的古典文学研究。只是再见到他本人后，我才真切地感受到，"小铃铛"还是"小铃铛"，仍是那么年轻，那么纯正，那么热情，当然，多了成熟与干练。

在大学里我们虽然不同组也不在同一个寝室，但两人走得比较近。其原因，从表面看是有相同的爱好。一是爱读古诗词，常常在一起背诗词、聊天。二是热爱游泳、篮球、单杠等体育活动。我们与另一位同学李乃耀，常常组队与其他同学打半场篮球赛，号称"李家军"，在班里挑战了数个"杂牌军",胜绩不少,小有名气。

十年前,我班同学发起编辑纪念大学毕业30周年文集时,我写了一篇《大学记忆》的散文,其中有这么一段文字写到李希跃:

"小铃铛"是个人见人爱的小伙,健康俊秀,聪明机灵,一家姐弟三人,1977年高考同时被录取,怕是广西没有第二家,可见其基因之好,智商之高。我痴长几岁,靠了与他同为李姓,加上有练单杠、背唐诗的共同爱好,逐渐走近,成为好朋友。与他一起背诗词、练单杠、看电影、打篮球、游泳、赏月,是大学生活中很值得回味的内容,有诗为证:

李希跃:《赠建平学友》
卅年回首忆同窗,亦友亦师亦兄长。
球场结伴磨筋骨,斗室促膝论华章。
谈文说艺曲径幽,听云晒月荷塘香。
多情诗赋催人老,何时闲坐话沧桑。
2009年1月

我勉力写了一首《和希跃〈赠建平学友〉原韵》回赠:
有缘四载结同窗,学业情谊相伴长。
灵水邕江劈波浪,红楼书馆论文章。
昔年西大三剑客①,今日羊城一铖将②。
细数离别双十岁③,温酒待君说玄黄。
2009年1月31日

总之,我受他朝气蓬勃气息的感染很深,很怀念与他交往的那段生活。我的日记里记了与他去看电影、去公园看大象等不少趣事。④

---

① 大学毕业后,一次我与李希跃、彭洋一起回西大(广西大学),遇到许敏岐老师,他称我们为"三剑客"。

② 希跃在广州写杂文用笔名"郁铖",其文风犀利,颇有力度,是为文坛干将。

③ 大学毕业后,李希跃在南宁市文联《红豆》杂志社工作,我在广西文联《广西文学》编辑部工作,常有往来。20世纪80年代末,他考上暨南大学中国古典文学专业的研究生,毕业后留在广州工作,离别近20年了。

④ 李建平:《大学记忆》,载陈耀松、梁扬、李建平主编《书香致远——广西大学文学七七毕业30周年纪念文集》,2012年印刷,第75—76页。

我和他成为好朋友,分析深层原因,除了爱好相同之外,主要是我们都比较单纯,没有城府,真诚交友。用今天的话说是"三观"相同。于是在大学四年里我们相处亲密,他称我大哥,我叫他小弟。大学毕业后,他做了几年编辑和大学教师后去广州读研究生,毕业后留在广州工作,以后就见面少了,但我俩不时联系,也相互赠诗唱和。

李希跃有聪颖的天分,加上后天的勤奋,因而在学业上十分出色。在大学里,他从喜欢唐诗宋词开始,钻研起古典文学,颇为轻车熟路。大学毕业论文写的是李煜词研究,获得优秀成绩,毕业当年,论文就在《广西大学学报》1982年第1期发表,可谓崭露头角。毕业后分配到南宁市《红豆》杂志社当编辑,他又写了不少诗歌和散文,以后转回广西大学任教,一年多以后又考取暨南大学中文系古典文学专业研究生,读研期间参与了多部诗词鉴赏辞典的编写工作,在古诗词研究领域有不少成果积累,已小有名气。原以为他会在做学问的路子上走下去,谁料想,研究生毕业后他进入一个政法类期刊社工作,转入了一个新领域,形成了杂文写作的又一个路子。

记得是20世纪90年代中期吧,他寄赠我他的杂文集《琴剑篇》(广州出版社1997年版),在扉页题写"建平挚友雅正 希跃 98.5"。从书名看,可感受其犀利的品格。他在这家法制报刊的记者、编辑岗位上,以"郗钺"为笔名写了一批针砭时弊的杂文,发表在《杂文报》《南方周末》《广东法制报》等报刊上,针砭社会问题,分析因由,弘扬正气,颇有力度和效应。所议话题及其批判精神,像《手术刀是怎么做的?》《红包里面是什么?》《好人与好官》《呼唤生态文明》等,至今读来仍有现实意义。

2014年,李希跃给我寄来厚重的一本《推石斋诗文选集》(中国文艺出版社2014年版)。他在扉页题写

李希跃签名本《琴剑篇》《推石斋诗文选集》书影

"建平兄教正　希跃　甲午年夏"。这是他的作品合集，共68万字，541页，收录自序和文章、诗词218篇（首）。该书内容分成六部分：杂文、散文，随笔杂记，诗词创作，诗词欣赏，学术论文，文学史话。其中第一部分的杂文，大多数曾被收入《琴剑篇》。

在《推石斋诗文选集》里，我最喜欢的是"诗词创作"部分。李希跃的格律诗确实写得好。他毕竟是古典文学硕士，底子深厚，且长期身心浸润，深得中国传统文化涵养，因而写的格律诗既工整规范，又古韵浓郁，兼含几分禅意，读之颇有味道。若以钟嵘的"滋味说"评价，李希跃的诗可入上品。如他写的《五十述怀》之一：

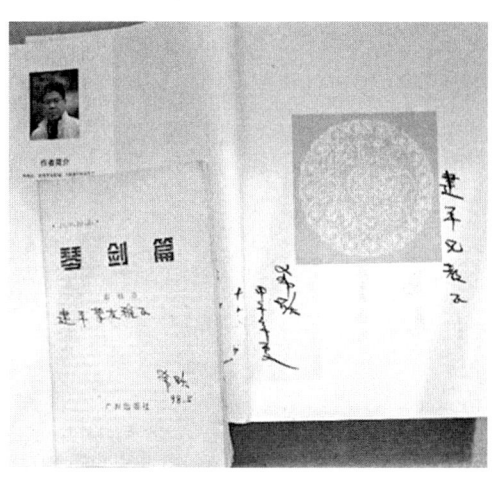

李希跃签名本《琴剑篇》《推石斋诗文选集》题签

　　五十梦醒鬓飞霜，天命叵知意彷徨。
　　岁月蹉跎身易老，山河妩媚心复狂。
　　亦曾琴剑轻生死，早付蒿莱任抑扬。
　　推石往复征途远，一腔肝胆入诗囊。

诗中的"推石"，用的是希腊神话中的典故。李希跃将"推石"用作书斋名和文集名，可见其对"推石"精神的推崇。

还有一首《大学毕业三十周年感赋》，写透人生：

　　红楼无迹紫荆黄，精舍犹闻翰墨香。
　　家国累身千钧重，诗书误我一生狂。
　　成败有因谁参破，穷通无定自思量。
　　焚膏继晷终不悔，天地江湖凭敛张。

此处说的"红楼",是我们读大学时的20号教室。它处于广西大学中文系那红色的办公楼内,俗称"红楼",成为我们青春回忆的代表物。

还有一首《江湖庙堂两无痕》,写出人生襟怀与精神:

江湖庙堂两无痕,非仕非文乐此生。
身轻缘有风双袖,心坦能容马十奔。
偶研废墨敲新韵,时烹佳茗会旧朋。
散淡襟怀今更好,青衫一领也精神。

好一个"青衫一领也精神",道出了内心的坦荡与情怀,文人气质满满,风流倜傥豪迈!读之怎能不令人击掌叫绝,大呼痛快!

李希跃写诗很严谨,志高远,有追求,故而能写出大量好诗。他说:"我始终认为,写诗填词立意是第一位的,其次是要有真情实感,再次是要用形象思维。最高境界是王力先生《题中国历代诗话选》所说的'情景交融神韵在,不须修饰自风流'。"又说:"我写诗大都率性而为,纯任自然,无任何功利之目的,非'骨鲠在喉,不吐不快'绝不动笔,故多是一气呵成,极少'两句三年得,一吟双泪流''吟安一个字,捻断数根须'式的苦吟。"

2010年2月春节前夕,李希跃写了一首《岁末寄友》寄来,诗云:"春风年年绿南疆,谁念衰草立斜阳。少年情怀多慷慨,老大意绪转苍凉。愧无新诗酬知己,幸有旧墨傍土墙。锦瑟年华随流水,浮云落日情意长。"我读后顿生诗意,当即和了一首《七律·新春寄友并和李希跃〈岁末寄友〉》:"东风遒劲破寒江,又见红棉伴艳阳。少壮情怀成旧事,老来意绪犹慨慷。欲研朱墨酬知己,待写诗书寄故乡。最喜同窗重聚首,金兰再续新篇章。"我们在诗词交流中获得愉悦,增进友谊。

李希跃的人生定位虽然最后是落在了警官上,但其一生大部分时间是做期刊编辑、大学教师和行业文联组织领导工作,写作了一批论文、杂文和诗词作品,另参加过《唐宋词鉴赏辞典》(江苏古籍出版社出版)、《唐宋元小令鉴赏辞典》(华岳文艺出版社出版)、《金元明清词鉴赏辞典》(南京大学出版社出版)、《中国诗词曲艺术美学大百科》(四川辞书出版社出版)、《古代诗词曲知识辞典》(广东人民出版社出版)等8部大型辞书的撰稿及《康熙字典》简化字版(广州出版社出版)的标点及校勘,发表各类体裁的文学作品100余万字。这些文化实践,足够构成他厚实的学术人

2012年作者与李希跃(右)合影

生和文化人生。他实质就是一位文化人,一名学者。他自己也说了,对文学"痴心不改,文学情结永存"。他有一篇记叙他的诗词生涯的长文《一杯春露冷如冰——我与诗词》,写下了他的诗词研学经历和伴诗远行的情怀,显示出坚实的学术功底和高远的人生志向,给人许多感慨和启迪。该文刊发于2002年12月7日的《法制日报》上,后被编入"美文"发布于网络平台,读者众多,阅读量2.1万。许多读者阅后写下留言,多是"钦佩""致敬"等赞语。不止一人评说他是"真正的学者",如"山茶"留言:"学有所成,自成一体,乃大家也。""江雪"说:"老师乃真正学者,学术有专攻!""追寻飘逸"说:"博学多识,真正的学者风范。问候一声,向您致敬!"这些知音们的评语,说出了李希跃的文人本性。

李希跃很推崇清末维新派政治家、思想家谭嗣同的人格。他说:

谭嗣同曾用"禅心剑气相思骨"来描述自己,说自己心中有禅,气带侠义(剑),而骨子里是个性情中人。我认为这也是一个诗词写作者必须具备的禀赋和素质:

"禅心"即要有一颗悲悯慈爱之心,悲天怜人,超然物外,看得淡生死荣辱,放得下功名利禄;

"剑气"是代表行侠仗义,肝肠似火,不平则鸣,有勇气,敢担当,心怀忧患,情切兴亡,有强烈的社会责任感;

"相思骨"则是隐喻和象征多情善感,深情绵邈,敢爱敢恨,爱憎分明。

能集此三者于一身，是成为一个高贵、大气、优雅、完美的男人的基础，更是一个诗词写作者奋斗追求的目标。

正所谓"高山仰止，景行行止"，"虽不能至，心向往之"。至少懂得要留着一点禅心、一缕剑气、一份情愫吧。

此段话，道出了李希跃心中的向往与追求，也是他人生几十年的步履与行迹。这是他身为警官，实则诗人的根由与明证。我期待再读到他带着"一点禅心、一缕剑气、一份情愫"写出的好诗。

2022年1月8日初稿，13日改定

吴奔星签名本：

《茅盾小说讲话》（附：《暮霭与春焰——吴奔星现代诗钞》《人生口哨》）

吴奔星（1913—2004），诗人、学者、教授，湖南安化县人。新中国成立后在武汉大学、苏南文教学院、江苏师范学院（苏州大学前身）、南京师范学院等高校任研究员、教授。主要作品有《暮霭》《人生口哨》《鲁迅旧诗新探》《茅盾小说讲话》等。

  吴奔星是著名现代诗人，早在20世纪30年代便发表不少诗作在《现代》杂志和《菜花诗刊》《诗志》《新诗月刊》等诗歌刊物上，为现代派诗歌领域的重要成员。他是新中国最早一批现代文学教授，曾发起成立中国现代文学研究会、中国鲁迅研究会、茅盾研究会，并担任理事。

  吴奔星与我父亲李耿是20世纪40年代南宁高中的同事，两人当时在该校教书。1982年10月29日至11月2日，我家四人——父亲母亲和我与弟弟，一同出席了四川大学在成都、乐山召开的纪念郭沫若九十周年诞辰学术研讨会。那一年，我和弟弟建红，刚从大学毕业，我俩和父亲三人分别写了论文，一同到了成都。在会议上，父亲与吴奔星重逢。

  父亲见到吴奔星十分高兴。晚上两人在一起聚谈许久。在考察青城山那天，我陪伴他俩登山。我跟着他们一级级台阶走着，听父亲与吴奔星的交谈。他们还吟诵诗句，相互唱和，寂静的山林里，不时泛起他俩欢快的笑声。

  会议期间，吴奔星给父亲赠送了刚印出的著作《茅盾小说讲话》，扉页有吴奔星的题签"李耿同志教正 吴奔星特赠 八二年十一月于成都"。该书是四川人民出版社1982年8月出版的再版书。《茅盾小说讲话》

吴奔星签名本《茅盾小说讲话》书影

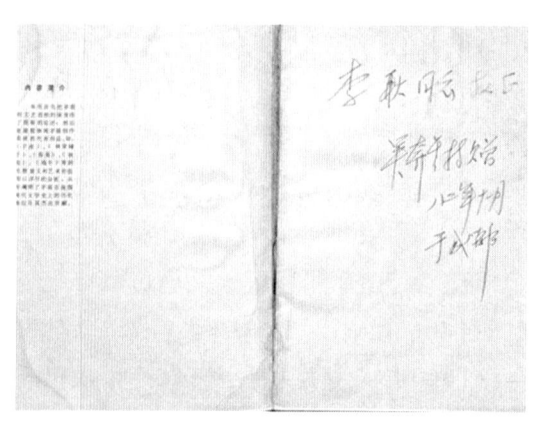

吴奔星签名本《茅盾小说讲话》题签

最早由泥土社1954年出版，是新中国成立后的第一部茅盾研究专著。著名茅盾研究学者叶子铭评价说："一九五四年三月由泥土社出版的吴奔星的《茅盾小说讲话》，是这个时期的一部具有代表性的著作，也是解放后第一部比较系统的茅盾研究专著。"①该书在20世纪五六十年代的现代文学研究界产生较大影响。我有一段时间研究茅盾小说也参考了此书，很有收益。

吴奔星一生著作甚多，主要有：诗集《暮霭》、《春焰》、《鸭绿江之歌》（与王学奇先生合作）、《双贝集》（与夏传才先生合作）、《奔星集》、《都市是死海》、《人生口哨》、《吴奔星新旧诗选》、《吴奔星短诗选》等；专著《鲁迅旧诗新探》《茅盾小说讲话》《中国现代诗人论》《钱玄同研究》《文学风格流派论》《诗美鉴赏学》《语文教学新论》《阅读与写作的基本问题》《虚实美学新探》等。

我父亲2002年病逝。他的藏书，一部分由我家兄弟姐妹收藏，一部分捐给了广西师范大学桂学博物馆。这本《茅盾小说讲话》，由我继承收藏。

吴奔星著作签名本还有后续故事。那就是吴先生的儿子吴心海给我赠送了他父亲的诗集《暮霭与春焰——吴奔星现代诗钞》和《人生口哨》。前

---

① 叶子铭：《茅盾研究的历史和现状》，载中国文艺年鉴社编《中国文艺年鉴1982》，文化艺术出版社，1984年。

者是纪念吴奔星先生一百周年诞辰限量珍藏本，还是毛边本，十分珍贵。吴心海在该书内封题写"李建平先生惠存　吴心海　2012.8.28　南京"，并钤"吴心海特赠"印。在《人声口哨》内封，吴心海题写"建平先生惠存　吴心海　2011.2.5　南京"，并钤"安化吴心海章"印。吴心海原先并不知道我俩父辈的关系，我与吴心海的联系，是由于他给我主编的《抗战文化研究》投来一篇稿子：《诗人吴奔星抗战期间广西文教活动综述》。我阅读了他的稿子，心想：真是一种缘分，我们两人的父亲是一对好友，现在上辈人的缘分看来又由我们后辈人承继下来了。我将他

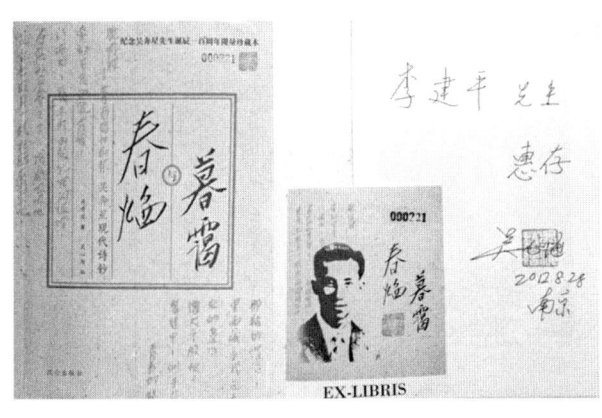

吴心海题签的吴奔星诗文集《暮霭与春焰——吴奔星现代诗钞》

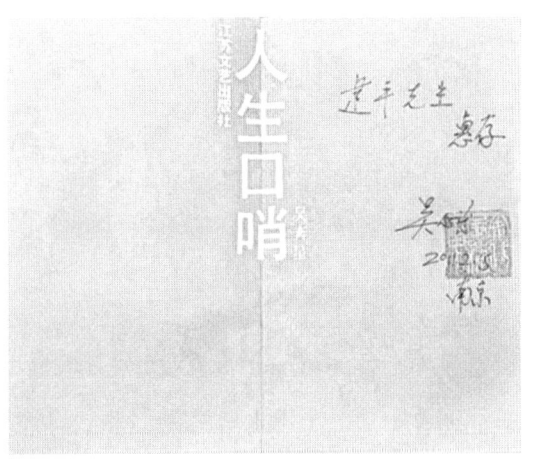

吴心海题签的吴奔星诗集《人生口哨》

的稿子发在2011年出版的《抗战文化研究》第五辑上了。吴心海得知我俩父辈的缘分后说："令尊和我父亲的渊源，以后有机会，会放入他的年谱中。"《暮霭与春焰——吴奔星现代诗钞》是吴心海为其父亲早年诗作（含译作）和诗论编选的诗集，内收1934—1948年诗作175组209首、译诗15首、诗论11篇，共419页，内容丰富，史料珍贵。《人生口哨》是吴奔星年轻时的一本诗集的再版。这样，我又获得了两本特殊的签名本。两辈人的缘分，汇聚于此书中。珍贵！

2022年1月30日

华明签名本：
《品特研究》

华明（1949— ），生于四川成都，原籍四川资阳。戏剧研究家，文化学者，南京师范大学文学院教授、博士生导师。曾任南京师范大学影视艺术研究所所长。中国戏剧家协会会员。著有《崩溃的剧场——西方先锋派戏剧》《西方先锋派电影史论》《品特研究》等。

华明是我大学同学。上大学前我俩经历相仿，中学毕业后到农村插队，后调到工厂。但他大我三四岁，是高中毕业下乡插队的，学完了高中课程，知识结构完好。上大学的前一年又曾由工厂送到天津大学精密仪器系英语班学习，学养之深厚，比我们一般同学，高出不止一两个层次。他在我班创造了多个"唯一"和"第一"：唯一免修英语的特殊生，同学中第一个考上研究生，唯一的艺术学博士，唯一研究西方文化（以影视艺术为主）的学者。他学问好，才艺精，琴棋书画样样行。我很佩服他象棋下得好。他可以背对我们两三摊象棋和我们下盲棋，且保持不败记录。我们根本无法与他对弈。他各方面太优秀了，我们与他的差距实在太大。

读大学时我和他不在同寝室居住，凑在一起多是在下午五点以后的篮球场上。我班三四个李姓同学篮球都打得较好，常常组队与华明等几人打半场赛，他称我们为"李家军"，我们称他们为"杂牌军"。球场上的奔跑跳跃，使我们的身体和精神都得到锻炼。几十年后大学同学聚会时，我们还不时聊起"李家军"对"杂牌军"的拼搏冲撞趣事。

我班同学40人，原来都是冲着"文学创作"专业来的，大学毕业几十年后一算，一直从事专业创作（主要是戏剧编剧）的只有两三人，在高校或研究机构从事教学和研究工作的有五六人,其余大多是在机关做管理工作和在出版社、报刊社做编辑工作。华明和梁扬是几十年一直在高校读书、教书的一对,一外国文学,一古典文学,分别在各自学术领域扬名。大学毕业后我与华明各奔东西,各自在自己研究的领域奔忙,因而相对联系少些,对他的情况了解不多。只是21世纪以来,我因为做了一些田汉研究,也参加了戏剧界的几次活动,在与中央戏剧学院的教授们闲聊时,我会想到华明曾在中央戏剧学院读博士和工作了几年,而搬出来聊聊。中戏的教授们都熟悉华明。我由此知道了华明在戏剧研究领域里的成就。

我和他较密切的一次接触是几年前的一个学术活动。2014年,桂林市举办纪念西南剧展70周年相关活动,其中一项是学术研讨会。桂林文化界筹办方请我出面邀约兄弟省份的专家出席会议。我邀请了华明和重庆的一位专家。华明答应来,但请我给他寄一些有关西南剧展的资料供他写参会论文参考。我给他寄去了丘振声老师编的《抗战时期桂林文化运动资料丛书·西南剧展》上下册两本和我参与编撰的《桂林抗战文艺辞典》。不久,他寄来了论文《西南剧展中的外国戏剧》,很符合会议宗旨,也与他的研究专长十分吻合,是一篇题材新颖、观点鲜明、见解深刻的文章,为会议增色不少。华明来桂林开会期间,我一直陪着他。白天开了会,晚上在当年西南剧展召开地——广西省立艺术馆旧址观看完演出后,我陪他沿着解放西路、解放东路、滨江路、靖江王城南门和中山中路,一路走回宾馆,向他介绍桂林历史与风物。那天晚上,是我们交流最多的一次。

华明在研究英国戏剧家品特方面卓有成就。哈罗德·品特(1930—2008)是英国荒诞派戏剧的代表作家,2005年获诺贝尔文学奖。华明的代表著作有《崩溃的剧场——西方先锋派戏剧》《西方先锋派

2012年作者与华明(右)合影

华明签名本《品特研究》书影

华明签名本《品特研究》题签

电影史论》《品特研究》等,翻译著作有《品特戏剧集》(含15个剧本)、《马洛戏剧全集》(含7个剧本)等。他给我赠送了大作《品特研究》。《品特研究》是2010年国家社科基金项目的成果。他在扉页题写"李建平同学雅正 华明二〇一四年十一月二十五日"。该书研究英国现代戏剧家品特及其戏剧,出版社推荐该书,称其是"国内第一部大型、全面、权威的品特研究专著"。该书2014年由商务出版社出版,很厚重的一本著作,值得用心细读。

前两年,华明从教师岗位退休后,较多地写写书法和旧体诗了。我看他写诗像是学杜诗,多写七律,心忧黎民,沉郁老辣,"心中道义语庄严"[1],极少吟咏风花雪月。例如他2020年12月29日写的一首《七律·雪中吟》:"雪舞冬云夜色昏,风吹朔气透衣衿。开锅偶忆思肴妇,闭户时觉不瓦人。王粲登楼悲并蝶,屈平投水怨妃淫。少陵野老独悲悯,愿为群寒献己身。"他写的一组状写劳动者辛苦的"两翁""两娘""一郎"(《卖薯翁》《修补翁》《保洁娘》《售面娘》《快递郎》)诗作,就是这类"心忧黎民"的代表性作品。他写了诗后经常放上微信"朋友圈",我很喜欢读,常常点赞,有时也评点一两处用字安妥问题,聊增往来情趣而已。

祝华明兄安享金陵物华,常操琴棋书画,安康幸福!

2021年2月7日初稿,11月30日续写

---

[1] 华明:《七律·自省》,载梁扬、陈耀松主编《文心诗韵》,作家出版社,2018,第75页。

文天行签名本：

《大后方文学史》《中国抗战文学概览》
《20世纪中国抗战文化编年》

  文天行（1943— ），四川人。抗战文学研究家，四川省社会科学院文学研究所研究员。曾任重庆地区抗战文艺研究会（后改为四川省抗战文艺研究会）秘书长、四川省社会科学院文学研究所副所长、《抗战文艺研究》主编。著有《国统区抗战文艺运动大事记》《周恩来与国统区抗战文艺》《20世纪中国抗战文化编年》等。

  20世纪80年代初，四川社会科学院创办我国第一家抗战文化研究刊物《抗战文艺研究》，文天行担任编辑，后任主编。我很喜欢这本杂志，每期都仔细阅读。我正是在向这本杂志投稿时认识文天行这位好编辑好老师的。

  第一次给《抗战文艺研究》投稿是1982年。那年秋天，我为参加在四川大学召开的纪念郭沫若九十周年诞辰学术研讨会，写了一篇《郭老战斗生活的一个缩影——抗战时期郭沫若在桂林的活动及意义》提交会议。会后，我投稿给《抗战文艺研究》，很快就在该刊1983年第1期发表了。不久，我又修改了大学毕业论文《论桂林文化城在国统区抗日文艺运动中的地位和作用》投给《抗战文艺研究》，就收到了文先生的来信，谈了些修改问题，我改过后，文章在《抗战文艺研究》1983年第5期发表了。这样，我和文先生就常有书信往来，虽然没有谋面，但我感觉是遇上贵人了。以后几年，我接二连三地给文天行寄去稿件，他都一一认真处理，相继安排在《抗战文艺研究》发表。计有：《抗战时期王鲁彦的活动及思想》发表于1985年第2期,《抗战时期桂林进步美术运动及创作》发表于1986年第4期,《茅盾、艾青抗战文艺活动史实补正》发表于1989年第3期,《抗战时期林焕平的文学活动》发表于1990年总第31期。他给我的信件,记载了一位好编辑善待作者的情操。可惜在1990年以后,《抗战文艺研究》停刊了,至今没有复刊。如今在中国知网(CNKI)上,竟然查找不到《抗战文艺研究》这个刊物和所刊载的所有论文。遗憾!

文天行先生是改革开放以后我国从事抗战文艺研究的先行者之一。他成果丰硕,出版著作有《国统区抗战文艺运动大事记》《周恩来与国统区抗战文艺》《国统区抗战文学运动史稿》《火热的小说世界》《大后方文学史》《历史在这里闪光——抗战文学与中国传统文化》《血与火的文化——中国抗战文化概要》《中国抗战文学概览》《20世纪中国抗战文化编年》等。这些著作,他大都寄了给我。1995年,他给我寄来《大后方文学史》,在扉页题写"李建平先生指正 文天行 95.2.27"。第二年又寄来《中国抗战文学概览》(四川大学出版社1996年版),扉页题写"李建平先生指正 文天行 96.10.23"。进入21世纪以后,他在2003年和2005年,又给我寄来《历史在这里闪光——抗战文化与中国传统文化》(2002年四川教育出版社出版)和《血与火的文学——中国抗战文学概要》(大众文艺出版社2005年版)两书,扉页分别题写"李建平先生指正 文天行 2003.3.2""李建平先生指正 文天行 2005.8.15"。他的著

文天行签名本《大后方文学史》《中国抗战文学概览》书影

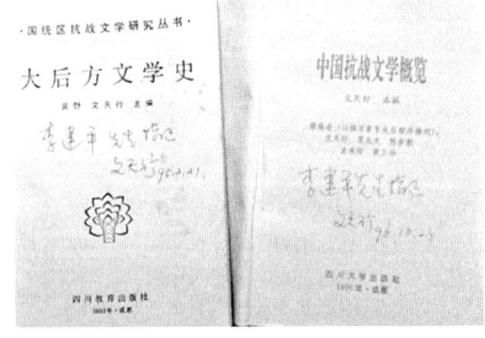

文天行签名本《大后方文学史》《中国抗战文学概览》题签

作，我仔细阅读研究，是我研究抗战文艺的重要参考书。

　　文天行还编有一部抗战文化研究大书——《20世纪中国抗战文化编年》，记载1931—1949年中国文化大事件，包括重要社团、会议、人物的活动和重要文化成果等，篇幅浩繁，内容翔实，史料珍贵，是从事抗战文化不可或缺的参考书。该书2015年由四川辞书出版社出版，2016年他寄赠予我，在内封题写"李建平先生雅正　文天行　二〇一六.二.二十二"。我甚为喜爱。

　　我对他关注我的研究，把我的稿子十分宽容大度地连续安排在《抗战文艺研究》上发表，长期怀有感激之心。2008年，我随广西社会科学院考察团到成都时，专程到四川社会科学院拜访他，第一次见到了我仰慕多年的好老师。文先生个头中等，身板结实，相貌敦厚和善，话语沉稳安详，加上他当天穿着米色中式唐装，我感到他身上颇有几分仙风道骨。陪我

文天行签名本《20世纪中国抗战文化编年》题签

文天行签名本《中国近代文化史编年》题签

2008年作者与文天行（中）、沈伯俊（左）合影

见文先生的还有四川省社会科学院文学研究所原所长沈伯俊，是他帮我联系上文先生的。我们三人一同在四川省社会科学院大门合影留念。

衷心祝愿文先生健康平安，生活幸福，安度晚年。

2021年12月22日

补记：2022年1月5日，我从重庆师范大学青年学者凌孟华处获得了文先生的微信号。6日清早，将这篇小文发给文先生校阅。他阅后又给我寄来了一部大书——《中国近代文化史编年》。该著2021年由中国文史出版社出版，内容和体例与《20世纪中国抗战文化编年》近似，时间上溯到1912年。文天行在内封题写"李建平先生雅正 文天行 2022.1.6"。两部"编年"，将助力我在中国近代史和抗战文化研究道路上继续前行！感谢文先生！

2022年1月16日

龚明德签名本：
《新文学散札》《旧时文事》

龚明德（1953— ），生于湖北省南漳县。作家、藏书家、现代文学专家。1983年从湖北调入四川文艺出版社，以组编新文学研究、文艺理论、散文书话领域的高品位图书著称。现为四川师范大学教授、硕士生导师。著有《新文学散札》《旧时文事》《昨日书香》《文事谈旧》等。

与龚明德建立联系大约是1997年。我早读过他的书话札记，知道他是有名的书话作家和藏书家。当时给我较深印象的藏书家，较早的是郑振铎、唐弢，新一辈的就是"两德"——姜德明和龚明德了。记得好像是《南宁晚报》记者李启宪为我们牵线建立联系的。1997年12月16日，龚明德的来信如下：

建平兄：

大著三部，今日上午妥收。午休时就浏览了一遍。我尤其喜欢《抗战时期桂林文学活动》，因为我从书店购得《桂林文化大事记》《桂林文化城史话》，您这书更为扎实。不知《桂林抗战文学概观》还可以弄到不？我想配套存用。

1997年12月16日龚明德给作者的信

您不仅思想灵动、深刻,可写理性文字。考索史料性的文字也弄。就令我觉又得一个同道。而且我们是一代人。可惜"工农兵学员"让我没法系统受训,只能小打小闹。想补全缺课,也大不易。

南宁"二李"将是我向往南宁之因由。不知何时可以一见?那回启宪兄来成都,我们仅在一友人的设宴上匆匆相聚一两个小时,之后,他是见我的文字就发表,默无声息地支撑着我,鼓舞着我。您这三部著作如存寒舍,使我多了一个可怀念的友人。

多联系!

弟　龚明德
1997.12.16

后来我将《桂林抗战文艺概观》寄给了他。该书的后记说了,这本书在出版时因经费不足,只能由18万字压缩为12万字出版,且只印500册。明德兄收到书后回信说:"大作《桂林抗战文艺概观》今天收到。我喜欢这种装帧简朴的严肃学术读物,即便不细读,刚看封面也赏心悦目。可惜删去三分之一内容。……《桂林抗战文艺概观》如有内部打印稿全件,乞送我一部。"[1]他当时正在做现代文学史的版本学研究,向我索要《桂林抗战文艺概观》,或可是也能作为一个案例。以后我们常有书信来往和著作交流。1997年12月8日,他给我寄来大作《新文学散札》,在扉页题写"李建平仁兄教正　弟龚明德　1997.12.8　成都"。

龚明德是中国现代文学史料学和考据学大家。自他1978年大学毕业到1996年,在近20年的时间里,他写作发表现代文学研究和考证文章几百篇。1996年,他精选了49篇,连同流沙河写的序、毛翰写的跋和他自己的"校后小记",编成《新文学散札》,1997年由天地出版社出版。从该书可以看到,龚明德做学问的扎实、认真、精细与创新。他的文章一般短小精悍,追索作家生平和创作中的一个个细小疑点,解决一般人注意不到或者无法专注的学术疑点、难点,为中国现代文学研究增添新史料,也增添新方法。他创造的"汇校本"的研究新法,即是对中国现代

---

[1] 龚明德致李建平信。1998年7月28日。原信存李建平处。

文学研究的一大贡献。流沙河说："为中国现代小说名著出汇校本，是他的大发明。"①龚明德自1981年作《〈太阳照在桑干河上〉修改笺评》（1984年湖南人民出版社出版）起，他先后编撰或责编了《〈围城〉汇校本》《〈死水微澜〉汇校本》《〈家〉汇校本》等。此项学术创新，得到学术界的欢迎和好评。2020年，我又获得龚明德寄赠的《旧时文事》一书，他在扉页题写"请李建平方家审读指正　龚明德　庚子秋成都"，并钤印"明德特赠"。该书2020年8月由文汇出版社出版，汇编一批现代文学考据文章，共64篇，最后加"跋"。跟《新文学散札》一样，每篇考订一件文事：如《徐志摩诗后的"巧日"》考证"巧日"是哪一天；《茅盾"廿三夜"一信的写作年月》考订是哪年哪月；钩沉作家轶文的《〈艾芜全集〉逸诗一首》；订正《"一九五五年"应为"一九五六年"》；等等。别看这些短文没谈什么大事，不含什么理论观点，但确实订正了文学史上的一些错谬，解决了一些长期存疑的问题，实在重要。一些文章探赜索隐，勾勒曲折，写来如同案情分析，毫不枯燥，甚至十分好读。最有代表性的一篇是《八个"门外汉"是谁？》，考证1945年11月10日在重庆召开的茅盾《清明前后》和夏衍《芳草天涯》戏剧座谈会上发言的8位人物，《新华日报》发表座谈会记录时以发言人姓氏的英文字母代替，几十年了，没有人公布这8人是谁。龚明德专做和善解这类疑团悬案。他多方引证，条分缕析，考证出这8人中的三个重要人物：座谈会主持人何其芳、总结人胡乔木，还有一位刘白羽。这都是文学界重量级人物，如此考证，能为现代文学史增添些什么，在这一学术圈子里的人们，应该都能据量出分量。读龚明德的赠书，我收获很多，也享受很多，甚至涌起了追随其后，也做一篇追索其余5人的《八个"门外汉"续考》文章的念头。

龚明德的著作还有《〈太阳照在桑干河上〉修改笺评》《昨日书香》《文事谈旧》《书生清趣》等，颇具学术功力。20世纪80年代他到出版社工作，在编辑岗位上工作兢兢业业，将他做学术的扎实与认真带入编辑工作中，编辑出版了一批学术精品，代表性责编作品有《〈围城〉汇校

---

① 流沙河：《流沙河序》，《新文学散札》，天地出版社，1997，第1页。

龚明德签名本《旧时文事》《新文学散札》书影

本》《董桥文录》《余时书话》《巴金书简》《凌叔华文存》《巴金的一个世纪》等。1997年后他到四川师范大学执教,带出一批研究生。

我与龚明德虽然学术交往较早,但见面较晚。2019年11月,我到重庆师范大学参加该校与《文艺研究》杂志社联合举办的2019年抗战文学与文化学术研讨会时才与

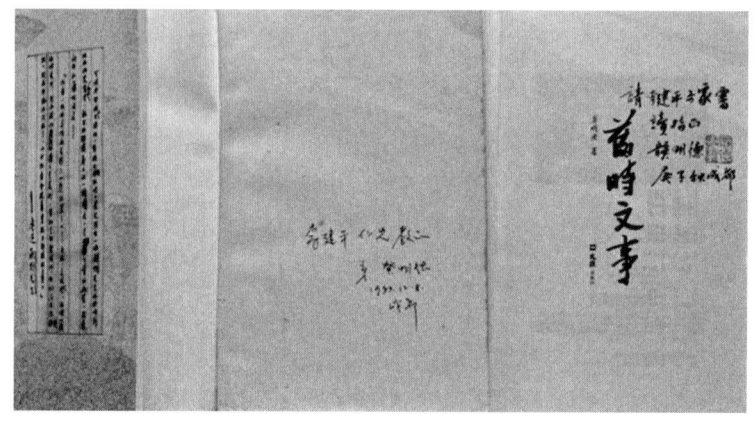

龚明德签名本《新文学散札》《旧时文事》题签

他相见。两人一见如故。他有藏书约四万册。我期盼着有一天去成都看看他的"六场绝缘斋"的藏书。

据说龚明德特别厌恶别人称他为藏书家,他说自己是"书爱家"。我一直以为我自己是个"爱书家",因为大多数做学问的读书人都是爱书的。家中书籍到处堆放,乱七八糟,常常被老婆埋怨也舍不得丢去一本。与龚明德这样的学问人相比,就看出差距了。龚明德爱书是爱到痴迷的,他那就不仅仅是"爱书",而是被书所爱所拥了,以"书爱家"之名冠之,有一种被上天遣为护书神的深意,好神圣啊——传授知识的使者!

2021年6月8日

金涛签名本：

《学海涛声集》

金涛（1937— ），原名金竹槐，1966年改为现名，字涛声，浙江义乌人。文化学者、教授。曾任中华书局编辑、广西大学中文系主任、宁波大学文化传播系主任、中国文化研究中心主任、《宁波大学学报》主编、宁波大学和宁波市教学督导、宁波文化研究会会长。主要作品有《学海涛声集》《王绩诗注》《李太白诗传》等。

金涛是我的大学老师，教授"中国古代文学史及作品选"课程，主讲唐宋文学。

金老师人和善，性沉稳，个子中等，略胖，上课时从容、精细、耐心，少有激昂张扬之情态。我对他讲授唐代诗歌尤其是讲王维诗作时的情景印象很深。他从容叙述，娓娓道来，对诗人的创作背景和诗作精美奥妙之处，讲解得周全而精妙，把我们带入盛唐诗歌那绚丽的艺术世界，令人久久陷入其间冥想。金老师曾经这么说过我们这批学生听课的情景："在课堂上当我讲到得意之处，他们就会有心领神会的反应，令人欣慰。"（金涛：《书香致远·序》）受他教学的影响，一段时间里，我们同学之间涌起了背诵古诗的潮流，傍晚散步，几乎人人手握诗卷，口诵佳句，相互以背诵唐诗宋词为乐趣，颇像古人玩的"飞花令"。

我大约是小学三年级时开始在父亲的书架上找大人的书阅读，先读《说岳》《杨家将》《西游记》《三国演义》《东周列国志》等，上初中后又找了《红楼梦》《唐诗三百首》《古文观止》《中华活页文选》等读了。当时虽说是囫囵吞枣，不求甚解地读，有的只能说是选读，但仍觉得喜欢。

读得较多也较顺畅的还是父亲因教授中国现当代文学课程而收藏的一些书，如鲁迅、茅盾、郭沫若的著作，当代文学里"三红一创"、《林海雪原》等一些小说和《人民文学》《广西文艺》等杂志上的作品，甚至《红旗飘飘》《中国工农红军第一方面军长征记》《跟随毛主席长征》《纪念中国人民抗日战争胜利二十周年回忆录》等革命回忆录，我都读得津津有味。因而在上大学后，我虽然也喜欢古典文学，常常和李希跃、黄宾堂、蒋全龙等人相互背诗，把背唐诗当作生活的一种享受和友谊的纽带，但最终还是更喜欢现代文学一点点。这看来是受我父亲的影响。奇巧的是，记不得是什么原因了，我竟然会被选作现代文学课程的课代表。当时的现当代文学教研组组长是陈驹老师，我与他联系较多。我知道金老师是有一身学问的人，但"鱼和熊掌不可兼得"，最后我在选择毕业论文方向时，还是选了现代文学方向。与金老师这边，就接触少了，特别是少了平时师生间那种自然融洽的交流，这是大学里的一个遗憾。

我们临近大学毕业时，金老师担任了系主任，主管我们的毕业分配。如今看来，金涛老师和其他相关老师在毕业分配工作上是煞费苦心，尽心尽力，对我班同学的分配去向和工作单位，考虑得几乎是滴水不漏。我认为是很合适的，做到了各得其所，人尽其才。至今我没有听到同学们有什么怨言。

金老师对我们班十分关心。我们班在2012年编印纪念文集《书香致远》和2018年编印作品集《文心诗韵》时，都请他撰写序文，希望他继续给我们教诲与指导。他欣然提笔，两次写来大作，饱含绵绵情义，寄语殷殷期望，如在《书香致远》序言中说："同学们只要保持生命和思想的活力，都还可以大有作为。"

2018年12月7日至9日，广西大学举行建校90周年庆祝活动，梁扬代表我班全体同学，向远在浙江宁波的金涛老师发出邀请，请他前来南宁，参加庆祝活动。81岁高龄的金老师来了，专门参加了我们七七级文学专业的聚会。我大学毕业后30多年没见到金老师，如今相见，分外激动，感觉老师未老，仍如我们在校时见到他那般模样，慈祥而沉稳，身体健康硬朗。在班级聚会活动上，金老师发表热情洋溢的讲话，仍是那么睿智、温润,暖人心房。那天,他还将自己的新著《学海涛声集》一一题签,送给每个同学,给大家一个大大的惊喜!他在送给我的大著上题签"李建平同志雅正 金涛 2018.12.9"。我庆幸自己又获得了一本珍贵的签名本。

《学海涛声集》是金老师的文集,2017年由学苑出版社出版。全书收录论文和各类文章82篇,加自序一篇。金老师在自序中说,它们"反映了个人数十年来学习的心得,工作的体会和学术探索上的点滴收获"。文章按内容分类,编辑为五卷:卷一为"文化视野",

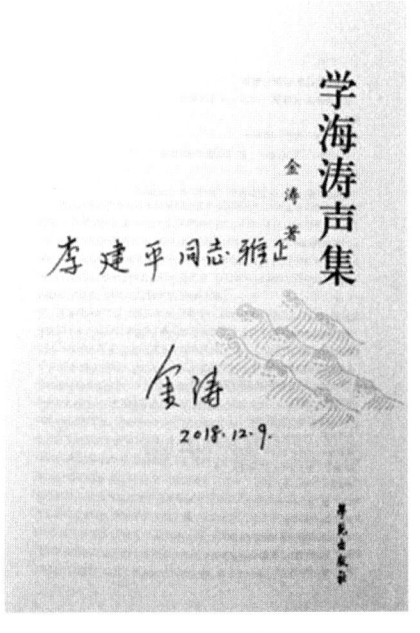

金涛签名本《学海涛声集》题签

是对各类文化现象、文化问题的研究文章;卷二为"文学考论",收录中国古代文学研究方面的文章,尤以唐代文学考证居多;卷三为"诗文探胜",是一批关于古代诗文赏析的文章;卷四为"教学论谭",收录关于大学教学的理性思考文章和几篇教学随笔与演讲稿;卷五为"人生忆念",收录回顾人生经历和忆念师友的文章。丰富的内容,深邃的思想与和畅的文风,给人以多样的启迪和研究的参考。我很喜欢读。

金涛老师发表文章和著书时常署名"金涛声",署名"金涛"的倒是少数。金老师以古典文献考据和唐宋文学研究见长,1982年中华书局出版由他点校的《陆机集》(署名金涛声)被称为"是陆集最好的本子"。古籍整理方面的成果还有《王绩诗注》《李长吉诗补注》《李白资料汇编·唐宋之部》等,写作专著有《李太白诗传》《杜甫诗传》《白居易诗传》《韩愈诗传》《柳宗元诗文赏析集》《中国传统文化新编》《行吟集》等,还参与编撰《中国文学家大辞典·唐五代卷》《唐诗大辞典》《唐代文学百科大辞典》等大型辞书,著作甚多。

金涛老师（前者）为作者赠书题签时留影

金老师1986年调离广西，回到家乡，在宁波大学任教，先后担任宁波大学中国文化研究中心主任、文化传播系主任、《宁波大学学报》主编，宁波大学和宁波市教育局教学督导，宁波文化研究会会长等职。他在2017年4月写的《学海涛声集》自序中说："我虽年事已高，而情怀依旧，夙志不移……2016年二三月间，我曾遭遇一场病危的生死风险……病愈出院之后，身体得以康复，我的步履依旧，行走在逐梦路上。"他给我们树立了奋发前行的榜样。

衷心祝愿金涛老师健康幸福，安度晚年！

2022年3月18日

王杰签名本:

《审美幻象研究:现代美学导论》《寻找乌托邦——现代美学的危机与重建》《艺术与审美的当代形态》

  王杰(1957—),江苏人。美学家,文艺理论家。长江学者特聘教授。历任广西师范大学中文系主任、广西师范大学副校长、南京大学人文与社科高级研究院副院长、上海交通大学人文学院院长。现任浙江大学人文学部副主任、求是特聘教授、博士生导师,兼任中华美学学会副会长、全国马列文论研究会副会长、中国艺术人类学学会副会长等职。著有《审美幻象研究:现代美学导论》《艺术与审美的当代形态》《马克思主义与现代审美问题》等。

  我认识王杰应该是20世纪90年代初。1991年,广西师范大学中文系召开林焕平先生80周年诞辰和文学生涯60周年纪念会,我也回桂林参加了这次活动。王杰1984—1987年读硕士时是林焕平的学生,是我小学和中学同学张利群的硕士生同学。经张利群介绍,我认识了王杰。几年后,王杰担任了广西师范大学中文系主任、教授,又几年后,担任了广西师范大学副校长,日益显示出其学术张力和领导力。1995年,广西文艺理论家协会成立,王杰自第二届起,担任主席,我任副主席,以后每年在一起开评论会议。2005年,我又与他有一次较密切的学术合作。那年他获得一项广西哲学社会科学重大课题——"广西文化体制改革对策研究",他邀请我参加课题组,列我为第二作者。我为此投入较大精力。我曾到桂林参加课题组讨论会,会后还留在桂林继续工作了几天。王杰特许我用他副校长办公室的电脑上网搜寻资料。课题工作后期,他还来

南宁与我商量加工修改事宜。他给我的一封信,反映了此课题后期的一些工作。信件写道:

建平兄:

　　好!感谢帮忙。

　　规划办还是要代拟稿,还是请您做,设法找到那几个文件,参考起来做方便些。可好?

王杰
(2006)4.26

此课题顺利结项后,我将课题报告的缩写稿安排在我主编的《2016年广西蓝皮书:广西文化发展报告》上发表了。也就在那一年,他调到南京大学了。几年后,他又去了上海交通大学,前几年转到浙江大学。

王杰学问好,思想新,理论水平高,出版著作很多。他经常赠送著作给我,前后有七八本了吧,有《审美幻象研究:现代美学导论》《寻找乌托邦——现代美学的危机与重建》《艺术与审美的当代形态》《寻找母亲的仪式》《审美幻象与审美人类学》《马克思主义与现代审美问题》等。其中,《审美幻象研究:现代美学导论》是很重要的一部。它是王杰的博士学位论文。1995年出版,当即获得广西

王杰签名本《审美幻象研究:现代美学导论》《寻找乌托邦——现代美学的危机与重建》书影

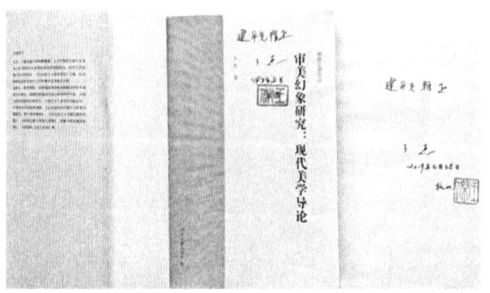

王杰签名本《审美幻象研究:现代美学导论》《寻找乌托邦——现代美学的危机与重建》题签

文艺创作政府奖"铜鼓奖"和广西社会科学优秀成果奖二等奖。2002年,又由广西师范大学出版社再版,2016年,被北京大学出版社收入"博雅文学丛书"再版。三个版本,王杰都送给我了。他在北京大学出版社《审美幻象研究:现代美学导论》扉页题写"建平兄指正 王杰 甲午年正月 上海",并钤印,十分宝贵。他的著作,思想深邃,视野广阔。每次阅读他的大著,都使我大开眼界,思想飞升,给我许多学术启迪。

王杰在广西时,曾主编出版《东方丛刊》十几年,刊发东方文学研究论文,到江浙后,又主编《马克思主义美学研究》。他常常寄刊物给我,让我学到了很多东西。

王杰性情温和,对人善良宽容,作风不燥不傲。我在跟他做课题期间,几次接触,感受到他的关心、细心和耐心。我每当想起他,都为他离开广西、不能与我们常处一地而深感遗憾。我的大学老师许敏歧由广西大学调到广西师范大学后很不习惯,谈起在广西师大的生活时颇有怨言,但他跟我谈起副校长王杰时,赞许地说:"他是好人。"

2019年4月下旬,我到杭州参加广西社会科学院培训班,住在浙江大学华家池培训部。我自然想起了已调到浙江大学的王杰好友。我发短信联系上他之后,约了王建平一道去看望他。王建平也是广西文艺评论家协会副主席,我和王建平是去见老领导了。见面时一见如

王杰签名本《艺术与审美的当代形态》《审美幻象研究:现代美学导论》《寻找母亲的仪式》书影

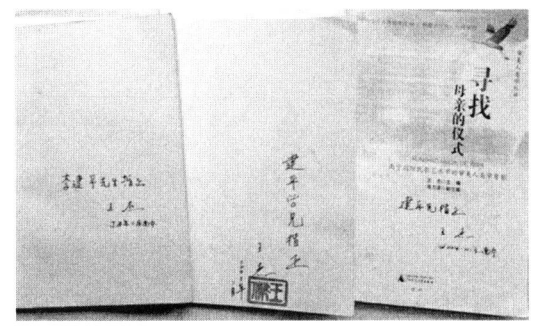

王杰签名本《艺术与审美的当代形态》《审美幻象研究:现代美学导论》《寻找母亲的仪式》题签

2019年4月作者与王杰(中)、王建平(右)在杭州聚会时合影

故,王杰仍是以那么温润的笑容迎接我们。晚上一道用餐。他聊了在广西读书、插队和考大学的生活,聊了在广西师范大学读研究生,当教师和副校长的一些难忘的事,还问起了他的已在我们广西社科院文化所工作的博士生的工作情况。我们谈起了在他的领导下开展广西文艺评论工作的一些往事,表露了希望他回广西时与文艺评论家们聚会的心愿。席间,他又送给我《寻找乌托邦——现代美学的危机与重建》(2016年人民文学出版社出版),在扉页题签"建平兄雅正 王杰 2019年4月28日 杭州",并钤印。西湖边的小聚,十分惬意舒心。

我很怀念与王杰相处的日子。现在他还忙。再过几年,我们都完全退休后,要邀请他回桂林和南宁与朋友们好好聚会畅谈。

2022年2月15日

彭燕郊签名本：

《当代湖南作家作品选·彭燕郊卷》《认识彭燕郊》

彭燕郊（1920—2008），原名陈德矩，诗人、文化学者。出生于福建莆田黄石。新中国成立后，历任《光明日报》副刊编辑，湖南大学中文系副教授，湘潭大学中文系副教授、教授。主要作品有《彭燕郊诗选》《高原行脚》《和亮亮谈诗》《夜行》等。

彭燕郊19岁发表诗歌，先后在《七月》《抗敌》《现代文艺》《文化杂志》《诗创作》《抗战文艺》等刊物上发表了许多有影响的抗战作品，是20世纪40年代中国诗坛上一位有特色的诗人，被称为"七月派"代表诗人。我1980年查阅抗战时期桂林出版的文艺期刊时读了不少他的诗，感受强烈，印象深刻。20多年后，我才在湖南长沙见到他。

20世纪40年代是彭燕郊诗歌创作的高峰期和成名期。他于1941年春夏间来到桂林，居住至1949年，几乎整个40年代，他都是在桂林度过的。可以说，他40年代的诗作，大多与桂林有关。彭燕郊在桂林，曾担任文协桂林分会理事、诗歌组组长，出版有诗集《战斗的江南季节》（桂林水平书店1943年版）、《春天——大地的诱惑》（诗创作社1942年版）、《第一次爱》（桂林山水出版社1945年版），散文集《浪子》（桂林水平出版社1943年版）。我在拙著《桂林抗战文艺概观》里这么评价他的诗作："彭燕郊的感受力和想象力丰富，尤其善于从大自然中捕捉诗情。他的笔下，是《雪天》《春雪》《正午》《黄昏》《雨后》《冬日》《岁寒》《河》以及《冒着茫茫的雪呵！》《不眠的夜里》《夜歌》等，这些诗作，大多收入《战斗的江南季节》中。诗人在捕捉到的形象面前，以极其自然的语言，开拓出秀美的意境，渲染出抒情的氛围，将自己内心对祖国的深深爱恋

彭燕郊签名本《认识彭燕郊》《当代湖南作家作品选·彭燕郊卷》书影

彭燕郊签名本《认识彭燕郊》题签　　彭燕郊签名本《当代湖南作家作品选·彭燕郊卷》题签

和渴望战斗的心愿，化入这一切大自然的勃动图景中。他的抒情长诗《春天——大地的诱惑》，尤其集中地体现了他的诗作的这些特色。"①

2007年10月12日，我到长沙时去采访了他。湖南省社会科学院文学所所长胡良桂带我到他家。我介绍了广西开展桂林抗战文化研究的情况，谈到了读他年轻时的诗作的愉悦感受，谈到了我在《桂林抗战文艺

---

① 李建平：《桂林抗战文艺概观》，漓江出版社，1991，第64页。

概观》中评论他的文字。彭燕郊心情很好,他谈起了在桂林的记忆,谈起了与其他文化人交往活动的一些逸事。我给他看了我们编写的《抗战时期文化名人在桂林》,内中有介绍他的文章。他很高兴地翻阅了。那天,他给我赠送了《当代湖南作家作品

2007年作者采访彭燕郊(右)时合影

选·彭燕郊卷》和《认识彭燕郊》两本书,前一本是彭燕郊的作品选集,他在内封题写了"建平先生指正 彭燕郊 二○○七、十、十二"。后一本是苏正军写的彭燕郊传记。彭燕郊在内封题签"建平先生惠存 彭燕郊 二○○七、十、十二"。

那是我唯一一次见到他。后来也没有再联系。时光很快地流逝了十几年,到了他的100周年诞辰,许多人在怀念他。他的诗曾给我美好感受,长久地留存我心间。

2021年7月25日

章绍嗣签名本：

《中国抗日战争大辞典》《武汉抗战文艺史稿》《中国现代社团辞典》

章绍嗣（1943—2017），湖北武汉人。抗战文化研究专家。曾任中南民族大学图书馆馆长、中文系教授，湖北省人民政府参事。主编《中国抗日战争大辞典》，撰写专著《武汉抗战文艺史稿》《血火中的文化脊梁》《抗战文艺散论》等。

章绍嗣是中南民族大学教授、《抗战文化研究》（辑刊）编委。我与他是1993年在桂林召开的首届桂林抗战文化研究学术研讨会上相识的。我早已读过他的一些文章，久闻大名，见面时他也说在四川社科院办的《抗战文艺研究》刊物上读过我的几篇论文，早想着能相见交谈。如此的见面语自然使我们两人立即亲近起来。后来我们之间书信、邮件来往甚多，逐渐由相识到相知，几可达到心心相印的程度——章先生曾引用鲁迅的话来形容："人生得一知己足矣。"他的去世，我是在很长时间没有接到他的信息而托武汉的朋友打听后才知道的，这使我哀伤惆怅久久。一腔思绪总想着如何倾诉，想着要为他写点什么。可是，有关他去世的确切消息却始终没有看到。我在网络上搜寻许久，连怀念他的文章也找不到。这使我为写这篇文章踌躇了很久。直到最近，我才联系上了他的在湖北大学任教的女儿，才知道章先生是2017年4月8日去世的。如今，章先生离开我们已三年多了。我很怀念他，写了纪念文章《纪念抗战文化研究的先行者、勋臣章绍嗣先生》，定在《抗战文化研究》第14辑刊发。

章绍嗣先生是中国抗战文化研究的先行者。我国抗战文艺研究是改革开放后才真正兴起和深入的,正如他在《新时期抗战文艺研究述评》中所说:"抗战文艺一直是中国现代文学研究中最为薄弱的环节。直到1979年,这种落后和迟缓的局面才被打破。"①1980年,他刚调回中南民族大学工作不久,就投身于刚刚兴起的抗战文化研究热潮中。他说:"从1980年起,我一头扎进了当时还鲜有人涉足的抗战文艺里做专题研究。在抗日战争中牺牲的3500万军民,以骨岳血渊铸就的中华民族之魂是令人刻骨铭心的,以强烈民族解放意识和炽热爱国主义为思想特质的抗战文艺使我震撼不已,我决心在这个研究领域中耗尽毕生精力。"②他从武汉抗战文艺史料调查入手,1984年首先整理出《抗战初期武汉文艺期刊概观》在《中南民族学院学报》第2期发表,1985—1998年又连续发表了《抗战初期武汉报告文学》《抗战文艺与党的领导》《武汉抗战文艺简论》等论文,1988年出版专著《武汉抗战文艺史稿》(长江文艺出版社出版),在开辟地域性抗战文艺研究方面打开了一片领地,使武汉抗战文艺研究成为与重庆大后方文艺研究、延安文艺研究、上海"孤岛"文艺研究、桂林抗战"文化城"研究和沦陷区文艺研究并列的六大地域性抗战文艺研究板块,成为20世纪80年代我国抗战文化研究的重要收获之一,在中国抗日战争史研究领域占

章绍嗣签名本《武汉抗战文艺史稿》书影

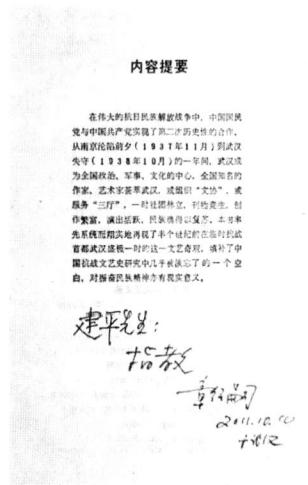

章绍嗣签名本《武汉抗战文艺史稿》题签

---

① 章绍嗣、尹鸿禄:《新时期抗战文艺研究述评》,《社会科学研究》1991年第3期。
② 章绍嗣:《我与民大的片断回忆》,《武汉文史资料》2020年第5期。

据了应有的位置。20世纪80年代中期我正在写作《桂林抗战文艺概观》一书,他的《武汉抗战文艺简论》给我不少学术性启发。2011年,他给我寄来这本著作,签名题写"建平先生指教　章绍嗣　2011.10.10于武汉"。

章绍嗣先生是中国抗战文化研究勋臣。他从武汉抗战文艺研究起步,进入20世纪90年代后,他牵头启动了浩大的学术工程《中国抗日战争大辞典》(放在今天,这项目列入国家社科基金重大项目无疑)的编撰工作。他率领十余个省的几十位专家经过五年穷搜博采、积沙成塔的艰辛工作,1995年在纪念中国人民抗日战争胜利50周年的日子里,终于将这部收录了6371个词条达270万字的大型辞典编撰完成并出版了。这实在是抗日战争研究领域的一大幸事,社科界的一桩伟业。抗日将军吕正操为该书作序,"武汉出版社出版了全面反映抗日战争的综合性大型工具书《中国抗日战争大辞典》,是一件很有意义的事情。……以高密度大容量的辞典形式反映抗战全貌,这还是第一部",并评论该书是"综合性强、史料准确、叙述允当,具有学术价值、史料价值和实用价值的辞书"。[1]这些赞誉,是客观公正、恰如其分的。《中国抗日战争大辞典》出版后获得了多个奖项,作为中宣部和国家新闻出版署公布的"纪念'二战'50周年的18种重点书之一"向全国推荐。中央电视台和20多家海内外媒体均予以报道,产生了广泛的影响。

更应当被看到的是,这项成果的重要和宝贵不仅仅在于它的翔实史实和庞大体量,更重要的是以创新的抗战史观凸显学术高度。这主要体现在以下两点:

一是首次提出"十四年抗战"观点。讲抗日战争,以前一般都是说"八年抗战",这是中国近代史学界对历史时期的权威划分。而章绍嗣主编《中国抗日战争大辞典》,毫不迟疑地提出"14年漫长而又艰苦的抗日战争"[2],收集的词条包括的是这14年的史实,这就使得原来掩盖在

---

[1] 吕正操:《序言》,载章绍嗣、田子渝、陈金安主编《中国抗日战争大辞典》,武汉出版社,1995,第1页。

[2] 章绍嗣、田子渝、陈金安主编《中国抗日战争大辞典》,武汉出版社,1995,第1240页。

第二次国内革命战争时期这种历史分期下的一些抗日史实得以被发掘出来。辞典中收录了大量东北抗日联军的词条即是如此。而直到20年后的2014年，中国抗日战争的"八年抗战"之说改为"十四年抗战"之说（同时保留"全民族八年抗战"之说）才正式进入我国的学术话语体系。可见章绍嗣先生对抗战史认识之深刻、学术思维之敏锐。

二是以一种"大抗战史观"编撰辞典，尊重历史真实。章绍嗣先生主编《中国抗日战争大辞典》，尊重历史，几无遗漏。抗日民主根据地、国统区、沦陷区三大板块全部顾及；正面战场、敌后战场、少数民族抗战、海外华人华侨支援以及国际人士援华等方面的史料均悉心收录。他以全民族抗战为准绳辑录史料。辞典中大量反映中国共产党领导的抗日斗争史实，如八路军和新四军驻各地办事处、八路军师旅和各军区、中国共产党领导的各抗日民族根据地、中国共产党重要人物，等等。同时，也对国民党政府抗日史实有相应反映，如忻口会战、广西会战、湘西会战、随枣会战、三次长沙会战等重要战事，中国远征军、第十九路军、晋绥军、滇军第一集团军等军队，中国战区陆军总司令部、行营、国民政府军事委员会、军政部、兵役署等抗日机构，李宗仁、张自忠、杜聿明、薛岳、孙立人等抗日将领，十二个抗日战区区划，等等。将中国共产党领导的"敌后战场"抗战与国民党领导的"正面战场"抗战并列的观点，是进入21世纪以后史学界才逐步形成的。章绍嗣在20世纪90年代初编撰《中国抗日战争大辞典》时就形成了"大抗战"史观，站到了抗战史理论的前列。由此可见章绍嗣先生学术格局之高，理论自信之强。

因而，仅仅以《中国抗日战争大辞典》这项学术贡献，就足以使章先生配得上"勋臣"的冠号。

章绍嗣送给我的著作还有《血火中的文化脊梁》（湖北人民出版社2014年版）、《中国现代社团辞典》（湖北人民出版社1994年版），他撰写出版的著作还有《抗战文艺散论》（湖北人民出版社1996年版）等，发表论文四十多篇，其中《新时期抗战文艺研究述评》《抗战文艺研究60年回眸》两篇尤为重要，辑揽史事，探赜索隐，条分缕析，纵论新见，将中国抗战文化研究的概貌和走向论述得既清晰明了又深有启迪，是从

章绍嗣签名本《中国现代社团辞典》书影

章绍嗣签名本《中国现代社团辞典》题签

章绍嗣签名本《中国抗日战争大辞典》书影

章绍嗣签名本《中国抗日战争大辞典》题签

事抗战文化研究工作不可或缺的重要参考文献。章先生以他雄厚的实力和卓著的成果证明了他是抗战文化研究领域的一员骁将。

  章绍嗣先生是《抗战文化研究》辑刊的知音与骨干。《抗战文化研究》于2007年创刊,每年出版1辑。章绍嗣先生是首批18名编委之一,对《抗战文化研究》十分关爱和大力支持,对辑刊多有贡献。他在2015年8月2日给我的邮件中说:"'国魂所系　心向力行'的《抗战文化研究》是我最爱的期刊之一。"他将《抗战文化研究》作为自己研究成果的重要发布平台,经常来稿支持。至2015年第9辑止,章先生在《抗战文化研究》发表了《踩踏出诗歌大众化的荆棘之路——试论抗战时期的朗诵诗运动》等8篇论文,几乎每辑都有他的文章。他与其他编委一起,以自己学术智慧支撑着《抗战文化研究》的成长。他还给刊物推荐了一些青年学者的文章,培育了学术新苗,扩大了刊物的影响。《抗战文化研究》以拥有章绍嗣先生这样优秀的学术大家的支持而骄傲。

章绍嗣先生是"一位真正的老朋友"①。我敬慕章绍嗣先生是在20世纪80年代,我阅读抗战文化资料时读到他的文章,十分钦佩。我们的交往,主要是通过书信、邮件和短信,内容大体是来往投稿与稿件交流、节日问候、诸事询问等,联络书信和邮件等不下百次。我与他见面不多,记得是三次。第一次就是前述1993年他来桂林参加会议时,第二次是2008年10月我到武汉参加江汉大学主办的武汉抗战与

2008年10月25日作者与章绍嗣(右)合影

民族复兴国际学术研讨会时。那次会议,张中良、陈青生两位编委也参加了,我们与他照了合影,照相时他笑得如孩童般烂漫。这纯粹的笑容,我认为是沉浸在学术与友谊中的幸福感的洋溢。

第三次会面得详细说说。那是2015年5月23日,我到武汉看望章先生。这次会面,酝酿了很久。2014年6月27日,我在给他的邮件里说:"今明两年内我们一定得在武汉或广西聚会,好好聊聊。"2015年3月15日,我发邮件邀请他8月份来南宁参加《抗战文化研究》编委工作会暨西部地区抗战遗址考察研讨会,并告知他5月份我会去武汉一次,想去见见他。他立即回复说:"建平先生:别又久矣,收到三月十五日函喜不自胜。五月你来,非常高兴,我哪里也不去,恭候光临!约稿事我当悉

---

① 章绍嗣语,出自2015年8月2日发给作者的邮件。

2015年5月23日作者拜访章绍嗣（左）时合影

心尽力，唯年老体弱又在忙中，拟寄删改修定的旧文一篇，请审读后决定，以质裁夺吧。广西之会自费也一定参加。"他答应来南宁开会，令我十分高兴。5月23日我到武汉，下午他和夫人开车来接我，到了他家。当天他的精神和身体都不错，与我谈得甚欢。他与我谈了他的《新编中国抗日战争大辞典》，谈了他的病情治疗，谈了他对魏华龄等桂林老朋友的思念和交往的事，后来拿出他的几本书赠送给我。为这次会面，他做了精心准备，接车、赠书、合影，准备留我吃饭，还准备第二天带我去武汉一些地方看看，尝点地方小吃，并且联系了中南民族大学文学与新闻传播学院刘院长准备安排我做一次讲座。可惜我因为家事原因无法多停留些时日，后面几项均没有实现。章先生本来十分高兴地答应8月底要来南宁参加我主持的《抗战文化研究》编委会工作会议的，不料他8月1日来邮件匆匆说："我因病住院，无法赴会，实在无奈，请予谅解。"并于第二天再写长信，附来《高擎起通红的"火把"——艾青在武汉的创作与生活》，说："算是给贵刊的封笔之作。"万分遗憾中，我只得祈求他病情早日康复，重握椽笔。

我和章绍嗣先生相隔千里，亦非同龄同窗，见面也仅几次。我们由相识到相近到相知，互视为"真正的老朋友"，我想在于我们有相近的生活经历、人生感悟与学术志向，以及被对方的学术成果所吸引。我曾给章绍嗣寄去拙著《广西社会科学专家文集·李建平集》，是我的抗战文化研究文集。集末附有一篇记叙自己走抗战文化研究之路的缘由与过程的散文《抗战遭逢》。章绍嗣收到后回信说，他首先读的就是《抗战遭逢》这一篇。大概是我的经历和感悟与他有较多相同之处吧。2014年6月28日（星期六）上午06：39他十分感慨地给我回邮件说："人生得一知己足矣。读了先生及时的复简，联想起我们之间的学术交往，令人感慨丛生！谢谢您的关心与帮助。何日相见再好好畅谈。西窗剪烛会有期的。再谢。"

他在《我与民大的片断回忆》中说道："在抗日战争中牺牲的3500万军民，以骨岳血渊铸就的中华民族之魂是令人刻骨铭心的，以强烈民族解放意识和炽热爱国主义为思想特质的抗战文艺使我震撼不已，我决心在这个研究领域中耗尽毕生精力。"[①]而我在《抗战遭逢》里说："伴随着改革开放30多年，我奔走于抗战文化研究领域久久没有离去，是因为抗战精神的感召和引领。我深深感到，一部抗日战争史，是中华民族由屈辱到自豪、由失败到胜利、由孱弱到刚强的历史，是中华民族精神重建、国魂再造的重要历程。今天，抗战文化最重大最重要的成果——《义勇军进行曲》已成为我们伟大祖国的国歌，'起来！不愿做奴隶的人们！把我们的血肉，组成我们新的长城……'的旋律已成为我们民族基因中重要的元素，整合成了中国的国魂。我坚信：印刻在中华民族发展史上的抗日战争和留存于中国广袤土地上的抗战文化遗产，绝不是一段平凡的时空和一些普通的物像。它隐藏着中华民族在'涅槃'中成长的密码，是我们民族发展进程中无法脱离的'场'。研究抗战文化，传承抗战精神，是我们中华民族的重大工程。国魂所系，心向力行。这是改革开放30年告诫我应承担的责任，这是我继续前行的原因和动力。"[②]

我和他在这里所说的，就是我们这代人不忘历史、坚定前行的动因。

章先生，有此深厚的背景和强大的磁力，您的努力和贡献不会被人遗忘，人们会永远记住您奋力前行的身影和丰赡珍贵的文化遗产。抗战精神一定会在中华民族一代代人中流传光大！

2020年7月31日

---

① 章绍嗣：《我与民大的片断回忆》，《武汉文史资料》2020年第5期。
② 李建平：《广西社会科学专家文集·李建平集》，线装书局，2012，第267页。

鲁原签名本：

《当代小说美学》《文学批评学》《人生三角地》

鲁原（1940—2022），生于山东恩城。文艺评论家、诗人、教授。1965年毕业于北京大学中文系，毕业后到中华书局任助理编辑。1973年调广西大学中文系任教，1987年调青岛大学中文系任教授。历任中国当代文学研究会理事、山东省当代文学研究会副会长。主要作品有《当代小说美学》《文学批评学》《捕捉精灵》《蒲公英》等。

鲁原是我的大学老师。我1977年底参加高考，1978年2月入广西大学中文系。进校后得知，1972年广西大学恢复中文系后的师资力量来源于两部分，一部分来自文化部五七干校，其人员主要是文化部、中华书局、中国作家协会的原文化干部，另一部分来自广西师范学院（今广西师范大学）中文系。两部分教师的水平都很高，前一部分师资牵头的学者是鲁迅研究和唐诗研究领域的著名学者王士菁，后一部分师资牵头的学者是著名杂文作家、音韵学家秦似。我们在这批高水准的教师教育下学习成长。

鲁原老师是文化部五七干校原文化部干部，担任中文系当代文学教研室主任，给我们上当代文学课。鲁老师是北方人，普通话标准，当时大约三十七八岁吧，显得年轻精干。他讲课时吐字清晰，讲授内容凝练概括，简洁明晰，很受学生欢迎。

读大学时，我经常到鲁原老师家请教。翻阅日记，有好几次记载：

1978年10月24日

晚上与陈志坚去鲁原老师家请教诗歌问题。……他说陈志坚的诗，感情很浓，看得出是有激情的……

鲁原签名本：
《当代小说美学》《文学批评学》《人生三角地》

1979年7月15日

昨晚与韦汉成去鲁原老师家和梁副教授家……鲁老师在创作上是有经验的，阐述问题和观点很清晰，很易接受。……

2011年12月为纪念大学毕业30年，我写了《大学生活记忆》一文，里面写道："大学四年在老师那里学到了系统的文学知识，鲁原、王向彤、罗启业、陈驹、秦似、许敏歧、金涛、梁振仕、黄仕荣、林望锦等老师的学识和品德给我许多成长的营养。"鲁老师是我最敬重的老师之一。

我们大学毕业后，来自文化部五七干校的这批教师许多都调离了广西大学，鲁原老师也调到青岛大学。我和他还继续保持联系。1988年8月5日至19日，我到青岛参加中国社会科学院文学研究所文艺新学科研究室主办的首届文艺新学科暑期讲习班，在一次听课会上，见到了也来听课的鲁老师。在食堂吃午饭时，我向他汇报了毕业后的工作情况，也获得了他的指点。1989年，我的第一本专著《新潮：中国文坛奇异景观》出版后，我寄去请他指教。后来，我也收到了他寄来的大著《当代小说美学》，扉页题写"建平同志正　鲁原　九一、三、三十"。我仔细阅读后，深有所得，提笔写了书评《对当代中国小说的历史思考》，文章在1994年3月19日《文艺报》发表了。2003年，他又寄给我《文学批评学》，扉页题签"转型期的文学思考　赠建平同志　鲁原　2003.11.南宁"。鲁老师后来主持撰写《中国当代文学史纲》，来信请我参加课题组。我因为其他原因无法参加，成为我学术上的一桩遗憾。

2013年，鲁原老师给我寄来《人生三角地》，在扉页题签"赠建平同志　鲁原　2013.7.25"。这是他几十年来的散文结集。他说他的一生在创作、批评、教学三个领域的交叉地带耕耘，"追求诗意与哲理的文学灵魂"[1]。我又从另一侧面看到了鲁老师的文学创作才华。

2022年春节，我向鲁老师致以新春问候，他又给我寄来三部大作：诗集《蒲公英》、诗论著作《捕捉精灵》、学术札记《人生元本一首诗》。他在书的扉页分别题签。在《蒲公英》题"赠建平　早期的诗，此后有

---

[1] 鲁原：《人生三角地》，封二勒口介绍文字。

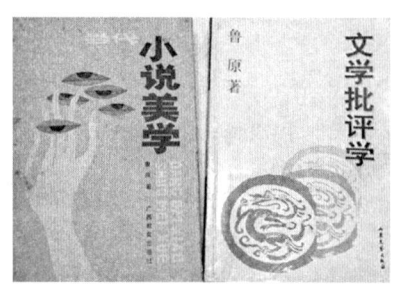

鲁原签名本《当代小说美学》《文学批评学》书影

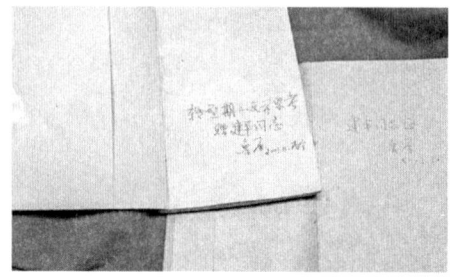

鲁原签名本《当代小说美学》《文学批评学》题签

鲁原签名本《人生三角地》书影

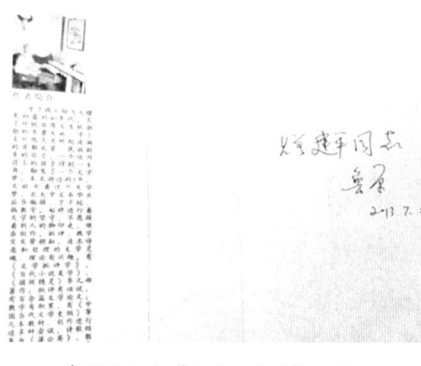

鲁原签名本《人生三角地》题签

诗也难以结集了　鲁原　壬寅春节"。在《捕捉精灵》题"起步是诗,落脚是诗,终归是诗人。建平同志指正　鲁原"。在《人生元本一首诗》题"从雅到俗,俗可通雅　与建平同志对话　鲁原　壬寅新春　青岛"。这三本书都是关于诗的。《蒲公英》是鲁老师的诗集,2001年由香港银河出版社出版,收录诗人历年诗作70首。《捕捉精灵》为论诗的理论著作,1999年由中国文联出版社出版。该书分"本体论""创作论""批评论"三大部分,"本体论"论述诗的本质、特征和各类诗学等纯理论内容,"创作论"结合诗歌创作实践谈诗歌创作方法论问题,"批评论"谈诗歌的欣赏与批评问题。三部分构成诗歌理论的完整体系,颇有理论深度和创作启示。《人生元本一首诗》是写唐代诗人和诗创作的学术札记,将诗与人的研究结合在一起,由诗观人,又由人来理解诗,是别有深意的学术文章。由这三部书可以看到,诗意生活与诗歌创作,是鲁原为人为文的灵魂。翻看《蒲公英》,溢满诗意的生活美,《捕捉精灵》引导读者理解诗,《人生元本一首诗》更是顾名思义,讲解"人生本应是一场诗意的

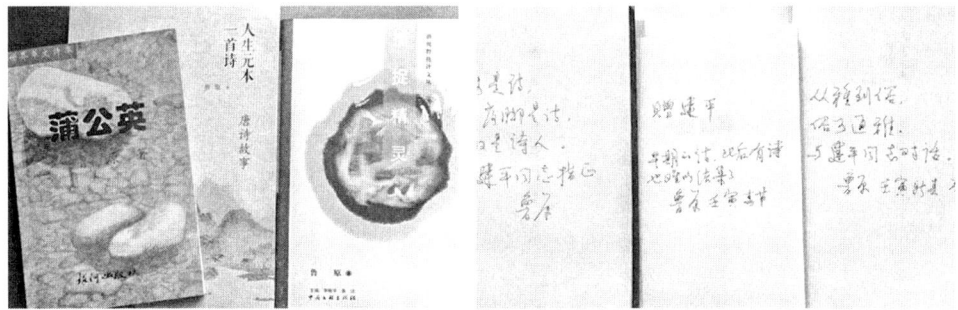

鲁原签名本《蒲公英》《人生元本一首诗》《捕捉精灵》书影

鲁原签名本《蒲公英》《人生元本一首诗》《捕捉精灵》题签

旅行，诗歌是旅行间写下的游记"的美学含义。可以说，鲁原老师本质是诗人，一生有着诗意的人生追求。正如他在签名本上的题词所说："起步是诗，落脚是诗，终归是诗人。"他的签名本，给人们揭示了人生的诗意内涵，展示了人生诗意美的珍贵。

如今，我已很长时间没有见到鲁老师了，希望我在一两年里能到青岛去看看他和师母。祝鲁老师和师母身体健康，晚年幸福。

2022年3月13日

补记：2022年7月14日下午6时，我接到师母王老师的电话。她沉痛地告诉我，鲁原老师6月30日在青岛因病不治而离开了。我十分震惊。2月份时我还和鲁老师通过电话，3月份时他还给我寄来他的三部著作。我把这篇小文发给他，请他校正史实，并告诉他，出版社在年内出版，到时一定寄上。我还对他说，今年夏天疫情缓和时，我会去青岛看望老师和师母。电话中传来他的笑声。他说，"好啊好啊"。他告诉我，他正在治疗，每个月有一半时间要住在医院里。来时要提早告诉一声。没想到，这一愿望再也不能实现了！我的这本小书，也无法让他翻阅了。联想到鲁老师在校时对我班同学的关怀，想到毕业后他多次来信对我的指导和关爱，我在与师母通话时忍不住流下泪来。鲁老师，您是那么睿智、宽厚、善良，您走得太早了！我们是多么想再与您见面，再聆听您的谆谆话语啊！愿您在天堂安息！您给我的赠书，我将一生珍藏！

2022年7月14日

林兴宅签名本：

《文艺象征论》《象征论文艺学导论》《大探索——文艺哲学的现代转型》

林兴宅（1941— ），福建德化人。文艺理论家。现任厦门大学教授。系中国作家协会会员，享受国务院颁发的政府特殊津贴。他提出的"文艺象征论"引发1985年国内的"新方法热"，被学术界誉为文艺批评新方法的开拓者和带头人。著有《艺术魅力的探寻》《文艺象征论》《批评的实验》等。

20世纪80年代中期，在文学新思维和新学科建设大潮里，林兴宅以"文艺象征论"在文艺理论界著名。"文艺象征论"是当时四大文学创新理论之一。我正是在那一时期尽力吸纳文艺新思维新理论时，读到林兴宅的"文艺象征论"而与他和他的书"相遇"的。

1988年8月，我参加了中国社会科学院文学研究所文艺新学科研究室在青岛举办的首届文艺新学科暑期讲习班。在十多天的讲习班里，听了中国社科院和多家高校的专家教授的多门课程。这次学习培训，给我的文学思想以大提升，使我对当时兴起的一些新思维新理论有了新理解。通过听课和阅读，我比较清晰地理解了像黄海澄的"系统论控制论信息论美学"、孙绍振的"文艺形式（变异）论"和林兴宅的"文艺象征论"等最初十分陌生而又觉得深奥无比的文艺新说。不仅如此，此次学习，令我对1979年以来的新时期文学有了一种系统性的思考。归来后，我用了两个月时间搜集阅读资料，整理心得并归纳思路，再用了半年时间，写出了一本简述20世纪80年代中国文学新像的著作。原来一直想以"八十年代中国文学新潮"为书名的，临出书时到了1989年，商品经济浪潮已卷到出版界，我把书名改为《新潮：中国文坛奇异景观》，以利销售，1989年6月由广西人民出版社出版了。全书反映1978年改革开放后到1988年这十年的新潮文学现象，包括新潮创作、新潮观念、新潮理论三部分，整体反映了20世纪80年代中国当代文学中的新潮文学面貌。我当时的文学观念是将80年代文学看作现实主义文学、现代性文学和通俗文学三大部分构成，而现代性文学是新质成分最浓、文学价值最高的一类。我将其称为"新潮文学"。我当时还想，如果可以的话，在完成这本研究80年代新潮文学的专著之后，继续写关于80年代现实主义文学和通俗文学两本书。可惜90年代以后，学术氛围和社会环境已发生较大变化，这一研究中止了。

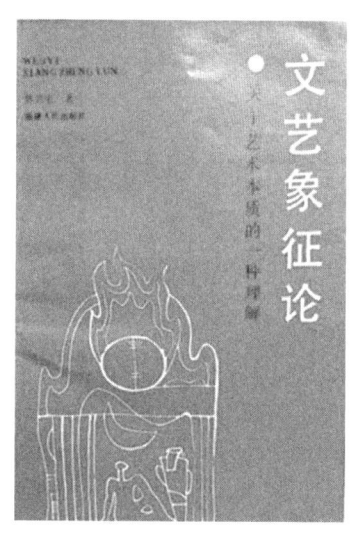

林兴宅签名本《文艺象征论》书影

我在《新潮：中国文坛奇异景观》一书的下编里写了林兴宅的"文艺象征论"，后来形成一篇论文在《南方文坛》发表。当时的报刊发文章时还没有"作者简介"的要素。数年后我收到林兴宅给我的一封信，他说，他注意到了我对他的评论，但一直不知道我在哪里，无法联系。

林兴宅签名本《文艺象征论》题签

1991年见到《学术研究动态》第11期上发表了我的一篇文章，文后附有我是广西社会科学院文学研究所研究人员的"作者简介"。他见到了才给我写信。他寄来他的著作《文艺象征论》。书的附录里收录了国内多位专家对他的"文艺象征论"的评介，我的评介文字，有3000字左右，他都收录了。他在书的扉页题签"李建平同志雅正　林兴宅赠于93.8.12"。

后来，我们又通信几次，互致问候，可惜都没见过面。时光很快过去了二十几年。2021年,我写作《时光书迹——来自签名本的温暖》时想到了他,翻看《文艺象征论》,年轻时光的书信交往又浮在眼前。我写好这篇文章后,发给他审阅指教。3月1日,林教授给我寄来《象征论文艺学导论》《大探索——文艺哲学的现代转型》《艺术之谜新解》三本书,在《象征论文艺学导论》内封他题签"李建平教授雅正　林兴宅　赠　2022.3.1"。在后两本他分别题签"李建平教授雅正　兴宅　赠　2022.3.1"。他在《大探索——文艺哲学的现代转型》的"跋"里说:"我在1993年出版的《象征论文艺学导论》正是试图用历史唯物主义重构马克思主义文艺学体系的尝试,现在出版的拙著则是它的姐妹篇。"这三本书,运用系统科学方法论阐发文艺理论与文艺哲学,形成象征论文艺学新理论,并提出许多新观点,给人很多新知识新启示,有助于我们形成文艺理论新思维,是值得我们重视的好书。

林兴宅签名本《艺术之谜新解》《象征论文艺学导论》《大探索——文艺哲学的现代转型》题签

林兴宅的著作还有《论文学艺术的魅力》《艺术魅力的探寻》《文学评论教程》《批评的实验》等,都值得我们阅读和研究参考。

我至今没有去过福建,还无缘与林教授见面。2021年春,我通过一位厦门大学博士毕业的朋友辗转拿到了林教授的手机号。2021年5月2日下午,我拨通了林教授的电话。电话那头他对我打来电话非常高兴,想不到我们竟将这段三十年前建立的友谊续接了起来。互相问候了身体和生活近况后,我邀请他来南宁旅游。他说他已上八十岁,不宜再长途奔波了。我说很想与他相见晤谈。他告诉我,他就住在厦门大学内,欢迎我去。我们互相加了微信。我期望我在一两年内能有一次厦门之行。祝愿林教授健康幸福!

2021年1月21日初稿,2022年3月12日续写

陈岸签名本：

《我的革命生涯》（附：《征途漫漫》）

陈岸（1910—2008），原名杨善安，广西贵县（今贵港市）人。革命家。1930年任中共贵县县委书记、广西特委巡视员，1931年任中共广西特委委员、玉林中心县委书记，1932年兼任中共陆川县委书记。抗日战争前期，曾任中共广西郁江特委筹备委员会书记、广西省工委书记。新中国成立后，先后任中共广西省委组织部第一副部长，广西壮族自治区民政厅厅长、自治区人大常委会副主任。代表作《我的革命生涯》。

由于经历与工作的关系，我常常获得一些师长和文友的赠书。它们大多数是文化界社科界的专家学者和作家艺术家等知识分子赠送的。而我获得的一部赠书有点特殊，那就是老共产党员陈岸的回忆录《我的革命生涯》。陈岸是革命者、党的广西早期组织的领导干部。我能获得他的赠书，是由于家父李耿与他的特殊关系。

陈岸是新民主主义革命时期广西地下党组织的主要领导者之一。他在中共广西地方史上的一个重要贡献，是在20世纪30年代红七军撤离广西进入中央苏区、国民党桂系大搞白色恐怖、广西地下党遭到重大挫折的危难时刻，坚持革命斗争，重建中共广西省级组织并恢复了中断几年的与上级党组织的联系。1936年11月7日，在上级党委的指导下，中共广西省代表大会（原称中共郁江地区代表大会，后经到会的上级党组织联络员建议，因到会代表还有百色地区的代表，因而改名为中共广西省代表大会）在贵县三里罗村召开。会议选举成立中共广西省工作委员会

（简称"省工委"），恢复建立了中共广西省级领导机构，选举陈岸担任省工委书记兼组织部部长。陈岸由此走上了中共广西省级领导岗位。1939年，八路军桂林办事处秘密通知他去延安，作为广西地下党的唯一代表出席中国共产党第七次全国代表大会。他因而离开广西10年，1949年12月率南下工作总队（时任总队党委书记）南下，才返回广西工作。

陈岸1928年加入中国共产党，1930年任中共贵县县委书记、广西特委巡视员。1932年到陆川县开展革命斗争、兼任中共陆川县委书记时，发展家父等一批革命青年加入共产党。陈岸是家父加入共产党后的直接领导人。1934年，家父担任了陈岸直接领导的中共陆川县委宣传委员。

家父在陈岸的领导下完成了一项重要工作。1935年，在广西地下党受到国民党桂系破坏、与上级党组织失去联系的恶劣环境下，时任中共广西郁江特委委员的陈岸在玉林地区坚持斗争，五次派人外出联系上级党组织，其中第四次是派家父到上海寻找。这是家父在陈岸领导下所做的极其特殊和重要的一项工作。

1949年12月陈岸回到广西。家父很快与分别了十年的老领导建立了联系，之后也时常来往。陈岸在桂林任行署专员时，家父常常在节假日带我们去陈岸家走动。陈岸的三个孩子中，老大杨晓安与我年龄相仿，我们时常在一起玩耍。改革开放以后，我大学毕业留在南宁工作，有时也到陈岸家看望他。

1984年春，陈岸（坐者右）回陆川参加党史座谈会，会议期间，与李耿（坐者左）一道看望当年的地下党员吕把清的家人。吕把清（1935年病逝）和李耿是陈岸分别于1935年和1936年派出的第三次和第四次寻找上级党组织的地下党党员（杨海英　供图）

2005年,在纪念抗日战争胜利60周年的日子里,我再一次去看望了已90多岁高龄的陈岸老书记。那天,我和《文汇报》的一位记者一道前往。陈岸和他夫人陈贞娴在客厅接待了我们。客厅的墙上,挂着21世纪初时任中共中央总书记胡锦涛来看望陈岸的照片。那时,与中国共产党第七次全国代表大会有关联的在世老党员已极少了,胡锦涛总书记前来探望,有着特殊的深意。

2005年5月8日作者看望陈岸(中)时合影。左一为陈岸夫人陈贞娴

那天,陈岸夫人陈贞娴拿出陈岸的回忆录《我的革命生涯》,陈岸提笔写上"李建平同志指正 陈岸 2005.5.8"送给了我。《我的革命生涯》1995年由中共党史出版社出版。这是中共广西党史的重要史籍,也与我的家庭有一定关联。我很珍惜这本书。

陈贞娴早几年也出了回忆录《征途漫漫》。陈贞娴,广西贺州人。1937年春加入中国共产党,参加广西学生军,后在桂林、香港等地从事党的地下工作。1949年12月后,历任广西省妇联筹备处主任、广西省妇联副主任、广西广播电台副台长、广西师范学院中文系党总支书记、广西壮族自治区党委党史研究室副主任等职。《征途漫漫》记载了陈贞娴幼年读书、青年时参加

陈岸签名本《我的革命生涯》书影

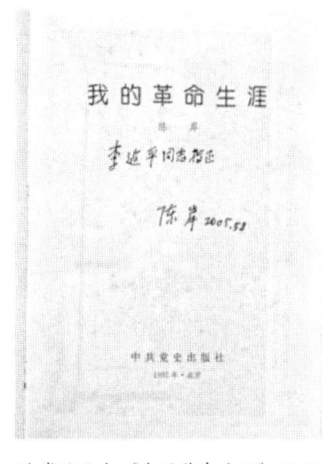

陈岸签名本《我的革命生涯》题签

陈贞娴签名本《征途漫漫》书影

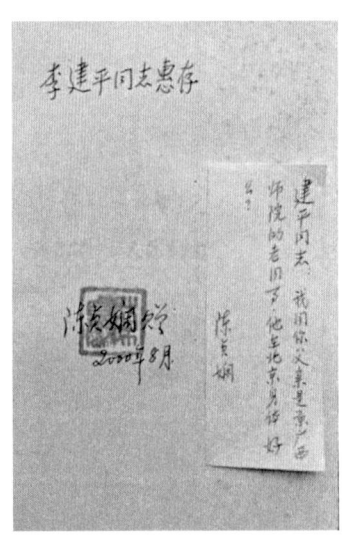

陈贞娴签名本《征途漫漫》题签

抗日斗争、新中国成立后的工作和晚年从事党史研究工作等一生革命的经历。2000年时她托人送给我，在扉页题签"李建平同志惠存　陈贞娴　2000年8月"，并钤印。书中还附有一张小纸条，是对我父亲的问候，写道："建平同志：我同你父亲是原广西师院的老同事，他在北京身体好么？陈贞娴"。她与陈岸的赠书，我在好好地收藏。

陈岸2008年去世，享年98岁。2010年，由陈际瓦为名誉主任、陈向群为主任的《纪念陈岸》编辑委员会编纂了《纪念陈岸》画册，由广西人民出版社出版。陈际瓦在该书序言中说："陈岸同志（原名杨善安）是一名久经考验的忠诚的共产主义战士，老一辈革命家。……从他的身上，我们看到了一位老共产党员崇高的革命风范和无愧于中国共产党员光荣称号的真谛所在。"这是党组织对陈岸的最好评价。陈岸一生追求革命，在极端艰苦危难的岁月也不忘初心，四处寻找上级党组织，恢复建立了广西省级党组织，其功甚博。《我的革命生涯》记载了广西地下党斗争的历史和共产党员忠于党的革命事业的奋斗历程，展现了一位老共产党员的革命精神和顽强奋斗的品格，是我们今天学党史强信念跟党走的生动教材，值得收藏细读。

2021年4月26日

秦似签名本：

《秦似杂文集》

秦似（1917—1986），原名王缉和。作家、语言学家、教授。广西博白人。曾任香港《文汇报》副刊编辑、《野草》丛刊主编。新中国成立后，历任广西省戏曲改革委员会主任，广西省文联副主席，广西省文化局副局长，广西师范学院（今广西师范大学）中文系副主任，广西大学中文系主任，广西语文学会会长，中国文联委员，广西壮族自治区第四、第五届政协副主席。主要作品有《感觉的音响》《时恋集》《秦似杂文集》《现代诗韵》《两间居诗词丛话》等。

秦似是家父的多年好友和同事。20世纪30年代，家父在主编《玉林民国日报》副刊《雷莺》时，就刊用了王缉和以"秦似"作笔名写的处女作《离校》《夜钓》等。之后他俩常有联系。1959年秦似到广西师范学院（今广西师范大学）中文系任副主任时，又与家父做了同事。我是还在戴红领巾时就见到这位胖乎乎的"秦叔叔"的。家父与秦似都是玉林老乡，有年轻时的文学交往，又有"文化大革命"时一段共同度过的苦难岁月，因此家父与秦似的关系一直不错。

秦似又是我的大学老师。大约是1971年，大学恢复上课，秦似被调到广西大学去了。他的学识和才华渐渐发挥出越来越大的作用。1976年国务院分派广西等四省区的学者修订《辞源》，秦似当时担任了广西《辞源》修订组组长。家父也参加了这一重要的学术工作。1979年，《辞源》修订工作全面完成，受到了国务院的表彰。这一年，秦似接替王士菁担任广西大学中文系主任。1977年底我参加高考,次年2月考进了广西大学,做了秦似真正的学生,开始较多地往来和接受他的教诲。

记得刚进大学时,我带着家父的信,去秦似家拜访他。那是礼节性拜访,当时碰上梁振仕、杨乾亮两位老师来找他,他忙着与两位老师谈话,没有对我说多少。后来他在一次课间有多位同学在场时对我说:"1933年、1934年你爸在玉林主编抗日文艺三日刊《雷鸣》,我当时在玉林高中读书,就已经开始在这刊物发表诗文作品了。所以你们要写东西发表……"①这段话,被在场的我班同学梁扬深深记住了,写入他的文章中。

秦似老师给我们上音韵课,这门课比较枯燥艰深,我学得比较困难。但经过努力,这门课的考试我还是考了90分,还算对得起老师。我向他求教的机会多了起来还是在大三的时候。那时我开始准备毕业论文。我在我喜爱的现代文学和我充满感情的桂林文化中选择了写作方向,定下了"桂林抗战文学研究"这一选题。在大约一年的节假日和寒暑假的时间里,我基本读完了桂林和南宁两地的广西第一图书馆和广西第二图书馆馆藏的抗战时期桂林出版的文艺和文化期刊,写成了资料性长文《桂

1980年秦似教授为广西大学中文系七七级授课时的情景(梁扬 供图)

---

① 梁扬:《"从来南国多芳草,更植繁花映白云——秦似先生的教改观念与实践"》,载《秦似百年诞辰纪念文集》,广西师范大学出版社,2019,第91页。

林文化城期刊简介》，所评期刊包括夏衍和秦似主编的杂文刊物《野草》。我将这文章送去给秦似老师指导。几天后，他叫我去，拿出我的稿子，对我说："你是有眼力的，你选评的文章很恰当。"我知道，他是指我在评《野草》时，引录评介了他的《战神的欢笑》，那是我认为思想性艺术性俱佳、充满诗意的一篇杂文。当我接过稿件时，我看到上面留下了秦老师的一些批语，在我的手稿封面他用红铅笔写道："有价值，希望好好写完。但对期刊选择还值得

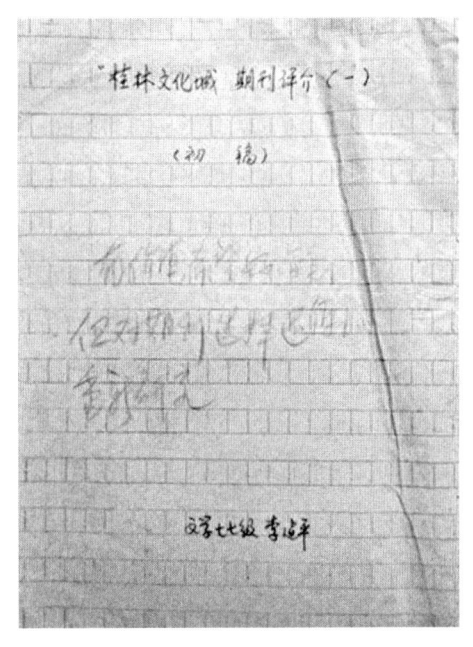

秦似在作者手稿封面的批语

重新研究。"我很珍惜这份稿子，回来后，我重新誊写了一份，交给《广西大学学报》，在1981年第一期和第二期连载发表了。那份原稿，我至今留存着。1981年秋，我写作毕业论文《论桂林文化城在国统区抗日文艺运动中的地位和作用》时，再次向他请教。他回忆了当年的活动情景，分析了当时国统区的文艺斗争形势，嘱咐我要注意党对文艺运动的领导这一事实。后来，这个毕业论文，经答辩后得到了优秀的成绩，第二年又在《广西大学学报》和《抗战文艺研究》杂志发表了。它奠定了至今40余年我从事桂林抗战文化研究的基础。

大学毕业前夕，我去秦似老师家辞行，我记得是与梁扬一道到他家的。秦似老师叫我们坐定后，自己起身上了楼，不一会儿，他从楼上下来，拿了厚厚的两本书。近了，我认出那是刚刚由三联书店出版的精装本《秦似杂文集》。他送给梁扬和我各一本，然后微微笑着对我说：我这本书不多，但我送给你，你是识货的。我打开来，见到扉页上题着"建平同学存　秦似1981.12"。我心中一阵激动。我知道，这不是一本普通的书，是秦似老师对我的器重，是他对我四年学业的最好的评价。看着

秦似签名本《秦似杂文集》书影

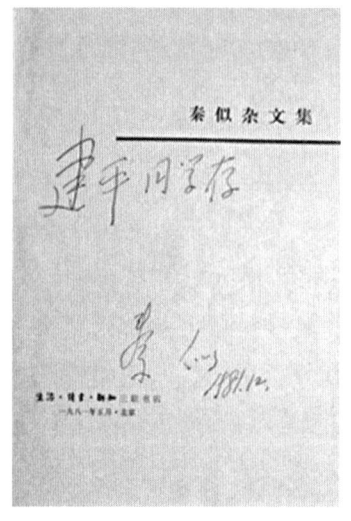

秦似签名本《秦似杂文集》题签

眼前的老师，我感到他那如同孩子般圆圆的脸庞上，堆满的是舒心与期望。

那份期望，我久久地搁在心上。我一页一页地读完了《秦似杂文集》，写了一篇《秦似与杂文刊物〈野草〉》，又写成了论文《论秦似杂文的思想和艺术特色》。前一篇发表在《杂文界》1985年创刊号上。收到刊物后我就给秦似老师送去了一本，他见到后十分高兴。后一篇在1985年初写成，交给广西作家协会杨克，他那时正在为广西作家协会编评论集《新花漫赏》。可惜的是，出版社出书的周期常常要一年时间，1986年7月，秦似老师不幸去世，这本《新花漫赏》是广西民族出版社1985年底出版，次年才得到样书，没有来得及送到他的手上。这篇近万字的论文，可能是对秦似杂文做全面综合性评论的第一篇文章。他没能读到这篇文章，一直是我留在心底的遗憾。

秦似老师去世后，许多文学界前辈包括夏衍、林默涵、秦牧等文学大师和他的亲友、学生都写了回忆文章，我父亲也写了悼诗。这些，后来由广西师范大学出版社结集成《回忆秦似同志》一书出版。我后来写了《回忆秦似老师》一文，文章在广西文联网站发表了，也被收入我们广西大学中文系文学专业七七级的回忆文集《书香致远——广西大学文学七七级毕业30周年纪念文集》里。2017年3月，广西桂林图书馆钟琼馆长联系我，说准备举办纪念秦似先生100周年诞辰纪念活动，包括秦似生平图片展和纪念秦似100周年诞辰学术研讨会两项内容，邀请广西抗战文化研究

2017年纪念秦似先生100周年诞辰座谈会暨学术研讨会会场。左一为广西桂林图书馆馆长钟琼，左四为作者

会联合筹办学术研讨会。我欣然同意。在参与研究起草研讨会方案之余，我又联络了梁扬、杨东甫、林平等几位学者写稿，自己也写了论文《秦似对〈野草〉刊物的作用与贡献》。会议的文章后来编成论文集《秦似百年诞辰纪念文集》。此书收录会议文章和论文23篇，秦似轶文1篇和纪念诗词14首，2019年由广西师范大学出版社出版。

秦似老师年近70岁时就离开了我们，十分可惜。他那么有才华，那么有学问。他是作家也是学者，还是编辑家、翻译家、社会活动家，对文学界和文化界有多方面的贡献。他的杂文、他编辑的《野草》杂志，都是现代文学史上重要的经典。我们对他的研究，多侧重于他20世纪40年代的杂文和所编辑的《野草》，对他晚年的学术活动与贡献，如主持修订《辞源》、主持广西大学中文系及其教育理念、主持广西语文学会暨主编《语文园地》、剧本与诗词创作和音韵学研究等，还很少研究。这些方面都是广西文化的财富，还有待收集整理并深入研究。据悉，有年轻学者计划编辑《秦似研究资料集》。我期望早日看到这新成果。

2021年1月18日

陆地签名本：
《浪漫的诱惑》

陆地（1918—2006），原名陈克惠，壮族。广西扶绥人。小说家。曾任中共广西壮族自治区委员会宣传部部长、广西文联主席、广西作家协会主席，中国作家协会理事、顾问。著有《美丽的南方》《故人》《瀑布》等。

陆地是中国壮族和广西当代重要的小说家。他的长篇小说代表作《瀑布》长达100万字，共四卷，其第一卷《长夜》获得全国第一届少数民族文学创作奖一等奖，第二部《黎明》获广西文艺创作铜鼓奖。20世纪80年代中期，广西文联曾召开"陆地小说创作研讨会"，好评如潮。我当时的精力在桂林抗战文艺研究方面，有时也写点文艺评论，但还没有做专门的广西作家作品研究，没有准备论文，因而参加这次会议时是听会学习，没有发言。

2004年，《广西文学50年》即将出版，我向各位作家请求支援照片，用作插图。我给陆地去了信。3月18日，他给我回了信，寄来照片和一些资料。信写得很客气，全文如下：

建平同志：

倘若那本书还来得及补加一页篇幅，现寄上一页，里头，小传、照片、墨迹都在一起了。请审核是否符合书式要求？要是觉得画蛇添

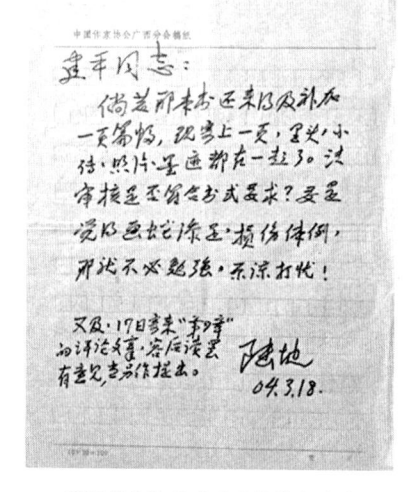

2004年3月18日陆地给作者的信

足,损伤体例,那就不必勉强。原谅打扰!

又及,17日寄来"第四章"的评论文章,容后读罢有意见,当另作提出。

陆地
04.3.18

我收藏的陆地的签名本是他送给我岳母刘业锦、岳父刘开的《浪漫的诱惑》。该书于2002年由花城出版社出版。陆地在扉页题写"叶锦刘开同志指正 陆地 二〇〇四年六月十四日"。

《浪漫的诱惑》是陆地的短篇小说集。我认为,这是除了《瀑布》之外,陆地最重要的一本小说集。它的重要性,在于它是作者晚年将其一生的重要作品做的一次结集。书中有陆地的处女作《乡下》,有他的封笔作《遗憾》,还有在生命历程中使他备受折磨的小说《故人》。书中还有作者写的《自序——文坛往来》和《后记》,记载了其一生的主要经历和重要事件。如此,不难看出作者编选此书的用意了。这书,不仅仅是作者作品的重要结集,也是其一生文学历程的重要总结。可以说,读了《浪漫的诱惑》和《瀑布》,对这位重要作家的了解就比较全面,认识就比较清晰了。

我的这本藏书,还有一点比较特别,那就是在书的《后记》里,作者做了几处修订。修改处是用钢笔改写的,共四处,涉及作者自己的写作修改和出版社校对失误两种类型。一是第557页正文第一行,"要拿艺术的尺度来衡量的话",

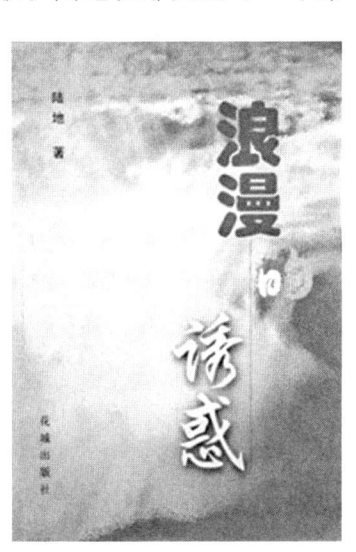

陆地签名本《浪漫的诱惑》书影

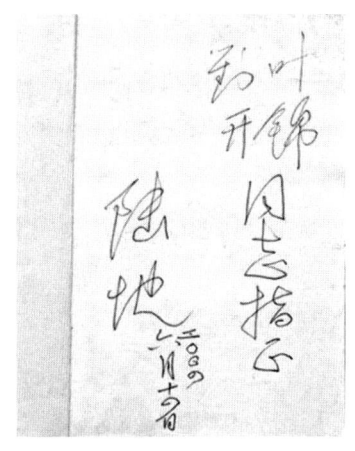

陆地签名本《浪漫的诱惑》题签

1977年3月陆地（右三）到巴马瑶族自治县参加"三月三"民族节日时与作家刘业锦（右一）、龙京才（右二）、杨鹤楼（左一）等合影

删掉了"的话"两字；二是第558页"再说《故人》，在文草之前"，将"文草"改为"文革"；三是同页"所以故人在旧社会的知识分子命运的悲剧"，删掉前一个"的"字；四是同页"《钱》，师才可是……"，改"师才"为"题材"。这样，这本藏书又可视为校勘本了，价值提升。

我岳母刘业锦是原《广西文艺》编辑、广西作家协会秘书兼儿童文学创作委员会副主任、广西曲艺家协会常务副主席。1976年10月文艺创作复苏之后特别是广西文联恢复活动后，她与陆地有了较多的工作联系。我在岳母的相册中见到一张1977年陆地与几位作家下乡采风的照片。陆地是广西作家在"文化大革命"中受冲击最大、受批判最严厉的作家。从这张照片中可以看到，在粉碎"四人帮"、文艺开始复苏的环境下，陆地已恢复了从容自信的神情，其余作家也心情舒畅，大家对未来充满期待。

我岳父、岳母已经离世，他们的藏书由我和妻子收藏。

2021年9月16日

徐君慧签名本：
《中国小说史》《简明历代官制》《澎湃的赤水河》

徐君慧（1921—2009），原名李天培，字子英。四川合江人。作家、学者、教授。曾任《真理周报》编辑、《文艺垦地》主编、桂林市文联文协专职副主席、广西人民出版社编辑、《广西文艺》编辑、广西大学中文系讲师和教授、广西政协第五届委员、广西作家协会理事。系中国作家协会会员。著有《澎湃的赤水河》《武林春梦》《大唐巾帼英雄传》《中国小说史》等。

徐君慧是我的大学老师，也是颇有成就的作家。他于1936年起在报刊发表通俗小说、短剧、说唱文学等作品，1946年后与人合办《真理周报》，并参加昆明文艺家协会，后到重庆以写作为生，始用徐君慧署名。1952年他到南宁工作，任广西人民出版社编辑，1953年被调到广西文联创作组，1956年被调到《广西文艺》编辑部，1958年被错划为右派下放到巴马瑶族自治县，1961年"脱帽"后留在县里工作。1979年后被调到广西大学中文系任教，后升为教授。20世纪70年代，徐君慧潜心创作长篇小说《澎湃的赤水河》，1979年12月由上海文艺出版社出版，之后又出版了《春雷》《大唐巾帼英雄传》《辽东恨》《武林春梦》《新编乾隆游江南》《宋宫密史》《庄妃传》等多部长篇小说。他是广西当代文坛较早出版长篇小说的作家之一。

徐君慧老师给我们上的课程是中国古代文学，主讲唐代传奇和明清小说《三国演义》《水浒传》《聊斋志异》等。他对中国古典小说很有心得，说出许多我们体味不到之处。他讲课不算很生动，但有料有货，专

1992年2月作者与徐君慧（左）交谈时留影

心听是很有收获的。由于转到教学岗位，徐老师也把重点转到学术上，致力于古代小说研究，写出了《中国小说史》《聊斋志异纵横谈》《从金瓶梅到红楼梦》《简明历代官制》等多部专著。《中国小说史》获第二届广西文艺创作铜鼓奖、《从金瓶梅到红楼梦》获1988年全国优秀图书奖、《聊斋志异纵横谈》获广西社会科学研究优秀成果二等奖。

读大学期间，我对有长篇小说创作成果的徐老师是很崇拜的，徐老师的课也很专心地听。我上大学前主要写诗，上大学后写起了小说，大学期间在《广西文学》发表了一篇短篇小说，在《桂林日报》发了一篇小小说。因而常常能靠近徐老师听教诲。我在大学时是校团委委员，曾经承担校团委举办的一次"文学欣赏"讲座的筹备工作。我到徐老师家请他担任讲座的主讲嘉宾，他很高兴地答应了。我的工作得到落实，听讲的学生们也受益匪浅。我也曾好几次晚上去徐老师家讨教。翻看我的大学日记，还见到一次请他看我的作品听他指导意见的记载。那是1981年，我写了两篇小说，带去他家请他指导。几天后，我去听意见。在5月22日的日记里有这样的记载："晚上和李俊才去徐老师家。他谈了一下我的小说，主要是指出生活不够。他觉得有情节的好些。他认为《蓝天情》比《我设想我的成功》还好些，但现在不太适用了。他说观察生活问题，举了三个例子……他还讲了不少解放战争时期在昆明办报和在重庆办杂志的事。"徐老师的指导使我对小说创作有了更全面的认识，也清楚了自己创作的缺陷。

大学毕业后，我与徐老师经常在广西作家协会召开的会议上见面。他先后给我赠送了《中国小说史》《简明历代官制》两部著作。他在《中国小说史》扉页题写"李建平同志指正　徐君慧　敬赠　一九九六、六、十",在《简明历代官制》扉页题写"李建平所长指正 徐君慧敬赠 二〇〇三、五、一"。他真的是太客气了。我哪里能指正他的学问呢?还用了"敬"字,令我汗颜。我从他的书中学到了很多古代文化知识。《简明历代官制》是我时常参考的好书。

徐君慧的代表作《澎湃的赤水河》签名本曾送给广西作家协会的刘业锦。刘业锦是诗人、儿童文学作家、

徐君慧签名本《中国小说史》《简明历代官制》书影

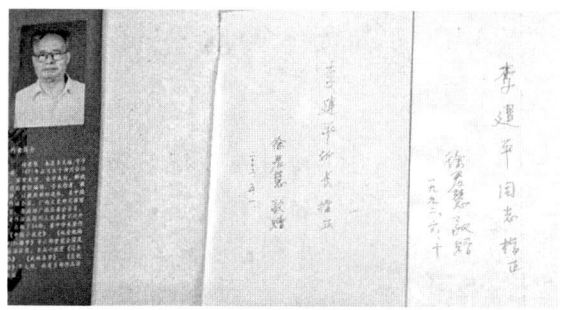

徐君慧签名本《中国小说史》《简明历代官制》题签

中国作家协会会员,曾任广西作家协会儿童文学委员会副主任、广西曲艺家协会常务副主席。刘业锦是我岳母,2015年病逝。她的藏书现由我和妻子继承和收藏。

我很佩服徐君慧创作与学术兼具的本领,经常关注他的成果。2002年,我牵头写《广西文学50年》,将徐老师列上目录介绍。书中这样评述了他的创作:

1979年上海文艺出版社出版的长篇小说《澎湃的赤水河》是徐君慧的代表作。小说以1947年至1948年解放战争时期的历史内容为背景,描述了徐华、李冠雄等党的工作者在赤水河地区发动群众,建立武装队伍,带领群众同国民党反动派进行艰苦卓绝的斗争的战斗生活,热情讴歌了中国共产党领导的人民解放战争,赞颂了如火如荼的革命群众运动。书中复杂激烈的斗争生活场景,惊险曲折的故事情节,形象感人的人物形

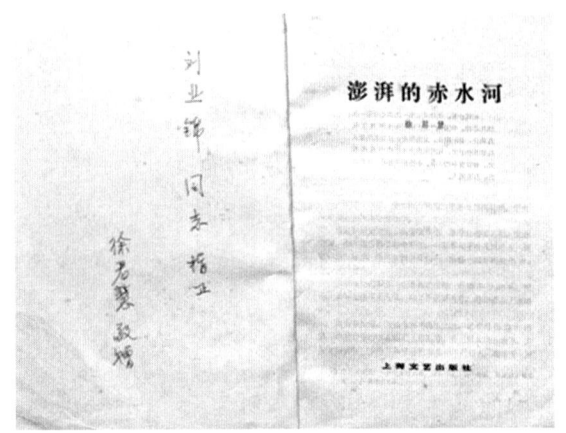

徐君慧签名本《澎湃的赤水河》书影　　　徐君慧签名本《澎湃的赤水河》题签

象,为人们展示了一幅革命斗争的壮观图景。浓郁的生活气息,强烈的时代氛围,特殊的斗争故事,使作品成为融战斗生活、生活气息和乡土特色于一体的作品。这在70年代末的小说中,是难能可贵的。

徐君慧后来较多地写起了历史小说。他的历史小说,既有忠实于史实、严谨叙事的,如《辽东恨》;也有借助民间传说,加以较丰富的艺术想象的,如《大唐巾帼英雄传》《武林春梦》《新编乾隆游江南》《庄妃传》等。相比之下,他的这些历史小说,前一种写法显出了他驾驭历史的功力,后一种写法则显出了他编织故事的能力,这也使他获得了较多的读者。①

徐老师为人忠厚,一生勤奋,创作和学问都做得很好。他的人品和学问给我较大的影响。2009年10月,他病逝,享年88岁。他是我时常怀念的老师。

2021年5月1日

---

① 李建平等:《广西文学50年》,漓江出版社,2005,第180页。

莎红签名本：
《山欢水笑》《边寨曲》

　　莎红（1925—1985），本名覃振易，壮族。广西贵县（今贵港市）人。诗人、民间文艺研究家。历任广西戏曲改革委员会秘书、《广西戏曲报》记者、中国人民赴朝慰问团团员、广西民族出版社壮文通俗读物编译、广西作家协会专业作家。著有《山欢水笑》《边寨曲》《唱给山乡的歌》《写给孩子们的诗》等。

　　莎红是我父亲的学生。20世纪40年代后期，家父在雷沛鸿担任院长的西江文理学院任讲师，教中国文学，其中有一个叫覃振易的学生向家父求教较多，这就是后来壮族著名诗人莎红。莎红是与家父关系较好、往来较多的学生之一。后来他们虽然分别在桂林、南宁两地工作和生活，但家父每次到南宁，差不多都去莎红家坐坐聊聊。我第一次见到莎红，是在20世纪70年代中期随父亲去他家。当时见到的莎红已经很瘦了。父亲告诉我，莎红被查出患了鼻咽癌，正在治疗。后来父亲跟我说，莎红写诗勤奋，诗作不少，让我找来读读。1978年2月下旬，我到南宁在广西大学念书，3月12日（星期日）我第一次单独去拜访了莎红。翻看那天的日记，见到当时的记载："今天吃过早饭，十一点多到莎红家。他见到爸爸送给他的《郭小川诗选》，十分高兴。跟他谈了一下，他的劲头十足，写作精力旺盛，说三月底下乡去。中午在他家吃了饭。莎红看来很显老……"

　　1982年1月我大学毕业后，被分配到广西文联《广西文学》编辑部任编辑。办公室与广西作家协会在同一层楼，因此，我见到莎红的机会就多了。虽然他是专业作家，不用每天坐班，但只要听到楼道里传来他那因治疗鼻咽癌而造成的沙哑的话音,就知道他来了。家父嘱咐我要多向莎红学习,我也曾几次去他家看他,向他请教诗歌创作经验,看看他新写的诗稿,听他讲讲下乡采风的见闻,十分愉快。

莎红长期患病,当时的治疗水平又不是很高,治疗过程十分痛苦,但每当治疗告一段落且身体恢复一些时,他就又捡起行装下乡采风了。他走壮乡、进瑶山、上京族三岛,撷取创作素材和写作灵感。他的诗,充满对生活的热爱和对少数民族生活日新月异变化的赞美。他还不顾危险,来到对越边境自卫反击作战的前线阵地,在隆隆的炮声中看望守卫边疆的人民解放军,将祖国人民的慰问和自己的诗作献给"新时代最可爱的人"。

随着时间的推移,莎红的病情渐渐恶化,在生命的最后几年,他被病魔折磨得十分痛苦。他长期不能正常饮食,只能喝稀粥,到了晚期,在食道与气管粘连、咳嗽频繁的情况下,食物呛到气管,引发肺炎,在一次重度炎症中险些抢救不回来。自那次之后,莎红的病情日益加重。莎红在痛苦中坚持与病魔做斗争,坚持写作,他要把赤诚的心声唱给家乡的人们。他的书房里,挂着他书写的"伏虎""孺子牛""常乐"三张条幅,那是他与病魔做斗争的战斗口号和不间断为人民创作的心志。

莎红的晚年,在与生命抢夺时间和奋力写作的同时,把心血献给了下一代年轻人。他每发现一个写诗的苗子,就欣喜不已,倾心辅导,培养其成才。他最倾心的两位年轻诗人黄乃康和李甜芬,都是他下乡采风在胶林农场和边境小镇看宣传墙报发现的诗歌苗子。他指导他们怎样在生活中发现美、怎样捕捉诗情,帮助他们修改诗稿,甚至反复修改。例如,他在1975年1月20日给黄乃康的信里说:"我们的头一次见面,令人难忘。你年轻,是壮族,在基层,有生活积累,又有写作基础,是块料子,望你多写写我们的民族,从生活中发现素材,精心提炼,反复推敲。你觉得改到无法再改了,就寄给我,我帮你提意见,你再改。然后你再寄给我,我再帮加工,扶你一把。"[①]青年人见莎红病重体弱,常常劝他注意治疗和休息,他说:"我不能光顾自己写,还要带青年人上正路

---

① 黄乃康:《莎红传》,漓江出版社,1990,第100页。

才行。培养新人就好比我生命的延续……"①这样炙热滚烫的感人语言,怎能不让青年人奋发努力?他辅导的青年诗人,除了黄乃康和李甜芬,还有京族诗人苏虎棠和侗族青年作者黄钟警等。这是他用心指导和帮助最多的几位。他们都亲切地叫他"莎老师"。青年作者在莎红的辅导下成长很快,李甜芬、黄钟警后来都在全国少数民族文学创作评奖中和莎红一道获奖。在莎红的心中,这比他自己获奖还有高兴。莎红对青年作者的培养和帮助,在文坛成为令人感动的佳话。

我在上大学前写过一阵子诗,当时在《广西文艺》和《桂林文艺》等刊物发表过几首。上大学后转为写散文、小说和研究论文了,因而没有直接送诗作给莎红指教,算不上他的学生。但他的诗作和奋斗精神深深地感染着我。他的诗,清新朴实,意境优美,既有民族韵味,又有时代气息,是壮族诗歌的佳品。

1982年初,我刚到广西文联工作不久,去他家探望他时,他送给我一本《山欢水笑》。这是他的第一本诗集,1979年由广西人民出版社出版,收入诗作53首。其中《山乡园丁组诗(四首)》《马驮医院组诗(五首)》《三江口问答》等诗颇得赞誉。他在《山欢水笑》扉页题签"李建平同志指正　莎红",没有写年月日。后来,他又出版了一本诗集《边寨曲》,也送给了我,同时在扉页题签"李建平同志指正　莎红　一九八三年五月三十一日"。《边寨曲》于1982年10月由漓江出版社出版,收入诗作65首。韦其麟为其写了题为《写在〈边寨曲〉的前面》的序言,热情赞许了莎红

莎红签名本《山欢水笑》《边寨曲》书影

---

①　黄乃康:《莎红传》,漓江出版社,1990,第101页。

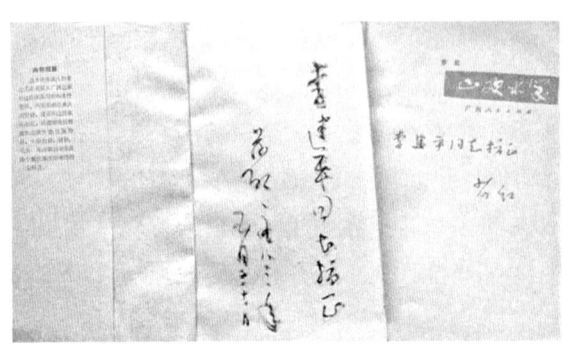

莎红签名本《山欢水笑》《边寨曲》题签

的创作态度和与病魔斗争的战斗精神,称赞"莎红的诗依然充满着青春的激情和热力",并准确地评论说:"莎红是依靠写真正的民族生活,真实地反映各民族人民的思想情感,依靠他对这些民族的一片真挚的热爱之情,使他的作品具有民族特色的……对各族人民的热爱和敬重,这恐怕也正是莎红的诗歌创作取得令人赞赏的成绩的一个十分重要的原因。"韦其麟的评论,道出了莎红诗歌的魅力所在。莎红的作品,我很喜欢读。

莎红是壮族当代文学的代表性作家,在壮族当代文学史上占有重要地位。我在《广西文学50年》里,将莎红列为继韦其麟之后排第二位的广西当代壮族诗人来论述。他诗歌的魅力,来源于民族生活、民族精神融汇而成的民族特色。莎红曾说过:"我热爱少数民族山区,我热爱少数民族兄弟,故在我的诗作中,绝大部分是反映少数民族生活的。"①他几十年来一而再再而三地涉足壮、瑶、苗、侗、毛南、彝、京、仡佬等民族居住区,触摸人民的思想与感情脉搏,体验民族的性格和心理内核,写出了绚丽和感人的诗作。为了表彰和纪念莎红在文学创作上的贡献,广西壮族自治区人民政府于1983年2月授予莎红"广西壮族自治区劳动模范"称号。

1985年3月15日,刚60岁的莎红被病魔折磨20年后倒下了。熟悉他的人们,闻之无不悲痛。许多人赶来吊唁。他在文艺圈的老朋友来了,他长年辅导的青年诗人来了,喜爱他的读者也来了。一位边防战士留言道:"在自卫反击作战激烈进行的时刻,您风尘仆仆赶到了炮火纷飞的边防前线,我们急切地说'莎老,这里太危险,我们马上送您到后方去,

---

① 吴重阳、陶立璠:《中国少数民族现代作家传略》,青海人民出版社,1980年。

等炮火停了您再来'。您却坚定地说'不,我来得正是时候!这里也是作家的战壕。为了祖国,我不惜流尽最后一滴血'!您的边防组诗,是在血与火交织的战地写成的,是在隆隆的炮声中,从死神的魔爪里夺来的。"①家父虽已70多岁,也不管"长者不送幼"的顾忌,从桂林赶到南宁,来吊唁他心爱的学生。我陪家父参加了莎红追悼会,一道怀念这位好朋友、好诗人。

人们长久怀念莎红。我的大学同班同学、长期受到莎红关怀和辅导创作的青年作家黄乃康,含泪写了一本《莎红传》,1991年由漓江出版社出版。这是广西文学史上第一本记述壮族作家生平和人品精神的长篇传记著作。《莎红传》详细记载了莎红一生的奋斗经历,鲜明地勾勒出莎红奋发奉献的高大形象,将其高尚精神留传给广大读者,是一本难得的好书。2004年,我也怀着追思怀念之情,写了一篇近一万字的莎红传记,送到中央民族大学赵志忠教授手上,编入《20世纪中国少数民族文学百家评传》(辽宁人民出版社2007年出版)。

"安息吧,诗人兼战士的莎红!"这是著名作家,广西大学中文系主任、教授,广西壮族自治区政协副主席秦似吊唁莎红题写的悼词。"诗人兼战士"是对莎红最好、最准确的评价。

2021年3月15日

---

① 黄乃康:《莎红传》,漓江出版社,1990,第155页。

黄海澄签名本：
《系统论 控制论 信息论 美学原理》《艺术价值论》

黄海澄（1933— ），山东郓城人。哲学家、文艺理论家、教授。历任中央民族学院武汉分院教师，广西师范大学中文系主任，广西艺术学院副院长、教授，中华美学学会理事，中国文艺理论学会常务理事，中外文艺理论学会理事，中国美育学会常务理事，广西美学学会会长等。系中国作家协会会员，获"有突出贡献的中青年专家"称号，享受国务院颁发的政府特殊津贴。著有《系统论 控制论 信息论 美学原理》《艺术的哲学》《艺术价值论》等。

黄海澄教授是20世纪80年代中国新时期文艺新学科新理论的先驱，在文学新思维大潮里，他以"系统论控制论信息论美学"在哲学界和文艺理论界著名。他创立的"艺术价值论"学说，发展了我国当代文艺理论体系，影响一代学人的知识建构。1985年，他由广西师范学院（今广西师范大学）中文系主任岗位调到广西艺术学院担任副院长，由桂林来到了南宁。我在多次文艺会议上聆听他的精彩发言，渐渐与他相识。于是有幸获得了黄教授的《系统论 控制论 信息论 美学原理》和《艺术价值论》两本赠书，学习之后，我的文艺思想获得很大提升。

1984年初，黄海澄在《当代文艺思潮》第1期发表了《从控制论观点看美的客观性》。这篇文章，与林兴宅的《论阿Q性格系统》、孙绍振的《从发生认识论的结构与建构看文艺欣赏》等文章一道，构成了文学研究新方法论在文艺理论研究领域的第一批成果。之后，黄海澄又接连发表了《从控制论观点看美的功利性》《从马克思主义和现代控制论观点看审美现象》等论文。他的控制论美学研究成果，得到了学术界的重视和称赞。1984年春，时任中共中央宣传部副部长贺敬之在中国作协工作会议上谈到理论研究的突破和发展问题时，提到黄海澄的《从控制论观点看美的客观性》一文，认为文章符合马克思主义的基本理论和基本原则，值得肯定。《文艺理论研究》将其控制论美学研究方法作为当今文艺学研究的六种方法之一加以综述评介。1986年，他的专著《系统论 控制论 信息论 美学原理》由湖南人民出版社出版。他送给我一本，在扉页题签"建平同志存念 黄海澄 八九、十一、廿九"。后来，他又送给我《艺术价值论》，在扉页题签"建平同志指正 并祝新春快乐 黄海澄 一九九五、一、八"。这两本书是我的宝贵珍藏。

黄海澄签名本《系统论 控制论 信息论 美学原理》《艺术价值论》书影

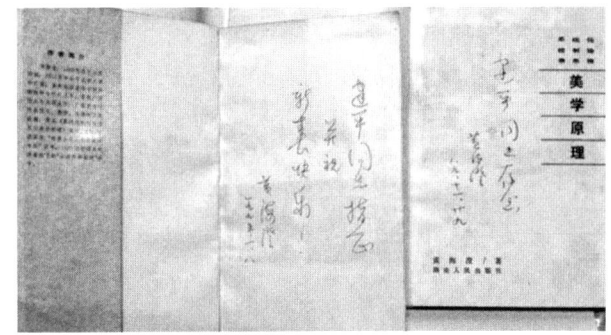

黄海澄签名本《系统论 控制论 信息论 美学原理》《艺术价值论》题签

研读黄教授的著作后，我逐步认识到他的系统论控制论信息论美学理论，已在一定程度上丰富和发展了审美价值理论。他在《从控制论观点看美的功利性》一文中指出，将审美价值等同于使用价值是一种狭隘功利主义美学理论。他提出了美的系统功利论的观点。在完成《系统论 控制论 信息论 美学原理》一书之后，黄海澄开始致力于价值论文艺学体系的建构。20世纪80年代末，他发表的《关于价值问题的几点商榷》《价值论与真善美》《从哲学上看价值的本质》《论价值关系网并评"价值真理"论》《论价值与感情》等论文，为价值论文艺体系的建立奠定了基础。

说实话，由于我的文艺理论基础薄弱，当初读黄海澄教授的这些理论文章时是很头疼的，哲学性太强，又有系统论控制论信息论等包含大量新信息的现代性理论，很难读下去。后来，我在撰写《新潮：中国文坛奇异景观》一书时，为了写"新潮理论"这一章，潜下心来反反复复地读了好几遍他的文章，并通过阅读其他文献，慢慢学习领会，才稍稍有所理解，得以归纳成文。我将他的"文艺价值论"和孙绍振的"文艺形式论"、林兴宅的"文艺象征论"以及"文艺主体论"组成20世纪80年代"文艺新论"四家做了介绍。此番研读，使我在原有文艺理论的基础上获得了许多新的知识，产生新的思维。

研读黄教授的《系统论 控制论 信息论 美学原理》《艺术价值论》之后，我又找了他的《艺术的哲学》《文艺学与价值论》等著作以及发表在报刊上的论文进一步学习。我看到，这些创新理论成果，从不同侧面触及了文艺的本质，突破了文艺是"思想的形象化"的传统认识，更完整、更清晰地揭示了文艺的本来面目。黄教授的理论成果，正是以揭示真理一角的作用，实现了自己的存在价值。可以认为，当一个个有学理基因、学术体系和创新思维的理论家的理论成果以鲜明的一元面貌出现时，一个具有当代科学共有的整体化、系统化特征的当代中国文艺理论新体系，必将在多元互补、多元综合的过程中建立起来。因此，我认为："黄海澄教授的'文艺价值论'，就是从独特的视角揭示文艺本质一种科学理论，对于促进中国当代文艺理论体系建设，具有积极而又十分重要的作用。"[①] "文艺价值论"是我们从事文艺理论研究的学人不可或缺的理论素养和常读功课。

2012年春，黄海澄的学生为他举办八十大寿纪念会，我写了论文《对黄海澄"艺术价值论"的认识与评价——纪念黄海澄教授八十诞辰与

---

① 李建平：《对黄海澄"文艺价值论"的认识与评价——纪念黄海澄教授八十诞辰与从教五十六周年》，《艺术探索》2014年第2期。

从教五十六周年》参加会议,当场向他祝贺健康长寿!这篇论文被《艺术探索》主编李普文看中,在2014年第2期发表了。几个月后,我和黄海澄又在2012年广西文艺论坛暨《广西当代文艺理论家丛书·第一辑》研讨会第九届广西文艺评论奖颁奖仪式上见面。看到他身体健硕硬朗,我十分高兴。如今,每当我在书架上翻阅到他的著作时,我就想到他那慈祥的面容。

2012年作者与黄海澄(右)合影

2022年5月14—15日,一群学人又聚集在美丽的南湖之滨,祝贺黄教授九十初度,并召开黄教授治学65周年学术研讨会。那天,我又高兴地见到黄教授健康的身影,再次听到黄教授的谆谆教诲。我写了一篇文章《好书常诵人慧明——读黄海澄教授赠书感言》并在会上发了言,表达了祝愿黄教授身体健康、生活幸福、长寿百年的美好心愿!

2022年1月27日初稿,2022年5月20日改定

丘振声签名本：
《壮族图腾考》《桂林山水诗美学漫话》《跋涉集》

丘振声（1934—2015），笔名丘峥、赵平、林泉等。广东惠州人。文学研究家、文艺评论家。历任广西艺术学院文艺理论教研室负责人，广西社会科学院文学研究所所长、研究员，《沿海企业与科技》杂志社总编辑，广西抗战文化研究会会长，广西作家协会理事，中国《三国演义》学会理事。系中国作家协会会员，获"有突出贡献的中青年专家"称号，享受国务院颁发的政府特殊津贴。著有《三国演义纵横谈》《三国演义回评本》《壮族图腾考》等。

丘振声是广西社会科学院文学研究所第二任所长（任职时间：1985—1994年）。1985年，我调到该所时就在他的领导下工作。他是一位学养深厚、人品高洁、令人敬重的学者，他的学术思想和学风人品给我较大

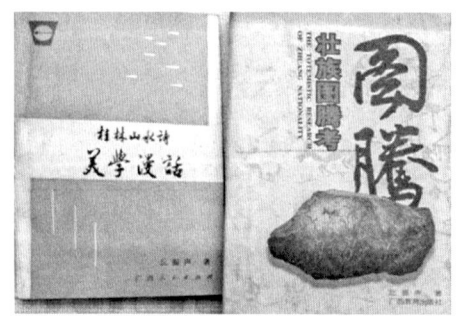

丘振声签名本《桂林山水诗美学漫话》《壮族图腾考》书影

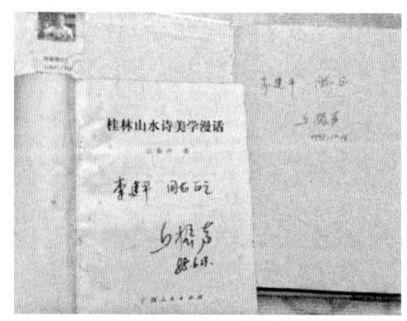

丘振声签名本《桂林山水诗美学漫话》《壮族图腾考》题签

影响。

丘振声学术成就卓著，在《三国演义》研究、民族文化研究、文艺评论、桂林抗战文化研究等多个领域都有所建树，尤其在古典文学研究和民族文化研究方面著述颇丰，代表著作有《三国演义纵横谈》《水浒传纵横谈》《中国古典文艺理论例释》《三国演义回评本》《元人诗词赏析》《壮族图腾考》等，有的被翻译为日文版、越文版等。他是广西社会科学界成就极高的学者之一，也是第一个获得"有突出贡献的中青年专家"荣誉称号的学者。他先后赠我多本著作，计有《三国演义回评本》《壮族图腾考》《桂林山水诗美学漫话》《新竹集》《跋涉集》《艺术概论》《文化·文学·民俗》等。我仔细阅读了他的大部分著作，还给《艺术概论》和《三国演义回评本》两书写过书评①。

1994年，丘振声60岁时按照退休管理规定不再担任文学所所长，但继续担任广西抗战文化研究会会长，之后又担任《沿海企业与科技》杂志社总编辑。1997年，丘老师患脑梗，留下了后遗症，给他的生活带来很大影响。1999年，他和妻子一道转到香港居住，因为他们的女儿在那里工作。2000年，我利用到香港考察的机会，和几位同事一道去丘老师香港居所看望了他和师

丘振声签名本《跋涉集》书影

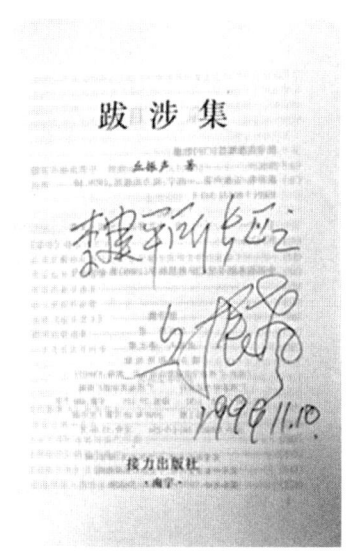

丘振声签名本《跋涉集》题签

---

① 两篇书评为：《人类需要艺术的滋养》（与黄海云合作），发表于《社科经济信息》1999年第2期；《〈三国演义〉研究的新尝试》，发表于《艺术探索》2014年第3期。

1999年11月丘振声（左）离南宁赴香港定居前与作者合影

2014年丘振声先生在"丘振声学术思想研讨会"会上发表感言，左为丘夫人凌素芳

母。虽然居住条件十分困难，身体也不太方便，但丘老师仍然坚持笔耕不辍，在写《壮族神话考》。他告诉我，该书已基本完稿，在修改完善中。他说，他要完成在广西时就计划的"壮族三考"研究计划，接下来要写《壮族巫术考》。我为他不懈追求奋斗的精神所感动。

2014年，丘老师返回南宁居住了一段时间。其间，我和同事一道去看望他，带去了我们还在继续办的《沿海企业与科技》和《抗战文化研究》两个刊物，并向他汇报。他很高兴地翻看了刊物。2014年3月，是丘振声先生八十华诞，我经过请示获得广西社会科学院领导同意后，立即开展筹备研讨会工作。2014年3月21日，由广西社会科学院主办，广西社会科学院文化研究所、广西抗战文化研究会和沿海企业与科技杂志社三单位联合承办的"丘振声学术思想研讨会"在南宁召开。广西社会科学院副院长黄天贵、原党组书记兼副院长朱荣以及丘振声先生的好友20余人出席会议。会上，黄天贵、朱荣、顾绍柏、陈肖人、农冠品、李普文、廖子良、黄海云、潘健等专家发言，总结了丘振声先生的学术思想和成就。我也发了言，还宣读了著名《三国演义》研究专家、四川省社会科学院文学所原所长沈伯俊先生通过邮件发来的贺诗。青年学者黄海云代表主办单位向丘老师献花,大家祝丘老师生日快乐,健康长寿!丘振声在会上发表感言。他面带笑容,满怀喜悦,看得出他心情十分激动。

我为这次会议预先写了发言讲稿,表述了我对丘老师的学术成就和人品学风上的敬佩。文字不长,全文如下:

春分时节,地暖气和,恰逢丘振声先生八十华诞,我们聚集在这里,召开"丘振声学术思想研讨会",研讨他80年来的学术成就与学术思想,祝福他健康长寿,是十分愉快和有意义的事。

丘老师大学毕业后由广东来到广西工作,先在广西艺术学院任教,年近50岁时来广西社会科学院工作,担任文学艺术所所长10年,退休后仍继续坚持社科研究工作,成果丰硕,学风与人品也给我们以良好示范和深刻影响。这里,我谈谈感受最深刻的几点。

一是功底深厚,学力非凡,努力开拓学术新境界。丘振声先生青年时研究艺术理论,经过一二十年的积淀,中年开始大放光彩。他首先在《三国演义》研究上取得突破,成为全国知名的《三国演义》研究专家,其代表作《三国演义纵横谈》影响广泛,在日本翻译出版,在台湾地区以直排繁体字版出版。接着,他在桂林抗战文艺、山水美学、文艺评论尤其是戏剧评论方面再创佳绩,是广西抗战文艺研究的主要推手和文艺评论界的重

2014年"丘振声学术思想研讨会"与会人员合影,前排左四为丘振声先生

要评论家，对广西文艺发展起到积极的推动作用。在他退休后的老年时光里，他又在民族民间文化研究方面开始了新的探求，完成壮学著作《壮族图腾考》。从他的学术经历可以看到，他在古典文学、文艺评论、山水美学和民族民间文学、抗战文艺研究等多个领域都做了开拓性的努力，做出了突出成绩，其深厚的学术功底，遒劲的学术功力，不懈的学术追求，令人感慨钦佩。

二是成果丰硕，学术贡献大。细数丘老师的学术成果，在古典文学研究方面有《水浒传纵横谈》《中国古典文艺理论例释》；在抗战文艺研究方面，编选《抗战时期文化研究资料·戏剧研究》，与朱荣主编《桂林抗战文艺词典》、与魏华龄主编《桂林抗战文化研究文集》；在山水美学方面的成果有《桂林山水诗美学漫话》；在民族民间文化研究方面，与范阳主编《广西民族民间文艺研究丛书》30册，成为广西民族民间文化研究极厚重极全面的成果之一。此外，他还出版有《新竹集》《拓播集》《跋涉集》《广西当代文艺评论家文集·丘振声集》等评论集多部，是广西社会科学院和广西社科文化界成果极为丰硕的学者之一。他在上述方面的学术成就，使他在广西第一至第四次社会科学优秀成果评奖中，连续四次获得二等奖。他还获得过广西文艺创作铜鼓奖。1986年，在首批国家有突出贡献的中青年专家评选中，他成为广西社会科学院也是广西社会科学界第一个获此殊荣的专家，为广西社会科学院争得了荣誉。

三是学风端正，态度严谨，不图名利，潜心做学问的学人风范。丘老师曾说，我没有什么爱好，只是爱读书爱思考而已。他以读书思考写文章为生活的全部追求，以严谨踏实的学风开展文艺研究，勤勤恳恳，踏踏实实，广猎知识宝库，深探科学真理，严做学术考证，遵守学术道德，由此立起坚实的学术高峰，成为社会科学界尤其是文化研究界一道绚丽的学术风景，让我们在研习其深邃内涵深刻思想的同时，深受其良好学风和高尚人品的陶冶。

丘振声先生在担任文学所所长的同时，还担任了广西抗战文化研究会会长和广西中国文学学会副会长等职务，退休后又担任《沿海企业与科技》杂志社总编辑，他在文学组织、学会管理和刊物编辑等方面的策划创新的成就，还有很多很多，也值得我们认真总结整理。限于时间关系，这里不再详述。今后我们要继续研究，发扬光大。

多年来，丘老师对我本人的教导和关心培养，也让我深受教益，感慨良多。我心中永存感念！时间关系，许多老师和朋友还将发言，我的话语就归结为一句话，衷心祝愿丘老师，也祝福师母：身体健康、生活幸福、万事如意！

谢谢！

我钦佩丘老师的学术成就，更赞许他的人品和学风。我常怀对他的感激之心。为此，我除了写两篇书评，还写了三篇介绍丘老师生活的文章。第一篇是传记性长文《名著奥秘的探索者——记国家级专家丘振声》，一万多字，发表于《青少年研究》1992年第2期；第二篇是记叙他退休后生活的文章《"豪情岂必随人老"》，发表在《老年知音》1997年第3期；第三篇是《丘振声丹心赤子情》（与黄海云合作），作为附录收入他的论文集《跋涉集》。2011年，广西文联决定编辑一套《广西当代文艺评论家文集》，选20位评论家编20本，丘老师也在当选的20位评论家中。由于他人在香港，身体又有疾病，经编委会商量，决定请人帮他选编文集，并希望我来做这件事。我每年要选编"两书一刊"（《抗战文化研究》辑刊、《广西蓝皮书：广西文化发展报告》和《沿海企业与科技》杂志），当时又在紧张地进行2009年国家社科基金艺术学项目"桂林抗战艺术史"的写作，还有担任所长所要承担的各种事务和会议等，时间实在太少，但出于对丘老师的敬重和由衷的感谢，我还是接受了这份工作，与编选自己的评论集一道进行，尽最大的精力完成《广西当代文艺评论家文集·丘振声集》的选编工作，并将这本评论集送到他的手中。

丘振声大学毕业后来广西工作，一辈子献给了广西的山山水水，为广西社科事业和学术发展做出重大贡献。我们不应该忘记这位博学、睿智、善良的学者。常读他留下的著作，承继他未完成的学术课题，是我们怀念他的最好方式。

2021年3月15日

包玉堂签名本：

《清清的泉水》《红水河畔三月三》《山花寄语》

> 包玉堂（1934—2020），仫佬族。广西罗城人。曾任广西壮族自治区文化局副局长、党组副书记，广西作家协会副主席。著有《虹》《歌唱我的民族》《清清的泉水》等。

包玉堂是仫佬族诗人，是当代广西少数民族诗歌的代表性人物。在中国当代少数民族文学史上，他是与韦其麟齐名的广西极负盛名的诗人。

包玉堂是广西作家协会副主席，专职作家。1982年，我到《广西文学》编辑部工作后，有几年上班时经常见到他。那时他四十几岁，很有精神，显得年轻，也感觉他身上时常洋溢着青春的朝气。这大概是诗人气质的呈现吧。

包玉堂的诗，以20世纪50年代创作的一批歌颂新生的祖国、赞美新的生活、抒发民族新情感的诗作写得最好，也最为引人瞩目，如《回音壁》《歌唱我的民族》《仫佬族走坡组诗》《高山瑶寨春常在》《虹》《为社会主义歌唱》等。热爱祖国、热爱社会主义、歌唱我们民族的幸福生活的情感和思想，成为他诗歌创作的中心内容。正如闻征在对《回音壁》的评论中所说，包玉堂的诗作"称得上是一个民族一个时代生活的回响，还可以说也是一座生活的回音壁"[①]。

从1956年起，包玉堂坚持诗歌创作五十余年。他出版的诗集有《虹》（发表于《人民文学》1956年8月，广西人民出版社出单行本）、《歌唱我的民族》（诗集，收入19首诗作，上海新文艺出版社1958年出版）、《凤凰山下有花开》（诗集，收入43首诗，广西人民出版社1959年

---

① 引自《文学书窗》，1984年12月13日人民文学出版社编印。

9月出版)、《在天河两岸》(收入诗46首,广西人民出版社1973年出版)。20世纪80年代后,又出版了《乡情集》《回音壁》等诗歌集和《山花寄语》散文集。他的作品曾先后获得全国第一届少数民族文学创作奖,全国第二届、第四届少数民族文学创作奖一等奖。作为民族文学作家,他的创作成果是丰厚的,在内容上所表现的生活十分广泛,艺术上也具有色彩斑斓、民族特色鲜明的特色。白润生在《苦海过来人,高歌唱解放——浅谈仫佬族诗人包玉堂的诗歌创作》一文中评论,包玉堂的诗"为少数民族文艺的繁荣和发展,创出一条崭新的道路来"!

2001年,我在写《广西文学50年》(漓江出版社2005年出版)的"绪论"时,写了这么一段话:"这一时期,韦其麟、包玉堂等一批民族作家、诗人脱颖而出。他们与新中国成立前就从事现代文学创作的老作家汇合为崭新的文学创作力量,并以极富于广西民族特色和地域特色的作品开创了广西文学的新局面。1959年3月,广西作家协会成立,作家们在作家协会组织下创作激情喷发,尽管在'文革'前十六七年中,文艺界也曾出现过'左倾'做法,不同程度地干扰了创作自由,但也未能阻挡广西文学飞速发展步伐,而在这一阶段里形成了第一次创作高潮,即20世纪50年代以韦其麟、包玉堂、陆地、苗延秀等少数民族作家为代表的民族文学创作高潮,其长诗《百鸟衣》《虹》《大苗山交响曲》,长篇小说《美丽的南方》,抒情诗《回音壁》等在全国形成影响。"这里,包含了对包玉堂在广西当代文学史的定位和价值评价。

包玉堂与我岳母刘业锦是广西作家协会的同事,也是诗友。我现收藏的包玉堂的签名

2000年作者与包玉堂(右)合影

包玉堂签名本《红水河畔三月三》《山花寄语》《清清的泉水》书影

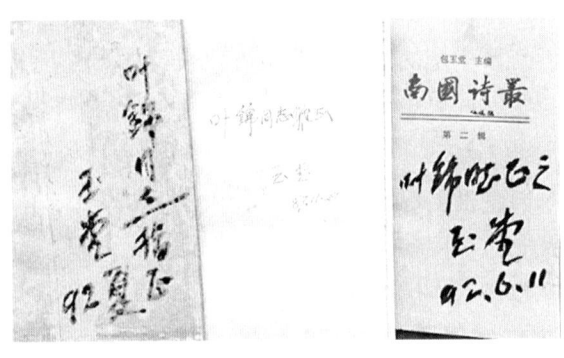

包玉堂签名本《山花寄语》《清清的泉水》《红水河畔三月三》题签

本，是他赠送我岳母的《清清的泉水》《红水河畔三月三》《山花寄语》三本。《清清的泉水》是叙事诗集，收入诗作8首，有根据民间传说故事整理、改编的《牛腿琴的传说》《虹》，也有根据革命历史事迹和新时期新生活题材创作的《清清的泉水》《沙妹子的歌声》《少年英雄颂》等，还有一首民间童话诗《小猫和老虎》。该书1987年由广西人民出版社出版，包玉堂在其扉页题签"叶锦同志雅正　玉堂 87.11.29"。《红水河畔三月三》是包玉堂在20世纪80年代写的一批诗作的结集，1991年由漓江出版社出版。诗作分为"写在桂西老苏区的土地上""春色满壮乡""红水河畔三月三""唱给鞍钢"四辑，收入诗作34首和《自序》。《山花寄语》是散文和散文诗结集，1991年由广西民族出版社出版。该书收入散文诗6首，散文23篇，陆地写了序言《涓涓清流——序〈山花寄语〉》。

我岳母刘业锦的情况，在"秦兆阳签名本"里有介绍，这里不赘述。包玉堂赠送给她的签名本，现在由我和妻子收藏。

先人已逝，诗文犹存。感谢你们留下诗与美！

2022年3月7日

韦其麟签名本：
《百鸟衣》《壮族民间文学概观》《纪念与回忆》

韦其麟（1935— ），壮族。广西横县（今横州市）人。诗人、教授，壮族现代代表性作家。曾任广西文联主席，广西师范学院（今南宁师范大学）教授，第五、第六届中国作家协会副主席，第四、第七届广西政协委员，第六届全国政协委员。著有《百鸟衣》《凤凰歌》《寻找太阳的母亲》《壮族民间文学概观》等。

韦其麟是第五、第六届中国作家协会副主席，第五届广西文联主席。他在20世纪50年代创作的民族叙事长诗《百鸟衣》，艺术成就高，影响广泛，成为新中国少数民族诗歌的代表作和中国当代少数民族文学的经典。

很早就听闻韦其麟的大名，我读大学期间听说他在1976年后调回广西文联《广西文学》编辑部任编辑。1982年1月，我大学毕业被分配到《广西文学》编辑部工作，经过打听，才知道韦先生在一年前已调到广西师范学院（今南宁师范大学）当教授了。我很遗憾失去了直接向他请教的机会。一直到2002年，我获得广西社科规划项目"新中国50年广西文学史"立项，开始收集文学资料时，才写信与他联系。他很快给我回了信，全文如下：

建平同志：

您好！

现遵"征集作家照片的通知"，寄上：

1.我本人的生活照一张。

2.以长诗《寻找太阳的母亲》为书名的叙事诗集的封面照片一张。

3.《百鸟衣》初版插图两幅。

《百鸟衣》人民文学出版社1959年9月版的插图一幅。

以备选用。

谨此

敬礼

韦其麟
（2002）3.12

韦其麟在20世纪50年代后期受到不公正待遇，被下放到林场、药用植物园等单位劳动。改革开放后，他回到文化部门，又重新开始创作。在20世纪八九十年代里，他又出版了诗集《寻找太阳的母亲》《含羞草》《苦果》，散文诗集《童心集》《梦的森林》等，其中长篇叙事诗《莫弋之死》《寻找太阳的母亲》《山泉》《四月桃金娘花开了》《俘虏》等，再次显现了他以壮族民间传说故事为题材进行再创作的娴熟技巧和优异成就。继《凤凰歌》获得全国第一届少数民族文学创作奖一等奖之后，《寻找太阳的母亲》和《童心集》又分别获得全国第二、第三届少数民族文学创作奖优秀作品奖。此时期，他还完成了一部理论专著《壮族民间文学概观》，1988年由广西人民出版社出版。这是第一本全面评介壮族民间文学概貌，并对壮族民间文学的性质、特点和作用予以理论界定的理论专著。该书获得全国首届少数民族文学研究优秀著作奖。

我们在《广西文学50年》对韦其麟的创作以较大的篇幅做了介绍。在初稿写作中，我设计专章记载韦先生的创作活动和成就。2004年完稿后交给漓江出版社，出版社

2008年作者求教于韦其麟（右）时合影

2010年6月25日作者与青年学者黎学锐、黄璐一道采访韦其麟（左二）时场景

建议压缩一些章节和篇幅。于是将韦其麟与陆地的两章合并为一章，但各自原来的三节内容没有压缩，评述韦其麟的仍然是"韦其麟的创作经历""韦其麟的代表作《百鸟衣》""韦其麟的叙事长诗《凤凰歌》《寻找太阳的母亲》等作品"三节，共1万字。

韦其麟的成就卓著，名声显赫。1995年，他当选为中国作家协会副主席，成为中国少数民族作家的代表。韦其麟为人十分低调，待人真诚。2010年，我与两名曾经是我的研究生的青年学者一道去拜访韦先生，请教诗歌创作和对当代诗坛的看法。他热情接待我们，耐心解答提问，畅谈创作思想，使我们受益良多。

我收藏的韦其麟的签名本是他赠给我的《百鸟衣》《壮族民间文学概观》和《纪念与回忆》。《百鸟衣》是韦其麟大学时代创作的长诗，发表后获得大量好评。2005年出版的《广西文学50年》这样评论："《百鸟衣》是韦其麟最重要的创作成果。它是取材于壮族民间故事创作而成的叙事长诗。全篇塑造了古卡和依娌两个艺术典型。他俩为了争取婚姻自由和生活权利，同蛮横的封建统治者土司作了坚贞不屈而又富于智慧的斗争，终于以'百鸟衣'的计谋杀死了土司，两人双双骑马逃走，'像一对凤凰，飞在天空里'。全篇鲜明地反映了壮族人民的历史生活，也揭示了历史发展过程中的阶级矛盾和斗争。韦其麟通过古卡与依娌这两个鲜明的人物形象，不仅真实地描述了壮族人民在旧时代里遭受着野蛮残暴的封建统治者为所欲为的迫害、欺压，过着苦难的生活，重要的是表现

韦其麟签名本《壮族民间文学概观》《百鸟衣》《纪念与回忆》书影

韦其麟签名本《百鸟衣》题签

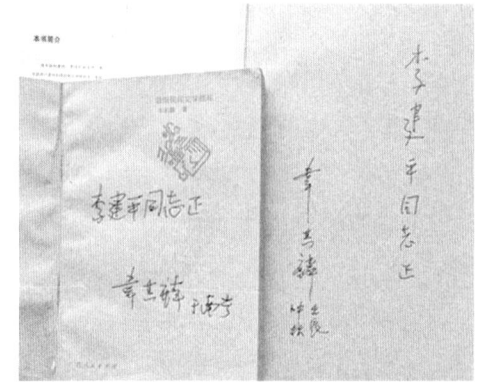

韦其麟签名本《壮族民间文学概观》《纪念与回忆》题签

了壮族人民为实现生活中美好的愿望,在生活中形成的那善良的品格和与封建统治者土司毫不妥协的斗争精神,写出了不屈不挠的民族性格。"正因如此,《百鸟衣》一出现,就引起了文坛的重视,受到了读者的热烈欢迎。它不仅将壮族文学带进了中国文坛,也向世界展示了新中国的少数民族文学的迷人风采。韦其麟由此登上中国文坛,并在国际上产生影响,被称为是"居住中国境内的少数民族中天才的代表人物"[①]。韦其麟赠给我的《百鸟衣》是1998年由漓江出版社的重印本。他在该书扉页题写"李建平同志正　韦其麟　于南宁　壬辰仲秋"。

另一本赠书《壮族民间文学概观》是他多年来从事壮族民间文学研

---

① [苏]奇施柯夫:《李准和韦其麟》,载《文学报》(苏联)1956年3月31日;《长江文艺》1956年第5期转载。

究的成果,也是他在广西师范学院(今南宁师范大学)教学期间教学实践的一个成果,1988年由广西人民出版社出版。该书内容简介说:"书中对壮族民间文学的各种体裁,诸如神话传说、民间故事、寓言童话、民族歌谣和长篇叙事诗等,都做了全面系统而深入的研究,并对代表性的作品进行深入浅出的艺术剖析,指出它们的历史意义和美学价值,做到学术性与可读性的统一,是一部内容丰富、饶有趣味的学术著作。"这本书介绍壮族民间文学体裁广泛,内容丰富,论述各体裁民间文学的特点准确精当,关于壮族民间文学与其他民族民间文学的交流与联系的论述条例清晰,理论深刻,给我许多壮族民间文学的知识和研究启发,对我的研究工作帮助很大。我时常推荐该著作给我的研究生和单位里的年轻科研人员学习。韦其麟在该书扉页题写"李建平同志正 韦其麟 于南宁"。

韦其麟还送给我他的回忆录《纪念与回忆》。该书为"广西政府参事文史馆员丛书"之一种,2012年由广西师范大学出版社出版。书的前半部是怀念17位难忘的师长和朋友的纪念文章,包括刘绶松、程千帆、陈白曙、秦似、陆地、苗延秀、胡明树等文学前辈和黄青、莎红、海雁、侬易天、谢民等文坛好友,作者的笔墨饱蘸深情。后半部是作者生活历程的回忆文章,计16篇,其中记叙童年生活和青年读书时代的几篇以及记叙20世纪60年代被下放时的几篇,内容丰富,细节生动,对了解作家生平思想和创作背景十分重要。该书在韦其麟的著作体系中,是一本十分特殊和重要的书。韦其麟在赠书的扉页题签"李建平同志正 韦其麟 壬辰仲秋"。我很喜欢这本书,常常翻阅,且沉浸在书中描写的时代和环境之中。

我收藏的签名本,除了名家师长和好友惠赠自己的外,还有一些通过其他渠道获得的作者赠予他人的签名本,如他赠给在广西文联工作时的同事、诗友刘业锦的好几本签名本,计有《百鸟衣》(人民文学出版社1978年版)、《凤凰歌》(广西人民出版社1979年版)、《含羞草》(湖南文艺出版社1987年版)、《童心集》(漓江出版社1987年版)、《梦的森林》(广西民族出版社1990年版)等。《百鸟衣》《凤凰歌》是长诗,《含羞草》是短诗集,《童心集》《梦的森林》是散文诗集。受书人刘业锦,笔

韦其麟赠刘业锦签名本《含羞草》《凤凰歌》《百鸟衣》《梦的森林》《童心集》书影

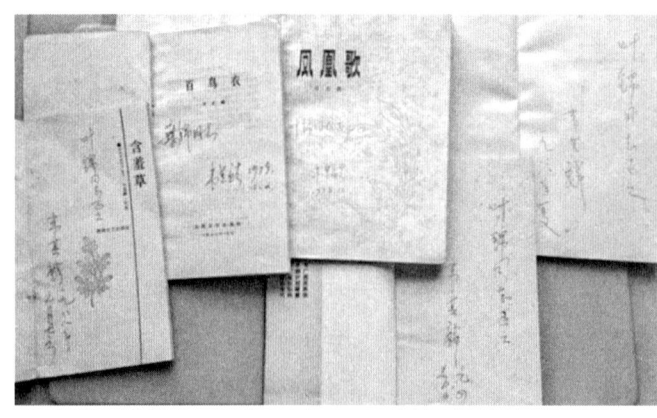

韦其麟赠刘业锦签名本《含羞草》《百鸟衣》《凤凰歌》《梦的森林》《童心集》的题签

名叶锦,长期在广西文联工作,曾任广西作家协会秘书、广西作家协会儿童文学委员会副主任、广西曲艺家协会常务副主席,主要从事诗歌和儿童文学创作,2002年加入中国作家协会。刘业锦是我岳母,2015年病逝。她收藏的签名本,现在由我和妻子继承收藏。我们很珍惜长辈们在工作和创作中建立的友谊,用心珍藏这些珍品。

韦其麟人和善,性谦逊,思活跃,文绚丽。他的诗作和人品在文学界有口皆碑。几十年来,有许多学人投入研读韦其麟诗作的工作中,并受到其思想和人格的影响。近几年,又有青年学者钟世华对韦其麟的创作和生平做深度研究,编写了一本《文学桂军研究资料丛书·韦其麟研究》由云南大学出版社出版。我阅读该书后感到这是一部用了功夫、写出水平、质量颇高的研究成果。仅从资料收集这一点来说,它较20世纪80年代周作秋编选的《韦其麟作品系年(1953—1983)》增添了大量新史料,也对周作秋本中的许多遗漏和错误之处做了补充和订正,难能可贵。我读后写了一篇书评《不断深化对文学桂军的系统性研究——从〈韦其麟研究〉看〈文学桂军研究资料丛书〉的价值》，《文艺报》2020年7月3日发表了。我希望有更多的学人开展对韦其麟这样的文学大家的研究，发掘出民族文化的宝藏，提炼出锻造民族精神的文化内涵，让民族文化精品永远流传。

2021年11月初稿，2022年4月11日修改

补记：2022年4月16日，我与钟世华、陈平两位青年朋友又去拜访了韦其麟先生。已87岁的韦先生和夫人宁女士接见了我们。韦先生身体精神俱佳，也很健谈，与我们闲谈中说到许多生活往事，谈到了他在下放劳动期间创作《桥墩》的遭遇和改革开放初期儿童诗集《童心集》出版的周折，也说了一些对当下文学评论的看法。在谈到我写的《时光书迹——来自签名本的温暖》系列文章时，他说他刚刚读到了《广西文学》2022年第2期发表的关于秦似、丘振声、彭匈、杨长勋等人签名本的文章，有史料价值，也好读，有些人物还可以再扩展些写。他还顺便谈起了与秦似交往的一些往事。他看了我写的"韦其麟签名本"一文，提出了"要客观、要实事求是地写"的原则，并说："我有三分成绩，就写三分，不要写成四分五分，更不要夸大为十分。当然，有的人把我贬为零分，也是不讲客观事实的。"他对末段文字中的"文学大家"一词提出异议。他说："我只是一个普通的写作者，不是大家。建议慎用'文学大家'一词，最好不用。"钟世华接着说了一句："这是评论家个人的看法，有的评论会略高一些，有的会略低一些，也是正常的，可以允许的吧。"韦先生没有再坚持，应该是默许了吧。因而，我还是保留了"文学大家"一词。

在谈到他的《童心集》时，钟世华说，其中的诗《彩虹》收入了小学生一年级课本，全国小学生都在读呢！我惊奇地说：真巧，我的外孙女正在读一年级，三月份我在北京居住时，有一周时间学校因新冠肺炎疫情停课，小学生居家学习上网课，我还陪她一起上语文课，读了课文呢！韦先生听后说，小钟为他编了一本配合小学生语文学习的童话诗新书，可以赠我家小朋友一本，另外还可以送一本《依然梦在人间》给我。

韦其麟签名本《彩虹桥》《依然梦在人间》书影

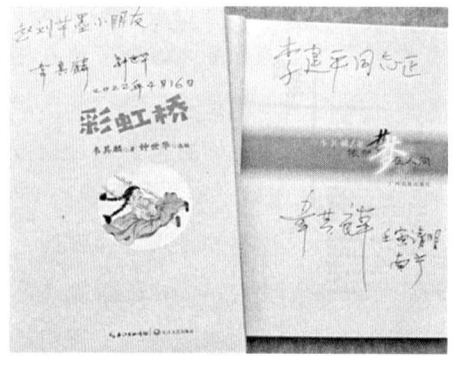

韦其麟签名本《彩虹桥》《依然梦在人间》题签

我大喜过望。这本《彩虹桥》，是韦其麟著、钟世华选编，2021年7月由长江出版传媒、长江文艺出版社出版的"小学语文同步阅读"读物。我说了我外孙女的姓名后，韦先生提笔在书的扉页题写"赵刘芊墨小朋友 韦其麟 2022年4月16日"，小钟也加上签名"钟世华"。韦先生在赠我的《依然梦在人间》扉页题签"李建平同志正 韦其麟 壬寅清明于南宁"。在欢快的谈话中时间很快就过去了一个半小时，在向韦先生和夫人致以健康长寿祝福之后，我们告辞了。

这次拜访，我收获满满。归家后翻阅两本新书，心中充满喜悦，立即拍照，将《彩虹桥》封面照和签名照用微信发给在北京的女儿，嘱咐她转给外孙女看。随即又打开电脑，写下这段"补记"。"签名本"的故事在延续。

2022年4月16日采访记

许敏歧签名本：
《风雨集》《诗海探珠》《荒原的苦恋》

许敏歧（1935— ），四川富顺人。诗人，教授。历任《诗刊》和《人民文学》编辑、广西大学教授、广西师范大学教授、广西散文诗学会主席、中国散文诗学会副主席。系中国作家协会会员。著有《霜叶集》《风雨集》《绿窗集》《荒原的苦恋》等。

许敏歧是我的大学老师，写诗时常用"敏歧"笔名。20世纪70年代前他是《诗刊》编辑，20世纪70年代初到广西大学任教，教授文学创作专业课程。我在上大学前喜爱写诗，也发表了几首。1977年10月恢复高考，我报名时第一志愿填了广西大学文学创作专业。1978年2月到广西大学中文系报到后，得知给我们上课的有王士菁、秦似、许敏歧、徐君慧等好些名作家、诗人和学者，十分兴奋。许敏歧是我们这批喜爱文学创作的青年男女崇拜的老师。

许老师热爱生活，充满激情，臧克家曾这样评论他："他，生龙活虎，有股闯劲。热情，容易激动。对事物的感觉敏锐。"[①]许敏歧给我们上课时已40多岁，在课堂上讲课仍是热情四射，情绪激昂，说到动情处，眼眶沁出泪花。20世纪70年代末80年代初，如朝阳初升的时光，那时的大学校园，是青春勃发之地。有许老师这样的教师授课，真让人感到生活的美好和奋斗的冲动。

许老师从20世纪50年代开始写诗。他的诗歌深沉、大气，有男人式的多愁善感。写于1961年秋的《拉骆驼的黑小伙》和《九里里山疙瘩十

[①] 臧克家：《风雨集·序》，《风雨集》，漓江出版社，1984，第1页。

里里沟》被谱成曲子在全国传唱。1976年后,许敏歧的创作进入高峰期,1984年漓江出版社出版了他的诗集《风雨集》,收入他20世纪60年代至20世纪80年代初期写的一些生活诗。1985年,他送了这本《风雨集》给我和我妻子。《风雨集》由臧克家写序,称许敏歧"是老朋友了"。臧克家评许敏歧的诗说:"精炼。有个人独立见解。有文采。"①《风雨集》题材广泛,分"边城速写""北京的花束""山野的歌""西北情思""大海涛声"五辑。地域涉及面宽,由边城写到京城,由山野写到大海,记下了诗人的时代感受,充满对生活的激情。随着诗人的视角,我们看到祖国走在新时代里的步伐。他的诗,精练、优美、形象鲜明,具有中国传统诗歌和民歌押韵并朗朗上口的风格。

20世纪80年代,许老师逐步转向写散文诗。他感到,在新的时代新

许敏歧签名本《风雨集》《荒原的苦恋》书影

许敏歧签名本《诗海探珠》《绿窗集》书影

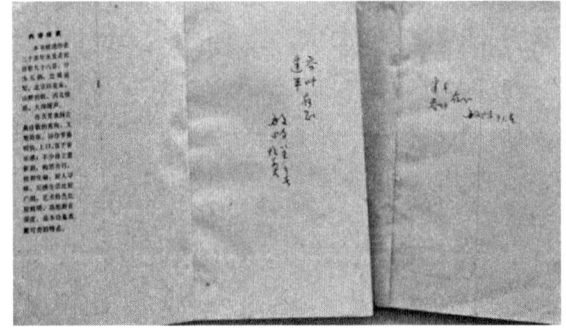

许敏歧签名本《风雨集》《荒原的苦恋》题签

---

① 臧克家:《风雨集·序》,《风雨集》,漓江出版社,1984,第1页。

的现实面前，散文诗更适合表达他的新感受。20世纪80年代后期，他编了《中国散文诗选》，接着又编了《黎明散文诗丛书》。他自己的散文诗后来编成《绿窗集》，1987

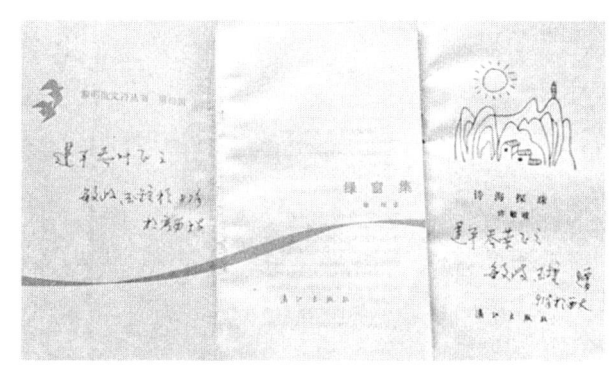

许敏歧签名本《绿窗集》《诗海探珠》题签

年由漓江出版社出版。《绿窗集》代表了他这一时期散文诗创作的成就。

20世纪80年代中期，他有近一个月的草原和北方边境之行。1990年，他写出第二本散文诗集《荒原的苦恋》，由广西人民出版社出版。通过这本散文诗集，许敏歧的散文诗已经被许多读者喜爱，被称为"敏歧式的散文诗"。他的散文诗有偏于散文的，也有偏于诗的，或许应当说是更多偏向于诗的。《绿窗集》中部分作品还有六百字及以上的篇幅，相对而言，《荒原的苦恋》篇幅更短小，语句更精练，许多作品寓意更深刻。读完《荒原的苦恋》可体会到西北旷野的荒凉、黄河流域历史的厚实、民风的古朴，然而包含着对时代的思考，孕育着希望。许敏歧在这一时期还出版了散文集《霜叶集》、散文诗集《经历荒原》。

许老师的诗集，大多送给我了，有《霜叶集》《风雨集》《荒原的苦恋》《经历荒原》《诗海探珠》。诗人的时代感触，对生活的火热激情和精美凝练的诗句，给我深深的艺术陶冶。我珍爱许老师的诗集。

20世纪90年代初，许老师离开南宁，调到广西师范大学文学院。2004年6月，我到桂林看望他。他当时对我说，他并不想到桂林来，但这是师母的意愿。师母王玉钟是画家，喜欢桂林优美的景致。他还说："我在广西师范大学不大习惯，还是怀念教你们七七、七八级的那个年代，怀念广西大学校园。"那次我是因为写《广西文学50年》去采访他。他给我赠送了新著的《经历荒原》和照片，并谈了他创作上的经历，谈到了青年时代在《诗刊》工作时受郭小川、臧克家等诗坛老前辈的直接影响、教诲的情景。后来，听说他回四川家乡买了房，大多

2022年6月4日,作者与妻子刘乔叶看望许敏歧老师(左二)时合影,左一为师母王玉钟

时间是在四川居住,与他的联系就慢慢少了。再后来,又听说"5·12汶川地震"时,他在都江堰附近的房子受到一些影响,房屋有些开裂。2019年,大学同学梁扬告诉我,许老师又迁回南宁了。于是,在春天的一个下午,我、梁扬、陈耀松和陆巨日一道去许老师家探望他。许老师见到我们,仍是那么高兴。我们给他送去《文心诗韵》,这是我们班同学为纪念大学入校40周年合编的诗文集。编选时,我们请许老师和金涛老师写了序。许老师翻看书本,感慨地说:"教了那么多学生,就是对你们七七、七八级的学生印象最深。我们有交流,讲课能投入。"师母王玉钟也在场,一同回忆一些我们在校时到老师家请教时的情景。

许老师跟我妻子一家很早就认识了。1965年时,许敏歧在《诗刊》工作,一次到广西出差,在接待工作中认识我岳母刘业锦。我岳母刘业锦是《广西文艺》编辑,也是诗人。他们相互交流诗作,又陪同到边关和壮乡采风,逐渐熟悉起来。20世纪70年代初,许老师被调到广西大学任教。当时我岳母在广西文艺创作办公室(即广西文联)工作。许老师来到南宁后,因文学创作稿件往来与我岳母时常联系,有时也到家中谈诗,还见过那时刚参加工作后来成为我妻子的刘乔叶。我妻子称他为"许叔叔"。这就是许老师给我的赠书都写上"建平 乔叶"或"乔叶 建平"两人名字的缘由。例如送给我们的《风雨集》,扉页题签"乔叶 建平存正 敏歧 八五年春于西大"。我们很感念许老师与我们一家的情谊。祝愿许老师和师母在南宁生活安宁,健康长寿!

2021年11月18日

万一知签名本：
《抗战时期桂林文艺期刊简介和目录汇编》

万一知（1937—2013），上海人。文化学者，高级编辑。曾任《广西日报》记者、新闻研究室主任、高级编辑，《南国早报》副总编辑，《广西老年报》总编辑，广西抗战文化研究会副会长。主要作品有《抗战时期桂林文艺期刊简介和目录汇编》《桂林文化城概况》等。

我是在读大学时知道万一知老师大名的。1980年，我在《广西师范学院学报》1980年第2—3期读到万一知的《桂林文化城记事》时，有一种如获至宝之喜。那时我正在收集桂林抗战文艺的资料，为撰写毕业论文做准备。万老师的这篇资料性长文，资料翔实、内容丰富、编排有序，给我的毕业论文写作以极大的帮助。就这个经历来说，万老师可以算是我从事桂林抗战文艺研究的启蒙老师。

万一知是最早从事广西（桂林）抗战文化研究的三五人之一。《桂林文化城记事》发表得早。很快，他和杨益群等人编选了一本重要的资料集——《桂林文化城概况》，1986年由广西人民出版社出版，内容包括抗战时期桂林文化运动大事记、文艺报刊介绍、出版的文学书目、文艺团队和文化人简况等，几乎涵盖整个抗战时期桂林文艺活动的情况。这本书加上丘振声等人编的《西南剧展》《欧阳予倩与桂剧改革》《文艺期刊索引》《桂林抗战文艺辞典》等，构成了开展桂林抗战文艺研究的资料基础。

万一知对桂林抗战文艺研究的贡献有目共睹。我虽然早就知道他的大名，但在1988年担任广西抗战文艺研究会（1996年改名为广西抗战文化研究会）秘书长后，才有机会与他见面相识。之后，交流渐渐多了起来。2001年，我担任广西抗战文化研究会第三届会长，请他担任副会

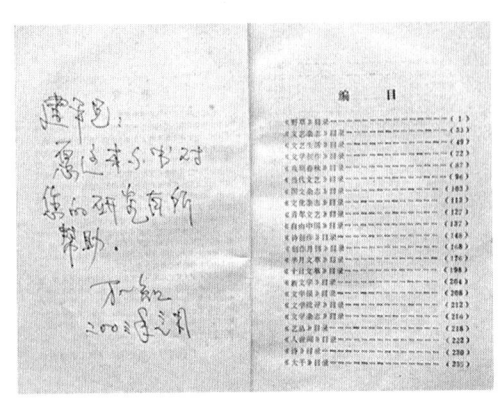

万一知签名本《抗战时期桂林文艺期刊简介和目录汇编》题签

长,之后他又连任了第四届副会长。每次开研讨会,他都来参加,发表高见,使到会的专家学者尤其是青年人获得颇多教益。

2003年,万一知赠送我一本他和苏关鑫合编的《抗战时期桂林文艺期刊简介和目录汇编》。这本资料集于1984年10月由广西师范大学中文系和科研处内部印刷,收入27种文艺期刊和2种报纸的文艺副刊。对每种刊物,先做概述性介绍,后刊刊物各期目录,展示详尽资料。1980—1981年,我刚开始做桂林抗战文艺研究时,也是从期刊做起的。那两年,我埋头在广西第一图书馆(今桂林图书馆)、广西第二图书馆(今广西壮族自治区图书馆)和北京图书馆(今国家图书馆)里,抄录所能见到的抗战时期桂林出版的文艺期刊的目录,并摘录重点文章的要点。这事还得到当时在北京读书的我的女朋友、如今的妻子刘乔叶的帮助。我请她在北京图书馆抄录了许多,后整理写成《"桂林文化城"期刊简介》一文,投到《广西大学学报》,在1981年第1—2期连载发表了。因此,我对期刊目录比较重视,也早就关注到万一知老师编辑的这本资料集。我找来看时,发现我和万老师所选的期刊大多相同,数量也相近,所用的方法也是一样的,就是以概述形式介绍期刊。我对比了一下,我的《"桂林文化城"期刊简介》介绍期刊28种,万老师的书介绍了27种期刊,另多《救亡日报·文化岗位》和《大公报(桂林版)·文艺》两个报纸副刊,共29种。我的文章和他的书有22种期刊是相同的,各自少了五六种:我的《"桂林文化城"期刊简介》少了《国文杂志》《半月文萃》《文学杂志》《青年生活》《半月文艺》5种,多了《抗战文艺(桂刊)》《中国诗坛》《文艺新哨》《战时艺术》《文学译报》《国民公论》6种。两个"期刊介绍"加起来,有35种报刊了。当然,万老师的书比我的文章厚重,它在"介绍"之后附上了各个期刊的目录,另外还注明了每种期刊收藏的图书馆。这为后来者提供了查阅的方便。万老师在赠书的扉页题签"建平兄：愿这本小书对您的研究有所帮助。万一知 2003年元月"。我在后来的研究工作中，确实常常翻开这本书查阅文章出处，寻找线索，得到许多帮助，真感谢万老师！

万老师还有一项重要的成果是整理了《救亡日报》大事记。《救亡日报》于1937年8月24日在上海创刊，是上海文化界救亡协会的机关报。社长郭沫若，总编辑夏衍，报纸的负责人、编辑和记者许多是共产党员和进步知识分子。上海沦陷后，该报迁到广州出版。广州沦陷后迁到桂林，于1939年1月10日复刊。该报在桂林出版两年多，直到1941年皖南事变发生，被迫于1941年2月28日停刊。对于这份重要的救亡报纸，整理其出版过程中所经历的大事和所阐发的重要思想言论，真实、准确、全面、客观地反映这段历史，是十分重要的。万一知整理了十分详细的《〈救亡日报〉大事记》，共6万字。我收到稿件后，感到史料珍贵，篇幅再长也要设法刊出，于是分为上、中、下三篇在《抗战文化研究》第四、第五、第六辑（2010—2012年）连载发表了，为研究者提供了宝贵史料。

2009年万一知出席广西抗战文化研究会学术研讨会发言

2012年以后，万老师患病住院，我和王建平到医院看望他。他念念不忘广西抗战文化研究会的工作，嘱咐我们坚持办好《抗战文化研究》刊物，把研究会工作搞好。他还说，他的小儿子万忆正在协助他整理过去收集的大量资料，在编选《广西抗战文化史料汇编》系列资料书，已在出版社编排中，即将出版。我们对他和万忆的新著，充满期待。见他身体尚好，精神亦佳，我们稍感安心。不料想，万老师在2013年12月离开了我们。如今，我仍时常想念他。

2022年2月11日

江建文签名本:
《国难》《美的解读》《文艺美的拓展与超越》

江建文(1938—),福建永定人。作家,文艺评论家,文化学者。历任广西大学中文系主任、教授,广西文艺理论家协会副主席。系中国作家协会会员,享受国务院政府特殊津贴。著有《国难》《美的感悟》《美的解读》等。

2001年作者与江建文(右)在宜州考察刘三姐文化时合影

江建文是我读大学时的老师,但由于他是在我们大学三年级时调入中文系的,因而没有给我班上过课。我是在大学毕业后到广西文联《广西文学》编辑部工作时与他有联系的。我在联系作者过程中渐渐听闻了他的大名。1985年,广西文艺评论研究室和天津百花文艺出版社联合召开长篇小说《第一个总统》研讨会,我和他都撰写了文章并出席了这个在阳朔县召开的会议。在会上,我读到了他写的精彩文章,十分佩服。与他交谈后进一步熟悉起来。我向他约稿,他写的《改革题材与改革者形象的塑造》编入《广西文学》1985年第5期发表了。

江建文学识丰厚,才艺精通,既写得好论文,也写得好小说。1987年,他写的长篇小说《国难》,由江西人民出版社出版。他送给我一本,请我写篇书评。这是反映抗战时期大后方生活和人物命运的小说。小说写的是1937年8月到1938年7月抗战全面爆发后第一年的历史生活，由上海写到武汉。其中写了多个重大事件，有"八一三"上海抗战、四行仓库八百壮士抗敌壮举、上海沦陷、台儿庄战役前夕白崇禧与周恩来决策、花园口黄河决堤、难民的流亡等。书中塑造的宋琦玉、黄婉莹、袁晨三个年轻文化人，形象生动，内涵丰润。我正在做关于这一段历史的文化研究，读了他的小说，感到十分亲切，也获得教益。书中人物的命运，在苦难岁月里的挣扎与探寻，与国纠缠的命运，抗争抗战的热情，深深地打动了我。后来我写了书评《大写历史与人生——评长篇小说〈国难〉》，发表于《南方文坛》1988年第3期。我在文章中评论："作者江建文，用50万字的篇幅，大写历史与人生，以生动的艺术形象，显示了自己对历史进程的本质把握，显示了自己对人生和社会的认识与理解。"1995年，广西成立广西文艺理论家协会，我和他同时入选首届副主席。这样，联系更为密切，交流也更多了。我们常常在一起开会，还多次到玉林市和河池市宜州区、崇左市宁明县等地参加文艺会议或考察，交谈甚多。我在他那里学到很多美学知识和人生经验。

江建文撰写出版著作多种，有专著《文艺美的拓展与超越》（广西教育出版社1997年8月出版）、《美的感悟》（广西人民出版社1999年9月出版）、《美的解读》（广西人民出版社2004年9月出版），创作作品有小说《国难》和人物传记《南国屏藩苏元春》（接力出版社1994年12月出版）。他先后送给我《国难》《文艺美的拓展与超越》《美的感悟》《美的解读》等著作。他在《国难》扉页题写"李建平同志指正　江建文　1988.2.10于广西大学中文系"，在《文艺美的拓展与超越》扉页题写"建平同志指正　江建文　1997.12.14于广西大学"，在《美的感悟》扉页题写"建平同志正之　江建文　99.12.28于广西大学"，在《美的解读》扉页题写"李建平研究员指教　江建文　2004.11.26于广西大学"。

《文艺美的拓展与超越》探讨了文学、音乐、绘画、舞蹈、电影、戏剧等方面在美学意义上的规律，从美学创造的规律、美学接受的规律、审美评价的规律等方面着手，揭示了艺术各门类的美学特征。1999年，这本书被评为第六届广西社科奖优秀成果二等奖。《美的感悟》则是作者

江建文签名本《国难》《美的感悟》书影

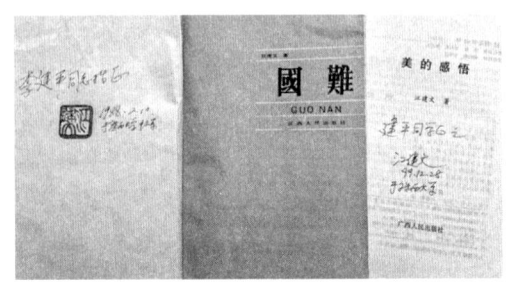
江建文签名本《国难》《美的感悟》题签

江建文签名本《美的解读》《文艺美的拓展与超越》书影

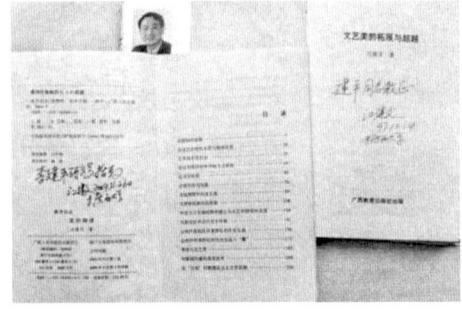
江建文签名本《美的解读》《文艺美的拓展与超越》题签

别开生面的一本探讨艺术规律的学术理论书籍。"它一反美学论文的严肃艰深的面孔，而采用散文的笔调，用随笔的方式，用生动活泼的文字把理论问题讲得深入浅出。让读者在明白晓畅的语言中接受理论的启迪。由于书中追求理论的深度，又让它有别于一般的随笔。这本书以形式的独特与理论的深入浅出见长，因而获得了第四届广西文艺创作铜鼓奖。"[1]江老师的书既有丰富的知识营养，又写得平顺自然，好读也耐读，是我喜欢的书籍。

进入21世纪后，江老师退休了，但他还常常出席各种会议，我也不时邀请他参加我主持的广西抗战文化研究会年会和《广西蓝皮书：广西文化发展报告》的组稿会或出版发布会。2008年，我还约他为《广西蓝皮书：广西文化发展报告2018》撰稿。他写的《论泛北部湾文化圈的自我建构》为这本文化研究报告集增添了理论分量。有一段时间他去美国

---

[1] 李建平等：《广西文学50年》，漓江出版社，2005，第481页。

女儿家生活，给我寄来新年贺卡，我十分感动。得知他健康安宁的消息，我很高兴。2021年，江老师已八十三了，祝愿他晚年身体健康，生活幸福！

2021年10月17日

补记：2022年3月，我与江老师建立了微信联系。我将上述文字发给他审阅指正。他回信说："文稿读过了，写得明明白白，没有需要补充的。"几天后，他告诉我，给我寄了三本书：《上海·一九三七》（安徽文艺出版社2015年版）、《广西社会科学专家文集·江建文集》（线装书局2010年版）、《广西当代文艺理论家丛书（第一辑）·江建文卷》（广西人民出版社2012年版）。他

江建文《广西社会科学专家文集·江建文集》《广西当代文艺理论家丛书（第一辑）·江建文卷》《上海·一九三七》题签

在《上海·一九三七》的扉页题签"建平留念 江建文 2022.3.20于广西大学"，在《广西社会科学专家文集·江建文集》《广西当代文艺理论家丛书（第一辑）·江建文卷》的扉页分别题写"建平指正 江建文 2022.3.20于广西大学"。我翻阅了这三本书，《上海·一九三七》这部长篇小说是1987年版《国难》的改写本，全书51万字，比《国难》多了1万多字。江老师在后记里说："这部小说的写作依据了我1987年在江西人民出版社的同题材小说《国难》，这次修改重写，堪称一部新作。"时间过去了35年，在抗战史料有新发现、抗战观念有新发展的21世纪，想必这部小说有飞跃性的改写新貌。《广西当代文艺理论家丛书（第一辑）·江建文卷》《广西社会科学专家文集·江建文集》两本，是江老师的论文集。江老师的书是值得推荐阅读的好书，其签名本十分宝贵！

2022年4月23日世界读书日补记

雷猛发签名本：

《残雨集》《作家之门》《龙飞凤舞》

> 雷猛发（1942— ），壮族。广西南宁邕宁人。作家、文学评论家。曾任广西社会科学院情报研究所（今信息研究中心）副所长、《沿海企业与科技》杂志社副总编等。著有《作家之门》、《残雨集》五卷等。

雷猛发是广西社会科学院研究员，年长我十岁，是亦兄亦师的前辈。我称他为"猛发兄"。他在年近70岁时开始编自己的文集。有一天，他捧出五大本"雷猛发文集"——《残雨集》样书，请我写序。我推辞了，他坚持着，我没有再坚持，就承接了。之所以较快地答应他，一是他说我是最适合给他写序的二三人之一，因为我与他同事十几年，他又是在我担任所长期间退休的，理应对他长期负责；二是我与他共事十多年，对他的学识人品感悟许多，颇为欣赏，对他的文章很感兴趣，很愿意早点读他的作品，因而就接过了这五本书，无形中也就接下了写序的任务。

读完这五本书后，我更真切地认识了猛发兄。我认为，猛发先生是品德高、成果多、特点鲜明且颇为阳光的学者。《残雨集》五卷是他人品与才学的结晶。他从事文艺评论、文化研究和期刊编辑工作30多年。风雨岁月里的顽强登攀使他获得了丰厚的学术成果，并铸就了优良的学术品德，令我敬佩和欣赏。

我敬佩和欣赏他多才多能的本事。猛发兄以文学研究与评论在文艺界立足显名，但又有多才多能的表现，在文学研究、出版编辑、文学创作三个领域都有所成就。这三个领域中，我认为他成就最大的还是在文学研究方面，包括文学评论。我们可以看到，在他的《残雨集》五卷文集中，分量最大的是文学研究成果，即《残雨集（壹）·作家之门》和

《残雨集(贰)·一孔一得》。《残雨集(贰)·一孔一得》将近600页,是五卷文集中最厚的一部。《残雨集(壹)·作家之门》是他文学研究的代表作。写该书时,他翻阅了中外400多位著名作家的资料,包括人生履历、创作成就,研究他们的创作感言和有关作品,并结合自己多年从事文学创作和评论的经验,进行充分的归纳和深入的思考,探索出文学创作的一些共性的东西,形成独到的认识与观点,并寓理论观点于创作实例之中,写成一本集理论性、资料性与趣味性于一体,于情趣中显出理性的别开生面的创作理论专著,对文学创作者来说是一部十分有益且有用的书,发行后大受欢迎。收录在《残雨集(贰)·一孔一得》中的文学理论和文艺评论文章也很有分量。他在壮族文学研究方面尤有建树。在20世纪80年代后期,他写了《壮族当代文学研究的总体构想》《对新时期壮族文学现代意识的思考》《民族化与壮族文学的发展》《壮丽的南国长篇浪潮——广西三十年来少数民族长篇小说概述》等一批体宏旨深的

雷猛发签名本《龙飞凤舞》《作家之门》书影

雷猛发签名本《龙飞凤舞》《作家之门》题签

文章，初步形成了他对壮族文学研究的构架体系，展现出独到的学术思想和巨大的学术张力。可惜后来没有见到他在这一领域里继续拓展。现今，有关壮族文学的研究，我认为进步不多，大体还处于雷先生当年文章的水平。猛发兄在出版编辑方面的业绩也很突出，他曾先后在《学术论坛》《沿海企业与科技》等杂志社工作十几年，担任过室主任、编辑部负责人、副总编等职，在组稿、编稿、校对、审读等出版编辑业务方面技能高超，业绩突出，退休后仍被多个杂志社争相聘用。由于编辑工作和编辑业务的能力突出，他还被出版管理机构聘为期刊审读员，长期审读几种重要期刊。他对文学创作也十分痴迷，写作小说、散文、报告文学、杂谈等，如今累计有200多篇，编印成《龙飞凤舞》《凤舞龙飞》两卷，分量不小。广西文化界人士能够同时从事学术研究和文学创作的人才并不多，像猛发兄这样能够同时从事研、创、编且都做得十分出色的作家，更是凤毛麟角。其多才多能的本事，令人艳羡。

我敬佩和欣赏他勤奋踏实的品质。猛发兄出身于农民家庭，从小接触乡村大众，高中毕业后回乡劳动两年才重考大学。他吸取了农民的朴实勤劳务实等良好美德，形成了勤奋踏实好学实干的素质。这些对他后来从事文学研究和创作与编辑工作打下良好基础。他无论是从事文学研究工作或是编辑工作，都是踏踏实实、认认真真地做。撰文写作时，他认真查阅资料，仔细阅读文本，努力思考，力求所写的每一篇文章都有自己切身的感受和独到的见解；参加学术研讨会时，都是认真写好文稿出席，决不在会上东拉西扯，敷衍乱谈；在编辑刊物时，编稿校对极其认真，词义模糊时即查阅《辞源》《辞海》，校对时以木尺逐行推移对校。那认真精细的劲头，是我们这一代编辑人员很难做到的。我主编《沿海企业与科技》杂志的时候，在终审他复审的稿件时，常常会像读他写的作品一样，在他编改的文字中产生新鲜的感受，获得新的知识。他的勤奋，使他的文学成果也十分丰硕，他的五部文集，字数已达200万。这是他在20世纪80年代以来的30年里有近一半的时间在编辑岗位工作的条件下所完成的，实属不易。

我敬佩和欣赏他健康阳光的心态。猛发兄不仅有健康的身板，退休多年仍如年轻人般坚持工作,曾经同时担任4种期刊的审读工作,还时常写各类文章并积极参加各种学术会议,更值得赞赏的是他那健康阳光的心态。我在与他的交往中,总是能接收到正能量的信息。无论是周遭时势的变幻,还是自身面对的世态炎凉,以及工作生活中的繁

2011年5月作者与雷猛发(左)考察钟山县黄姚古镇文化产业时合影

杂苦恼,他总是以一种阳光的心态、豁达的胸怀去坦然接受,从容应对,从没见过消极灰暗的因子在他身上附着衍生。他的这种阳光心态及随之形成的学术姿态,我认为来源于他胸怀中永远生存着追求光明追求真理的理想和为之献身的精神。他曾说,他愿做一个"像安泰那样离不开本土本民族""像普罗米修斯那样掏出自己的心脏高举过头顶照耀本民族文学的前进道路"的"安泰·普罗米修斯"式的文艺评论家[①]。这是何其高尚的境界,何等高贵的精神。正因如此,与他一道工作,颇为舒坦宽心,甚至十分享受,也常获许多教益。因而我喜欢邀约他一道工作,比如,邀约他在《沿海企业与科技》杂志工作十几年,实现了;数次邀约他参加广西抗战文化研究会和广西先进文化发展促进会的学术年会,也实现了;遗憾的是,邀约他合作写《广西文学50年》,没有实现,否则,《广西文学50年》可能会更上一层楼。

  我结合以上的感慨写了一篇序言,送给猛发兄。《残雨集》五卷于2013年由广西人民出版社出版,他签名后送我一套。他在《残雨集(壹)·作家之门》的扉页题写"李建平先生　山容万谷　海纳百川　雷猛发　敬上2014-12-18"。翻开书本,我看到我写的序言在《残雨集》的每一卷里都有刊载。2015年5月,广西社会科学院召开了"雷猛发文

[①] 雷猛发:《自序》,《残雨集(贰)·一孔一得》,广西人民出版社,2013,第4页。

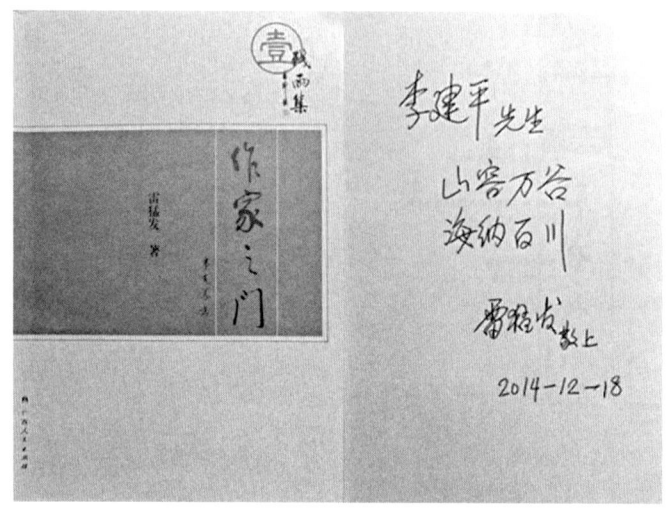

雷猛发签名本《残雨集（壹）·作家之门》书影与题签

学研究学术研讨会"，我在会上也发了言。

雷猛发还发表过一部长篇小说《岛国弃儿》，是与他哥哥雷耀发合写的，于2020年由世华文协出版社出版。他在扉页题签"李建平先生雅正　雷猛发　辛丑·牛头"。这部小说显示了雷猛发多才多艺的本领，真令人佩服。

文如其人，由人及文，我们可以肯定猛发先生著作中的知识营养和人生智慧是十分健康与丰沛的。它不仅有益于文学与学术事业，也有益于人生与社会，是我们社会需要的正能量的精神产品，也是年轻一代社会科学工作者学习的楷模。

2021年8月19日

韦一凡签名本：

《蓝楼梦》

韦一凡（1942—2020），壮族。广西上林人。作家。曾任容县文化馆副馆长、县文联副主席，《广西文学》编辑，广西作家协会副秘书长、常务副主席，广西作家协会第五届主席，广西文联第六、第七届副主席。著有《劫波》《风起云涌的时候》《新路》等。

韦一凡是我比较熟悉的一位作家。1982年1月我大学毕业到《广西文学》编辑部任理论编辑时，我的办公桌最初是安排在小说组办公室里。当时韦一凡任小说编辑，我们同在一个办公室里工作了将近一年时间。那是一间40多平方米的大办公室，我和小说组的潘荣才、李竑、梁发源、韦一凡、梁宪华、田丁六人都在这个办公室里看稿编稿，几个月后又来了七八级毕业生文萍。办公室最多有8人在工作，交往是比较频繁的。

我与韦一凡交谈，他告诉我，他是我父亲的学生，也是我二哥的大学同班同学。这一下子将我与他的距离拉近。他读大学的那几年，就跟我生活在一个环境里啊！只是那时我还是个十几岁的少年，跟他可能打过照面，但没有交集。如此我在办公室里跟他更为亲近些了，也时常关注他的小说，很早就读了他的第一个中篇小说《风起云涌的时候》和其他短篇小说。

韦一凡后来成为广西作家协会专业作家，很快又担任作家协会常务副主席，1990年后担任主席。后来，我虽然调离了广西文联，但仍在写文学评论，参加各种文学活动，因而时常会跟文学界人士接触。韦一凡也经常想到我，像大哥一样关照我，有什么活动就通知我。记得有一次，他安排我采访上海作家茹志鹃，那是1991年中秋节那天，他告诉我，当

2003年作者与韦一凡（右）合影

晚广西作家协会在人民公园举行中秋赏月茶会，茹志鹃恰好来到南宁，请她一道座谈。他知道我研究当代文学，说可以下午先去宾馆见见茹志鹃，与她先交流。我答应了。那天下午，我和韦一凡在宾馆里与茹志鹃交谈了近1个小时。我采访了几个她创作《百合花》的问题，还将我收藏的茹志鹃短篇小说集《静静的产院》带来了，请茹志鹃签名留念。晚上，我参加了广西作家协会举办的中秋赏月茶会。那次活动，留下难忘的印象，后来我写成散文《中秋月·百合花》在1991年10月6日《广西日报》发表了。

我是比较喜欢韦一凡的作品的。我先后写了三篇关于他作品的评论。最早一篇是1983年发表在《广西文艺评论》第4期的《他在加强作品的深度——评韦一凡的中篇小说创作》，围绕着他的《风起云涌的时候》《婚事》《歌王别传》三个中篇小说来谈他的创作成就与特色。第二篇是发表在1994年4月16日《文艺报》的《民族史诗 英雄悲歌》，评论他以壮族英雄侬智高为传主的长篇传记文学《壮族英雄侬智高》。第三篇是发表在2001年6月29日《中国新闻出版报》的《领袖的百色情缘——评〈百色大地宣言〉》，评论他与另一位作家合作的报告文学《百色大地宣言》。韦一凡的创作，比较集中地反映他的创作思想艺术成就的是他的长篇小说《劫波》。我主笔的《广西文学50年》这样评论《劫波》："《劫波》以我国南方一个壮族农村——白鹤村为背景，通过描写一个韦姓家族的两对青年男女恋爱婚姻的遭遇，侧面地反映了近半个世纪以来，农村在经受了种种风暴之后，人们在封建观念和极'左'思潮摧残下的痛苦经历，塑造了韦良山、羊胡三爷（韦万田）、韦良才、满姑、土妹、韦志槐等性格鲜明的人物形象。"在艺术上，"跌宕起伏的情节，浓郁的乡土气息，抒情性、哲理性的语言，优美的山歌和朴实的山村民俗，使作品达到了较高的艺术成就"①。在《广西文学50年》中，我将韦一凡列为专节写作，并评论他为"在一段长时间里处于广西和壮族文学的领先地位"②的壮族代表性作家。

　　21世纪初，我应邀为中央民族大学的《20世纪中国少数民族文学百家评传》撰写"莎红传"和"韦一凡传"，我用了两个下午的时间采访了韦一凡。在他的家中，听他讲过去的事情。我由此得知他在生活中的艰辛和写作中的曲折经历。他出生于广西上林县大明山下一个山村的壮族家庭，七岁时就失去父亲。小学毕业后，为弥补家用，他辍学务农。在劳累的农务劳作中，他也没有放弃学习，一有空就步行十多公里路去县城图书馆借书，阅读了许多长篇小说。一年后，他又萌生回校读书的念头。他利用假期上山砍柴、挖锰矿，为自己筹措上学的费用，后进入上林县中学继续念书。1962年，他以优异的成绩考上了广西师范学院（今广西师范大学）中文系。在大学里，他开始了小说创作。但屡次遭受退稿，直到1979年才得到写作的收获。这些，我都详细写在《韦一凡传》里，收录在赵志忠主编的《20世纪中国少数民族文学百家评传》（辽宁人民出版社2007年版）一书中。

　　韦一凡的作品曾多次获奖：短篇小说《新路》获《民族文学》1985—1987年优秀作品山丹奖；短篇小说《姆姥韦黄氏》获得第二届全国少数民族文学创作奖优秀短篇小说一等奖；中篇小说集《被出卖的活观音》获得首届壮族文学奖、第四届全国少数民族文学创作奖优秀奖；长篇小说《劫波》获首届广西文艺创作铜鼓奖；《百色大地宣言》获第七届全国少数民族文学骏马奖。韦一凡的小说能取得巨大的成就，我认为除了他有着深厚的生活底蕴，能娴熟掌握运用长期底层生活积累的大量创作素材，具有成熟的艺术技巧之外，最重要的是他能把握时代脉搏、体察民众的甘苦、回应人民的呼声，从而创作出具有鲜明的时代性和浓郁的民族性的作品。这是韦一凡小说创作的最大特色。"他以壮族山乡的农民生活为主要创作素材。他讴歌壮族人民的优秀传统美德，记录民族地区的时代变迁，政治风

---

　　① 李建平等：《广西文学50年》，漓江出版社，2005，第166–167页。
　　② 李建平等：《广西文学50年》，漓江出版社，2005，第168页。

韦一凡签名本《蓝楼梦》书影

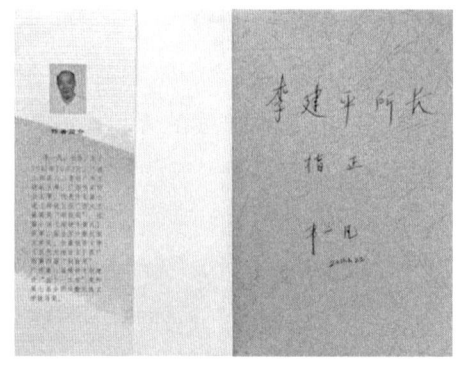

韦一凡签名本《蓝楼梦》题签

云与民族生态常常能有机地融合于一体，小说中总是呈现出一种'壮化'的色调。他的创作成就，就在于为中国文坛提供了极具壮民族成色的文学样品。"①

我现在存有的韦一凡签名本是他退休后写的《蓝楼梦》，2010年由台海出版社出版。小说写的是改革开放时代经济大潮下物质与精神的碰撞、道德与物欲的较量的社会状态和人性美丑，展开了一幅现代农村新风俗画，给人强烈的艺术感受。他在该书扉页题写"李建平所长指正　韦一凡　2011.1.22"。我不知道我为什么没有收藏韦一凡20世纪八九十年代的作品集，现在翻箱倒柜都找不到，不仅其代表作《劫波》《姆姥韦黄氏》没存有，就连我给他写过书评的《壮族英雄侬智高》和《百色大地宣言》也都不见，只有这本他退休后送给我的书。不知道是当时他没有送给我还是我没有找出来，真是令人遗憾的事。

2020年8月21日，韦一凡在南宁病逝，享年78岁。他儿子在短信中告知，遵从老人生前遗愿，不举行遗体告别仪式。《广西日报》《文艺报》刊登了韦一凡同志逝世的消息。他的离去，让人悲泣感念不已。

以小说反映壮族生活，在20世纪中国文坛最有成就的应是陆地与韦一凡了。韦一凡的作品，必定会长久流传。

2021年4月19日

---

① 李建平：《韦一凡传》，载《20世纪中国少数民族文学百家评传》，辽宁民族出版社，2007，第1065页。

徐治平签名本：
《旅人的凝望》《徐治平散文》《中国当代散文史》

徐治平（1942—　），广西柳州人，祖籍广东信宜。散文家、文艺评论家、教授。历任广西民族大学中国现当代文学教研室主任、教授、硕士生导师，广西散文创作与研究会会长。系中国作家协会会员，享受国务院政府特殊津贴。著有《旅人的凝望》《徐治平散文》《中国当代散文史》等。

我认识徐治平较早。他与韦一凡一样，是我父亲的学生、我二哥的大学同学，因而20世纪80年代初我到广西文联工作后，经韦一凡介绍认识了他。他最初以散文著名，也写文学评论，我们常常在各种文学会议见面。2003年，中共广西区委宣传部举办文学桂军百人成果展，我与他同时列入只有8人的评论家行列入展。徐治平的创作和学术俱佳，两者均有许多成果，出版著作甚多。他的大作，大多数赠送给我，前后有十几本。他的著作也获得多个奖励，其理论专著《散文美学论》1992年获第二届广西文艺创作铜鼓奖，《中国当代散文史》2002年获首届全国冰心散文奖、2004年获第八届广西社会科学优秀成果二等奖，《徐治平散文》2011年获第六届广西文艺创作铜鼓奖。

徐治平的散文成果丰硕，先后出版散文集8部。《旅人的凝望》（1999年由广西人民出版社出版）、《徐治平散文》（2001年由当代中国出版社出版）、《徐治平散文选》（2007年由广西民族出版社出版）是他最有代表性的三本散文集。他在《旅人的凝望》扉页题写"李建平方家指正　徐治平　2003.3.2"，并钤印。在《徐治平散文》扉页题写"李建平先生指正　徐治平　99.8.30"，并钤印。在《徐治平散文选》扉页题签"李建

平教授指正　徐治平　2007.12.15"。我喜欢读他的散文，较仔细地读了《旅人的凝望》。该书分为山岳篇、江流篇、大海篇、都市篇、胜迹篇、边地篇、旅途篇、人生篇、生态篇九辑，收录散文作品75篇，大部分与旅游有关，另收入风光摄影作品10幅，是一本集美景、美文、美图的好书。我为此写了一篇书评《生命与美同在——评徐治平散文集〈旅人的凝望〉》，对他的散文概括了三个特点：

徐治平写山水风光散文，较少对景物做具体精致的描绘，而大多是突出景物的某些美的特征、美的情调，造成一种宏大的美的氛围与美的气韵，给读者强烈的美的震撼。他的写作手法，一是人化山水。他从大地山川中看到了"它们的某些品质与人和人的生活的美的品质具有相类似的特征"。因而，他爱到大自然中去，"见大水必观焉"（孔子）。观山如观人，观水如观己。你看他写黄河："她冲出峡谷，穿越黄沙，心甘情愿地将自己经过千难万险所蕴蓄的一腔热血洒向宁夏平原，创造了天下奇观塞下江

徐治平签名本《旅人的凝望》《徐治平散文》书影

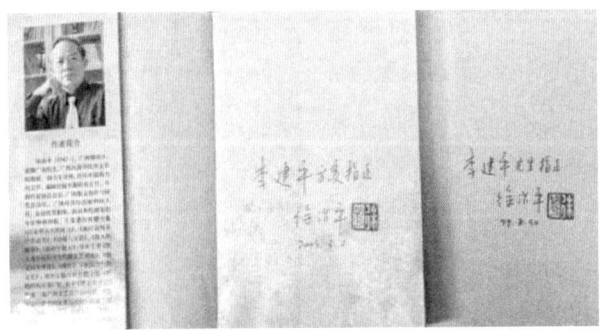

徐治平签名本《旅人的凝望》《徐治平散文》题签

南。……啊,黄河母亲无私地将乳汁和血液全都献给了自己的儿女,而我们不就是躺在母亲怀里得到了哺育荫庇的孩子?"看,这哪里是在写景、写黄河,分明写的是人,写的是一个民族、一种精神。因而,文章接下来自然有了这样一段议论:"在她身上,我看到了中华民族不屈不挠、奋勇拼搏的伟大性格和开拓进取、无私奉献的精神力量。"二是创造意象。徐治平的散文,当然也有基于人与客观世界的认识关系下形成的铺陈直叙、单纯描摹的散文基本写作样式,其中不少也写出了自己独特的发现,如《岷山雪峰和黄龙沟》绘景的细腻,《走进大自然》写张家界美景的新颖。而那些通过对客观对象的符号化方式建立起的审美关系,以创造意象来构建自己的艺术世界的作品,更具艺术价值和美学内涵。这在《九寨沟意象》《少林金秋》《仰望布达拉》等作品中有很好地展现。当我们走进大自然、走进历史的长河之中,面对强烈的美时,有时是无法用惯用的叙述与描写的方法来写其所见景致的表面形象的。如徐治平在书中所说:东山魁夷"恐怕也难以描画这一个个海子的风姿";善于捕捉色彩、抒发感情的摄影大师竹内敏信"恐怕也难以凝聚这扑朔迷离、色彩丰富的湖水"。因为,涌现在人们面前的,已不是山、林、水、云、宫殿、塔林等具象物,而是一种纯粹的美,一种超越于具象之上的美的意境了。于是,大段大段如诗的语言将包容着美的景致的意象烘托出来了。《九寨沟意象》是用旌旗、古歌、苍龙、名画、相思泪、少女心等一组意象群来营造所见所感悟到的美,《仰望布达拉》则是用单一意象,你看他写道:"那依山叠砌的宫宇群,巍峨雄峙,谜一样闪现在我眼前。那上万间房屋数万个涂了黑边的窗口,有如神佛鬼怪宇宙精灵所睁开的一只只充满诱惑的眼。"这里的布达拉宫,已不是物质意义上的某一建筑物了,它已化为一种理念、一种向往、一种象征。徐治平正是用这么一个意象物,传达出他心中所感悟的一种强烈的美,而不是某一景、某一物。徐治平就是这样以一个个纷至沓来的意象,构成了美的强度和厚度,给人以分外强烈的美的震撼。三是美学表述。作为有较高美学修养的作家、教授,在遍走大江南北、饱览大好河山的同时,美的映像反映在他的主观世界里,必然会形成某些美的理念。徐治平往往能捕捉住这种灵感,并以形象之笔表述出来,形成了包含有较深刻的美学理论的散文。如他在《感悟自然》里,连续写出了五指山、火山口、珠穆朗玛峰所具有的残缺美、悠远美、庄严美的审美意义，令人接受到来自美的庄严、来自美的力量。《感受色彩》《窗外有只音乐鸟》等，也写出了这种深刻的美学含量。

我认为："徐治平的散文，熔铸了他的生命、智慧和理想，坦露出他的整个身心，是他的心智与大自然融合后形成的新图，是作家生命意识的自然流淌，如此形成了他的散文的大气度的挥洒自由的文体。他是将生命都投入大自然中，投入美的世界中了。独特的生命体验在大自然里化作了徐治平独有的景致、独有的美。"这篇评论，发表于《广西日报》2000年3月28日"花山"副刊。徐治平看了后表示满意。他给我回了一封信，这么说道：

建平：

　　谢谢您花了这么多时间阅读拙著并写出了这么好的评论。

　　从"生命"与"美"的角度评论，确实抓住了要害，完全符合我的本意。在文中，我看到了一位评论家的锐利目光，真的与众不同。

　　没有其他意见，只在个别细处作了点修改。

　　明天我将寄两册《旅人》给石一宁。蓝阳春已有我的赠书。请再打印两份，一份寄《文艺报》石一宁，一封给蓝阳春，蓝已表示同意发一篇书评，寄给他估计会见报。

　　致
著安！

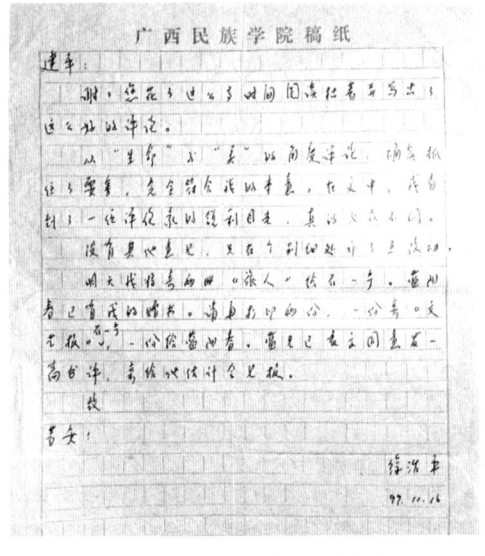

1999年11月16日徐治平给作者的信

徐治平
99.11.16

徐治平的学术成果也十分出色，先后撰写出版了《散文美学论》（广西教育出版社1990年版）、《当代散文艺术论》（广西民族出版社1993年版）、《中国当代散文史》（中国文联出版社2001年版）、《广西散文百年》（民族出版社2004年版）等。他在赠予我的《中国当代散文史》扉页题写了感人的话语"生命之火不熄 文学之树常青——题赠李建平先生 徐治平 2002.2.23"，并钤印。这话语，既是他生活和写作的自画像，也是对我的激励和鞭策。我很钦佩也很感激他。

徐治平签名本《麻雀挽歌》《中国当代散文史》书影

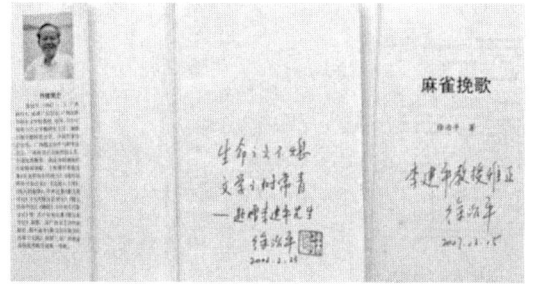

徐治平签名本《中国当代散文史》《麻雀挽歌》题签

徐治平在21世纪里开始关注生态问题，研究生态文学。他认为："生态文学的思想基础是生态整体主义而非人类中心主义，……其终极目标为人类与自然万物和谐相处，地球生命的美好未来。"①他先后写出《麻雀挽歌》（2007年由作家出版社出版）、《面朝大海——北部湾生态笔记》（2012年由漓江出版社出版）和《守望森林——广西森林生态考察》（2015年由广西民族出版社出版）三本散文集，构成生态散文系列。《麻雀挽歌》里的文章，大多以生态环境为话题，表达了他对当下生态的关怀和他的生态理想。用作书名的首篇文章《麻雀挽歌》，被《中国年度散文·2005》收入，引人关注。他在《麻雀挽歌》扉页题写"李建平教授雅正 徐治平 2007.12.15"。《面朝大海——北部湾生态笔记》以60多

---

① 徐治平：《面朝大海——北部湾生态笔记》，漓江出版社，2012，第197页。

徐治平签名本《面朝大海》书影

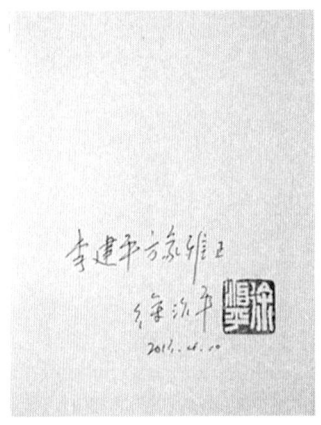

徐治平签名本《面朝大海》题签

徐治平签名本《守望森林》题签

篇文章介绍北部湾地区陆地和海洋许多动植物的知识和他去寻访的故事，展现了生物多样性在北部湾地区的奇异面貌，其中许多是珍稀濒危动植物，如白头叶猴、穿山甲、蛤蚧、鲎、中华白海豚等，表达了人类亟须开展生态保护的理念，富含知识性和哲理性。书中还配了上百幅徐治平在考察时拍摄的动植物图片，增加了观赏性。徐治平在《面朝大海——北部湾生态笔记》扉页题写"李建平方家雅正 徐治平 2013.4.10"，并钤印。《守望森林——广西森林生态考察》叙写了广西十几座大山的资源与多个自然保护区的森林宝藏，还有银杉、银杏、荔枝、红豆杉、红枫等特种植物物产，展示大自然的丰饶与贡献人类的可贵，表达了人类应珍惜森林资源、保护好大自然宝库的生态理念。他在赠予我的《守望森林——广西森林生态考察》扉页题写"李建平方家雅正 徐治平 2015年8月10日"，并钤印。

我曾经有几年与徐治平共事。那是2004年，我被广西民族大学聘为文学院硕士生导师，与他同在现当代文学教研室。在招生会、硕士论文答辩会和其他一些研究生辅导活动上，与他有不少交流和交往。有一次，他带研究生去中越边境乡村采风，我很想跟着去，最终没有去成，至今十分遗憾。

2021年5月7日

杨炳忠签名本：

《邓小平文艺思想研究》《绿塘里文集》《广西当代文艺理论家丛书（第一辑）·杨炳忠卷》

杨炳忠（1943— ），壮族。广西容县人。文艺评论家。历任南宁师范专科学校（今广西民族师范学院）教研室主任、讲师，《大众逻辑》常务副主编、《广西社会科学》第一副主编，广西壮族自治区监察厅监察之声杂志社社长、总编，研究员，广西文艺理论家协会副主席，广西先进文化发展促进会会长。系全国第九届人大代表，中国作家协会会员，广西德艺双馨文艺家。享受国务院政府特殊津贴。著有《和青年朋友谈写作》《桂海文谭》《绿塘里文集》等。

杨炳忠大我九岁，虽与我就读于不同学校，但都属于秦似弟子，我视他如师兄。大家叫他"炳哥"。他研究文艺理论，又擅长写文艺评论。20世纪八九十年代，我们常常在文艺会议上见面。1995年广西成立文艺理论家协会，我和他一同当选首届副主席。

杨炳忠的文艺评论成果最重要的是1990年他与刘江合著的《邓小平文艺思想研究》一书，当年由广西民族出版社出版。该书对邓小平文艺思想进行系统深刻研究，论述了邓小平文艺思想作为一个相对独立的整体的体系性和形成发展过程，分析了邓小平文艺思想的特点与风格，并充分论证了邓小平文艺思想是丰富和发展了马克思主义文艺理论、毛泽东思想的所在。全书材料翔实，内容丰富，观点正确、鲜明，文风朴实，论述深入浅出，显示出观点和材料高度统一、理论与

杨炳忠签名本《绿塘里文集》《邓小平文艺思想研究》《广西当代文艺理论家丛书（第一辑）·杨炳忠卷》书影

杨炳忠签名本《邓小平文艺思想研究》《绿塘里文集》《广西当代文艺理论家丛书（第一辑）·杨炳忠卷》题签

实践密切结合的品格。1991年，广西召开了《邓小平文艺思想研究》讨论会，该书被称为"文艺理论研究新突破"①"研究毛泽东文艺思想新发展的可贵成果"②。会议期间，他与刘江签名赠送《邓小平文艺思想研究》给我，在扉页题写"建平同志 指正 杨炳忠 刘江 一九九一年五月 龙州"，令我十分欣喜。

杨炳忠勤思考、肯观察、爱写作，成果丰硕，出版著作和文集有《和青年朋友谈写作》《流金集》《桂海文谭》《绿塘里文集》《广西社会科学专家文集·杨炳忠集——文化与文艺理论研究》《广西当代文艺理论家丛书（第一辑）·杨炳忠卷》等，发表论文100多篇。他赠送我《绿塘里文集》和《广西当代文艺理论家丛书（第一辑）·杨炳忠卷》，有许多很好的文章，特别是《绿塘里文集》里的《网络文学研究系列论文之一到之四》，视野开阔，观点新颖，见解独到，很有时代感和理论价值。

杨炳忠长期担任期刊编辑，他一边编稿，一边写作，还不忘关爱青年作者，常常给予青年作者以写作指导和成长帮助。他的第一本著作

---

① 王敏之：《文艺理论研究新突破》，载杨炳忠《绿塘里文集》，广西人民出版社，2013，第179页。

② 林宝全：《研究毛泽东文艺思想新发展的可贵成果》，载杨炳忠《绿塘里文集》，广西人民出版社，2013，第179-180页。

《与青年朋友谈写作》，通篇贯穿着这种情怀，受到广大文学青年的欢迎，是当时广西印数极大、极畅销的文学论著之一。我也是得益于他关爱的学生之一。我给他投过几篇稿，他基本都选用发表了，大多给了加工修改的指导，帮助我提高学术水平和写作水平。在他1991年6月给我写的一封信里，可以看到他的热情与关爱：

建平：

请于6月20日前将论文整理好，并交到我处。从"提要"看，我认为内容甚好。需注意的是，要以马克思主义经典作家关于文艺的民族化与现代化的理论思想联系起来。与讲话的有关精神联系起来。以为理论之依据。相应地批判自由化的观点。以便和集子的宗旨吻合。6—7千字足矣。然否，请酌。

握手

炳忠　匆字
（1991）6.3

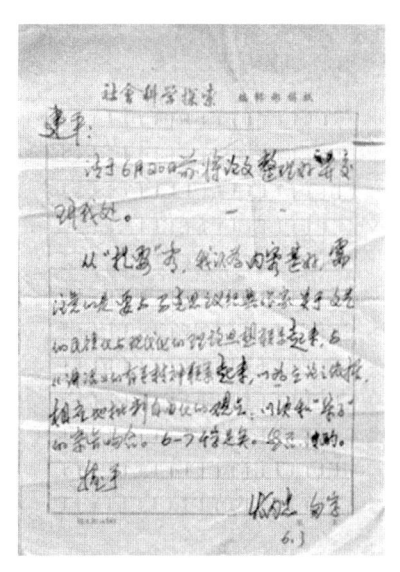

1991年6月3日杨炳忠给作者的信

信中谈到的这篇论文，是我当年提交在柳州召开的广西马列文艺理论与毛泽东思想研讨会的会议论文《马克思关于物质生产与艺术生产关系的论述中的"平衡"思想初探——兼评〈不平衡规律新探〉中的几个观点》，加工修改后投稿给杨炳忠，后来发表在他主编的1991年《社会科学探索》第2期上。他给我的书信，我一直珍藏着。

杨炳忠还是活跃的文化活动组织者和社会活动家。他发起组织成立了广西先进文化发展促进会，担任会长，每年召开一次学术研讨会。他常常到各地高校开会，增强青年学子的学术兴趣，潜移默化地培育他们的学术素养。承蒙他器重，我也受邀担任了一届副会长，曾跟他到河池学院、玉林师范学院、贺州学院，以及宁明等地开"校园文化研讨会"，

2013年5月,作者与杨炳忠(中)和黄少雄(右)在凭祥友谊关考察时合影

收获很多。

  杨炳忠还曾任全国人大代表,为广西社会科学事业发展献计献策,在国家最高议事平台提交提案,发表意见。或许是他的写作和社会活动太辛苦了,几年前他患脑中风,经抢救后有所恢复,但身体仍受一定影响,如今以居家养病为主,不再出来参加各种会议和活动。我很久未见到他了。前几天在广西社科联的一个培训班上,我见到来给我们上课的陈学璞老师。我知道他与杨炳忠是大学同学,我想他们的联系会多些,就询问陈老师最近是否与杨炳忠有所联系。陈老师说,通过电话,情况如常,因为行动不便,所以都不出来参加活动了。我衷心祝愿他早日康复,健康幸福!

2021年6月2日

陈学璞签名本：
《玫瑰园漫步：马克思主义文艺理论与实践》

陈学璞（1944—　），江西兴国人，祖籍江西安义。文艺评论家，文化学者，二级教授。历任中共广西区委党校和广西行政学院文史教研部主任，广西壮族自治区社科联第五届委员会常委，中国写作学会副会长，广西写作学会会长，广西文艺理论家协会副主席。享受国务院政府特殊津贴。著有《玫瑰园漫步：马克思主义文艺理论与实践》等。

陈学璞是广西文艺界活跃的文艺评论家。20世纪80年代，我从参加各次文艺评论会议中逐渐认识了他。我称呼他为"陈老师"。

几十年来，陈学璞勤奋笔耕，主编和独撰的著作已出版16部，发表论文200多篇，累计380多万字。他紧密结合干部教育，在文艺学、写作学、秘书学三个领域取得了丰硕的成果。在文艺理论方面，他的评论对象涉及广西和全国当代作家70多人。他不仅倾力扶助文学新人，也敢于批评文学权威。他的论文《论解放和发展文艺生产力》率先论述艺术生产力的特征和走势，1992年在《文艺报》理论版头条发表后，被中国人民大学复印报刊资料《文艺理论》头条转载。1993年4月，广西文联理论研究室、广西作家协会、广西社科院文学所等8家单位联合召开"陈学璞文艺理论论著研讨会"，40多位全国和广西文艺评论家、作家，对其代表著作《玫瑰园漫步：马克思主义文艺理论与实践》给予了高度的评价。《文艺报》、《广西日报》、《广西师范学院学报》（今《广西师范大学学报》）等报刊发表了十余篇对该书的评介文章。1998年，陈学璞获"广西首届中青年德艺双馨文艺家"称号。

2016年作者与陈学璞（中）、何培嵩（左）合影

1995年，广西成立广西文联系统的第13个协会——广西文艺理论家协会时，我和他同时被选为副主席。

我与他较密切的联系是在2004年以后。那年，我策划主编《广西蓝皮书：广西文化发展报告》，2005年编辑出版第一本，以后每年一本。我几乎每年都向他约稿。陈老师眼界开阔，思维敏捷，理论功底深。我十分看重他对文艺政策的精准把握和对文艺态势的敏感认识，总希望从他那里学到他对广西文化发展的睿智思考。他每每写来大气、前沿的文化态势分析文章，并提出指导文化实践的建设性意见，具有决策参考意义，为《广西蓝皮书：广西文化发展报告》提升了理论层次和决策价值。这样的合作，持续了将近十年。

陈老师不仅对我主编的《广西蓝皮书：广西文化发展报告》长期支持，对我的学术活动也十分关心。2005年，我领衔完成的课题《广西文学50年》出版后，陈老师热情地写出书评《广西文学发展与崛起的见证——浅谈〈广西文学50年〉》在《广西日报》发表，文中称《广西文学50年》"是一本能够让人长久持有、开卷有益的文学史书"。这给我很大鼓舞。2007年，我和几位文友合写的《文学桂军论：经济欠发达地区一个重要作家群的崛起及意义》出版后，他又写了中肯的评论文章《批评的张力——评〈文学桂军论：经济欠发达地区一个重要作家群的崛起及意义〉》在《光明日报》发表了，我很感激他。

陈学璞赠给我的著作是《玫瑰园漫步：马克思主义理论与实践》。他在赠书的扉页题写"建平同志雅正　学璞　1993年3月10日"，并钤印。该书1993年由漓江出版社出版，分为"总体论""作家论""作品论"三

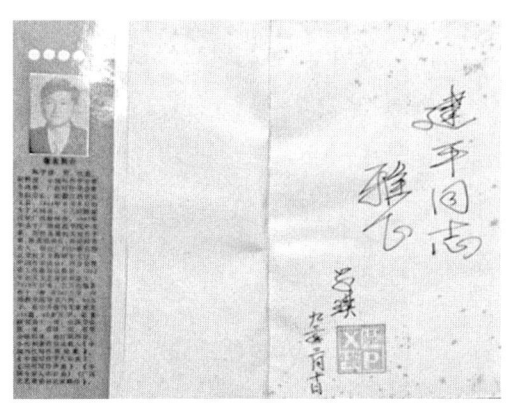

陈学璞签名本《玫瑰园漫步：马克思主义文艺理论与实践》书影

陈学璞签名本《玫瑰园漫步：马克思主义文艺理论与实践》题签

部分。"总体论"收入论文13篇，"作家论"收入作家研究文章10篇，"作品论"收入作品研究评论文章29篇。他积极探索艺术规律，深入研究文艺理论，结合时代精神，写下的理论文章有积极的社会影响。这本理论性极强的著作，是我经常翻阅、修炼理论素养的重要参考书。

除编撰出版《广西蓝皮书：广西文化发展报告》之外，陈学璞和我还有多次学术合作。一是2010年他主持中共广西区委党校课题《面向东盟的广西文化产业发展新格局研究》，邀请我和几位学者参与研究，带领我们到广西各地和柬埔寨调研，较好地完成了这项课题，向自治区党委和政府提交了研究报告。该项研究报告还获得了自治区党委领导的批示。二是2008年他邀请我和黄伟林合写广西文联编著的《广西文艺60年》中关于文学创作和文化发展的部分。经过多次切磋探讨和反复修改后，其成果收入书中，并以《广西文学60年概述》为题发表在学术期刊上。后来，这两项成果分别获得广西第十二次社会科学优秀成果奖三等奖和广西第十三次社会科学优秀成果奖三等奖。

衷心感谢陈老师多年的指导和关心，祝福陈老师健康幸福。

2021年5月31日

潘琦签名本：

《潘琦文集·风格就是人品》《潘琦文集·笔耕录（1）》《潘琦文化访谈录》

　　潘琦（1944— ），仫佬族。广西罗城人。作家、书法家、文化学者。历任南宁地委、行署副书记及副专员，南宁地委书记，中共广西壮族自治区委员会常委、宣传部部长、副书记，广西壮族自治区人大常委会副主任、党组副书记，广西文联主席，中国文联第八、第九届全委会委员，中国少数民族作家学会副会长，广西桂学研究会创会会长。著有《山泉淙淙》《红土地上的探索》《山乡晨曲》等。

　　潘琦是高级干部，也是著名作家、书法家、文化学者。1972年他开始发表作品，1986年加入中国作家协会，著述甚丰。著有散文集《山泉淙淙》《琴心集》《撷英集》《这里散发着醇香》《绿色颂歌》《春天的呼唤》《黄昏散步》《人的故事》，理论著作《红土地上的探索》、《大潮中的思考》、《没有硝烟的战场》、《潘琦文化访谈录》、《笔耕录》（四卷）等，还有诗集《山乡晨曲》，主编《中华美德贤文》《中华劝世谣》《桂学序论》《广西文学艺术六十年》等，共50多种，2003年出版《潘琦文集》（九卷），2011年出版《潘琦文集》（十八卷）。其作品《琴心集》获全国第五届少数民族文学创作奖优秀奖，《人生珍言录》获1992年全国图书金钥匙奖，主编的《中华美德贤文》《中华劝世谣》等获桂花工程优秀图书奖。2007年从党政领导岗位退下后，又先后担任广西文联主席、中国文联第八届全国委员会委员、中国作家协会第七届全国委员会委员、广西桂学研究会会长。

潘琦签名本：
《潘琦文集·风格就是人品》《潘琦文集·笔耕录（1）》《潘琦文化访谈录》

我第一次见到潘琦先生是1995年五六月。那时我参加了自治区党委宣传部组织的《中华美德贤文》写作组的工作，在工作会议上听了潘琦的动员讲话。那时潘琦刚调到宣传部任部长，他策划撰写普及性宣传教育读物《中华美德贤文》，助推正在广泛开展的"三德"（社会公德、职业道德、家庭伦理道德）教育。我接受了"以礼待人"这一篇的写作任务。经过深研资料、沉潜思考，多次起稿，听取意见，反复修改，包括听取潘琦部长的指导意见，终于写出了这篇文章。那次写作活动，使我第一次感受到潘琦的文化魅力。

第二年，我又接受了为潘琦写书评的任务。1996年夏，《广西日报》副刊编辑部主任李延柱请我写篇书评，评论潘琦的理论著作《红土地上的探索》。这是他在南宁地区任地委书记时的理论思考之作。其内容本来离我的专业较远，可我本着学习的心愿和李延柱主任的信任，还是接受了这次写作任务。在仔细学习研读后，我写了《实文　实行　实体　实用——读潘琦的〈红土地上的探索〉》一文，在当年8月17日《广西日报》发表了。

潘琦在任自治区党委宣传部部长时，为推动广西文学艺术发展，下了大功夫，做出新谋划，制定广西文艺发展规划。首先是抓人才，鼓干劲，召开中青年作家会议。1997年7月，潘琦部长召集20多位中青年作家赴宁明县花山考察，在山寨里召开了一次会议，称为"花山会议"。这是改革开放以来广西文艺发展史上的一次重要会议。十几位作家在会上发表意见，我也参加了会议，并发了言。潘琦在最后发表重要讲话，正式举起了文艺桂军的旗帜，揭开了广西文艺振兴的序幕。以后，广西文艺界实施"花山会议"形成的发展规划，逐步涌现出文学桂军、漓江画派、八桂书风等文艺强军，并成为戏剧强省，成绩斐然。

我在学术道路上也得到潘琦的许多关爱。2004年，我在完成与几位评论家合作的《广西文学50年》初稿之后，送给他指教。他非常重视，仔细阅读书稿后，先写来一份两页纸的修改意见，托秘书转交给我。他写的意见，非常中肯到位，对我加工修改书稿帮助很大。我在做了较大修改后再次送给他指教。这一稿，他看后基本满意了，写来一篇2000多字的序文，看得出他花费了很大精力。他在序文中写道：

（我）足足花了两个晚上的时间，通读了书稿。因为50年的进程，时间跨度较大，涉及问题多，情况也比较复杂，特别是经历了一段非常时期。50年的风雨历程，要作出比较准确的、权威性的阐述、评论和结论，不是件容易事。因此，必须采取严肃认真的态度，对每个时期、每个事件、每个人物及其作品都必须作出适当的、公正的记述。我合起书稿，思考良久，如何恰如其分地给专家们和作者们提出自己的修改意见。因为自治区分管意识形态工作的领导的意见，对他们来说是很重视的，而我可不能随便放炮，无的放矢，误人子弟啊！

…………

前面所提的意见大都被采纳了，而且作了很大的修改和补充，结构更加严谨，述论更加贴切，评价更加科学，语言更加生动，史料更加丰富。

…………

这本书作为一个治学严谨的本土专家对本地文学史进行潜心研究的结晶，是一份非常有价值的文学史研究成果，也是进一步研究广西地方文学史的重要参考资料，更是进行民族文学教学的教科书。我欣然答应为该书写个序。

我非常感谢潘琦提出的修改意见和写来的序言。这对于《广西文学50年》实在是太重要了。它帮助该书提升质量，使其成为一本具有文学史价值的书。

2005年4月，《广西文学50年》出版后，我捧着样书到了潘琦的办公室，当面向他致谢。他高兴地翻阅着书本，又详细地询问了我的工作情况，对我的研究发展提出建议。在他的办公室里，我们合影留念。

那天，潘琦赠送著作《潘琦文集·风格就是人品》给我。这是他的第一套《潘琦文集》中的一册。他在扉页题写"送给李建平先生雅正 潘琦 二〇〇五年十一月三日南宁"。这是我珍爱的藏书。《潘琦文集·风格就是人品》是2003年出版的，我当时就阅读学习了，写了一篇评论文章《广西文学发展的指导性构想——评〈潘琦文集·风格就是人品〉》

发表在《广西文学》2004年第9期。如今得到作家的亲笔签名,我如获至宝。

潘琦最重要的著作是2011年由广西民族出版社出版的《潘琦文集》(十八卷)。这十八卷著作,共500万字。潘琦在《潘琦文集·总序》里说:"这是我作为一个自治区分管意识形态工作的领导者工作的总结,也是我一辈子辛勤笔耕的成果,记录着我人生的历程和许多鲜为人知的感谢、感悟!"这十八卷文集,第一至第五卷是政论文章,第六至第十六卷是文艺作品,包括散文两卷、小说故事两卷、随感杂文两卷、序跋两卷、诗歌和歌词一卷、民间文学一卷、通讯报道一卷;第十七卷是书法作品精选;第十八卷是回忆录《我的艺术人生》。如此厚重的文化成果,令人惊叹!

在一次桂学研究会工作会议结束的时候,潘琦告诉我,送一套《潘琦文集》给我,到桂学办公室去领。我喜出望外。我捧起这套书,请潘

2005年11月作者拜访潘琦(右)时合影

潘琦签名本《潘琦文集·风格就是人品》书影

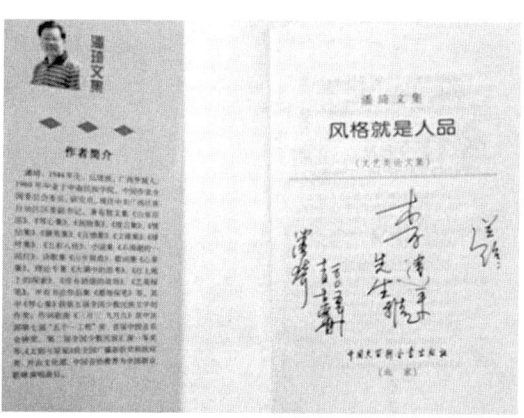

潘琦签名本《潘琦文集·风格就是人品》题签

《潘琦文集》(十八卷) 广西民族出版社2011年版

琦签名留念。他在文集的第一卷题签"送给:李建平先生雅正 潘琦 二〇一二年三月于南宁",留下宝贵墨宝。

读《潘琦文集》,对近20年广西文学艺术的发展和所取得的成就有了深刻认识,有感而发,我写了一篇评论文章《潘琦同志的文化思想与文化贡献——〈潘琦文集〉文化类论文述评》,被《南方文坛》采用发表。我在文中评论道:

他的这些有关文化问题的文章,伴随着他这十余年贯彻党中央精神,研究部署和组织开展广西的思想宣传和文化工作的思考,其内容,大体可分为以下几个方面。一是论述先进文化理论,如《坚持马克思主义方向 积极推进文化建设》《切实加强新形势下的文化建设》《努力探索发展先进文化的新途径》等;二是关于区域文化的思考,如《关于区域文化研究的思考》《研究区域文化 开发文化资源》《开展区域文化研究服务桂北经济建设》《要加强对红水河文化的研究》等;三是探讨广西文化发展之路,如《努力塑造广西文化新形象》《努力开拓文艺发展的新路子》《实施"三大战略"繁荣八桂文学》《实施"戏剧强省工程"振兴广西戏剧事业》等;四是关于推出文学桂军、漓江画派、桂学研究等代表广西文化崛起的经典样式的论述。这些文章,包含了广西文化事业发展的生动历史,反映了潘琦同志在文化理论方面的思考和建树,意义重大。

可以说,潘琦的这些文章,集中反映了他的文化理论思想以及对民族地区文化事业发展的战略构想,对20世纪末到21世纪初近20年来广西的社会文化发展具有直接的指导意义,发挥了积极的推动作用。

2009年,潘琦策划推进广西学术研究,振兴广西文化,提出大力开展桂学研究，建立广西桂学研究会的倡议。当年4月和5月，他两次召集一批学者在桂林雁山园开会，商议桂学发展之事，筹备桂学研究会的建立。两次会议我都参加了。有感而发，我写了一首诗记其事："潘公呼唤桂林行，又见雁园草木欣。旧事唯思拾豆红，新花欲撷践苔青。雅集水榭话招雨，闲步山阶景悦心。借此名苑论桂学，宏图大展待诸君。"2010年，广西桂学研究会成立，潘琦担任首任会长。承蒙他青睐，我添列其中担任副会长。所谓桂学，潘琦对此做了高度概括，他说："'桂学'指的是以广西社会、经济、文化、艺术、科技、工艺等为研究对象，具有岭南特色的一种理念、理论、学说的总和。'桂学'是一个地域性的广义文化概念，是一种能正确地、合理地呈现社会、历史文化和现实、现代文化系统的知识的学问、学理和学说，是广西文化的名片。"①2010年以后，越来越多的专家学者参与到此项研究之中，桂学成为广西文化研究的一个亮点。

广西桂学研究会不仅在整理、研究广西地方文化遗产方面做出许多成就，一些文化课题的研究成果也为自治区党委、政府的决策提供了咨询参考意见，直接助推广西文化发展和事业建设，在广西经济社会发展进程中发挥出越来越重要的"智库"作用，在社会的影响也越来越大。在此期间，潘琦接受了大量记者和各界人士的采访，后集成《潘琦文化访谈录》，于2014年由广西人民出版社出版。该书收录访谈文章20篇，附录4篇。该书阐发先进文化理

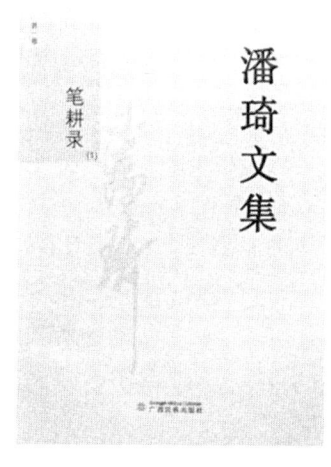

潘琦签名本《潘琦文集第一卷·笔耕录》书影

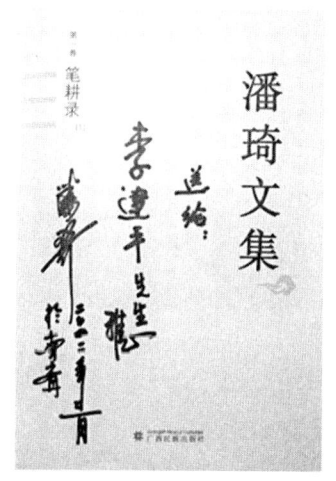

潘琦签名本《潘琦文集第一卷·笔耕录》题签

---

① 潘琦：《关于桂学研究若干问题的思考》，《广西教育学院学报》2009年第6期。

潘琦签名本《潘琦文化访谈录》书影

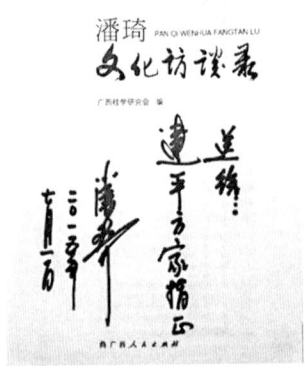

潘琦签名本《潘琦文化访谈录》题签

念,提出广西文化发展的战略构想与实施建议,畅谈文化广西建设新貌,是了解近20年广西文化艺术新成就和研究潘琦的文化思想与文化贡献的重要书籍。该书出版不久,我又有幸获得潘琦会长的赠书,他在扉页题签"送给:建平方家指正 潘琦 二〇一五年七月一日"。我读后受益甚多。

桂学研究在潘琦会长的领导下,已走过了十年路程。十年风雨,十年砥砺。广西桂学研究会十年的奋进努力,开创了多个学术新地,取得丰硕的学术成果。我在2020年写了一篇纪念文章《发掘丰沃的八桂文化厚土》,发表于《红豆》2020年第10/11期合刊,其中概括桂学研究会的五大工作:(一)开展区域性文化调研工作;(二)对广西历史文化资源全面整理和出版,已出版113种广西古籍书籍;(三)设立桂学研究课题并进入国家社科基金重大项目;已出版专著20多种。(四)开辟多个桂学研究平台,促进桂学研究出成果;(五)构筑桂学书架输送"一带一路"国家。如今,广西桂学研究已成为广西的显学,不仅出版了大批学术成果,也培养了一批研究人才,建立了一支老中青三结合的桂学研究队伍,培养了100多名桂学研究生,为桂学研究发展储备了力量。

我参与桂学研究会工作十年,大有收获,既收获了学术成果,增进了人生境界的提升,也收获了学术友谊,留下了难忘的人生记忆。非常感谢创会会长潘琦先生引领我走上这条研究之路和给予的学术关爱。祝潘琦先生安康幸福!

2021年4月16日

彭匈签名本：
《向往和谐》《云卷云舒》《一事能狂》

彭匈（1946—2019），生于广西平乐，祖籍江西吉安。散文家、出版家、文化学者。历任中共恭城县委宣传部部长，漓江出版社社长，广西人民出版社总编辑、编审，广西散文创研会副会长，广西有突出贡献专家。系中国作家协会会员。著有《向往和谐》《云卷云舒》《会心一笑》等。

彭匈长我六岁。我十四五岁时认识他的。那时他20岁左右，是广西师范学院（今广西师范大学）中文系六五级学生。由于学生宿舍跟教师宿舍挨得很近，他经常跟我们这些教师子弟一起玩耍，一起打篮球，练举重、单双杠等，因而也就慢慢认识了。二十年后，我们都在文化部门工作，常常在各种会议上见面。我称呼他"彭大哥"。

不算少年时的相识，我与他的第一次正式接触应该是在1990年左右。那时他是在漓江出版社担任社长吧。我的书稿《桂林抗战文艺概观》1988年投给漓江出版社被搁置了两年，我给出版社去信发了几句牢骚。不久接到了彭匈回信委婉"批评"。这应该是他给我的第一封书信，可惜现在找不到了。《桂林抗战文艺概观》后来在1991年出版了。书最终出版了，我很感谢彭大哥，如果是其他人做社长，可能不一定会理睬我。

彭匈在20世纪80年代时主要写小说，有小说集《新庙祝传奇》由漓江出版社出版，短篇小说《净地》1988年获首届广西文艺创作铜鼓奖。20世纪90年代中期，彭匈由漓江出版社调到广西人民出版社任总编辑，后到自治区新闻出版局任职，开始专攻散文。他说他每个双休日写一篇散文，一年就有了一本散文集。1997年，他出版第一本散文集《向往和谐》。进入 21 世纪以后，他又连续出版了《云卷云舒》（2002年）、《会心一笑》（2005年）、《一事能狂》（2008年）、《水浒这些男女》（2008年）等。他的散文，题材广泛，知识丰富，于谈古论今之中，道出独到的见解，且纵笔幽默，文字优美，游刃有余，突显其阅历丰富、视野开阔、学富五车、谈吐儒雅的气质和功力，因而，读他的散文，常常获得许多新鲜的知识和丰富的联想，产生一种深山寻宝、满载而归的喜悦和享受。

彭匈在 20 世纪 90 年代中期调到南宁工作后，我们来往多一些了。我常常在各种会议上听到他风趣的谈吐，有时也会在南湖边散步碰面。二三十年来，我与彭大哥相处和谐。1998年，他送散文集《向往和谐》给我，扉页用硬笔书法抄写李白的《黄鹤楼送孟浩然之广陵》，并题写"建平同志雅正　彭匈　一九九八年冬"。之后，他出了新著，几乎都送我一本，翻出来的有《云卷云舒》《一事能狂》《水浒这些男女》《三国那些人儿》，每本都有题签。他在《云卷云舒》扉页题写"建平同志雅正　彭匈　羊年孟春"；《一事能狂》《水浒这些男女》两本，都是 2008 年由广西人民出版社出版，分别题签"建平同志雅正　彭匈　戊子年春"和"建平同志雅正　彭匈　戊子年冬"；在

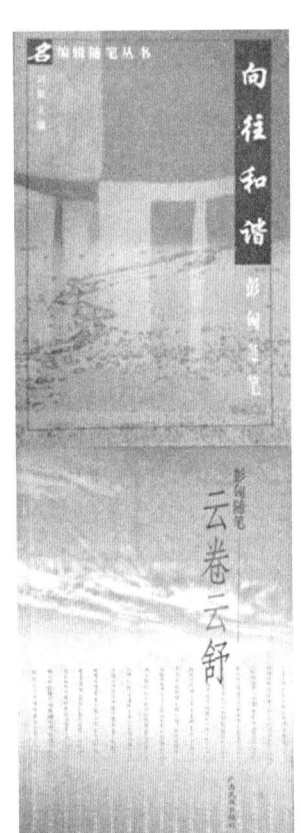

彭匈签名本《向往和谐》
《云卷云舒》书影

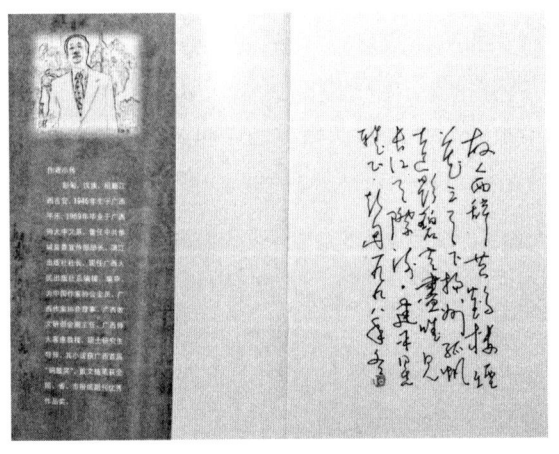

彭匈签名本《向往和谐》题签

彭匈签名本:
《向往和谐》《云卷云舒》《一事能狂》

彭匈签名本《云卷云舒》题签　　彭匈签名本《一事能狂》《水浒这些男女》书影

彭匈签名本《一事能狂》《水浒这些男女》题签

《三国那些人儿》扉页题写"建平学弟全家新春快乐　彭匈　戊子年冬于南宁"。他的散文、随笔写得既快又好，我很喜欢阅读。

彭匈文学上的才华在散文、随笔中表现得淋漓尽致，成就高，名气也随之增大。退休后，他被聘为广西壮族自治区人民政府参事、广西中华文化促进会副会长，常常受邀到各地演讲，颇受欢迎。他还经常到电视台谈古论今，讲广西历史人文、谈读书心得等。由此他获得众多粉丝，被赞为广西第一文化学者。渐渐地，我在电视上见他比平日里见面多了。

2002年，我主持写《广西文学50年》，对20世纪90年代的散文，我重点写了潘琦、彭匈、冯艺、徐治平四人。我对彭匈随笔的特点，评论了三点：一是知识性、世俗情；二是真性情、无矫饰；三是见幽默、溢书香。归结的结论是书香浓郁，笔韵飘逸。我认为这大概是他的散文之所以受到广大作者喜爱的缘故吧。

2011年春节作者参观"彭匈隶墨"展时与彭匈（左）、陈学璞（中）合影

彭匈的书法也越写越精。给我的赠书上的题签也是以书法体写就，十分雅致可观。2011年春节，他搞了个小型书法展，请一些好友去观赏，我也去了，在展会上与他合影留念。

2019年2月23日下午，彭匈突发心梗，不幸去世，享年73岁。遗憾！中国少了一位优秀的散文家，广西少了一位优秀的文化学者，我们少了一位可敬可爱的朋友！彭大哥！安息吧！您的著作，还在后人中流传。

2021年1月28日

梁扬签名本：
《红楼梦语言艺术研究》《中国散曲史》《中国散曲综论》

梁扬（1948— ），广西德保人。古典文学研究家。曾任广西大学文化与传播学院院长、广西大学文学与文化研究中心主任、中国散曲研究会常务理事、广西语言文学学会会长、《阅读与写作》杂志社社长兼主编等，获"自治区有突出贡献科技人员"称号。主要作品有《中国散曲史》《中国散曲综论》《清代广西作家群研究》等。

梁扬是我大学同学中年龄较长的一位，有学问，又忠厚，似兄长。在大学里，我与他有一段一起到秦似教授家请教并同时获秦老师赠送《秦似杂文集》的幸运经历。这在"秦似签名本"里记载了。

大学毕业后，梁扬以优异成绩、扎实的学识和忠厚的人品被学校看重而留校任教，后来担任了中文系主任、文化与传播学院院长，长达十余年。他还兼任广西语言文学学会会长、《阅读与写作》（前身为秦似创办的《语文园地》杂志）杂志社社长兼主编。这些职务，都是当年我们膜拜的学术权威秦似教授所担任的，梁扬兄，实在了得！

大学毕业后，我们交往较多，我得到他许多关照。在他的催促下，我写了《鲁迅新诗探微》《当今时代的读书》《再谈当今时代的读书》等几篇文章寄给他，他都安排在《阅读与写作》上发表了。他还请我担任他主持的广西语言文学学会副会长和《阅读与写作》编委。看到编委名单上我的名字与几位我的老师排列在一起，不时感到汗颜，也真切感到梁扬兄的关切之深。

梁扬在中国古代元明清文学研究、中国古典文献学地方古籍整理研究和《红楼梦》研究等领域多有建树,著作甚丰,著有《中国散曲史》《中国散曲综论》《〈史记〉的文学语言研究》《红楼梦语言艺术研究》《清代广西作家群研究》《岭西五大家研究》《古道壮风——赵翼镇安府诗文考论》《唐诗名句大辞典》《广西社会科学专家文集·梁扬集》等多种;主编有《中国传统蒙学大典》《中国历代祸患丛书》《广西地方古籍整理研究丛书》《明清散曲鉴赏辞典》《中国散曲理论与创作研究丛书》《献礼新中国70华诞——广西大学校友诗词作品集》和大型工具书《现代汉语词库》等多种。其中,有关中国散曲史研究在全国有较大影响,《中国散曲史》(与杨东甫合作)被称为"一本开先河的散曲史力作"①,"散曲文学史研究的拓荒之作"②。中国社会科学院文学所研究员、博士生导师刘扬忠在《20世纪中国散曲史研究与撰著评述》中指出:"新时期散曲史的研究与撰著呈现复苏和创新的势头,在通史和断代史两个部门,都各有几部学术质量较佳的著作问世。代表者有羊春秋、李昌集、梁扬、杨东甫和杨栋、赵义山等人。……梁扬等《中国散曲史》有一个重要的学术创获,即将民国(1911—1949)纳入散曲史序列,并定位为'回光返照'阶段,

梁扬签名本《红楼梦语言艺术研究》和题签

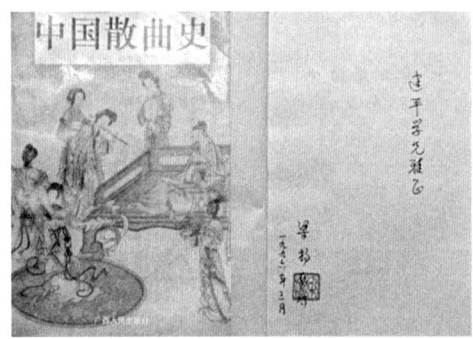

梁扬签名本《中国散曲史》和题签

---

① 马丕环:《一本开先河的散曲史力作——〈中国散曲史〉评介》,《中国出版》1996年第4期。

② 李庭华:《中国散曲文学史研究的拓荒之作——〈中国散曲史〉评介》,《广西社会科学》1996年第3期。

对之进行了基本的论述。……本书不但解放了思想,而且填补了散曲史上的重大空白。"①该书被韩国江原大学校人文大学采为中语博士生教材。《山河游踪——中国历代山水游记选译(中英对照)》在香港现代教育出版社出版后,被香港特区政府教育署列入"中学生课外读物百种"。《清代广西作家群研究》获广西第十三次社会科学优秀成果奖一等奖,《中国散曲史》《唐诗名句大辞典》《地方性综合大学汉语言文学专业人才培养综合研究与教改实践》获二等奖。

梁扬签名本《古道壮风——赵翼镇安府诗文考论》《中国散曲综论》书影

梁扬签名本《古道壮风——赵翼镇安府诗文考论》《中国散曲综论》题签

　　梁扬赠给我著作多本。他在《中国散曲史》扉页题签"建平学兄雅正　梁扬敬赠　一九九六年三月",并钤印。其他几本赠书也都留下了他工工整整的题签,十分感谢。他所赠之书我大都读了,收益颇多。其中,我尤其喜欢他的《红楼梦语言艺术研究》(与谢仁敏合著),曾细细读过,并应有关部门邀请,写了阅读该书的评语:

---

①　刘扬忠:《20世纪中国散曲史研究与撰著评述》,《东南大学学报(哲社版)》2002年第1期。

2014年，作者与梁扬（右）合影

一、创新与突出特色

1.选题准确，富于建设性和学理性。研究《红楼梦》是一门"显学"。在庞大的"红学"系统中，作者选取了处于边缘地位的"《红楼梦》语言艺术"问题进行研究，对于"红学"学科具有丰富的学理性和建设性。从研究现状来看，该成果达到了深化《红楼梦》研究的预定设计。

2.资料翔实精当。作者搜集的资料相当完备，参考了古今中外大量研究成果，处理资料基本做到了客观、科学、适当。

3.内容丰富，论述全面，论证比较充分。

4.研究方法在借鉴的基础上有一定的创新。作者借鉴了曹炜提出的以文学语言的功能为标准的分类方法，在曹炜提出文学语言的功能分为直接交际语和间接交际语的基础上，作了进一步的补充、改进和阐发，从而运用了更完备的语言功能法来分析和研究《红楼梦》的语言艺术。这就是除了要从交际的角度、交际的功能、制约因素等方面进行研究外，还要从交际的方式、言语的性质和遵循的规律等方面进行研究，形成自己的结论，有新意。

二、主要建树

1.较好地总结了《红楼梦》语言艺术研究历史……

2.对《红楼梦》的语言艺术，从叙述语言、描写语言、人物语言三种交际语方式和方面展开研究，得出了一些新结论……

3.提出了《红楼梦》语言的一些问题和缺陷。所论的7点，分析比较准确，评价中肯。

…………

还值得一提是我与他和陈耀松三人合作主编大学毕业30周年回忆录《书香致远：广西大学文学七七毕业30周年纪念文集》一事。2011年，同学们发起写大学毕业30年回忆录的倡议，陈耀松是主要组织者。他邀约了七八人做编委兼组稿人，又请我和梁扬负责审稿。在国家级出版社总编辑，多位省、市级报刊社社长或主编的大学同学面前，我对审稿有些犹豫。陈耀松说：你和梁扬都有正规的编审职称，你们审稿有谁不服的?! 后来我还是更多地受到陈耀松、梁扬的热情感染，参加了这个工作。书编印出来后，受到许多校友的好评。好些人说，翻开书就舍不得放下，一晚上就读完。时任云南省省长的李纪恒，是高我们一届的同学，他读此书后，欣喜地回信说："您的来信尤其是《书香致远：广西大学文学七七毕业30周年纪念文集》忆念文集，读后感慨良多。同学们的一篇篇文

2011年作者与梁扬（左）、陈耀松（中）在编辑《书香致远：广西大学文学七七毕业30周年纪念文集》工作会议上的合影

章，把当年广西大学校园生活鲜活地呈现在我面前，引起我对那个'恰同学少年，风华正茂'年代的无限美好回忆。"①此段经历，融有浓浓的同窗情谊。

2021年2月6日

---

① 李纪恒致李建平的信函，李建平存，收入陈耀松、梁扬、李建平主编《书香致远：广西大学文学七七毕业30周年纪念文集》前插页，内部出版，2012年印刷。

黄健签名本：
《走进科学家》《追寻科学家》《出版产业论》

> 黄健（1953— ），广东和平人。作家、出版家、文化学者。曾任广西科技出版社社长，广西新闻出版局副局长，广西期刊协会会长，广西文学艺术界联合会第七届、第八届副主席。现任广西壮族自治区人民政府参事、广西壮族自治区决策咨询委员会咨询专家。著有《出版产业论》《新媒体浪潮》《阅读世界》《国家数字出版基地模式研究》等。

我与黄健是校友，他学工科，我学文科，在学校时尚不认识。1997年，我因参与创办《沿海企业与科技》杂志而与黄健相识。《沿海企业与科技》属于科技类期刊，我们从企业文化、企业管理和企业科技角度定位该刊。我初任副总编、执行主编，几年后又担任了总编、社长。由于稿件往来，我与时任广西科技出版社社长、后任广西新闻出版局副局长的黄健有了较多的联系。黄健当时很愿意与我们联络，他将手头正在开展的采访中国科学院和中国工程院院士的系列文章，选了一部分给《沿海企业与科技》杂志发表，我们前后编发了约十篇吧。他采写的院士有王选、谈家桢、杨振宁、李京文、白春礼、王梓坤、丁大钊、蒋新松等。每篇文章约一万字，类似于小传记。他的这批文章，后来辑成《走近科学家》《追寻科学家》两书。2005年，我策划主编的第一本《广西蓝皮书：广西文化发展报告》出版，2005—2018年每年编辑出版一本。我每年都向黄健约稿。他很支持，每年都写出关于出版事业和出版产业的调研报告，有时还写来学术性强的研究论文，为《广西蓝皮书：广西文化发展报告》连续十年不间断出版做出重要贡献。我最初聘请他担任副主编,后来我请他担任了顾问。我和他一直合作得很好。

黄健思维敏捷又善于学习,勤于笔耕又善抓机遇,是一个事业成功人士。几十年来,他在多个领域大显身手。他任出版社社长和总编辑时,主持编辑的图书多次获中国图书奖,包括《邓小平科学技术思想研究》获第七届中国图书奖、《太空·地球·人类》获第八届中国图书奖、"国家重点建设工程"丛书获第十届中国图书奖、《中国南方洪涝灾害与防灾减灾》获第十一届中国图书奖;1997年广西首次公开招聘厅级领导干部,他报名应聘获得批准,转入新闻出版局从事领导工作;21世纪以来,他又受聘于广西大学新闻学院,任兼职教授、硕士生导师,带了十几届数十位硕士生。真是干一行成一行。

他最了不得的一点是十分勤奋,酷爱学习和写作。这使他不仅是干一行成一行,而且是干一行成两行、三行。无论他在哪个岗位上,无论怎么忙,他都抓紧时间读书和写作。他的许多文章、演讲文稿,是在候机厅、飞机舱、高铁厢里写出的。他撰写出版的著作已有十几部,又获得过广西社会科学优秀成果奖一等奖、二等奖多项,其数量和质量一点不亚于甚至超过了我们社会科学院里的大多数专业研究人员。这期间,他还不时在高校授课、带研究生,在各机关、学校、企业做学习辅导演讲。这不是干一行成两行、三行?他的人生太出彩了!我真佩服他的精力和精神!

黄健勤奋过人,笔力超群,写作出版著作18部,均为独著,成果颇为丰富。这些书大致可以分为采访院士的报告文学集、新闻出版理论专著和散文札记三类。他的著作,大多送给了我。

我认识他不久,就收到他赠送的报告文学集《走近科学家》(中南大学出版社2000年版),几年后又收到《追寻科学家》(广西师范大学出版社2006年版)。黄健在《走近科学家》扉页写道"建平学弟指正 黄健2002年秋末",在《追寻科学家》扉页写道"李建平学兄雅正 黄健二〇〇七年七月"。这两本文集,收入了他先后数年采访数十位中国两院院士的文章,展示了中国知识分子典型代表的学术贡献和人品风范。书中的好几篇文章,黄健曾交给《沿海企业与科技》杂志首发,当时我任该

黄健签名本《走近科学家》《追寻科学家》书影

刊执行主编，编稿时作为杂志第一作者先睹为快，从而认识了这两本好书，因而我获得他的赠书时，分外高兴。《走近科学家》《追寻科学家》两书内容感人，思想高尚，细节生动，文笔流畅，是值得宣传推介给全民阅读的好书。2018年，黄健又将"院士系列"的第三本《院士之路》（广西科技出版社2017年版）送给我。他在内封题签"建平学兄雅正　黄健二〇一八年三月"，并钤印。最近他还告诉我，他的第四本院士访谈录《情系科学家》已完稿，已在出版社编排中，计划2022年底出版。我期盼早日读到他的新著。

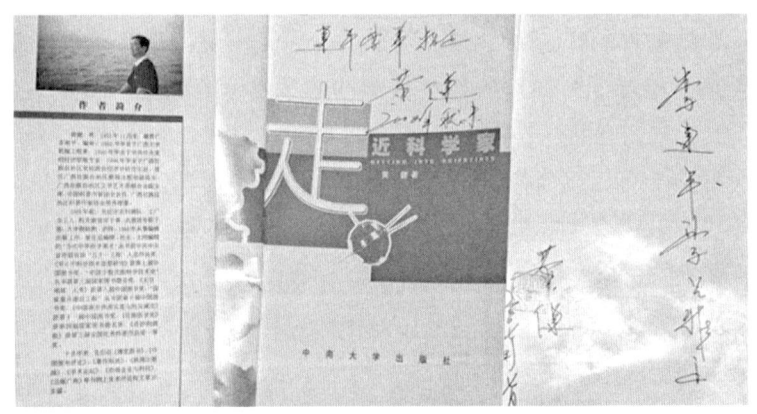

黄健签名本《走近科学家》《追寻科学家》题签

黄健著作的第二类是新闻出版专著。他对新闻出版学多有研究，勤于思考，撰写出版了《出版产业论》《思考出版》《新媒体传播论》《新媒体浪潮》《全媒体风暴》等专著。他赠给我的《出版产业论》2006年由广西人民出版社出版。他在内封上题写："建平学弟指正　黄健二〇〇六年十二月"。该书论述出版产业的历史、现状、内部结构、发展走向、发展对策等理论问题，富含理性思维和独特见解，2008年获广西第十次社会科学优秀成果一等奖。《思考出版》2008年由广西人民出版社出版。该书分为七部分：理论探索、改革思考、产业分析、编辑手记、评书杂谈、灯下心语和书人书语。该书基于作者从事新闻出版工作二十多年的实践总结和理性思考，从新闻出版工作管理和图书编辑的角度，阐述了在中国出版业从计划经济向市场经济转变和重大经济、文化、产业政策调整的过程中，对出版体制改革、新闻出版舆论导向、产业改革与发展、编辑工作等方面的理性认识、理论研究和战略性思考，为广大的新闻出版工作者提供多方面的启示。《新媒体浪潮》是2011年广西教育出版社出版的图书，介绍了新媒体的内涵、发展历程，以及在全球互联网迅速崛起带动下的手机媒体、数字出版的迅猛发展，反映了我国互联网、手

黄健签名本《出版产业论》书影

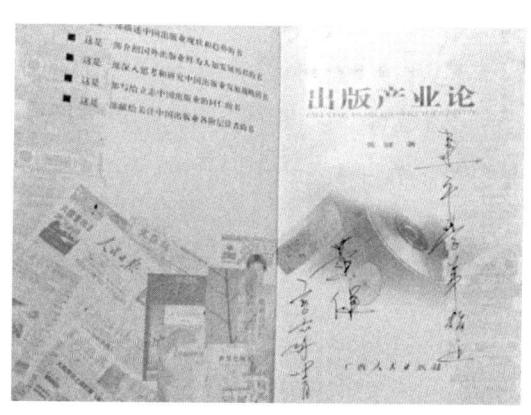

黄健签名本《出版产业论》题签

黄健签名本《思考出版》《新媒体传播论》题签

机等新媒体与传统媒体的相互促进、相互融合的全面发展状况,对新媒体的快速发展催生的信息环境及带来的社会问题等诸多前沿问题进行了深入调研和分析,对新媒体的未来趋势做出了预测,还提出了不少具有针对性的对策建议。《全媒体风暴》是《新媒体浪潮》的续篇或称姐妹篇,2015年由广西教育出版社出版。该书描述了当时最新的媒体发展趋势,论述了当代媒介形态的高度融合性、新闻介质的开放性和信息生产的全民性等理论特征,介绍了传播学的前沿理论,是一部极具创新特征的传播学论著。这几本专著,反映了黄健的学术理论高度和学术积累厚度,是理性思维和出版实践相结合的好书。

  黄健热爱生活,关注社会,写作勤奋,既写理论著作,也写散文随笔,这构成了他的著作的第三类,包括散文集《掠燕湖札记》《岁月行思》《岁月如歌》《阅读台湾》《阅读世界》《阅读法兰克福》等多部,都送给了我。《掠燕湖札记》是他在中央党校学习时写下的见闻札记。他在内封题写"送李建平先生指正　黄健二〇〇五年十一月"。《岁月行思》是黄健的散文合集,2010年由广西民族出版社出版。几十篇散文分为三辑:忆"悠悠岁月"、记"健行天下"、录"我在我思",记录作者15岁下乡插队以来至今40年人生的风雨历程以及生活感悟。《阅读台湾》是2008年接力出版社出版的图书,是作者游访宝岛台湾后的一部散文合集,作者以生动的笔墨记述了自己看到、感受到的台湾。《阅读世界》

黄健签名本《掠燕湖札记》题签　　　　黄健签名本《岁月行思》题签

2012年由广西师范大学出版社出版,是一部探访世界文学巨匠故居的游记随笔摄影集,是他参观考察国际书展的感悟结晶。《阅读法兰克福》2013年由接力出版社出版,以大量的实地拍摄图片和游记文字记叙访问这座欧洲城市的印象。这些书籍,记录时代变迁,展现大千风云。摄录画面绚丽多彩,潇洒挥笔行文流畅,颇为好读。

2018年12月作者与黄健(左)参加广西大学校庆活动在校史馆合影

黄健最近还告诉我,他的新著《沿着民族复兴的足迹》《RCEP合作规则与广西发展》2022年将在广西人民出版社出版。这可以看作他的第四类著作了,即社会发展研究类。由此可见黄健的学术格局越来越大,人文情怀越来越深厚了。

黄健从出版专业人士转为政府管理干部,又从领导干部转为教书育人的老师,在工作中始终如一地握笔撰述,勤奋写作,令我十分钦佩。与书为友,撰笔著书,是我们共同的喜好和交往的纽带。期待读到黄健好友的更多好书!

2021年12月10日初稿,2022年1月28日改定

吕余生签名本：

《中越壮侬岱泰族群文化比较研究》《中原文化在广西的传播与影响》

> 吕余生（1955— ），广西全州人。文化学者、二级研究员、博士生导师。历任中共广西区委宣传部理论教育处处长，中共北海市委常委、宣传部部长，北海市副市长，广西社会科学院党组书记、院长，广西北部湾发展研究院院长，广西师范大学马克思主义学院博士生导师等，获广西"八桂学者"称号，享受国务院颁发的政府特殊津贴。主要作品有《中越壮侬岱泰族群文化比较研究》《桂北文化研究》《广西北部湾地区历史文化资源保护与开发研究》等。

1996年，广西社会科学院领导派我参加中共广西壮族自治区委员会宣传部的一个写作班子，撰写一个记录广西建设发展的电视纪录片脚本。在工作中认识了当时任宣传部理论教育处处长的吕余生。10余年后，吕余生从北海市委常委、宣传部部长岗位调到广西社会科学院，任党组书记、院长，成了我的直接领导。

那时我在担任文史研究所所长，为实现地方社科院"两个服务"（社会科学研究要为经济社会发展服务、为地方党委和政府决策与工作重心服务）的转型，我们的研究工作也正在由原来的主要做基础理论研究转到以多数精力做应用对策研究。具体工作，一是每年承担一些应用型文化研究课题，如文化产业研究、文化政策研究、文化发展规划研究、文化建设重大项目研究等；二是每年编撰出版一部反映、总结上一年度文化事业和文化产业发展的年度报告。那几年，这些文化研究工作，都得到了吕余生院长的直接指导和关照。

2009年，我们设计了"广西北部湾地区历史文化资源调查"课题，在课题设计和策划调研活动时，吕余生给予了实际指导并切实参与。不久，吕余生带队出发到北海、钦州、防城港三市调查。他以长期在北海市工作形成的海洋思维与组织人脉，精准地安排了调研活动的内容、程序和行程，使这次调研活动扎实饱满，收获丰盛。回来后他牵头完成《广西北部湾地区历史文化资源调查》一书，出版后获得广西第十一次社会科学优秀成果三等奖。

吕余生担任广西社会科学院院长八年，显示出了极强的组织管理能力和研究实力。他不仅在组织广西社会科学院科研工作方面出色出彩，如每年设计几十个辅助经济社会发展和党委政府决策的院级课题，每年组织召开"中国—东盟智库战略对话论坛"，连续几次组织举办桂台经贸合作论坛，研究成果连续几次获得广西社会科学优秀成果一等奖，咨政报告多次获国家和省部级领导批示，等等，使广西社会科学院的科研实力和社会影响力大大提升；自己还抓了几个重大科研项目，都很有质量和影响。他牵头的《广西建设民族文化强区战略研究报告》《中越壮侬岱泰族群文化比较研究》《中原文化在广西的传播与影响》三个项目连续获得广西第十三次、第十四次、第十五次社会科学优秀成果奖一等奖。一人连获三项一等奖，这在广西社会科学院四十多年历史中是绝无仅有的，在广西社会科学界应该也是唯一的。

吕余生院长对广西社会科学院的贡献还有一点值得记载。他在院长任上的那几年，筹措到的科研经费是广西社会科学院历史上最多

吕余生签名本《中原文化在广西的传播与影响》《中越壮侬岱泰族群文化比较研究》书影

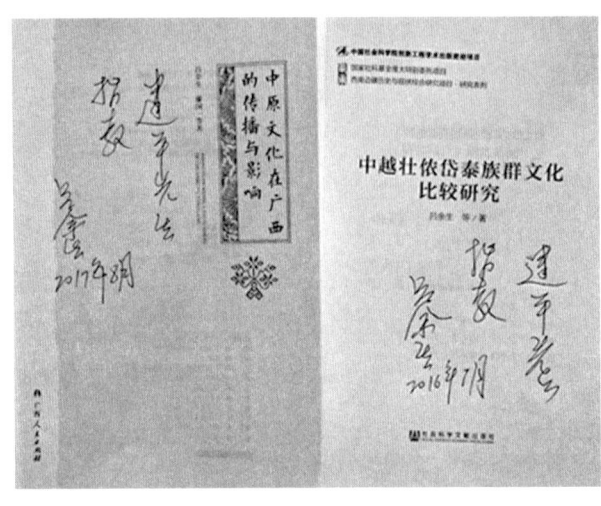

吕余生签名本《中原文化在广西的传播与影响》《中越壮侬岱泰族群文化比较研究》题签

的。这对于我们做课题、搞调研、添设备、出版著作，特别是在出版基础理论著作和编撰出版《广西蓝皮书》系列著作等方面，都是特别有帮助的。

2016年，吕余生给我赠送了《中越壮侬岱泰族群文化比较研究》，他在扉页题写："建平先生指教　吕余生2016年7月"。第二年，他又赠送了《中原文化在广西的传播与影响》。他在扉页题签"建平先生指教　吕余生2017年8月"。两书先后获广西第十四、第十五次社会科学优秀成果奖一等奖，很宝贵。

我有幸参加了吕余生领导的两个项目的工作。第一次是2011年开展的"中原文化在广西的传播与影响"。这个项目是吕余生策划，组织了广西社会科学院和广西师范大学的学者合作完成。该书论中原文化在广西的传播和影响，从人口迁徙、交通、语言、文学、艺术等方面论述，本来交给我负责写文学艺术部分的，我感到自己学力不足，邀请了好友——广西师范大学文学院教授张利群参与，他写文学部分，我写艺术传播部分。我俩较好地完成了写作任务。该书出版时我荣幸地被列为第三作者。第二次是2012年广西社会科学院与老挝国家社会科学院合作项目"中国壮族和老挝老族文化比较研究"。吕余生是中方课题组组长，我跟随吕院长和课题组其他成员两次赴老挝调研和学术交流，收集了大量文献资料和田野调查资料。我承担了"中国壮族"和"文艺"两章的写作。目前该课题出版工作正在运作中。我很感谢吕院长给我多次科研实践的机会，使我在学术视野和学术能力上有较大的提升。

我与吕余生还一起参与广西桂学研究会活动十余年。2010年，潘琦先生发起成立该会并担任会长，吕余生是副会长，我也有幸忝列副会长。广西桂学研究会2018年换届时，吕余生担任了第二届会长，直接领导了我在桂学研究会的工作。桂学研究会是一个实力雄厚、充满活力、极具张力的社会团体，十余年来百项以上学术成果为广西文化和学术事业发展做出许多贡献。祝愿广西桂学研究会在潘琦、吕余生两位会长领导下创造更大的辉煌。

2012年作者与吕余生（右）合影

2021年12月17日

梅帅元签名本：

《流浪的情感》

梅帅元（1957— ），广东台山人。戏剧家、导演、国家一级编剧。曾任广西壮剧团团长、广西杂技团团长、广西政协常委、广西戏剧家协会副主席、广西文华艺术有限责任公司董事长、中国旅游演艺联盟主席。系广西优秀专家，享受国务院政府特殊津贴。著有《印象·刘三姐：梅帅元剧作集》《广西当代作家丛书·梅帅元卷》《流浪的情感》等。

梅帅元是戏剧家，年轻时是广西壮剧团编剧，爱好文学，常常写小说发表。27岁因与杨克合写《百越境界》发表于《广西文学》1985年第3期，引起广西文坛的震动。我因此文与他相识。

我与梅帅元的交集大致有三次。第一次就是因《百越境界》这篇文章。我是这篇文章发表时的责任编辑，是最早读到它的两人之一（另一位是《广西文学》副主编张辛，他把文章交给我编辑）。关于这篇引起广西文坛震动的文章，我在"杨克签名本"一篇里已较详细地写了，这里不再赘述。只是那次青年作家们集体考察宁明花山，他没有去，有点遗憾。

第二次交集发生在1993年春。1992年11月，梅帅元的小说集《流浪的情感》在漓江出版社出版。他送给我一本，说："准备开个研讨会，给你看看，做个发言吧。"他在扉页题签"健平兄雅正　梅帅元　93.3"（常有人将我的"建"字写作"健"）。我1985年时在《广西文学》读过他的短篇小说《黑水河》，1989年又在《人民文学》读过他的中篇小说《红水河》，很喜欢，留下深刻印象。他的这本小说集，我自然很愿意读。

1993年4月，广西作家协会和广西青年文艺评论家学会联合召开了"梅帅元小说研讨会"，我在会上做了发言。后来，我将发言稿改写成《南方的声音——梅帅元小说随想》，投给了《中国文化报》。那时，林白（林白薇）在《中国文化报》副刊任编辑，见到家乡人评论家乡作家作品，自然多几分关心。她将文章编发于1993年9月26日该报副刊。

《流浪的情感》收入12篇中短篇小说。其中，《黑水河》发表在1985年的《广西文学》，可以说是"百越境界"思潮的最早的实验作品之一，《红水河》发表于1989年的《人民文学》，又可以说是"百越境界"的压轴之作。我在《南方的声音——梅帅元小说随想》评论说：该书"是一部艺术品位高，反映了这些年来广西青年作家群艺术水准的佳作"。这是梅帅元30岁前后的成果，有理论，有实操，早早地显示了文化策划人和高级实操手的品质。难怪他能在后来与张艺谋等人合作，创造出了中国文化产业的经典之作——《印象·刘三姐》。

梅帅元的成就自然不止在小说方面，甚至主要不在小说方面，他在主业的戏剧创作方面，更是大为出彩。他的剧作主要有：大型壮剧《羽人梦》、大型民族歌剧《歌王》（合著）、舞剧《妈勒访天边》（合著）、儿童音乐剧《太阳

梅帅元签名本《流浪的情感》书影

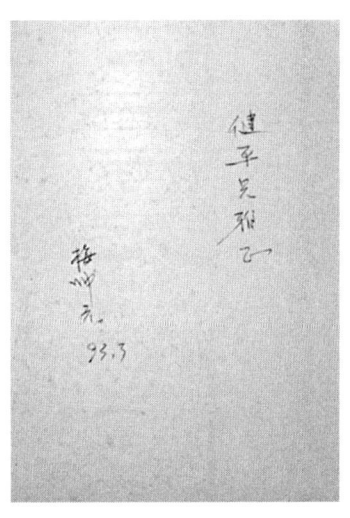

梅帅元签名本《流浪的情感》题签

童谣》、歌曲《乡村社戏》等。这些作品，先后获全国少数民族戏剧创作金奖、文华大奖、文华剧作奖、中国曹禺戏剧文学奖、中宣部精神文明建设"五个一工程"奖和广西文艺创作最高奖——铜鼓奖。中国当代戏剧大奖几乎全部囊括，成绩十分突出。

梅帅元成为文化名人，形成极大影响的业绩是《印象·刘三姐》。这个几乎被全国亿万人知晓并有世界性影响的文化产业和旅游产业项目，是他策划、张艺谋导演的中国最早的山水实景演出剧目。把剧场建在山水间，把自然美与艺术美结合，是他的创新点。后来这个项目获得巨大的市场效益和社会效益，仅2004年至2006年三年，累计票房收入达25120万元，成为中国文化产业的标杆性作品，获得多个国家级奖励。此外，梅帅元还成功策划和导演了多个大型文艺项目和演出，主要有：参与1999年南宁国际民歌艺术节"大地飞歌"及2001年第七届中国戏剧节闭幕式晚会、策划和导演2002年亚洲博鳌旅游论坛（中国桂林）闭幕式晚会"欢乐漓江"等。他还策划和导演"山水盛典"系列实景演出剧目，包括：《禅宗少林·音乐大典》（河南登封）、《天门狐仙·新刘海砍樵》（湖南张家界）、《文成公主》（西藏拉萨）、《鼎盛王朝·康熙大典》（河北承德）、《桃花源记》（湖南常德）、《中华泰山·封禅大典》（山东泰安）、《大宋·东京梦华》（河南开封）、《会安记忆》（越南会安）等。梅

2006年7月30日作者与梅帅元（右）合影

帅元因此成为中国山水实景演出的创始人,担任了中国旅游演艺联盟主席,获得"2012中国文化产业风云人物""2014中国旅游风云榜年度影响力人物""影响世界的中国文化旅游名人(2014)""首都文创杰出人物(2018)"等殊荣。

我因《印象·刘三姐》与梅帅元有了第三次交集。有一年我去桂林做文化考察时见到他,他请我去看《印象·刘三姐》。那是我第一次看,很新鲜,也很震撼,挺佩服他的。一两年后,文化部(现为文化和旅游部)文化产业司和广西壮族自治区文化厅(现为广西壮族自治区文化和旅游厅)联合召开"《〈印象·刘三姐〉文化产业文化产业总体成果及前景研究报告》论证会",请我参加,我又一次观赏了《印象·刘三姐》。第二天的会议上,我做了题为《论〈印象·刘三姐〉的全方位创新及发展建议》的发言。在发言中我论述了该剧在"表演艺术""产业开发""运作模式"三方面的创新。发言稿后来发表在《沿海企业与科技》杂志上,也收入在我和李京文院士的论文合集《文化力与文化产业》(2007年方志出版社出版)里。在那次会上,我俩合影留念。

以后,各忙各的,联系渐渐少了。这本签名本和合影,成为我们三十多年友谊的见证。

祝帅元君再创文化佳绩!

2022年3月7日

容本镇签名本：

《文学的感悟与自觉》《悄然崛起的相思湖作家群》《广西当代少数民族文学概观》

  容本镇（1958— ），广西浦北人。作家、文艺评论家、教授。曾任广西民族大学副校长兼国际教育学院院长，广西教育学院院长、党委书记，广西写作学会会长，中国写作学会副会长，中国少数民族文学学会副会长；现任广西文艺评论家协会主席、广西桂学研究会副会长。主要作品有《多只眼睛看东盟》《同一条河流》《书香花艳四月天》《古海角血祭》等。

  容本镇是七八级大学生，1982年毕业后就在广西民族学院（今广西民族大学）留校工作。他是"两栖型"学者，在教学工作之余，既写小说，也写文艺评论。20世纪90年代写作出版的长篇小说《古海角血祭》，在广西文坛形成影响，同时期写的系列论文《张承志小说论》，获1999年至2001年度广西社会科学优秀成果三等奖。

  进入21世纪以后，容本镇将精力主要放在文学评论上了。此时，他与我都担任了第二届广西文艺评论家协会副主席，几年后，他又担任了第三届主席，再加上我于2004年受邀担任广西民族大学文学院兼职教授、硕士研究生导师，和容本镇一道在现当代文学教研室工作，一起开会，参与评审论文开题报告、论文答辩和研讨评论活动等，相互交往的机会更多了。2009年，潘琦书记发起成立广西桂学研究会，第二年正式成立时我和容本镇一齐担任了副会长。桂学研究会的活动更多，在桂林、南宁、北海、钦州、北京等地开会，到云南、广东等地调研，还有做课题、评审课题，等等，十几年来大量的活动使我们交往十分频繁。

容本镇送给我的签名本有《文学的感悟与自觉》、《悄然崛起的相思湖作家群》和《广西当代少数民族文学概观》三本。他在内封分别题签"建平兄正之 容本镇二〇〇二、三、廿五""建平兄正之 容本镇二〇〇二、六、九""建平兄雅正 容本镇 2017.12.16"。此外,容本镇的学术著作、文集还有《广西当代文艺理论家丛书·容本镇卷》、《岭南汉风》、《凝望八桂》、《广西民族文化的融合、传承与发展》(主编)、《广西文艺六十年》(主编)等。其中《岭南汉风》被评为广西优秀图书一等奖。

《文学的感悟与自觉》一书列入山东大学徐传武教授主编的《文化与学术丛书》,2002年由中国文联出版社出版。全书30多万字,分三个部分。我主持撰写的《广西文学50年》这样评论该书:"第一辑'高原探胜',是一组九篇研究与评论张承志小说的论文。在解读著名作家张承志的过程中,理性与感悟、学术与激情有机地融合在一起。这种对话精神同样凝聚于第二辑'岸边观潮'的各篇章中。十九篇文学评论中不少是对少数民族作家的作品评介。体现了作者对

容本镇签名本《文学的感悟与自觉》《广西当代少数民族文学概观》《悄然崛起的相思湖作家群》书影

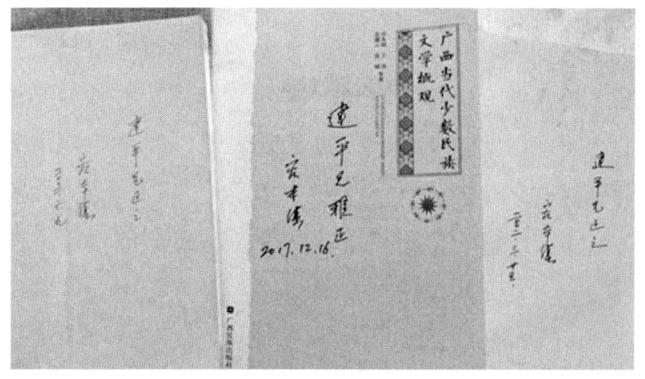

容本镇签名本《文学的感悟与自觉》《广西当代少数民族文学概观》《悄然崛起的相思湖作家群》题签

民族文学的关注，对处于成长期的中国少数民族作家如何走出边缘位置做出了有益的实践与探索。在第三辑'海角回声'中，作者特意收入关于自己的长篇小说《古海角血祭》的不同意见与评论文章。这是一种超越书斋的更广泛的对话形式，透露出文学批评中某些值得反思的现象与信息。"①2020年，该书被中国写作学会评为"中国写作学会成立40周年40部优秀学术著作"。

《广西当代少数民族文学概观》是容本镇策划和主持完成的广西桂学研究会研究课题，2015年立项，2017年完稿出版。该书48万字，分为十一章。第一章"绪论"，全面总结广西当代少数民族文学的发展历程和基本经验，第二至第九章分别论述了壮族、瑶族、仫佬族、回族与京族、苗族、毛南族、水族、彝族、仡佬族文学，第十章论述民族民间文学的搜集整理和研究，如此形成对广西当代少数民族文学的系统性论述。研究方法上理论与史述并重，批评与研究结合，既全面系统，又深度剖析，使广西当代少数民族文学研究达到一个新的水平。

容本镇对广西文学的贡献，还表现在文学评论组织工作方面。一是推动相思湖作家群的形成。2000年6月，他成功地组织了"相思湖作家群现象研讨会"，并主编了《悄然崛起的相思湖作家群》（2002年广西民族出版社出版）一书。"相思湖作家群"指的是"地处南国边陲相思湖畔的广西民族学院在半个多世纪的办学历史中，涌现了数以百计的作家、诗人和评论家，逐步形成了一个令文坛瞩目的'相思湖作家群'，蔚然成为一种独特的文学现象和文化景观"②。"相思湖作家群现象研讨会"和《悄然崛起的相思湖作家群》的编撰出版，总结与推介了相思湖作家群现象，扩大了"相思湖作家群"现象的影响。对于弘扬品牌优势、探讨人才培养模式、展现作家艺术风采、揭示作家成长规律、推动文学事业发展等方面有较高的现实与学术意义。二是组织开展重大文艺评论活动。除上述"相思湖作家群现象研讨会"之外，2007年他担任广西文艺评论

---

① 李建平等：《广西文学50年》，漓江出版社2005年版，第543页。此段文字由黄海云撰写。

② 李建平等：《广西文学50年》，漓江出版社2005年版，第542页。

2009年4月15日作者与容本镇（左）参加广西桂学研究座谈会在雁山园门前合影

家协会主席后，立即组织召开了"2007'广西文艺论坛暨《文学桂军论》研讨会"。这个会议，对于总结改革开放以来广西文学发展历程和作家群建设及其成就，意义重大。中共广西壮族自治区委员会原副书记、时任广西文联主席潘琦出席会议并发表重要讲话。三是推动广西文艺评论活动的活跃与发展，强化了文化评论功能与队伍建设。他担任广西文艺评论家协会主席十余年，通过召开文艺研讨会、组织文艺评论评奖、编选出版"广西当代文艺理论家丛书"（20卷）、建立文艺评论基地、向中国文联推送文艺评论精品佳作、发展新会员等大量工作，推进了广西文艺评论事业的发展，留下了许多有特色有成效的工作业绩。

　　容本镇为人谦和善良，作风朴实稳重，颇有谦谦君子之风。与他交往，心境十分舒坦平和。他是一位值得信赖、令人乐于交往的朋友。2004年，我负责的《文学桂军论》在国家社科基金项目立项后，我曾约他参加课题组一道工作。他答应了。他参加了课题组前期的策划和大纲研讨工作。后来，他因担任广西民族大学副校长，行政事务和教学工作繁重，没有参与具体章节的写作，十分遗憾。但那段合作，仍是那么令人愉快与怀念。

2021年11月18日

廖明君签名本：
《壮族自然崇拜文化》

廖明君（1961— ），壮族，民族文化学者，二级教授、编审，博士研究生导师。1984—1991年就读于广西师范大学中文系，获文学硕士学位。历任广西民族文化艺术研究院院长、广西非物质文化遗产研究中心主任、《民族艺术》主编、《歌海》主编；现任广西民族大学文化遗产研究中心主任；系广西文化名家暨"四个一批"人才，享受国务院政府特殊津贴。主要作品有《生死攸关——李贺诗歌的哲学解读》《万古传扬创世歌》《壮族自然崇拜》等。

廖明君1991年从广西师范大学硕士毕业到广西艺术研究所工作。不久，他参与广西社会科学院主编的"广西民族民间文艺研究丛书"的编撰工作。我所在的文学研究所所长丘振声是这套丛书的双主编之一，因而廖明君常常到我单位走动，我与他渐渐相识。他在这套丛书里承担了独立专著《壮族生殖崇拜文化》的写作，他仅用一年多时间就完成了写作，1994年广西人民出版社出版了该书。

廖明君学术功底扎实。硕士阶段他读的是中国古代文学专业，硕士论文研究李贺的诗歌。在当时不少人认为李贺的诗已无多少深入研究的空间，廖明君却从生命哲学的角度切入，写了《死与生的探求——李贺"鬼"诗论》，毕业论文答辩时，由知名唐诗研究专家陈允吉等五位学者组成的答辩委员会予以较高的评价："作者从哲学的视角切入，提出了李贺诗歌内在的哲学意蕴和精神实质乃在于生命哲学的诗化，见解独特，论述深入。文章具有较高的学术价值以及方法论上的创新意义，对李贺诗歌研究的拓展和深化具有一定的启发性。"该文后来很快得到刊物认可予以发表。毕业后，廖明君在工作之余继续从生命哲学的角度深化拓展李贺诗歌研究，又写出了《生命·苦难·诗歌——李贺诗歌新论》等系列论文，陆续刊发于《暨南学报》等期刊，并完成专著《生死攸关——李贺诗歌的哲学解读》，获得了学术界的关注与好评。

学术功底扎实和学术敏锐的结合，加上学术追求的痴迷与勤奋，使廖明君并不满足停留在古代文学研究这个领域，他后来实现了多个学术转型。《壮族生殖崇拜文化》是他由古代文学研究跨越到民族文化研究的第一次跨学科研究成果。后来他又深入探究，写出姊妹篇《壮族自然崇拜文化》，又获成功。两书先后获广西社会科学研究优秀成果二等奖，后者还获得中国民间文艺第五届山花奖·第二届学术著作奖、第二届文化部文化艺术科学优秀成果二等奖等荣誉。

廖明君的第二次学术跨越是民族学与艺术人类学暨非物质文化遗产整理与保护的结合，即由基础理论研究向应用研究的拓展。他由此开始了跳出古籍书斋，走进乡村从事田野考察的应用型学术研究，在民族学、民俗学、人类学和文化学等领域交叉穿行，显示出颇为迷人的学术魅力。在长期的民族文化艺术考察研究中，他主持了多个国家级研究项目，如"珠江流域中上游地区自然崇拜文化与生态保护""壮族艺术的人类学研究""广西红水河流域铜鼓艺术""珠江流域中上游地区少数民族铜鼓艺术与非物质文化遗产保护""中国节日志·蚂蜴节"，国家社科基金重大项目"中国宗教美术史"子课题"中国少数民族宗教美术史"，"中国民间文学大系出版工程·史诗·广西卷"，"中国民间文学大系出版工程·歌谣·广西卷·刘三姐分卷"等，并主编了"文化田野图文系列丛书""刘三姐歌谣丛书"，出版了四十余部著作，发表两百多篇学术论文。他有多项民族文化艺术保护与发展的相关建议受到自治区政府、自治区人大的重视并予以采纳，主笔起草《广西壮族自治区民族民间传统文化保护条例》《广西民族民间文化保护工程总体规划》《防城港市京族文化保护条例》等重要文件。廖明君以丰硕的文化实践成绩使他成为国内重要的民族文化研究专家，担任了国家社科基金艺术学项目评委、文化部

廖明君签名本《壮族自然崇拜文化》书影

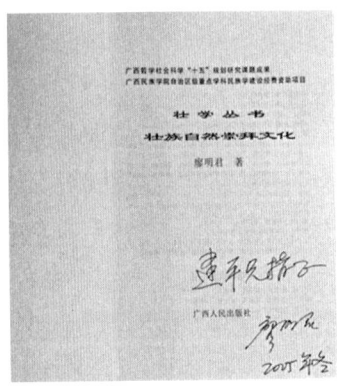

廖明君签名本《壮族自然崇拜文化》题签

（现为文化和旅游部）创新奖评审委员会委员，并获得文化部（现为文化和旅游部）"优秀专家"称号。

我有幸获得他赠予《壮族自然崇拜文化》一书。他在内封题签"建平兄指正 廖明君 2005年冬"。该书认为"物我合一"是壮族的自然观和哲学观，提出"壮族自然崇拜文化群""壮族自然崇拜文化丛""壮族崇拜文化圈"等概念，论述壮族自然崇拜文化主体的各子文化圈之间所存在的互动循环关系、壮族自然崇拜文化与壮侗语民族、汉族及其他民族的自然崇拜文化的关系等论题，揭示出壮族自然崇拜文化的特点类型以及所蕴藏着生死崇拜文化和"那"文化的文化内蕴，无疑是壮族文化研究的一本开新境的力作。

廖明君还撰写出版了《穿越红水河》《布洛陀》《生殖崇拜的文化解读》《铜鼓文化》《刘三姐歌谣·古歌卷》《刘三姐歌谣·情歌卷》《刘三姐歌谣·风俗歌卷》《刘三姐》《文化探究：跨学科视域中的多元对话》《艺术探索：科学跨视域中的多维对话》等多部学术专著。他还参与策划与组织实施编写《广西现代文化史》，并担任副主编。他还应越南国家人文和社会科学中心文化研究院以及日本国立民族学博物馆邀请，前往上述两国进行民族文化艺术专题学术讲座和学术研讨，在国际上形成影响。

廖明君跨学科研究学术功力还使他在担任学术期刊《民族艺术》的主编时大显身手。他率先打破国内学术期刊论文集化的格局，把该刊办成具有鲜明的学术个性、开阔的学术视野和较高的学术品位的大型民族文化艺术专刊，受到国内外学术界高度评价，连续多年被评为中文核心期刊、中文社科引文索引来源期刊和广西优秀期刊，在民族学、艺术学和文化学界享有很高的声誉。

我与廖明君有十多年共住一个大院，时常见面。我们更多的交往是在各种学术会、评审会上。较密切的来往大约是两三次吧。一次是2007年4月，他邀请我参加他参与策划、组织的"广西北路壮剧文化艺术节暨壮剧艺术发展学术研讨会"活动，我随他到了田林县。在那里，我第一次切近观赏了壮族民间戏剧的表演艺术，真切地感受了壮剧艺术的魅力和壮族民众对戏剧艺术的热爱。我确实是被吸引了，拍了许多剧照，就连那些我丝毫听不懂的壮语唱词和对白，也听出一种特殊语调的音韵美来。我在田林还参加了那次壮剧艺术研讨会，只是听会学习，不敢下车伊始乱发言。各位专家的精彩发言和廖明君在会上做的会议总结，让我学到许多新鲜的知识。从田林回来后，我忍不住去找来一些资料，细细阅读，经过一段时间的思考和研究，写出一篇《壮剧艺术发展初探》，后发表在《广西文化》2011年第2期。这无疑是廖明君给我的学术滋养。

2007年4月作者随廖明君（右）到田林县参加"广西北路壮剧文化艺术节"开幕式时合影

第二次较密切的交往是2015年前后我们一同参加广西文史研究馆组织的《广西现代文化史》编写，资深出版家、文化学者刘硕良任主编，廖明君任副主编，我们在一起探讨《广西现代文化史》的大纲、结构和内容，召开写作会议五六次，十几个文化学者，包括多名二级教授，共同商议、研讨广西现代文化现象和成果、发展脉络和学术经验，分头撰写初稿又评议修改，终于完成了这部四卷本150万字的《广西现代文化史》大书。那是一段十分愉快的写作活动，颇有收获和感念。

2014年，廖明君离开广西民族文化艺术研究院转到广西民族大学工作，担任广西民族大学文化遗产研究中心主任、博士研究生导师，主要负责民族学专业中国少数民族艺术方向的教学与研究。祝愿他在教学和研究岗位上取得更大的成就。

2022年3月1日

王建平签名本：

《广西之旅》《光彩集》《艺谭纵横》

王建平（1962—　），广西贺州人，文艺评论家、文化学者、教授。1983年7月毕业于南开大学中文系，曾任广西大学戏剧影视文学教研室主任、硕士研究生导师，现任广西社会科学院文化研究所所长、《沿海企业与科技》杂志主编、广西抗战文化研究会会长、广西文艺评论家协会副主席等职，获得全国优秀社会科学普及专家、全国社科联优秀学会工作者、广西文化名家暨"四个一批"人才、全区宣传思想文化工作先进个人等称号。主要作品有《广西之旅》《光彩集》《艺谭纵横》《凝眸精彩》等。

王建平1983年7月由南开大学中文系毕业后，回广西到广西大学任教，一直工作到2014年12月，做了31年的大学教师，从助教干到教授。2014年12月25日，他来我单位报到了，做了我的同事，后来担任广西社会科学院文化研究所所长。

于是，我们单位有了两个"建平"，有人称我们大建平和小建平。我年长他10岁，他常称呼我"老哥"，我相应称他"老弟"。但在工作上，我遵照规矩称呼他"所长"。

我和他在学术上研究相同或相近专业，年轻时都是做现代文学研究，中年拓展到文化研究，我做文化产业，他重点在影视文化，也属于文化产业，近十来年我们又一起做抗战遗址调查研究，学术契合点越来越多。我和他"三观"相似，性格相近，就这样越走越近，直至我把他拉进了广西社会科学院。

2002年作者与王建平（左）考察边疆文化时在德天瀑布合影

最初他在大学教学，社会活动不多，我们在20世纪八九十年代基本没有联系。21世纪初由于一个偶然原因，我们在自治区博物馆的纪念鲁迅展中相识了，因为名字一样，所以倍感亲切。他在大学里最初是教授和研究中国现代文学的，所写的《重读〈寒夜〉》发表在《中国现代文学研究丛刊》，《〈呐喊〉中不应该被忽略的一声"呐喊"——〈头发的故事〉解读》发表在《鲁迅研究月刊》，被学术界认为是20世纪八九十年代重读文学名著热潮中的代表性论文。而关于20世纪上半叶中国旧体诗研究的论文《文学史不该缺漏的一章——论20世纪旧体诗词创作的历史地位》曾被《新华文摘》"论点摘要"栏目选中刊载。

后来，广西大学文化与传播学院组建戏剧影视文学教研室，创办广西高校首个戏剧影视文学专业，他被委以筹建重任并担任教研室主任。

王建平最早送给我的签名本是《广西之旅》。他在内封题写"李建平兄雅正 王建平、陶志红2001.3.9"。王建平爱摄影、爱旅游。《广西之旅》是他与夫人陶志红等人旅游与摄影结合的产物，系广东旅游出版社1999年出版的"中国之旅热线丛书"其中的一本，内中分北线和南线两部分介绍了广西绮丽的山水风景和旅游点、旅游线路。"山水风光甲天下""民族风情醉游人""奇特神秘边关情"

王建平签名本《广西之旅》题签

"十里银滩碧海游"是这本书的概貌和广告词,相当打动人心。该书出版后销路很好,再版三次,重印多次,曾经长达数月被南宁书城列入畅销书排行榜之首,在香港和越南河内都有销售,很有社会效益和经济效益。

后来我了解到他对影视文化有较深入的研究,又参加了广西影视机构的许多活动,像审片、策划、写剧评甚至参与剧本创作等等,成为广西影视界少有的评论家、广西文艺评论界少有的影视评论家。我就请他为我主编的2005年《广西蓝皮书:广西文化发展报告》撰稿,写关于广西影视文化产业的调研报告。他答应了,2004年9月,他给我来信。写道:

建平老哥:

电影厂的资料我已看完,现还给你。

我本来计划在9月底完成任务,无奈电影厂的资料来晚了,而我母亲又生病住院,把我的写作计划全盘打乱了。所以还要晚几天才能给你交稿,先向你道歉没有及时完成任务,然后再向你保证,一定能完成任务。

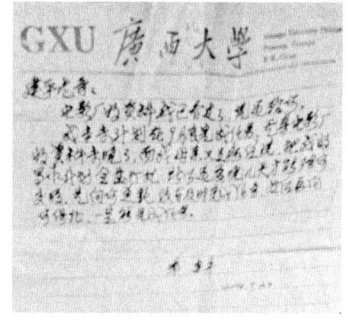

2004年9月27日王建平给作者的信

弟 建平
2004.9.27

这是现找到的他给我的最早一封信。以后,每年的广西影视产业报告,我都是请他写,从2005年到2013年,我主编了九本《广西蓝皮书:广西文化发展报告》,他写了十几篇,可以汇编成一本集子了。

2015年,王建平成了"文化名家"——他被自治区党委宣传部确定为首批广西文化名家暨"四个一批"人才。不久,这批"文化名家"出版了各自的研究专集。王建平的集子是《光彩集》。他请我写序,我很愿意读他的文章,自然答应了下来,写了《为桂学研究增光添彩——王建平〈光彩集〉序》,全文如下:

迎着春天的气息,我收到了好友王建平的一份邀请——为他的《光彩集》写序。承蒙他的信赖，我接受了。

王建平长期在广西大学任教，当教授多年，培养了无数青年学子，在学术上也颇多建树。他系中国电视艺术家协会会员、中国文艺评论家协会会员、广西电视艺术家协会理事、广西电影家协会理事、广西美术家协会会员和广西摄影家协会会员，现任广西社会科学院文化研究所副所长、广西文艺理论家协会副主席等职，出版著作23部（含合著），发表文章240多篇，参与创作影视作品7部，成果甚丰。五年前，王建平已出版过《广西当代文艺理论家丛书·王建平卷》，那是一本包括有影视评论的文艺评论集。这次选编的《光彩集》，是他的影视戏剧论文集。

王建平结缘影视评论很早，还是在20世纪80年代初期他读大学期间，他就写了《韵味无穷的音画结合——电影〈城南旧事〉艺术欣赏》和评《骆驼祥子》的两篇电影评论。他在90年代后期进入广西影视戏剧研究领域，一开始就是领跑者，很快就成为该领域的学术主将。我最初认识他也是被其在广西影视戏剧领域里的学术成就而吸引的。王建平在影视戏剧领域的突出之处或可称之为超人之处的，我认为至少有以下五点：一是涉足先，研究早，是广西最早开展影视研究的学者之一；二是有系统，成体系；三是成果多，质量高；四是理论与实践结合，创、研、教三箭齐发；五是最早将影视研究引入高校教学领域，1998年在广西大学创办了广西高校第一个戏剧影视文学专业。由此五点，称其为广西影视研究的强者高人或主将，应不是虚妄之言。他成为首届广西文化名家暨"四个一批"人才，大约也是因为有这方面的成就而当选的吧。

限于"广西文化名家暨'四个一批'人才丛书"体例的限制，《光彩集》收入的论文不多。虽然只有12篇论文，但我们已可以看到王建平在影视戏剧研究方面的精彩之处。12篇论文，主要是影视研究的，只有2篇是戏剧研究的。我们就重点谈谈他的影视研究。这10篇影视研究论文，内容广泛，有论阶段性影视史的《论广西十三年电影艺术发展历程（1989—2002）》和《论广西十三年电视艺术发展历程（1989—2002）》，有论影视教学的《论地方性综合大学影视艺术的专业教育——以广西大学戏剧影视文学专业为例》和《论戏剧影视文学专业的实习教学》，有论电视主持人的《论少数民族地区电视主持人的特色追求》，有论电视艺术创作的《论20世纪80年代广西电视文艺创作》，有论电视产业开发的《论广播影视文化在广西扶贫战略中的作用》和《论"美丽南方·广西"形象打造及广西影视作为》，也有论电视理论的《论桂学视野下的广西广播电影电视研究》。仅此简单介绍，就可看到王建平影视研究的多面性和深入性。我觉得最应当重视的是他的《论桂学视野下的广西广播电影电视研究》一文，王建平在后记里说了，这是他"比较系统地思考广西广播影视研究的问题"的文章。他在文章里，既论述了广西广播电影电视研究的基本构成，按照大众传播学理论，将其基本构成分成传播主体、传播文本、受传者三部分，又论述了其研究内容，分为十个方面：历史研究、新闻研究、文艺研究、民族研究、外宣研究、效果研究、产业研究、技术研究、行政（管理）研究、教育研究，如此达成对广西影视学术体系的完整建构。虽只是一篇论文，但具有宏大的规模，有完整的体系，有缜密的论证，达到当下广西学人尚无人企及之境。这篇论文的重要性还在于，它将影视研究纳入"桂学"的视野里进行观照，论证了"广西广播电影电视是广西文化的一个重要存在，是尚未开垦的学术新大陆"。如此深入下去，桂学研究将引来一道绚丽的风景。王建平的成果，在为桂学研究增光添彩。

　　王建平的影视戏剧研究成果还有很多，一本《光彩集》是没法都收入的。仅就我所知，他连续十年为《广西文化发展报告》（2005—2014年卷）写的广西电影电视事业和产业发展报告，就足够集成一本书了，他还有多次学术讲座和学术交流的演讲稿，如他对广西电视文化人做的电视散文创作的讲座，他在台湾做的广西抗战影视剧创作的演讲，在中越电影文化电影周首届学术论坛做的《跨国开展电影合作，联手打造双赢局面》的演讲，等等，都是深涵学养、频现新见的精彩言辞，这些，留给我们的是对王建平下一本著作的期待。

　　王建平对广西影视的贡献不仅仅是学术型的，他还有创作型和教育型的。他参与过7部影视剧创作，据我所知，都不是浅尝辄止的票友式参与，而是作为主要创编人员潜心劳作的成果，如电影《冰雪同行》、电视专题片《方舟——桂林抗战文化城记事》，等等。他对影视戏剧教学的成果和贡献，在《光彩集》的后记里我们可以看到，他不仅为广西影视行业培养了众多人才，他还"在广西大学创办戏剧影视文学专业时，为了培养学生的实践能力，又构建了两个平台，一是广西大学光彩剧社，二是广西大学青铜奖DV大赛。在将近二十年里，这两个平台还在运作，还有生命力，还深受大学生们欢迎"。这些虽说都是学术外的话题，但可以看到这位"四个一批"人才在影视领域里浸润之深、参与之广、贡献之多。

王建平1983年从南开大学毕业到广西大学任教时只21岁，如今工作已30多年了，他的学术与教学生涯大半与影视相关。这本《光彩集》仅仅是他的学术成果的冰山一角。他的学术智慧在，他的艺术才华在，他还有大量的学术项目在展开。我期待在未来不断读到他的更为厚重更为精彩的著作和剧作。

是为序。

2017年2月28日

《光彩集》出版后，他送给我签名本，在扉页写道"李建平老哥雅正 王建平小弟 2017年11月2日赠"。同日，他还送了他的文集《艺谭纵横》给我，扉页题写"李建平老哥雅正 王建平老弟 2017年11月2日赠"。

2017年，王建平为了把广西社会科学院文化研究所打造为广西评论重镇，不但申报并建立了广西文艺评论基地，而且还策划并主编一套广西社会科学院评论丛书。丛书共11册，广西社会科学院相关专家学者每人一册，他的《艺谭纵横》是其中一册，我的评论集《文艺笔踪》也收入此套丛书中。《艺谭纵横》主要收录王建平在21世纪以来所写的文艺评论文章。他由文学转向影视和戏剧，后来又应美术界和摄影界之约，发表了一些美术评论和摄影评论，在文艺评论领域里逐渐扩大，成为多面手。他在该书后记说："我实际上是从文学出发，向艺术进军，对画面艺术的理论和感觉的积累，使我打通了影视、戏剧、美术和摄影之间的藩篱，融会贯通，其成果就是这本书的各类评论。对此，我深切地体悟到：文学是艺术之母！艺术是彼此相通的！"我对他的这个观点深以为然，并且见证了他在文艺评论上的转变与收获。而我自己也做了类似的写作，发表了几篇美术评论。于是，我俩又有了共同点。

我和王建平最重要的合作还在抗战文化研究方面。2005年，我组织了广西多位专家开展广西抗战遗址首次调查，我请他和我一道去柳州和桂林调查。一路得到柳州和桂林两地李乐年、文丰义、凌世君、钟琼等多位专家的帮助，还有魏华龄老先生的指导，我们考察了多个遗址，大有收获。当年出版了广西也是全国第一本省级抗战遗址的汇编本《抗战遗踪——广西抗战文化遗产图集》。2014年，我申报国家社科基金项目"中国西部地区抗战遗址调查与保护利用研究"获得立项，我又邀请王建平、文丰义、陆璎等专家加入课题组，一道开展这项涉及西部地区十一个省区市的大规模的抗战遗址考察工作。王建平主要负责陕西省、甘肃省的抗战遗址调研，并参与广西地区的调

王建平签名本《艺谭纵横》《光彩集》书影

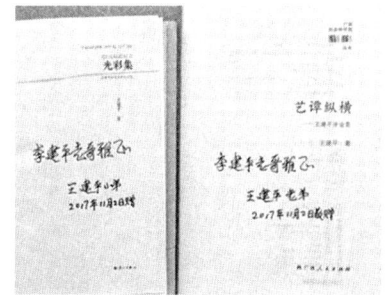

王建平签名本《光彩集》《艺谭纵横》题签

研。2016年，我们很好地合作完成了这个课题，结项评审获得良好等级。2017年，我们出版了《中国西部抗战遗址调查与保护利用》。2018年，王建平设计了"广西军队北上抗日行踪遗迹遗址调查"课题，在广西社会科学院立项，2018—2021年，他连续四年带领全所同志和部分外单位专家奔赴上海、江苏、浙江、山东、湖北、河南、安徽等地开展大规模调研。四次调研的成果，即将由王建平汇编成《广西军队北上抗日行踪遗迹遗址调查报告》出版。这些科研活动，我们合作愉快，收获满满，成果可喜。

2017年8月，广西抗战文化研究会换届，我因已连任两届并延长了一届担任了16年的会长，按照章程不能再担任了。在这次会员代表大会上，大家选举王建平担任第六届理事会会长。广西抗战文化研究后继有人，工作更有活力，令人欣喜。

王建平目前正在进行《广西电影史》的著作写作。祝愿他宏图大展，再创事业辉煌。

2021年1月20日

杨长勋签名本：

《骆越诗潮》《余秋雨的背影》

杨长勋（1963—2006），壮族，广西田林人，文艺评论家、文化学者、副教授。1985年毕业于广西民族学院中文系，曾任广西艺术学院副教授、社科部副主任，广西文艺理论家协会（今广西文艺评论家协会）副主席。主要作品有《文化的意象》《艺术的群落》《话语的边缘》《守护余秋雨》等。

杨长勋人虽年轻，但他无疑是改革开放以来广西文艺评论界一位十分活跃而又重要的文艺评论家、文化学者。余秋雨先生称他"是一位有全国影响的艺术理论家、传记作家、社会思想评论者"[①]。他42岁英年早逝，十分可惜，常令人怀念。

我认识杨长勋是20世纪90年代初。他当时还未满30岁，但在广西文坛已十分活跃和耀眼。他和彭洋等人发起成立广西青年文艺评论家学会，也邀请我参加活动。学会成立后，彭洋担任会长，我和杨长勋、黄伟林等担任了副会长。在这个学术组织里，杨长勋表现出了高超的策划本领和超强的组织活动能力，连续不断地推出各项文艺评论活动。我记得在最初两三年的时间里，开展的活动就有：黄格胜绘画艺术研讨会、林冬诗歌研讨会、潘立远书法艺术研讨会、梅帅元小说研讨会、"新桂军"文学发展研讨会、"八桂俊杰丛书"研讨会，还有首届广西青年文艺评论奖评选、第一本广西青年文艺家评论集《文艺新视野》和"评论家接力丛书"的编选、撰写与出版，等等。杨长勋实际上是广西青年文艺

[①] 余秋雨：《寄长勋》，《南国早报》2006年1月18日。

评论家学会的灵魂。1995年,广西成立文联系统下的第十三个专业协会——广西文艺理论家协会(后改名"广西文艺评论家协会"),就是在广西青年文艺评论家学会的基础上建立的,首届广西文艺理论家协会主席团的主席们,有半数以上来自广西青年文艺评论家学会的会长和副会长。

我有三本书的写作出版与杨长勋有关。那都是20世纪90年代前期的事。一是他在广西青年文艺评论家学会成立之初,就策划编选出版青年文艺家评论集。第一本商定我、杨长勋、黄伟林、王杰四位评论家入集,出版时书名定为:《文艺新视野——李建平、杨长勋、黄伟林、王杰文艺评论选》,1993年由漓江出版社出版。二是那时不知道他从哪里筹到一笔钱,就策划编撰一套"中国少数民族作家研究丛书",为每位民族作家写一本。他邀请我撰写一本。我选择写端木蕻良。这套书后来因经费没落实流产了,但我的研究开了个头,又不愿意放弃,因而写成了《大地之子的眷念身影——端木蕻良的小说艺术》。虽然是小小的一册书,但也还自成体系,在20世纪90年代中期出版,是内地现代文学研究界第一本研究端木蕻良的专著,也获得了端木蕻良及其亲属钟耀群、曹革成的肯定。这是杨长勋推动下的一个收获。三是他策划承包了接力出版社"八桂俊杰丛书"书评系列写作。具体工作是组织五六位青年评论家对该丛书的20多本书逐一写书评给各报刊发表,宣传推介广西历史文化,再由接力出版社给我们作者各出一本评论集。这样,我领到了写作五篇书评的任务。后来我完成了任务,写出了评论该套丛书中以侬智高、袁崇焕、李宗仁、白鹏飞为传主的四本传记书籍的书评,还写了一篇评整套丛书的书评。这样,接力出版社分别给五位评论家各出了一本文艺评论集,辑为"评论家接力丛书",包括杨长勋的《话语的边缘》、我的《理性的艺术》、黄伟林的《转型的解读》、张燕玲的《感觉与立

20世纪90年代时的杨长勋

论》和彭洋的《视野与选择》。这就是广西第一套文艺评论丛书——"评论家接力丛书"的诞生过程。

杨长勋出生于广西西部一个偏远的壮族山乡。他热爱家乡，热爱他的民族。他从小受民族文化熏陶，早在大学时代，他投身于民族神话传说的海洋，广为涉猎，倾心钻研，连续写出并发表了《广西洪水神话中的葫芦》《论京族没有神话》《试论广西神话传说中的"食人之风"》等多篇研究民间神话艺术的论文。杨长勋又是一个十分勤奋的人，勤奋读书，勤奋求学，勤奋写作。我一次到他家聊稿件，见到他家中桌上、架上、凳上甚至屋角，到处铺满书报杂志。他告诉我，他订阅了86种报刊。可见他涉猎之广，阅读之勤。他大学期间就写出近20万字的研究评论集《广西作家与民间文学》，被广西民间文艺家协会看重，为其出资印刷出书。虽然是内部出版物，但在当时国内民间文学研究界引起了较大的反响。

1989年初，他调进了广西艺术学院的文艺理论教研室。他又开始了艺术领域的探索。经过几年的刻苦研读和研究，他写出理论专著《艺术学》（第一卷），1993年由接力出版社出版。该书出版后，北京文艺评论家石一宁写了评论《建设中国气派的艺术学》，于1994年3月19日在《文艺报》上发表，赞其"对艺术学探源溯流，条分缕析，令人耳目一新"。在此前后，杨长勋还写作出版了《文化的意象》（广西民族出版社1993年版）、《骆越诗潮》（广西民族出版社1992年版）、《艺术的群落》（接力出版社1994年版）、《话语的边缘》（接力出版社1997年版）。从大学生到艺术学院教师，大约十二三年时间，连同《广西作家与民间文学》，他已有六部著作和评论集的成果。这种成绩出自刚30岁出头的年轻人，不能不引人刮目相看！

《广西文学50年》的第十三章"文艺理论与批评"应该是迄今为止对广西文艺评论家最全面的评论文字，其中对杨长勋的研究成果做了这样的介绍："《骆越诗潮》为壮族诗人的评论专集，写作时间跨越80年代前期到90年代初期。书中共收入作者对韦其麟、黄堃、韦文俊、林万里、农冠品等13位当代广西诗人的评论文章。《艺术的群落》则收入对岑献青、蓝阳春、聂震宁、黄佩华、黄神彪、梅帅元等作家作品的评论和对广西壮族诗人韦其麟和瑶族作家蓝怀昌的系列评论文章。评论韦其麟及其创作的系列文章主要收在《话语的边缘》一书第三辑'朝圣者的沉思'中，共有《痛苦的升华》等8篇文章。评论蓝怀昌及其创作的系列文章主要收在第四辑'浪漫与悲凉'中，共有《人生画面的冷峻底色》等9篇文章。韦其麟、蓝怀昌是在不同时期成名的作家，他们的创作已被多人评论过，但杨长勋是独辟一径，侧重从作家的生活与创作历程的角度对作家的作品作整体的把握，寻找自己的独特的艺术感受与艺术判断。他从作家的生活背景入手，分析作品的主题特色，选材的创造性，独特的艺术个性与艺术贡献等方面，对作家进行系统、全面、深刻的解读。"①

杨长勋签名本《余秋雨的背影》《骆越诗潮》书影

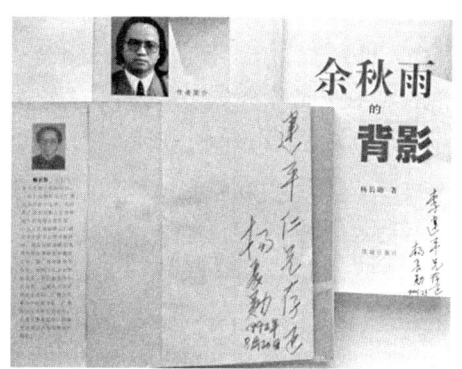

杨长勋签名本《余秋雨的背影》《骆越诗潮》题签

　　余秋雨的散文在20世纪90年代风靡文坛并扩大到全社会，形成一种独特的文化现象。杨长勋从20世纪末开始写作余秋雨评传。2000年，杨长勋完成了这部书名为《余秋雨的背影》的40余万字的传记体评论专著，当年10月由花城出版社出版。"此书分上、中、下三篇，上篇写余秋雨的生平，以及前期的文化理论成果。中篇是全书的重点，全面评价余秋雨的散文方面的成就。下篇是杨长勋剖析与反驳国内所见的种种对余秋雨的无端指责与谩骂，并提出'围攻余秋雨不得人心'的观点。同时也表明了他的文化态度与创造健康正常的文化环境的愿望。"②此书引

---

① 李建平等：《广西文学50年》，漓江出版社，2005年，第534页。
② 李建平等：《广西文学50年》，漓江出版社，2005年，第535页。

起了较大的社会反响,也得到余秋雨的充分肯定,不久又重印多次,后来获广西第七届社会科学优秀成果奖二等奖。杨长勋去世后,余秋雨写了篇祭文,"遥寄哀思"。文章情感真切,对杨长勋的文化特点评论准确,对其文化贡献评价很高,是一篇值得传播的好文,特转录于下:

寄长勋

余秋雨

听到杨长勋先生英年早逝的噩耗,万分震撼。由于今天早上我必须主持一项有很多人参与的文化活动,前几天曾一再请求,能不能把长勋的追悼会推后一天,我一定与妻子一起赶到南宁来与长勋告别。但是,追悼会的时间早已安排定了,我只能遥寄哀思,敬献于长勋灵前。

杨长勋先生是一位有全国影响的艺术理论家、传记作家、社会思想评论者。在广西艺术学院和广西师范学院任教期间,他充分地表现出了一位当代文化学者的广阔思维、渊博学识和全方位的创造能力。他具有一种常人很难企及的激情:热爱祖国,热爱社会,热爱广西,热爱南宁,热爱家庭,热爱朋友,热爱每一个他正在研究和写作的专题,热爱他所在的学校和学生。他的这种爱,已经到了非常强烈的程度,他常常雄辩滔滔地维护这种爱,不允许有一丝一毫的不纯粹。这种情景,常常使我觉得,他在本质上是一位诗人,他的人生一定是一个传奇。

杨长勋先生这些年最关注的,是广西在全国文化中的原创权和发言权。每当广西的作品获得全国大奖或被著名电影导演选中,他都会兴奋地告诉我。去年,享誉海内外的大画家陈逸飞先生去世后,人们发现,早就为他写了传记的只有广西的杨长勋先生。这部传记为了配合电影《理发师》的上映,延迟到今天还没有出版,但杨长勋先生居然自己也走了,这实在是一件既悲痛又神秘的事情。他在去世前还在写作一本研究我的书,为了赶在年内完成,花费了太多精力。对此,我不知道如何来表达现在的心情。

杨长勋先生已经创造了一种文化现象,那就是,立足边远地区对全国正发生的文化事实作出最高层次的评判和总结。他在理论上大大提升了广西在全国文化版图中的地位,因此也实实在在地改变了中国文化的地域生态，从这个意义上说，他的英年早逝是一个重大的文化损失。

我会永远地记住这位远方的朋友，关心他的家庭和后代，并让他的著作拥有更多的读者。

长勋，安息吧！

2006年1月13日

杨长勋曾赠给我多本著作，我现存有《骆越诗潮》《余秋雨的背影》《文化的意象》《广西作家与民间文学》《艺术学（一）》《话语的边缘》等多本。但现在翻开看，只见到在《骆越诗潮》《余秋雨的背影》上留有题签，题写"建平仁兄存正　杨长勋　1992年8月20日"和"李建平兄存正　杨长勋　2001.2.3"。其他几本书没有签名。这大约是杨长勋性格洒脱，不拘小节，随手递一本给我所致。

还有一事值得记载。2005年，我牵头写就的《广西文学50年》出版后，广西文联在当年5月召开了一个"纪念《在延安文艺座谈会上的讲话》发表63周年暨《广西文学50年》出版座谈会"。杨长勋为此写了一篇以评论《广西文学50年》为中心内容的发言稿。当天他到会太晚，会议临近结束时才进场，已到领导总结讲话的阶段，会议主持者最后没有再安排他发言。后来他把发言稿送给我，题为《区域性文学的价值——读李建平等著〈广西文学50年〉》。这篇文章一直没有发表过。我想，如果我有机会编选出版文集，一定要将它作为附录收入书中。

杨长勋是勤奋学习、善于思考又敢作敢为的文化学者，刚40出头就写作出版了七八本著作，他去世后不久，又一本艺术家传记《视觉人生：陈逸飞传》于2006年4月由上海书店出版社出版，闻说他还写完了一部长篇小说，真是一位文化奇人。正如余秋雨所说：杨长勋有"全方位的创造能力"。屈指算来，他离开我们十五六年了，如今还常常想到他。如果他还健在的话，这十几年，不知道他还会创造多少个文化奇迹？

2021年11月26日

桂林

林焕平签名本：
《茅盾在香港和桂林的文学成就》《林焕平文集》

林焕平（1911—2000），广东新宁（今台山）人。文学评论家、教授。1933年赴日本留学期间任中国左翼作家联盟东京支盟书记。1937年回国后任民族革命通讯社香港分社社长、香港南方学院院长、大夏大学教授。新中国成立后，历任广西大学、广西师范大学中文系主任、教授，广西文联副主席，中国作家协会广西分会名誉主席，中国文艺理论学会第三、第四届副会长。主要作品有《社会主义现实主义论》《林焕平作品选》《林焕平文集》等。

林焕平是我父亲在广西大学和广西师范学院（今广西师范大学）几十年的同事。1952年我父亲被广西大学聘为副教授时，林焕平任中文系主任。我父亲与林焕平有几十年交往历史，两家人又做了十多年的邻居，我还是孩子时就常常见到他。我称他为"林伯伯"。

本来，我以父亲的关系和邻居的地利可以很方便地接近林先生，向他学习求教，早早就做林先生的学生的。但我16岁就到农村插队了六年，接着又到地质队工作了三年。后来我在学术上接受林先生的指导，并开始了较多学术上的交往，是自大学期间开始的。

1977年底恢复高考，我考入广西大学中文系，1980年在准备毕业论文时，我选桂林抗战文艺为研究方向，在一年多的时间里，我在南宁、桂林的两个省级图书馆查阅了大量抗战时期桂林出版的报刊和书籍。当时读到的一个重要的史料长文是林焕平1980年发表在《叠彩》杂志第二期的《抗战时期的"桂林文化城"》。我至今认为这是后来持续几十年蓬勃开展的"桂林抗战文化研究"的重要奠基作之一。1981年春,我将刚完成的一篇资料性成果——《桂林文化城期刊简介》寄给林先生指教,他于4月13日回信,对我的研究给予肯定,并从研究方法上给予指教,也指出拙文的不足。信中这么写道:

建平同学:

　　来稿已看过,写得不错。

　　首先,你的研究方向和方法是对头的。你将所有当时出版的杂志选择重要的进行深入研究,这是从杂志深入。将来还可以从作家深入。

　　其次,在每一杂志中,选取重要文章进行重点阐述,这也是对头的。

　　不足之处,我觉得对《野草》论得过多些。《野草》在继承杂文传统上,在利用杂文形式上进行政治宣传上,有它一定的功绩,但不能用杂文遮盖了小说、戏剧等的重大成就和影响。即与杂志而言,《野草》也(不)是影响最大的。

　　兹将原稿挂号寄回给你。

　　匆匆并祝

努力!

林焕平
1981.4.13

　　应该说,这封信开始了他对我从事抗战文艺研究的引领。

　　以后,我常常写信向他求教。他每次都不厌其烦地给我复信,还给我寄来了他的新著《茅盾在香港和桂林的文学成就》(浙江人民出版社1982年版)。他在扉页题写:"建平同志　林焕平　一九八四年四月一日"。

　　林先生还多次给我来信指导。最近我翻检旧信,找出了他1981年4月到1990年3月给我的十三封书信,除了1990年有两封信因他当时已患眼疾,是由他口述并亲笔签名、别人执笔的之外,其余均为亲笔信。这些信件,内容大致分为这几类:指导我做桂林抗战文化研究的两封,答复我就其生平活动和著作提问的一封，答复我对茅盾研究和参加学术会议提问的三封，嘱咐编校《林焕平文集》相关事宜的四封，嘱我写作文章参加林焕平先生八十寿辰和文学生涯六十周年学术会议的一封，吩咐我寄《桂林抗战文艺词典》给有关文艺家的两封。这些书信，记载着林先生的文学历史，蕴藏着他丰富的学术经验，寄托着一位前辈学人对后生学子的殷切期望。这些书信，一直鼓舞着我在学术道路上奋进。如今，它们已成为我的珍贵藏品。

1990年初，林先生来信请我协助编校《林焕平文集》，我答应后，他于1990年3月9日来信说：

建平同志：

　　来信收悉。承协助搞我的文集出版工作，甚感。务请抓紧时间尽快搞好，以赶在九月上旬出版，不能不抓紧时间。

　　这一卷，实际上是60年来中国文艺思想发展史，你也可以写文章。

　　……

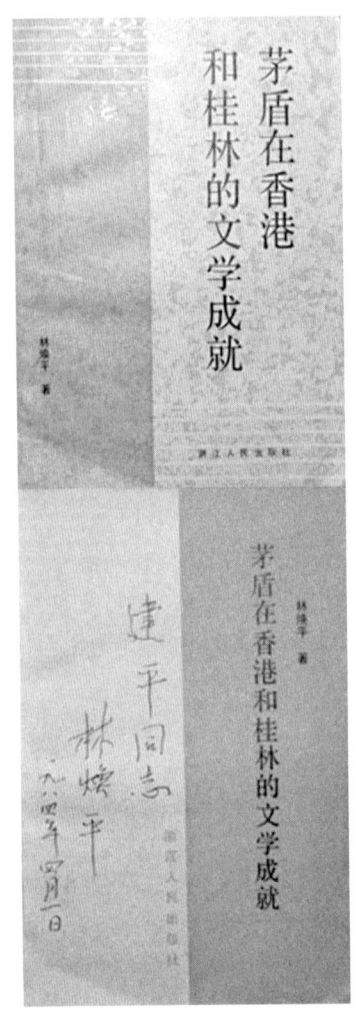

林焕平签名本《茅盾在香港和桂林的文学成就》书影和题签

我编校林焕平文稿时，发现一些问题，写信请教他。他于1990年3月17日回信说：

建平世侄：

　　3月14（日）快件收到，你为文集第二卷校订费了很多精力，甚为感谢。所提各节答复如下：

1. 同意你为校订者，请加入版权页上，原校阅者的"阅"字，为订字之误，请改正。

2. 解放前、解放后，请改为建国前，建国后。

3. 蒋主席改为蒋介石先生。

4. 论文《现实的真与艺术的美》，已请朋友从上海藏书楼复印寄来，俟查得后即寄上。

匆复，并祝进步！

林焕平

一九九〇．三．十七日

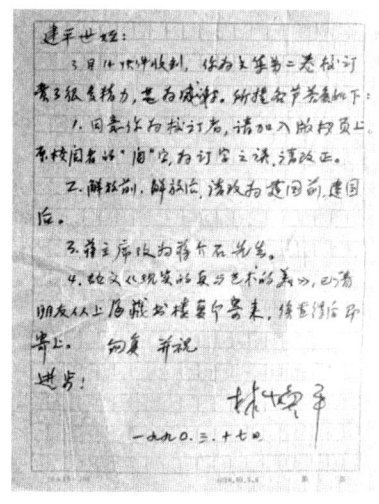

林焕平1990年3月17日给作者的信

由于我参加了《林焕平文集》的编选工作，1990年和1992年书出版后，他先后赠给我《林焕平文集》第一卷和第二卷。在两书的扉页分别题写："建平同志存览 林焕平 一九九〇．九．十九 桂林"和"建平同志存念 林焕平 一九九二．七．一"。

我很感谢林先生。他引领和指导我做抗战文化研究的另一个重要内容是为我的《桂林抗战文艺概观》写序。1982年我大学毕业以后，继续在做桂林抗战文艺研究，到1988年时，写成了一本18万字的《桂林抗战文艺概观》。我将书稿寄给林先生请教，并请他为拙著写序。没想到他很

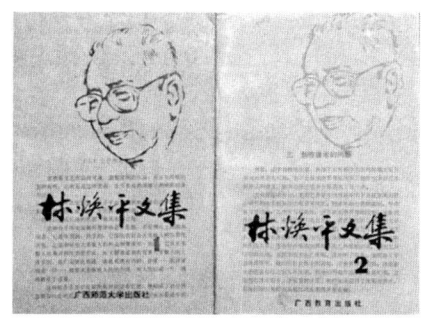

林焕平签名本《林焕平文集》（第一卷和第二卷）书影

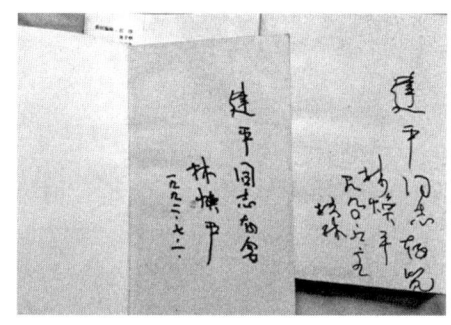

林焕平签名本《林焕平文集》（第一卷和第二卷）的题签

快就写好寄来了。他在序中对拙著做了这样的评价：

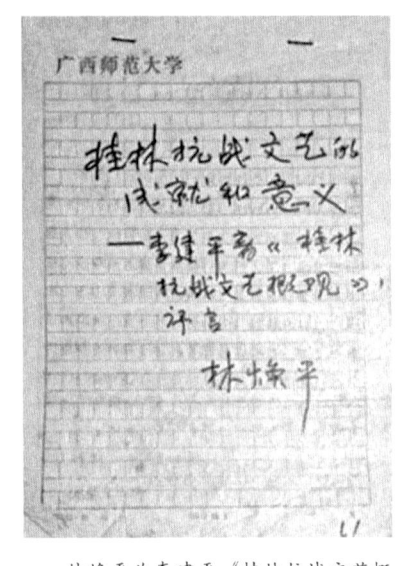

林焕平为李建平《桂林抗战文艺概观》写的序言手稿封面

李建平同志是八十年代培养出来的年轻理论工作者，他专攻中国现代文学，对桂林抗战文艺尤感兴趣。他没有亲身经历过桂林抗战文艺的活动，却从无数文献资料中抽出其中的主要情况，进行系统整理与概括，写成《桂林抗战文艺概观》，是一部难得的书。桂林抗战文艺是中国整个抗战文艺的重要组成部分。对于从事这方面的研究，这本书有相当的参考价值。

《桂林抗战文艺概观》有以下特点：

一、材料翔实、系统、全面，又比较丰富。

这部书论述的事情和人物、时间、地点、过程，都调查清楚。论述的逻辑系统，从概述，文化城成因，到文艺各个领域，如文学、戏剧、音乐、美术、舞蹈等的分论及人物和作品的重要分析，都一目了然。在概括中必要的问题都讲到了，文字比较简约而内容丰满。

二、论述了文化城发展的分期和形成原因……

三、对人物和作品作重点介绍和分析……

林先生对我的书稿看得很仔细，在肯定其价值和特点的同时，也指出了拙著存在的不足：

这本书对夏衍、田汉、欧阳予倩等的业绩，虽有论述，但仍感不够。夏衍在桂林办《救亡日报》，在抗战宣传和文化艺术上的影响深远；他创办《野草》杂志，倡导抗战杂文以及他本人所写的文艺性政论性杂文的成就；他的剧本创作的收获和他在贯彻抗日民族统一战线的贡献，都应当有较详尽的介绍……

序言的最后，林先生还特意写下了时间地点："一九八八年七月二十八日于桂林独秀峰下"。应当说，这篇序言，不仅仅是对我的这本小书的一个介绍和评价，仅从上面所引的部分文字看，其间的思想观点，对桂林抗战文化研究具有十分重要的指导意义。我的这本小书，后来拖到1991年才由漓江出版社出版。林先生的序言，收入书中。

林先生不仅是桂林和广西最早开展桂林抗战文艺研究的学者，也是中国最早开展抗战文艺研究的学者之一。1937年林先生由日本回国后，就开始关注抗战文艺动态，1939年由民革出版社出版的《抗战文艺评论集》，就是他1937年至1939年所写的评论文章的合集。该书是较早开展中国抗战文艺研究的一份成果。2010年，国家图书馆出版社编印《抗战文献类编·文艺卷》五册，《抗战文艺评论集》成为入选的三十四种经典文献之一。

林先生发表在1980年《漓江》第二期的长文《抗战时期的"桂林文化城"》，是研究桂林抗战文艺的最早的奠基性文章，1982年他出版的专著《茅盾在香港和桂林的文学成就》是第一部以大量篇幅论述桂林抗战文艺有关内容的专著。这几个成果，连同他后来写的大量的文章和言论，如在中国抗战文艺研究领域首次提出"北有延安，南有桂林"论断的《桂林文化城大全·序》，明确提出要重视"桂林抗战文化的国际性质"的学术报告①等，是引领青年学人走上抗战文化研究的学术经典，滋养着一批青年学人的成长。

广西师范大学曾于1991年召开纪念林焕平从事文学活动六十周年暨八十诞辰学术研讨会，2001年又举行纪念林焕平从事文学活动七十周年暨九十诞辰的学术研讨会，两次会议我都参加了。我先后写了两篇文章

---

① 1995年，林焕平在桂林抗战文化研究会举行的报告会上做了题为《桂林抗战文化的国际性质》的学术报告。详见魏华龄的《一个特殊的历史现象：桂林抗战文化》（漓江出版社2008年版）第193页。

1990年作者与林焕平（左）合影

研究他的学术成果。一篇是《抗战时期林焕平的文学活动》，发表在《抗战文艺研究》1990年第五辑，另一篇是《桂林抗战文艺研究的引路人——从三十年前林焕平给我的书信谈起》，发表在广西师范大学出版社2012年11月出版的《精神永恒　风范长存——林焕平先生诞辰百年纪念文集》。在我的《桂林抗战文艺概观》一书里，我也在"文艺评论活动"一章里介绍了他的文艺评论成果和成就。林焕平先生对桂林抗战文化所作的贡献和开拓桂林抗战文化研究学术领域之功，必将为后人永远铭记。

2021年1月21日

李耿签名本：
《李耿诗文选集》《教育诗歌——教学科研创作相结合诗歌集》

    李耿（1912—2002），广西陆川人。文学史研究家，副教授。1936年上海大夏大学毕业。曾任小学校长、陆川县战时工作团副团长、南宁高中教师、都安中学校长、西江文理学院讲师、广西教育研究所编纂；新中国成立后历任南宁高中代理校长、南宁中学副校长、广西大学副教授、广西师范大学副教授。主要作品有《民国革命文学大纲》《李耿诗文选集》《教育诗歌——教学科研创作相结合诗歌集》《鲁迅的艺术世界》等。

    李耿是我父亲，也是我的第一位老师。我是从阅读父亲的藏书开始一步步成长起来的。1995年时我曾写了一篇散文《〈呐喊〉记忆》参加《广西日报》散文征文活动，在这文章中我写了一段幼时读父亲收藏的《鲁迅全集》的场景：

    大约是读小学五六年级时吧，一天上语文课，老师给我们讲了《一件小事》的课文。老师告诉我们，这篇课文选自鲁迅的《呐喊》。我的眼前一下闪过了父亲书房里那一排最辉煌的《鲁迅全集》。我已记不起

李耿1957年时的工作照

我第一次发现父亲这煌煌20卷《鲁迅全集》是什么时候的事了，是5岁6岁，还是7岁8岁？但我记得，我第一次有兴趣地打量父亲书房里依墙一路展开的三四个书架时，最引起我注意的就是这20本红皮硬壳大厚书。它们占了书架的整整一排。在它们直立挺拔的书脊上，都印有闪着银光的《鲁迅全集》四个大字。后来我才知道，这是父亲珍藏了几十年的1938年上海出版的《鲁迅全集》直排本。从学校回来，我赶忙抽出有《呐喊》的《鲁迅全集》第一卷，果然找到了《一件小事》这篇文章。与课文不同的是，这里是直排繁体字。但我依然饶有兴味地又读了一遍，接着，又翻下去读《鸭的喜剧》，读《兔子和猫》……是母亲的一声"吃饭了"，才将我从一种宁静的心境中招呼了出来。

这篇散文后来被《广西日报》征文评委会评为二等奖，发表在1995年8月26日的《广西日报》上。

父亲一生90年，主要工作是在教师岗位上开展的。他6岁读私塾，14岁时考进陆川中学，17岁被家乡宗族长者推荐做了乡村小学教师，后来做校长。20岁那年，广西革命早期的重要领导人物陈岸来玉林一带活动，发展了一批共产党员，父亲也在这时经陈岸介绍加入了中国共产党。父亲一边从事教书或报纸副刊编辑工作，一边做农民运动地下工作。1938年初，父亲担任中共广西武鸣县特支书记，当时的公开职务是广西省政府举办的全省中学生集训总队政治指导员。1938年秋回家乡，被县长聘任为陆川县战时工作团副团长，团长由县长兼任。1939年以后，父亲由于中共党组织的上级单线联系人再没有联系过他，与党组织失去联系。1940年后，父亲辗转寻找党组织，为掩护身份，来南宁做了广西省立南宁高中教师，几年后做了都安中学校长、广西教育研究所编纂。在20世纪40年代的十年里，他先后两次被国民党政府逮捕入狱。1949年12月广西解放时得以出狱，旋即任南宁高中代理校长、南宁中学副校长、西江文理学院副教授，1952年后任广西大学副教授、广西师范大学副教授，直到1986年退休。

父亲一生有两件事值得一说。第一件，1936年1月，他受广西地下党负责人陈岸委派，赴上海找上级党组织。他通过生活书店朱照松，与

李耿签名本：
《李耿诗文选集》《教育诗歌——教学科研创作相结合诗歌集》

李耿（前右四）与广西师范大学中文系同事的合影，前右五为时任中文系主任林焕平（摄于20世纪80年代初）

上海党组织建立了关系，并带回了广西。这是父亲在陈岸领导下所做的极其特殊和重要的一项工作。关于这段历史，陈岸晚年在他的回忆录《我的革命生涯》（中共党史出版社1995年版）第105~106页有记载。现摘录如下：

自1931年冬郁江特委被破坏后，至1936年11月，广西党同上级党组织中断了联系达5年之久。在此期间，我们一面独立工作，坚持斗争，恢复、发展党组织，一面先后5次派人去寻找上级党组织。

……

第四次，是1936年1月。我们派李耿到上海去找。他通过上海生活书店的关系，由朱照松（沈宿雨）介绍与张某接谈，经张一段时间的考察，已建立起关系。是年秋，李耿回抵陆川，因关系转得慢（拖延到11月后），当时我们已取得同香港旧南委书记薛尚实的直接联系，因此放弃那个关系。

第二件是父亲31岁时，写成专著《中国文学史》，论述秦汉至清末的文学史实，评述代表性作家和作品。1943年，父亲在桂林将该书赠予柳亚子求教时，得到柳亚子的肯定，并获得题诗相赠，诗曰："铁窗红泪漫伤春，还我依然自在身。无罪冶长文著鲁，辍耕陈胜耻亡秦。斯人南国文堪霸,媲美西方诗有榛。莫道昨非今日是,始终一节是完人。"①这首诗后来收入了《柳亚子文集》。这两件事是父亲人生道路上在政治和文学上的精彩之笔。

父亲年轻时写的另一本重要的著作是《民国革命文学大纲》,那是20世纪40年代中后期他任西江文理学院讲师时写的教学讲义,当时他只有三十五六岁。该书由西江文理学院印刷发行,论述中国现代文学的社团和鲁迅、郭沫若、茅盾、曹禺及其他重要作家。该著内容丰富,立论较公允,既论述左翼作家,也论述沈从文、徐志摩等艺术成就较高的非左翼作家,是中国最早的现代文学研究专著之一,得到学界重视。1994年上海文艺出版社出版《中国新文学大系(1937—1949)》第20集(史料·索引),收入该著的大纲。

这两本民国版书籍,都是我未出世时的产物,我长大后没有见过,家中没有收藏。父亲题名赠给我的两本书,一本是1995年编选、内部印刷的《李耿诗文选集》。他在封面题写:"这本书请建平儿保存应用 李耿 1997年国庆节于南宁"。该书分为"诗作"和"论文及其他"两辑,共收入诗作180首,论文和杂文18篇,另有附录文章若干篇。该书是父亲除了专著文字之外其他单篇作品的合集。

父亲赠给我和妻子的是《教育诗歌——教学科研创作相结合诗歌集》。该书1983年由陆川县文联内部印刷。父亲一生以教育工作为主,写下大量与教育和科研相关的诗作。父亲在封面题写"建平儿 乔叶儿媳存阅 父亲母亲 一

李耿签名本《李耿诗文选集》《教育诗歌》书影及题签

---

① 柳亚子诗作《李白凤偕友李耿过访索诗为赠,即次其教师节感怀原韵》收入《柳亚子文集·磨剑室诗词集》下册第1069页。

九八二年八月七日"。

父亲晚年出版的一本较重要的学术著作是《鲁迅的艺术世界》。他74岁退休，退休后整理自己的教学讲义后编写了这本书，我也帮助他做了不少编辑工作，还与他合作新写了书中的"鲁迅的旧体诗"和"鲁迅的新诗"两章及"前言"。该书1993年由广西民族出版社出版。可惜的是，他没有专门签名留一本给我，十分遗憾。

父亲在64岁时参与了一项重要学术活动，那就是1976年到1979年参与国务院下达的国家重点科研项目《辞源》修订工作。秦似是广西《辞源》修订组组长。父亲在工作中出色地完成了任务，获得上级颁发的奖状。

父亲一生读书爱书，时常给我们孩子买书，见到好书，也买了赠送他的学生，赠书时也写上几句鼓励的话，如他送给我的《历代文学及工具书常识》，他写上"建平儿：这本文学常识书，内容相当丰富，值得阅读。特别是作为文科大学生的你……父亲母亲　1978.11.19　于桂林　广西师院教工宿舍叠彩楼"。这是父亲赠给我的一种特殊的签名本。

父亲一生对我影响很大。在我出生到懂得人世的岁月里，我看到的父亲一门心思在读书、备课和写诗作文上，他由一个乡村农民的儿子能成为小学教员、中学校长、大学教授，主要是得力于他

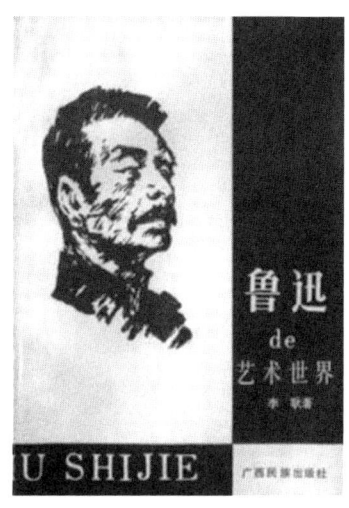

李耿著作《鲁迅的艺术世界》书影

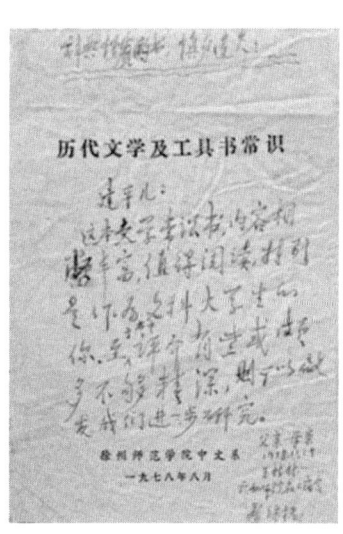

李耿签名本《历代文学及工具书常识》的题签

1997年作者与父亲合影

的刻苦自学。多少个晚上,我半夜醒来,发现他还在书房里读书、写文章。他给我们家树立了刻苦学习的榜样。我由自幼读他的藏书到报考大学中文系,再到就业后继承他的学术方向做现代文学研究,后来又合作撰写研究鲁迅、郭沫若、柳亚子的论文,等等,可见他的学术基因深深植入我的细胞。我写了怀念父母亲的文章收在《我们这一家》①书中,此处不详细说了。这里仅以父亲的一首诗结束本文。这是父亲1992年4月25日写给我的一封信上记载的。信中说:"最近我在报刊上发表了数首抒情说理诗,其中三首发表在广东的《潮声》1992年第1期上。这三首诗的第三首《治学有感》云:'人民功业与天齐,穷理寻根路不迷。岂与官僚争等第,汗青万代见高低。'闻说颇得读者欢迎。"我查了一下,这首诗在1995年编印的《李耿诗文选集》中没有收入。今天重读这首诗,我感到写得真好。它不就是父亲一生的追求,精神的写照?应当说,也是我们这个家庭的家风。

父亲离开我们20年了。我们8个子女整理了他的回忆录和部分诗文,连同我们子女写的怀念父母亲的文章,编写了一本《我们这一家》,2002年内部印刷,2014年知识产权出版社正式出版。愿此书保存的崇尚知识、"穷理寻根路不迷"追求真理的家风,代代相传。

2022年3月15日

---

① 李绍清、李京文、李建平主编:《我们这一家》,知识产权出版社,2014年。

魏华龄签名本：

《桂林抗战文化史》《一个独特的历史现象：桂林文化城（上、下）》《九十回首》

魏华龄（1918— ），广西龙胜人。广西省立桂林师范学校毕业。新中国成立后曾任广西桂林市文化局副局长、桂林市政协副主席，广西抗战文化研究会副会长、名誉会长。代表作有《桂林文化城史话》《桂林抗战文化史》《抗战时期文化名人在桂林》、文集《一个独特的历史现象：桂林文化城（上、下）》等，主编《桂林文史资料》《桂林抗战文化研究文集》等。

魏华龄先生是百岁老人，广西龙胜人，1918年出生，2022年已104岁。认识他是因为我研究桂林抗战文化时曾向他请教，那是20世纪80年代初，他已60多岁时。我们称他魏老。魏华龄还是文化奇人，90多岁高龄时写成专著《桂林抗战文化史》，百岁高龄时还连续几年给《抗战文化研究》投稿，我先后安排发了他的好几篇文章。旁人问我：是不是别人帮他写的啊？我却清楚地知道，他思维清晰，逻辑严谨，除了因手颤抖写字不易辨认只能靠女儿帮打字之

2007年作者看望魏华龄先生（左）时合影

2020年8月6日作者与妻子刘乔叶看望魏华龄（中）时合影，魏先生时年102岁

外，他的学术能力绝不亚于四五十岁的学人。我最近一次去探望他是2020年8月，他还是那么健康硬朗，且思维敏捷，健谈如常。

我在20世纪70年代末就听闻了他的大名。大学三年级时我和几位桂林籍的同学商议毕业论文写关于桂林抗战文艺研究的论文，那时就听说桂林市文化局有个副局长叫魏华龄的写有这方面的文章。我们商议去采访并请教他。结果我临时有事没有去，其他三位同学去见了魏华龄并做了采访记录，还复写了一份给我阅读。这是我最早获得的一份桂林抗战文艺研究的资料。没想到从此开始了我几十年的桂林抗战文艺研究。自1980年起，我开始以较大精力投入这个领域的研究，魏老1986年出版的《桂林文化城史话》成了我常读细读的教科书。1988年成立广西抗战文艺研究会（1996年改名广西抗战文化研究会），林焕平任会长，魏老任副会长，我任秘书长。因召开几次研讨会和编辑《桂林抗战文化研究文集》等事务，我与魏老的联系越来越多。1994年，我的《抗战时期桂林文学运动》交给他纳入"桂林文史资料丛书"出版，又与他多有书信往来。1999年，他还邀请我与他一道主编《抗战时期文化名人在桂林》。如此种种，我与他在抗战文化研究上联系十分密切。我在抗战文化研究的道路上行走，得到他大量关心和扶助。

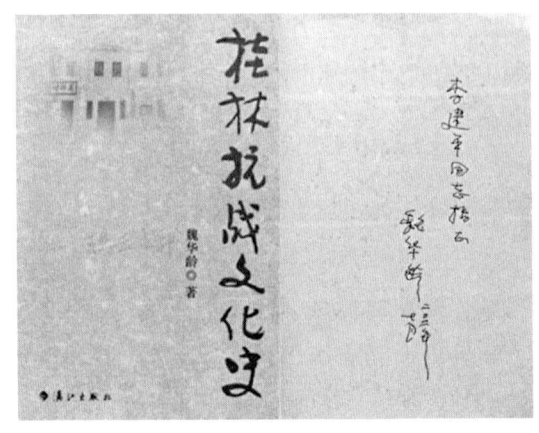

魏华龄签名本《桂林抗战文化史》书影和题签

魏华龄签名本：
《桂林抗战文化史》《一个独特的历史现象：桂林文化城（上、下）》《九十回首》

2011年，他以93岁高龄完成了专著《桂林抗战文化史》，由漓江出版社出版。他寄给我一本，并希望我写篇文章。他在书的扉页题写道"李建平同志指正　魏华龄　二〇一一年七月"。

我仔细读了这部几十万字的大书，很有感触和收获，写下了以下文字：

翻阅此部大著，首先感慨的是魏华龄先生人品精神的高贵。魏老是最早倡导和从事桂林抗战文化研究的学者之一。在党的十一届三中全会召开不久的1979年，他就写作发表了《欧阳予倩与桂林剧运》等文章，以后，又最早写作出版桂林抗战文化研究专著《桂林文化城史话》。可以说，他是自60岁开始才进入桂林抗战文化研究领域的，但他自投入起，一干30年，在开拓出一片人生新境地的同时，开拓出一片学术新领地。30年来，他在写作大量论文的同时，撰写出版了《桂林文化城史话》《一个独特的历史现象：桂林文化城（上、下）》《九十回首》等多部著作，主编出版了《抗战时期文化名人在桂林》（两本）和《桂林抗战文化研究文集》多卷。如今又完成50多万字的《桂林抗战文化史》，如此丰硕的成果，对于一位用60多岁到90多岁的人生岁月来完成的老人而言，其中的艰辛与付出，不难想象。仅仅就他在后记里说的"由于年老手抖，更不会使用电脑，写字握笔不听指挥，字迹东倒西歪，难以辨认，像这样的书稿，是任何出版社、编辑都无法接受的。多亏我女儿逐字辨认并掌握了我的字迹规律，然后用电脑将几十万字手稿打印成字迹清晰的书稿"，就可体会出他写作的艰难。想到这些，真是令人感佩不已。

是什么使得魏华龄先生能以如此执着的热情和顽强的毅力来做这番工作，取得如此丰硕的成果的呢？从大的方面说，是他在《桂林抗战文化史》前言里说的："桂林抗战文化是中国共产党领导下所创造的革命文化运动，是中国人民革命斗争的一个组成部分，是自'五·四'以来人民大众反帝反封建的新民主主义文化的重要组成部分，是世界反法西斯战争和中国近现代民族解放斗争的珍贵文化遗产，继承和发扬它，历史地落在了我们这一代人的肩上。"从小的方面说，是他把老一辈革命文艺家的寄托挂在心上。他说："早在1985年初，秦似教授在为我的《桂林文化城史话》一书的序言中就期待一本'更为系统、更为全面、更为深入'的桂林抗战文化史书问世。20多年来，我一直把秦似的'期待'挂在心上，但由于种种原因，这桩心事一直未能了结。"现在出版的《桂林抗战文化史》，虽然魏华龄先生自谦地说"与秦似的'期待'还有差距"，但他"总算尽了心，也尽了力"。

归结起来，魏华龄对桂林抗战文化的追求，是他在对桂林抗战文化的本质和历史价值有清醒的认识和科学评价的基础上所做的人生选择。他从青年时代起追求科学、追求真理，在苦难的旧中国和朝气蓬勃的新中国生活了几十年的人生阅历和科学理论的武装下，他认识到中国共产党领导的人民解放道路是中国发展进步的唯一之路，发生在他生活的土地上的桂林抗战文化，"是中国共产党领导下所创造的革命文化运动，是中国人民革命斗争的一个组成部分，是自'五·四'以来人民大众反帝反封建的新民主主义文化的重要组成部分，是世界反法西斯战争和中国近现代民族解放斗争的珍贵文化遗产"（《桂林抗战文化史·前言》），因此，他的一生，承载了"继承和发扬它，历史地落在了我们这一代人的肩上"的历史责任。

有如此崇高的理想和追求，才有了如此强大的人生动力，才有了如此动人的行为和骄人的成果。魏华龄的人品精神的高贵，不仅仅只是表现在他个人的奋发表现和闪光形象上，还大量辐射到社会上和青年中，推动了桂林抗战文化研究的发展。20世纪90年代初期，他发起成立了桂林抗战文化研究会，担任第一任会长，以后，又担任了广西抗战文化研究会和桂林抗战文化研究会名誉会长。他积极领导会员们展开各种学术活动，深入开展学术研究，热情引导一批批青年学者走上桂林抗战文化研究之路并鼓励青年学者在其间大显身手。他以蓬勃的热情、丰富的学识、高尚的人格彰显桂林抗战文化的魅力，也以自己的学问和成就支撑起桂林抗战文化研究的实力和品位，他实际成为这30年桂林抗战文化研究的旗手。如今，桂林抗战文化研究在学术界硕果累累，在社会上名声远播，在服务经济社会发展中发挥越来越大的作用。中共中央政治局委员、中宣部部长刘云山同志2007年5月到桂林考察工作时说的一番话："抗战文化是桂林文化中最有特点的一部分……要组织专家、学者进行研究，探讨和策划，要把整理、发掘、展示抗战文化作为文化项目，文化工程来做好"，是对桂林抗战文化研究工作的肯定和希望。魏华龄先生对桂林抗战文化研究的开拓和推进之功，是必定付诸史载的。①

在具体评论这本大书时我说："《桂林抗战文化史》无疑是桂林抗战文化研究的一部大书，是桂林抗战文化研究的一个重要收获。"的确，这部专著内容丰富，书分"前言""概览""文化活动及成就""附录"四大部分。其中"概览"部分为全书的主要内容，包含：桂林文化城的形成、中国共产党与桂林抗战文化、桂林抗战文化的内涵、桂林抗战文化运动的特征、一个独特的历史现象：桂林文化城、桂林抗战文化与延安抗战文化的内在联系、桂林抗战文化的历史地位，共7个方面的内容。按时间顺序、内在联系、外在影响与历史作用等，以宏观的视角全面阐述了桂林抗战文化的本质、特征、历史地位等重大问题。"文化活动及成就"部分，作为概况性的介绍，又分为18个部分：八路军桂林办事处成立前的文化概况；文化城的社会科学；广西建设研究会；文化城的出版发行事业；文化城的新闻事业；中华全国文艺界抗敌协会桂林分会；文化城的文学活动；国防艺术社；广西省立艺术馆；繁荣的抗战戏剧；西南第一届戏剧展览会；文化城的音乐活动；文化城的美术活动；抗战教育与科学事业；文化城的少年儿童工作；文化城的最后一战；桂林抗战文化在敌后；继承和发扬桂林抗战文化的优良传统，建设中国特色社会主义文化。这就使得桂林抗战文化史的体系更加完备、科学，由此展开的论述也更为全面、充分，也更富于历史的逻辑性，增加了全书的学术性。为展现辉煌一时的桂林抗战文化历史与业绩，提供了很好的读本。

该书还有一个很重要的内容，是对"桂林抗战文化的内涵"的探讨。魏华龄在书中专列一节加以论述。他提出，桂林抗战文化的内涵，可以概括为下列三个方面："（一）马列主义、毛泽东思想的传播；（二）爱国主义、集体主义、社会主义思想得到弘扬；（三）科学世界观、革命人

---

① 李建平：《魏华龄及其桂林抗战文化研究——兼评〈桂林抗战文化史〉》，《抗战文化研究》（第六辑），广西师范大学出版社，2012，第275页。

时光书迹
来自签名本的温暖

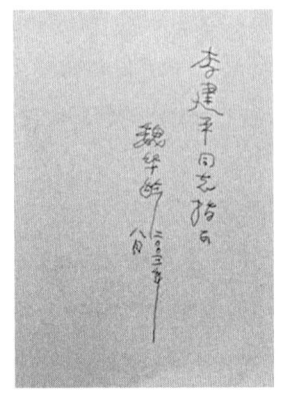

魏华龄签名本《一个独特的历史现象：桂林文化城》书影

魏华龄签名本《一个独特的历史现象：桂林文化城》题签

魏华龄《九十回首》《品书集》书影

魏华龄《九十回首》《品书集》题签

生观和艰苦奋斗精神的培育。"这些论述，都探讨了桂林抗战文化的本质与价值意义，是颇为珍贵的理论收获。

2011年7月，桂林市召开"《桂林抗战文化史》学术研讨会"，我在会上做了发言。

魏老赠送给我的书还有《一个独特的历史现象：桂林文化城》《九十回首》《品书集》。《一个独特的历史现象：桂林文化城》2003年由漓江出版社出版。魏老在扉页题签"李建平同志指正　魏华龄　二〇〇三年八月"。该书是魏华龄由20世纪70年代末到21世纪初20多年从事桂林抗战文化研究的文论合集，包括《桂林文化城史话》一书全部内容、16篇论文和6篇综述文章，史、论、资料兼具，对桂林抗战文化研究颇有帮助。《九十回首》《品书集》两书是内部印刷图书，前一部列入桂林文史资料第五十四辑，2009年印。《品书集》2013年内部印刷。魏华龄《九十回首》扉页题写："魏华龄　赠　二〇一〇年二月"，在《品书集》扉页题写"李建平同志"，并钤印。《九十回首》是魏老90岁时写的回忆录和记述一生重要人事文章的汇集，内中包括六辑文字：回忆录"往事回眸"、旧事杂记的"榕城杂忆"、写学术经历的"抗战文化"、记朋友情缘的"友谊永恒"和"书信一束"，共57篇，另附他人评论文章6篇。

几十年来，我与魏老联络频繁，相互来往信件至少也有几十封，都是谈桂林抗战文化研究事宜的，如2012年初他在春节贺卡上写道：

建平同志：

　　贺卡收到，谢谢。

　　《文化史》完成后，现在看来，身体还可以。今年，准备给《抗战文化研究》写篇东西，四月份可以交稿。

　　《陈宏谋传》书稿，能否列入出版计划？请告，如不可能，我好转告陈乃宣先生，以便另谋出路。

　　抗战文化研究的大旗，希望继续高举下去。

　　祝新年愉快，身体健康，多出成果！

魏华龄
（2012）1.18

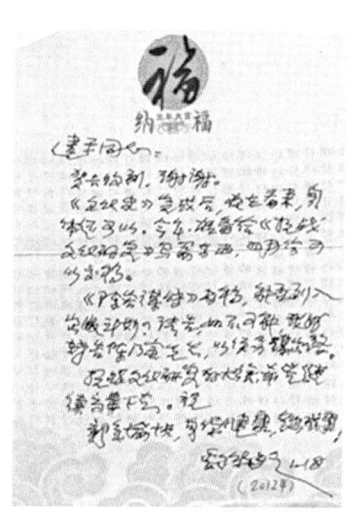

魏华龄寄给作者的贺卡

信中说的《文化史》，是魏老92岁高龄完成的《桂林抗战文化史》。《陈宏谋传》是他友人陈乃宣的书稿，交给广西桂学研究会，他向我了解能否列入桂学研究会的出版计划。我担任该会副会长，他认为我了解情况。

魏老对友人的书信也十分重视。2009年春，他给我寄来《抗战文化研究书信往来中的情缘和友谊》一文，文章的开头部分写道："自党的十一届三中全会以来，我在从事桂林抗战文化研究的过程中，结识了不少过去不曾相识的朋友，有的直到辞世也不曾晤面，可是书信往来不断，其中有抗战时期曾经在桂林文化城生活和战斗过的文化老人，也有热心桂林抗战文化研究的学者和专家。由于桂林文化城的情缘，我们成了同道，有的成了忘年交。30年来，我先后收到各地朋友近百人的来信，有的来信多达四五十封，我基本上每信必复，阅读朋友的来信、复信，从中获得不少乐趣，许多朋友在来信中对我的鼓励、支持和期待（其中有不少过誉之词），是我晚年不断前进的动力……书信往来，友谊永恒。"这话说得真好。我有幸也列入他记载的"书信往来，友谊永恒"的十余人之中。他以《李建平："将坚持把抗战文化研究做下去"》为题，记载了我与他书信交往的一些往事，称我与他的交往，是"长期亲密合作，并肩战斗"。文章录了我的5封信。他的这篇文章，我采用刊登在《抗战文化研究》第7辑（广西师范大学出版社2013年版）上了。

魏华龄是桂林市文化名人，为广西和桂林市文史资料工作和桂林市文化建设事业贡献良多。1995年，他获得全国政协文史和学习委员会授予的"优秀文史工作者"荣誉证书，2005年，桂林市社会科学界联合会授予他"桂林市社会科学终生荣誉奖"。魏华龄2022年104岁了，学问人品，堪称楷模。衷心祝愿魏老健康安好！安度晚年！

2022年1月21日

张利群签名本：
《文学批评原理》《词学渊粹——况周颐〈蕙风词话〉研究》《文艺制度论》

张利群（1952— ），湖北罗田人。文艺理论家、文化学者、教授、博士生导师。1977年恢复高考时考入广西师范大学中文系，后获广西师范大学文学硕士学位、武汉大学文学博士学位。曾任广西师范大学中文系主任，享受国务院颁发的政府特殊津贴。主要作品有《庄子美学》《中国诗性文论与批判》《多维文化视阈中的批评转型》等。

张利群与我同龄，7岁时我俩做了小学同学，中学又是同年级同学，相识60余年了。我和他都有爱读书的兴趣，童年在一起学习和玩耍中建立起友谊，一直保持到现在。参加工作后，我们从事相近的专业，一同参加了无数次学术研讨会、评审会和学术调研活动，可以说是人生道路上一道并行时间最长的学术伙伴，有许多经历值得记载。

张利群主要致力于文艺批评学和中国古代文论的研究。他的文学批评学研究分为现代批评学和古典文学批评学两部分。他以古代文论、古代美学为基点，结合中外文学批评学的理论，系统全面地描绘出中国古代文学批评

2010年作者与张利群（左）到安徽大学徽学研究中心考察时合影

学的历史框架,并揭示出中国古代文学批评的辨味、诗性等批评特性。他扎根在中国古代文论的学术厚土里,成功地构筑起他的现代批评学理论。在一种纵观古今中外的崭新的开放性思维的指导下,他的现代批评学观点体现出继承与突破、批判与吸收的特点。他的著作中经常闪现令人叹服的新观点,他的现代批评学成果在国内批评学领域内处于领先的地位。他成果丰硕,已出版《庄子美学》(广西师范大学出版社1992年版)、《词学渊粹——况周颐〈蕙风词话〉研究》(广西师范大学出版社1997年版)、《批评重构——现代批评学引论》(广西师范大学出版社1999年版)、《辨味批评论》(广西师范大学出版社2000年版)、《中国诗性文论与批评》(人民文学出版2001年版)、《多维文化视域中的批评转型》(中国社会科学出版社2002年版)、《文艺制度论》(中国社会科学出版社2008年版)、《文学机制论——广西文学发展制度化建设的长效机制

张利群签名本《文学批评原理》《文艺制度论》《词学渊粹——况周颐〈蕙风词话〉研究》书影

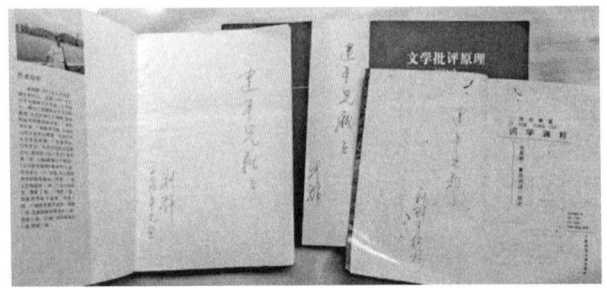

张利群签名本《文学批评原理》《文艺制度论》《词学渊粹——况周颐〈蕙风词话〉研究》题签

研究》(广西师范大学出版社2013年版)、《〈文心雕龙〉体制论》(广西师范大学出版社2010年版)、《八桂民族文化论丛——审美人类学与广西民族文化研究》(人民日报出版社2013年版)、《广西文化软实力研究》(光明日报出版社2015年版)、《广西社会科学专家文库·张利群集》(线装书局2011年版)、《广西当代文艺理论家丛书·张利群卷》(广西人民出版社2012年版)、《广西文化产业研究》(人民日报出版社2015年版)、《文学批评核心价值体系研究》(广西师范大学出版社2015年版)等十几部专著,主编及参撰著作15种。在《文艺研究》等刊物上发表论文150余篇。《批评重构——现代批评学引论》获第四届广西文艺创作铜鼓奖。

张利群的著作,几乎是每出版一本就送给我一本,令我在赞叹钦佩之余,体味到常有好书相伴的快感。我曾认真读过他的《庄子美学》《文艺制度论》《〈文心雕龙〉体制论》《广西文化软实力研究》等书,从中学到文艺学和中国古典文论的精

2011年作者与张利群(左)参加学术会议时合影

髓。我在研读他的理论著作的同时,写了两篇书评,一篇是《文艺制度研究对文学理论的深度开掘——评张利群学术新著〈文艺制度论〉》,发表于《文艺报》(2009年5月28日),后被中国社会科学院文学所编的《中国文学年鉴(2009)》转载;另一篇是《廓清〈文心雕龙〉体制体系及其文学发展意义》,发表于《广西师范大学学报》2012年第2期,又刊于《中国社会科学报》(2012年5月18日)。他也为我的《桂林抗战文艺概观》和我与黄伟林等合著的《文学桂军论》写过很好的书评。令我十分感动。

张利群对我父亲也十分尊重和照顾。张利群在小学时代到我家玩耍时就见过我父亲,20世纪80年代初他大学毕业留校任教后成了我父亲的同事,后来他担任了广西师范大学中文系主任,成了我父亲的领导。他经常在春节和重阳节时到我家来看望慰问我父亲。1992年,我父亲在广西民族

出版社出版了专著《鲁迅的艺术世界》，张利群读后写了书评《鲁迅研究的新成果——读李耿〈鲁迅的艺术世界〉》在《广西社会科学》杂志发表。2002年我父亲病逝，张利群参加了告别会，并代表中文系在会上宣读了《李耿同志生平简历》。这使我们家庭在哀痛中感受到阵阵温暖。他宣读的文字，我们收入家庭回忆录《我们这一家》①里了。我真感谢这位多年的好友！

我和他交往几十年，书信往来无数。谈学术，谈生活，谈感悟，所议之事无所不包。例如他2010年1月22日的来信说：

建平兄：

您好！

最近收到中国社科院文学所编《2009中国文学年鉴》，其中收录您在《文艺报》上的书评（可能缩减修改了一些）。另在陈立家的《文艺理论热点综述》中以专题介绍对《文艺制度论》进行了介绍和评价。我将这些资料复印给您，也感谢您对我的著作写的书评。很难得在中小学同学中有您这样的挚友和同行。只可惜未能同在一地，见面机会太少。春节将临，先给您拜年。

致礼！

利群

（2010）元.22

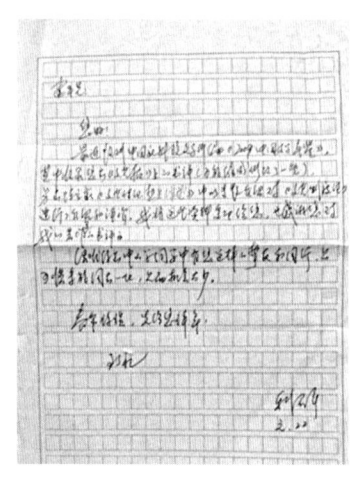

2010年1月22日张利群给作者的信

张利群的赠书和书信，融有我们60年的友谊，是我的珍藏。岁月愈久，韵味愈浓。

2021年2月5日

---

① 李绍清、李京文、李建平主编：《我们这一家》，知识产权出版社，2014。

黄伟林签名本：
《人：小说的聚焦》《孔子的魅力》《广西多民族文学的共同发展》

黄伟林（1963— ），壮族，广西桂林人。文艺评论家、文化学者、教授。北京师范大学文学学士、硕士，武汉大学文学博士。现任广西师范大学文学院教授。系中国作家协会和中国文艺评论家协会会员，广西桂学研究会副会长、广西文艺评论家协会副主席。主要作品有《文学桂军论》《中国当代小说家群论》《文学三维》等。

　　黄伟林是改革开放以来广西文艺评论界十分活跃而又重要的文艺评论家。他比我小11岁，却是与我有着最密集的学术交集的好友之一。我与他有多个交集。首先是1984年他大学毕业时到广西师范大学中文系任教，与我父亲在同一个教研室。于是，出现了他不时会念叨一下的他与我的特殊关系：他父亲是我父亲任都安中学校长时的学生，他则在"辈分"上跳了两级，成了我父亲的同事（尽管他与我父亲相差了51岁）。这里的潜台词是，依照他父亲角度，黄伟林该叫我叔；依照他本人与我父亲是同事的角度，我该叫他叔。这关系复杂了。其次是我与他在学术身份上有多个交集。21世纪以来，黄伟林拓展学术领地，由重点做当代文学研究与批评拓展到做桂林抗战文艺和广西地方文化研究。他身手敏捷，动作神速，2008年就主编出版了《桂林文化城作家研究》，2015年竟编选出15卷的《桂林抗战文化城史料汇编》，颇为惊人。2017年广西抗战文化研究会换届，他与我一同担任了副会长。在此之前的2007年，我主编《抗战文化研究》学术辑刊时，就与张中良先生商量，聘请黄伟林担任编委。2010年，潘琦先生发起成立广西桂学研究会，我和黄伟林又一同入选为副会长，迄今已满十年。再次是我与他在学术上有较密集和有深度的合作。20世纪八九十年代我和

2011年作者与黄伟林（右）在广西师范大学出版社展览室阳台合影

他都写了大量的文艺评论，1992年，我与他同获广西首届青年文艺评论奖最高奖——青年评论家奖，在四人中占了两席；1996年，两人的评论集一同列入"评论家接力丛书"出版，在收入丛书的五位评论家中我们占了两席。

还得专门说说我们两人的学术合作。2004年，我获得国家社科基金项目《经济欠发达地区一个重要作家群的崛起及意义——文学桂军论》立项，我邀请黄伟林作为第二作者合作研究，他应允了。我们的合作十分完美。该项目结项成果2007年由中国社会科学出版社出版，2008年获中国当代文学研究会第十一届优秀成果表彰奖，同年又获广西第十次社会科学优秀成果奖一等奖。这其中有黄伟林的重要贡献。多年来，黄伟林为我的著作《桂林抗战文艺概观》《广西文学50年》《广西抗战文化史》《中国西部抗战遗址调查与保护利用》等写过多篇评论，令我十分感动。2005年11月，黄伟林曾写过关于我的专论《李建平——由历史走向现实的文学研究之路》，发表在《广西日报》上。文章不长，但内容很全面，把握也很准确，是我很满意的文章。我一直心存感念。这种感念到2020年初才回报予他。2020年1月，我读到他的新著《广西多民族文学的共同发展》，写下了一篇《21世纪新广西文学研究写照——评黄伟林〈广西多民族文学的共同发展〉》书评，后来在《当代广西》发表了。

黄伟林人勤奋，思维活，笔头快，著作多。他已出版了专著《孔子的魅力》《中国当代小说家群论》《人：小说的聚焦》《广西多民族文学的共同发展》《历史的静脉——桂林文化城的另一种温故》和评论集《桂海论列》《转型的解读》《广西当代文艺理论家丛书·黄伟林卷》等十几本著作，曾获庄重文文学奖、第六届全国少数民族文学奖，成绩优异。

他的著作，大多数都送过给我。我很喜欢他书中开阔的视野和潇洒的文笔。我在《21世纪新广西文学研究写照——评黄伟林〈广西多民族文学的共同发展〉》里的一段评论可以代表我对他的欣赏:"黄伟林不愧是美文批评家,写文艺批评,如同写文化散文,其文笔清丽流畅,颇为好读。这本《广西多民族文学的共同发展》同样保持了这一美文笔调,常见清词丽句……令人收获理性之智和阅读之美。"他送给我的书,留下大量题签。在《孔子的魅力》扉页写道"建平兄教正　黄伟林　2010.10.9　南宁",在《人:小说的聚焦》扉页写道"建平兄教正　黄伟林　2010.12　南宁",在《广西多民族文学的共同发展》扉页写道"建平兄教正　黄伟林　2019.6"。黄伟林还送给我《桂海论列》和《文学三维》两书,均有题签。

作为少数民族评论家,黄伟林的评论和研究视角十分重视由民族文化切入。他不仅评论了大量民族作家的作品,论述单一民族文化元素,更注重多民族文化融合对文学与文化发展的作用。这在他的专著《广西多民族文学的共同发展》中有鲜明体现。我在评论文章《21世纪新广西

黄伟林签名本《孔子的魅力》《人:小说的聚焦》书影

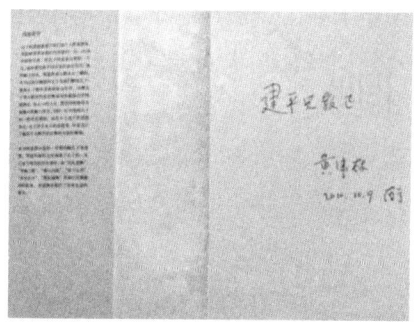

黄伟林签名本《孔子的魅力》题签

黄伟林签名本《人:小说的聚焦》题签

黄伟林《广西多民族文学的共同发展》题签

文学研究写照——评黄伟林〈广西多民族文学的共同发展〉》里这么说了："多元民族视角。传统的文学研究，几乎全部聚焦于汉民族文学。新中国成立后，少数民族获得了与汉族同等的政治地位，民族文化生活迅速提升。广西是少数民族聚集之地，广西文学呈现的是各民族文学繁花竞艳的状貌。黄伟林身为壮族评论家，深谙民族文学之美与崛起之堂奥。《广西多民族文学的共同发展》的核心追求，就是论述广西多民族文学共同发展的现象、历程与审美形态。书中首先在'总论'中论述多民族文学的文化符号，在上篇论述其民族自觉的时代演进，在下篇对多个民族的作家做个案研究，最后在'结语'论述其审美呈现。这种研究视角，就不仅仅是传统的汉民族文学研究视角，也不是各个单个民族的文学研究视角，而是对广西多民族文学的多元审视、综合思考，产生出更宏观的理性成果。"①为清晰展示广西多民族文学融合发展新貌，黄伟林在书中对八位代表性作家展开精致评介，其中，"既有汉族作家东西、李冯、林白、黄咏梅，也有壮族作家黄佩华、凡一平，仫佬族作家鬼子，瑶族作家光盘等。对每位作家的分析，在总体创作情况介绍的基础上，提取一两篇重点作品展开分析，强调其对生活的发现和独特的艺术表现，最后归结到其审美贡献。"②黄伟林的学术功力在《广西多民族文学的共同发展》中得到充分发挥，这部优秀著作获得广西第十六次社会科学优秀成果奖一等奖。

令我越来越欣喜的是，黄伟林在2005年左右开始关注桂林抗战文化，涉足抗战文化研究，并很快就进入角色，出了一批成果，成为我们抗战文化研究阵营的一员勇猛的战将。十几年来，他写作发表的抗战文化研究论文，不下二三十篇，仅在我主编的《抗战文化研究》辑刊上，就先后发表过五六篇。他不仅自己写，还带动了一批他的学生加入这个学术领域。抗战文化研究有着越来越多的新人加入，充满活力与新像。他担任《抗战文化研究》编委和广西抗战文化研究会副会长十分称职。

黄伟林还有颇为灵动奇崛的本领。他不是像我这样只有挖史料、觅

---

① 李建平：《21世纪新广西文学研究写照——评黄伟林的〈广西多民族文学的共同发展〉》，《当代广西》2020年第21期。

② 李建平：《21世纪新广西文学研究写照——评黄伟林的〈广西多民族文学的共同发展〉》，《当代广西》2020年第21期。

观点、写论文和著作的文案类本事，他还有做策划和导演、筹建博物馆的超强本领，真是令人惊奇。其事例一是，2014年在纪念西南剧展70周年的日子里，他在学校搞"新西南剧展"活动，组织学生老师排演田汉、欧阳予倩编导的抗战经典剧《秋声赋》、《旧家》和历史剧《桃花扇》，"重排、重演抗战时期优秀剧目，着力打造以戏剧演出为载体的知识识记、历史感知和文化体验项目，弘扬坚忍不拔、奋勇向前的抗日救亡精神"①。黄伟林在这个活动中担任总策划兼导演。2014年在桂林首演后即参加当年的中国校园戏剧节，获优秀剧目奖和优秀导演奖。以后几年，他还带着青年学生们到北京、上海、南宁、梧州、贺州等地高校巡演，广受欢迎。其事例二是，2019年，黄伟林又承担了筹建广西师范大学桂学博物馆文物收集和布展陈列的重任。他负责广西当代文学、抗战桂林文化城、八桂学术三个专题馆。他神通广大，神速而令人惊奇地搜寻了一大批文人著作、手稿、照片和文物，布展工作进展顺利。2021年7月5日，广西师范大学桂学博物馆正式开馆。馆址设在广西师范大学（雁山校区）图书馆六至七层，展览面积3000多平方米，是以收藏广西学术文化为主题的学术性博物馆。受黄伟林的感染和动员，我先后三次向该馆捐赠个人著作50多种，其他相关藏品50多种，手稿20多件。桂学博物馆在"桂林抗战文化城专题馆"设立了"李建平研究成果"专版。2021年11月24日，桂学博物馆还举行了"李建平先生著作藏品捐赠仪式"。广西师范大学图书馆党委书记、桂学博物馆副馆长郑国辉主持捐赠仪式，广西师范大学副校长苏桂发、广西大学原党委书记阳国亮出席了捐赠仪式并先后发表讲话。我十分感谢广西师范大学领导的莅临垂顾，十分感谢黄伟林和他的助手李逊的这些策划和组织。

黄伟林正值人生壮年，还有极大的发展空间。我祝愿他在当代文学评论与研究和抗战文化研究两个学术领域及桂学博物馆等扩展领域继续大展身手，再创佳绩。

2021年11月30日

---

① 《广西师范大学弘扬桂林抗战文化　打造"新西南剧展"》，中国社会科学网，访问日期：2014年5月19日。

韦俊海签名本：

《红酒半杯》《异性的土地》《血女浮生》

韦俊海（1955— ），壮族，广西河池人。国家一级作家。历任柳州市文联秘书长、柳州市作家协会常务副主席、《柳州文艺》执行主编。系中国作家协会会员。主要作品有《大流放》《春柳院》《苦命的女人》《血女浮生》等。

认识韦俊海快40年了。那时我们都还年轻。我大学毕业到《广西文学》编辑部工作了一年时间，他还在南丹县农技站工作。

韦俊海爱写作，1983年时他写了一篇小小说投到《广西文学》，编辑部分配稿件时将它分给我。我正在编一份面向文学青年和业余作者的小报《广西文学之友》。我看到这篇稿子，觉得可以作为业余作者的一个写作案例做些分析评点工作，就编发在报上了，并写了一篇短评评说该文的优劣。于是，我与韦俊海相识，逐渐成为文友。

韦俊海人聪明，又勤奋。20世纪80年代初开始文学创作。进入90年代以后，创作走向成熟，成果涌现。1990年，广西人民出版社出版了他的诗集《异性的土地》，广西民族出版社出版了他的中短篇小说集《苦命的女人》；1996年，北京师范大学出版社出版了他的长篇小说《大流放》，广西民族出版社出版了他的另一部长篇小说《血女浮生》。2000年后，他的小说创作呈现质的飞跃，接连在《人民文学》《民族文学》《清明》《美文》《中华散文》《百花园》《小小说选刊》等期刊发表小说和散文。其中发表于《人民文学》2000年第1期的《很想看见你》获得中国作家协会和《中国作家》杂志联合举办的"全国小说大赛"二等奖；发表于《人民文学》2000年第8期的《等你回家结婚》获"人民文学·贝塔斯曼杯"文学大奖赛二等奖。韦俊海的小说集《苦命的女人》还获第二届壮族文学奖,《裸河》获第三届壮族文学奖。文学创作成绩引人瞩目。1999年,他签约成为广西第三届专业作家,成为广西新生代作家的重要成员。作家鬼子著文《在人民文学中解读韦俊海》写道:"韦俊海说冲就真的冲上去了。仅仅是2000年的《人民文学》就发表了他的两部小说,这是多少作家做梦都不敢想的事情。作为一个作家,一年内能在'国刊'中连发两期小说,这靠的当然是他的小说功力。我想,韦俊海已经不仅仅是上路,而是在以一种匀速的力量和速度在小说的路上奔跑。"①

韦俊海先后送给我三本书:诗集《异性的土地》、长篇小说《血女浮生》和小说集《红酒半杯》。《异性的土地》是韦俊海初入文坛时的诗作结集,收入诗作38首,内容以记录生活中的印象与遐思为主,有清新的气息和青春的风格。他在内封题写:"与建平仁兄共勉 书山不远 俊海 一九九一年春"。《血女浮生》这部长篇小说以抗战时期的社会为背景,描写旧时代妇女的苦难和国家危亡时刻的爱国之举。他在扉页题写:"建平兄教正 俊海 九七年三月"。《红酒半杯》是他在20世纪90年代末成为广西第三批签约作家和进入鲁迅文学院学习之后创作的中短篇小说集,艺术质量有了明显提升,好几篇作品获中国作家协会、《人民文学》等单位举办的全国性大赛的奖及壮族文学奖,值得一读。他在内封题写:"建平兄教正 俊海 2012.12"。

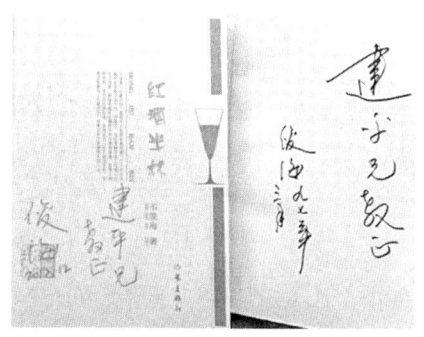

韦俊海签名本《红酒半杯》《血女浮生》题签

韦俊海签名本《异性的土地》题签

---

① 转引自李建平等:《广西文学50年》,漓江出版社2005年,第364页。

我常常关注他的创作。看到他的成长和收获,我很高兴。1990年,我写了一篇题为《民族美的追寻与表现》的文章在《广西大学学报》1991年第1期发表,评论他在80年代创作的小说。2012年,我再次评点了他的小说。那是广西作家协会推送参加广西文艺最高奖——铜鼓奖的中篇小说《眼睛在飞》,送到我这里评审鉴定。我读后认为,这是一篇故事生动,人物形象准确、寓意深刻且时代感强的好小说,值得推荐。于是我写下这样的评语:

韦俊海的中篇小说《眼睛在飞》写了一个盲人按摩师在黑暗与光明之间徘徊的故事……作者观察力强,艺术构思精巧,以捕捉到的特殊人物和独具慧眼的独特视角,描写了一幕幕出人意料的生活场景,由此反映了现实世界的一些缺陷和弊病,以主人公纯净的心底世界反衬现实的污浊,给人以深刻的思考和心灵久久的震撼。作品塑造的人物形象真实感人,作品显示出强烈的现实主义特色和批判力量,内涵十分深刻,也表现出了较大的艺术魅力。我认为,作为在广西本土刊物《广西文学》发表的被《小说月报》转载、《小说选刊》介绍的这样优秀的作品,尤其值得我们重视和大力推荐。①

他2000年以后的小说,确实写得既深刻也有感人的艺术魅力,可读性也强,是值得推荐和进入文学史研究的。

韦俊海也给我许多帮助。2013年,我在做"广西知青文化研究"课题研究时,得到韦俊海的帮助。他帮助我搜集了一些广西知青的文学创作资料,有些文稿直接用到了我正在写作的《知青文化与广西实践》书中,在该书的后记里记下了他的工作:"柳州市作家协会原主席韦俊海为第八章中的'知青作家'一节撰写了部分文稿。"②我还将他的这份文稿编入了广西知青文化研究会2013年学术研讨会文集里。

令我感动的一次是2017年我和家人到柳州的事。那年,我年逾九十

---

① 李建平:《文艺笔踪》,广西人民出版社2017年版,第218页。
② 李建平等:《知青文化与广西实践》,广西师范大学出版社2017年版,第232页。

的老岳父希望坐一次高铁，到年轻时工作和生活过的柳州看看。我和妻子在策划这次活动时，打算在柳州租车以便行动。我打电话请韦俊海帮我联系租车。他听完我所说的活动缘由和诉求后，主动说："你来吧，我有两部车，一部给你随便开。"我太笨，不会开车，告诉他后，他笑了，豪爽地

2021年7月28日作者与韦俊海（右）合影

说："那我当你的司机，帮你开。"我实在过意不去，劝他还是帮我租个车就行了。他说："又不是整天开，你就来一天半天的，我帮一下有什么呢！"恭敬不如从命。就这样，我和妻子陪老岳父到了柳州，韦俊海开车到柳州站接我们，然后带我们去吃螺蛳粉，又到一家宾馆让我岳父午休。

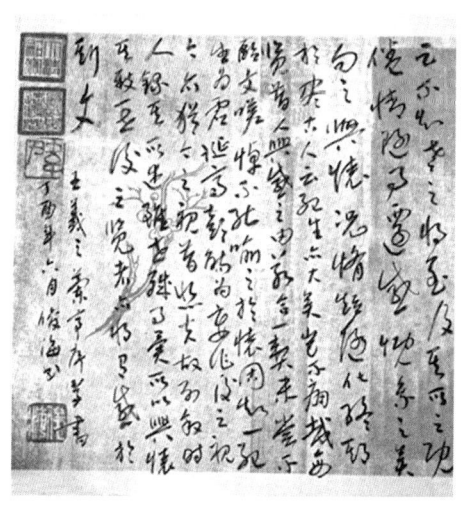

韦俊海书法作品

下午，他开车带我们在柳州市转了一圈，到处看看，满足了老人的愿望。那天，真的是劳累了俊海兄。我妻子也十分感动。

韦俊海不但小说写得好，还写得一手好字，我真佩服他的艺术才华。柳州是个山水秀美，历史文化积淀深厚，人文和谐的好地方。祝愿俊海兄在柳州生活安逸幸福，再创文学佳绩。

2022年2月22日

曾强签名本：
《中国地域文化论》《岭南古郡——青史悠悠话苍梧》《桂商》

  曾强（1959—　），广西梧州人。记者、编辑、文化学者，高级编辑。曾任《梧州日报》社总编辑、社长，梧州市文联副主席，梧州市政协文化文史和学习委员会主任。主要作品有《桂商》《中国地域文化论》《岭南古郡——青史悠悠话苍梧》等。

  曾强个高，人瘦，年龄小，是我大学同班同学男生中年龄最小的一位，进校时只有18岁多一点。在一帮三十岁上下，在工厂和农村里摸爬滚打十余年的"学长"面前，是十足的小弟弟。我与他不同组也不同一个寝室，年龄也有较大差距，因而在校时交往不多。

  曾强毕业后回家乡梧州市工作，在《梧州日报》做记者兼编辑。梧州离南宁较远，加上两人在不同行当工作，没有交集，刚开始的十来年，与曾强也没有什么联系。令我吃惊的是大约在20世纪90年代中期，我见到他与几位朋友合著了一本《中国地域文化论》（陈侃言、吕嘉健　曾强、周兆晴合著，广州出版社1994年版）。两年后，又见到他的杂文集《传播游戏》在漓江出版社出版。这在我们班同学中，是较早出版著作的几人之一，且研究内容与我的研究相近，不由得我不刮目相看。2002年，我到梧州参加广西戏剧节剧作观摩与评论活动，与曾强见面时，他赠送了两本书给我。他在《中国地域文化论》扉页题写"李建平同学指正　曾强　二〇二〇年二月"，在《传播游戏》扉页题写"李建平同学雅正　曾强　2002.2.21"。我仔细读了他的书，才了解到，曾强在做编辑记者的新闻工作的同时，没有放弃自己的专业知识与技能，在梧州市文艺和文化界也十分活跃，勤奋地写出一批新闻作品之外的杂文和文化研究论文,隔几年就有一本专著面世。以后,我们有时又一同参加文艺界会议。由于这些学术与文化交流,我和曾强的联系慢慢多了。后来又收到他赠送两本著作:《岭南古郡——青史悠悠话苍梧》和《桂商》,都是很有学术见地和一定分量的学术专著。

曾强的几本著作,我都认真读了,因为这些书与我的研究方向相近,对我的研究很有帮助。曾强做学术研究,颇为扎实认真。他与李俊康合著的《岭南古郡——青史悠悠话苍梧》(广西人民出版社2009年版)是颇为重要的一部。他在该书扉页题写"建平兄雅正 曾强 二〇一〇.三.二十"。我曾主持撰写过《广西文化图史》一书,对苍梧文化这一块,恰恰是我最不熟悉的内容。我读后收获很大,写了一篇《揭示苍梧文化的辉煌历史——评〈岭南古郡——青史悠悠话苍梧〉》,发表于《广西日报》2010年3月30日,谈我的读书印象与收获。我在文章里写道:"作者李俊康、曾强两人长期生活在梧州,对苍梧大地周遭的山山水水十分熟悉,并牵头组织了有关课题组人员,足迹遍及'苍梧之野'的粤、湘、桂三省区相交会的梧州、贺州及永州、封开等多处地方,去考察调研,采访座谈,翻阅古籍,并在实地拍摄了大量照片,经过多年的研究思考和写作,最终完成了《岭南古郡——青史悠悠话苍梧》这部填补苍梧文化空白的著作……它为人们揭开了有关苍梧的种种神秘面纱,向人们讲述了汉代崛起于岭南的苍梧郡以及有关苍梧文化的历史辉煌,使人们了解到岭南第一代文化名人'三陈''四士'等情况以及两汉之交'史在苍梧'之说的深刻内涵。苍梧文化既是西江文化、八桂文化的重要组成部

曾强签名本《中国地域文化论》《传播游戏》书影

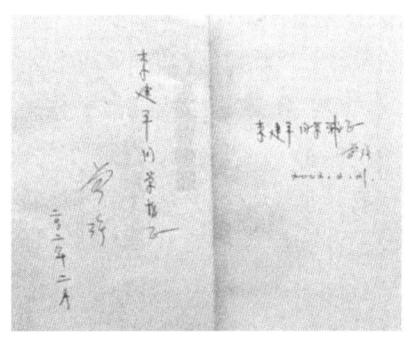

曾强签名本《中国地域文化论》《传播游戏》题签

曾强签名本书《桂商》《岭南古郡——青史悠悠话苍梧》书影

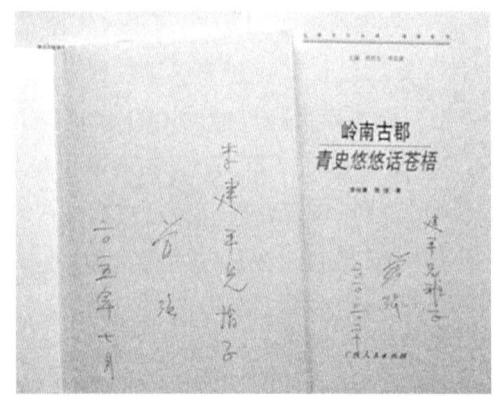

曾强签名本《桂商》《岭南古郡——青史悠悠话苍梧》题签

分,同时也是岭南文化、珠江文化发展的重要一环,进一步理解了对本土历史文化的挖掘、抢救和保护工作的重要性并增强了紧迫感。"这是一本很有文化内涵的著作,是我们了解岭南文化、广西文化的重要参考书,且文笔流畅,图文并茂,很值得一读。曾强还与李俊康合作撰写了《八桂山水文化》(漓江出版社2017年版)一书,也很见功力。

曾强的《桂商》(广西人民出版社2015年)一书也值得一说。2015年,他赠书给我,在扉页题写"李建平兄指正 曾强 二〇一五年七月"。其实,我哪里能指正呢?《桂商》是一本研究广西商贸史和活动特征及其历史作用的专著,选题新、资料新、理论架构新、观点新,是桂学研究新著。我收到书后马上阅读起来,颇有收获。曾强对桂商的特征论述尤好,他在第三章"桂商的文化特点"里归纳了桂商的四个特点:一是外向型特征,从事跨省和跨国贸易;二是水文化特征,主要从事航运业、贸易与加工业;三是竞争性特征,富有冒险精神,无惧市场竞争;四是群体性特征,具有诱发性,形成商帮。我认为,这是学术界第一次对桂商特征的理论论述,十分可贵。这本著作给我的桂学研究带来思想启迪,增补了许多史料,是我后来写作论文《论桂商精神及其传承弘扬》(发表于《广西教育学院学报》2018年第4期)的重要参考文献。

曾强签名本：
《中国地域文化论》《岭南古郡——青史悠悠话苍梧》《桂商》

曾强长期在新闻岗位上工作，却也写出《中国地域文化论》《岭南古郡——青史悠悠话苍梧》《桂商》《八桂山水文化》四部有分量的学术著作，显示了曾强事业上的勤奋和学术研究的实力。难怪他后来能由《梧州日报》社长的岗位调任梧州市文联副主席、梧州市政协文化文史和学习委员会主任等职，原因是他有着深厚的学术功力啊！

2021年7月28日作者与曾强（右）合影

梧州离南宁400公里，很长时间又没通高速铁路和高速公路，因而我很少去。梧州的历史文化和革命文化内容丰富，是很吸引人的地方。2019年冬，我和王建平到梧州调查抗战遗址，联系曾强帮忙，他十分热情地接待了我们。刚到梧州，他先安排我们品尝梧州茗茶——六堡茶，向我们介绍梧州历史文化情况。在梧州的三天里，我们在他的安排下，顺利考察了孙中山纪念堂、蝴蝶山广西大学民国时期旧址、抗战时期抗日防空洞，第三天他还陪同我们登上白云山，考察抗日碉堡。那次活动，收获满满。我很感激曾强给予的帮助和慷慨接待。

曾强身上强大的学习力和学术力越来越吸引我，我邀请他加入了我们的抗战文化研究行列。近两年，我们召开的学术会议，都邀请他出席，并增选他为广西抗战文化研究会理事。他写了《李济深与桂林抗战文化》《抗日民族统一战线在广西的成功实践》等论文，连续两年参加了会议并做学术发言，为会议添彩。我们在学术交流中相互促进研究水平，增进了友谊，实为一桩乐事。

2022年1月9日

后　记

　　本书记录了 70 位文化人的 150 多种签名本，均是我收藏的。

　　我不是收藏家，收藏的签名本基本都是人生道路上"遇见"的收获。本书所写的签名本，大多数是名家、师长和好友惠赠给我的受赠本，只有少量（10 册左右）是通过其他渠道获得的赠予他人的签名本（主要是从父辈处继承和亲友收藏后转赠给我的）。我的藏书中也有十几本是偶尔路过旧书摊购买或网购的签名本，但我没有写入本书中。

　　这本书是记录自己学术生涯几十年的一个侧记。它通过签名本这一媒介，介绍了我与几十位文化人的学术交往和对其著作的阅读理解，也包含对其著者思想人格的认识，其间融有许多人生缘分与生活感悟，能让人看到文化人的人生情态与思想魅力。

　　书中文化人名单的排列，以最后或最近的居住地归类排列，同一城市者以出生时间先后为序。

　　我从 1981 年发表第一篇学术文章以来，从事学术研究已有 40 多年。这本书，记录了我在学术研究的海洋里畅游的几朵浪花，记载了许多学术前辈和师长对我的关怀指导与帮助，也记载了我的父亲、大哥、岳母等亲人特别是我的爱妻刘乔叶对我学术事业的支持和关照，字里行间融有我心中常存的感激之情。我希望通过本书的文字，留下我们交往的美好印象和友谊的记忆，印证"学术人生同样是美好的，撰文著书、以书交往是一种特殊的爱好与生活享受"这一生活哲理。

本书的写作对象选了70人，这数字既是巧合，也是有意为之。当我携书稿到广西人民出版社商量出版事宜时，他们认可我的这本书，认可了这份"书缘"。他们说，2022年是广西人民出版社成立70周年，可以纳入社庆纪念书系列出版，这是巧合，也是缘分。我的处女作（著作）就是20世纪80年代时在广西人民出版社出版的，想不到在它70诞辰之时我再携书来祝寿！说是有意为之，那是因为我心底暗藏的"70"，是杜子美千年前吟诵的一句诗："人生七十古来稀"。我是想在这个人生节点，记下一生的"书缘"，抒写久久存心底的感怀。作者与出版者的巧合与缘分相逢于"70"，故而定了"70年写70人"之数。

给我赠书的友人当然不止70人，至少有200多人。只写70人，如何选择？令我踌躇久久。最后确定总的原则是有一定学术（文化）成就和社会影响，交往历史较长且印象深刻、有一些"故事"可说，年龄较长且事业和成就基本定型的。本来很想选一两位"70后"写一写，后来还是放弃了。他们还有几十年的学术时间，还有事业大画图待擘画推进，几年后再做记录，其景更艳。因而，我最终写出的70人，自然而然地大多落在了与我交往较密切的学术界文化人这方面了。这就留下了极大的遗憾。受70人所限，许多赠书的师友都是有大成就、大影响的作家学者，我却无法写入书中，十分遗憾，万分抱歉！这里只能题名致谢！他们是——

文艺界前辈老师：钟耀群、晏明、贺祥麟、农冠品、王云高、叶惠明、叶宗翰、凌渡、李延柱、张化声、曾宪瑞、盘桂兴、莫克、钟泳天、潘荣才；

社科文化界的学者和大学教授：周溯源、孙绍振、张泉、王培元、李今、夏汉宁、张凤琦、苏宁、方伟、沈伯俊、胡良桂、何青志、李少群、陈青生、李光荣、刘增杰、黄万华、郝明工、逄增玉、陆维天、黄薇、靳明全、陈思广、苏光文、沈卫威、黄健（浙江大学）、陈坚、盘剑、游友基、李复兴、杨益群、柯可、王亚南、熊宗仁、钟本康、刘桂森、马宏柏、苏关鑫、张明非、胡大雷、雷锐、麦永雄、梁潮、刘文俊、朱寿兴、邓祝仁、何开粹、朱方枫、李俊康、林亦、彭林祥、黄筱娜、陈新建、甘安顺、张柱林、陈祖君、罗小凤、靖鸣、蒙南生、韦俊谋、蒋新平、马树春、张泽忠、温存超、欧造杰、陈元中、甘金山、秦玮鸿、黄伦生、庾新顺、李启军、范秀娟、宾恩海、杜学魁、莫子浩等；

作家艺术家好友：黄德昌、韦苏文、傅磬、陈运祐、唐正柱、东西（田代琳）、鬼子（廖润柏）、林白（林白薇）、黄佩华、凡一平、张仁胜、何培嵩、陈肖人、冯艺、张燕玲、潘大林、孙步康、张丽萍、董永佳、严风华、龙京才、林万里、黄神彪、黄堃、方放、刘峰、喜宏、李希、周保旺、胡红一、蓝阳春、农耘、梁奇才、李世强、陈修龄、李约热、何述强、龚桂华、苏理立、李侃、刘春、张宗栻、王咏、毛荣生、何红玉、龙丽芬、蓝汉东、冯志奇、陈纸（陈大明）、覃富鑫、萧妙婷、甘谷列、刘明文、林玉、杨鹤楼、潘俊英、邱有源、杨海燕、麦展穗、谢麟、万立仁、王一桃、陈中华、谭志表、谭小萍等；

我工作单位的领导、老师和同事：詹宏松、韦克义、黄铮、钟启泉、成伟光、何兆雄、饶任坤、古小松、赵和曼、宋德生、肖永孜、严永通、刘贵访、顾绍柏、谭绍鹏、容志毅、黄家章、寿思华、曾家华、覃振锋、黄耀东、龙裕伟、王绍辉、过竹、杨映川、李萍、黄璐、周可达等；

广西抗战文化研究会的专家学者：文丰义、唐凌、李江、盘福东、邓群、覃可霖、龙谦、刘绍卫、陈洪波、张明学、韩继伟、张红等；

知青朋友：黄少雄、周向东；

大学同学或校友：彭洋、黄乃康、林冬、陆巨日、吴耀华、赵辛予、李秋洪、蒋钦挥、黄祖松、李时新、周昱麟、徐小凡、叶晓雯。

还有一批青年才俊：黄志勇、张震英、万忆、凌孟华、孔刘辉、王兆辉、黄海云、付广华、钟世华、黎学锐、王锐、韩颖琦、王青亦、朱江勇，等等。

写下这么多名单（肯定还有遗漏），越写越令我汗颜，实在不好意思，受数额限制以及其他各种因素（最主要是篇幅和时间）的限制，实在不能一一写出，恳请谅解、海涵！谢谢你们！你们赠送的签名本，都是宝贝，都很珍贵！我会细细阅读，妥善珍藏。若有机会，容我再写一本续编时好好写入。

还有一点需要说明的是，有的朋友学力惊人，著作丰硕，与我交情深且久，慷慨赠送大作较多，如黄健、张利群、王杰、徐治平、彭匈等赠书都在七八本甚至 10 本以上，张中良、文天行、韦其麟、江建文、雷猛发、黄伟林、曹革成、丘振声、鲁原等也送书五六本以上。本书原稿写了 200 部签名本，期望将他们的签名本尽悉呈现。但出版社建议，书中各位文化人的签名本数额不宜差别太大，尽量做到相对均衡，每人介绍一两本即可。我接受了这一意见，再多争取了一本，于是现在呈现出来的是一人最多三本。其余签名本的情况，在内文用文字做了部分介绍。如此改动，请各位师友见谅。

最后，非常感谢广西人民出版社接纳出版本书。感谢出版社的领导和编辑们为本书出版所做的大量工作，想想这本书的出版过程，我的心中阵阵温暖。

谢谢大家！

作者
2022 年 7 月 18 日